L'affaire Lexie

Karen Robards

L'affaire Lexie

Traduit de l'américain par Dany Osborne

J'AI LU

Titre original :
Vanished
G. P. Putnam's Sons, published by the Penguin Group

À Christopher, en l'honneur
de ton seizième anniversaire ce mois-ci.
C'est mieux qu'une voiture, n'est-ce pas ? Ou moins bien ?
Ta maman qui t'aimera toujours.

1

Sarah Mason avait toujours pensé que, le moment venu, la Mort viendrait la chercher sous un visage agréable, masculin de préférence. Genre Brad Pitt dans *Meet Joe Black*, vous voyez un peu… Un homme auquel on n'aurait pas envie de dire non. Mais l'ordure d'une vingtaine d'années qui portait un masque de Halloween en plastique représentant une tête de mort n'avait rien pour plaire. Il s'agissait d'un Blanc de moins de un mètre soixante-dix, aux cheveux sombres, longs et gras, qui arborait à une oreille une grande boucle d'argent. On devinait un bouc en broussaille, dont quelques poils dépassaient sous son masque. Grosses chaussures de sport blanches, tee-shirt XXL rouge à l'emblème des Hornets, bermuda baggy en denim qui lui descendait tellement bas sur les hanches qu'au moindre mouvement il frisait l'indécence. Bref, la Mort était définitivement bas de gamme, sans une once de séduction.

L'arme dont il pointait le canon sur Sarah était énorme et immonde. Au point que le cerveau de la jeune femme, passé en mode ralenti, finit par l'informer qu'elle avait la respiration coupée depuis qu'elle était en ligne de mire.

— Toi ! Hé, madame... Va à la caisse !

Même si le masque cachait sa bouche, Sarah comprit que c'était à elle que, agité, les nerfs à vif, il criait cet ordre, elle qu'il visait avec l'arme. Elle distinguait ses yeux par les ouvertures oblongues du masque. Ils étaient d'un noir luisant, de ce noir qui trahissait des pupilles dilatées par la drogue. Son regard balayait fébrilement la partie de la boutique où il l'avait acculée.

Sarah ne bougeait pas, pétrifiée. Ce qui lui arrivait la paralysait. Elle ne parvenait pas à croire que c'était vrai, se disant qu'une chose aussi horrible ne pouvait être qu'un cauchemar. Elle fixait l'inconnu, comme hypnotisée.

« Ce n'est pas possible... J'étais venue acheter de la nourriture pour chien et... »

— Remue-toi ! cria de nouveau le type parce qu'elle n'avait pas obéi.

Le cœur battant à tout rompre, elle déglutit avec difficulté, mais son esprit réagit enfin.

— Oui, oui, d'accord !

Les hurlements de son agresseur l'avaient ramenée sur terre. Elle serra contre sa poitrine le gros sac bleu de croquettes Kibbles'n Bits, l'achat urgent qui l'avait conduite au petit supermarché Quick-Pik du coin à 23 heures, et se mit lentement en mouvement.

— Grouille-toi ! Mais grouille-toi...

Il agitait convulsivement son arme devant elle, se balançant d'un pied sur l'autre, ses yeux trop brillants roulant tout autour de la boutique.

— OK, répondit-elle.

Afin de s'exprimer d'un ton calme, elle fit appel à ses quatre années d'expérience en tant que substitut du procureur du comté de Beaufort, Caroline du Sud. Chef du Département des crimes majeurs, elle avait l'habitude de ne faire qu'une bouchée de ce genre de sale petit voyou. Mais ici, elle n'était pas au tribunal, et ce n'était pas son sort à lui qui se jouait, mais le sien. Elle voulait – devait – établir un contact entre le type et elle. La méthode classique qu'elle enseignait à ses élèves de l'association « femmes contre le viol ». « Arrangez-vous pour que le criminel voie en vous une personne, leur expliquait-elle, qu'il se rende compte que vous n'avez pas l'intention de le laisser vous toucher. »

— Gardez votre sang-froid, déclara-t-elle au type.

— Je suis cool. Vous vous prenez pour qui, là ? Me dire à moi de rester cool ! s'exclama-t-il d'une voix vibrante d'indignation.

Au temps pour elle. Un faux pas.

— Amène ton cul jusqu'à la caisse, ordonna le voyou en tressautant, le canon de l'arme dardé sur Sarah comme un fleuret.

Instinctivement, elle banda ses muscles, dans l'attente du coup de feu.

— Tout de suite !

Bon. Mieux valait oublier l'idée d'établir la connexion prônée par les manuels, et se dépêcher. Baisser les yeux aussi, tout en faisant désespérément travailler ses méninges pour trouver un angle d'attaque, un moyen de sortir de ce merdier. Elle avait appelé le 911 de son portable dès qu'elle s'était rendu compte qu'un vol à main armée se déroulait dans le magasin. Ça, c'était du positif. Ensuite, son sac de croquettes dans les bras, elle s'était glissée vers ce qu'elle pensait être la sortie arrière, au-delà des toilettes. Mais avant qu'elle ait eu une chance de parler au standardiste du 911, le type lui avait fondu dessus et l'avait obligée à revenir sur ses pas. Elle avait eu le temps de laisser tomber le portable, toujours connecté, dans son sac. Pourvu que la ligne n'ait pas été coupée…

Le problème, c'était que, même si le standardiste du 911, n'entendant plus rien, ne raccrochait pas et cherchait à qui appartenait le numéro appelant, il trouverait l'adresse de la maison. Rien ne relierait l'appel au magasin. Et ça, c'était du négatif.

Pour ne rien arranger, si les policiers comprenaient ce qui se passait ici et se rendaient compte que c'était elle qui avait un souci, ils ne bougeraient pas le petit doigt. Sarah Mason occupait la place d'honneur sur leur liste des personnes les plus détestées.

— Putain de garce ! cracha le voyou à travers le masque qui amortissait ses paroles.

Sarah se hérissa instantanément. « Garce » était de ces mots qui l'horripilaient, même si elle avait eu droit à cette insulte un nombre incalculable de fois. Assez pour ne plus réagir, en tout cas. Elle s'astreignit à ne pas répondre. Elle était proche du type, maintenant. Suffisamment pour sentir son odeur âcre. À l'évidence, se doucher ne l'intéressait pas. Ou alors, sa tension nerveuse provoquait une transpiration qui mettait en échec son déodorant. Il puait. L'allée dans laquelle ils se trouvaient mesurait à peine un mètre de large. Elle allait le frôler, et cette seule idée lui donnait la chair de poule. À moins que ce ne fût l'air froid des congélateurs sur sa gauche, qui frappait ses bras et ses jambes : comme il faisait trente degrés dehors, elle était en short et débardeur. Mais non, la fraîcheur ambiante n'y était pour rien. Ce qui la glaçait littéralement, c'était une peur qui montait vers la panique.

Cela, c'était positif, estima-t-elle. Elle avait cru sa peur de la mort annihilée à un moment quelconque des sept abominables dernières années. Durant les périodes les plus sombres, quand tout allait atrocement mal, elle s'était aperçue qu'elle aurait aimé avoir de nouveau la crainte de mourir. Voilà que son vœu était exaucé avec la terreur de se voir tirer dessus par ce délinquant. Normal. Aucune personne sensée n'avait envie de prendre une balle dans la chair. Surtout pas en allant en coup de vent acheter des croquettes pour chien à l'épicerie du coin.

— Eh ben ? Vous avez de la merde à la place du cerveau, ou quoi ? Je vous ai dit d'avancer !

Le type au masque de squelette la fixait, brûlant d'impatience. Il faisait tinter des pièces de monnaie – ou était-ce des clés ? – dans sa poche.

— Oui, d'accord, concéda Sarah d'une voix calme tout en avançant d'une manière ostentatoire.

Les semelles de ses sandales produisaient un staccato en martelant le sol. Plus elle approchait du voyou, de l'arme mouvante, plus son pouls s'affolait. Son esprit s'était peut-être résigné depuis longtemps à mourir mais, manifestement, son corps regimbait. Elle haletait, transpirait, son estomac se nouait, ses genoux menaçaient de la trahir.

Qui lui avait affirmé que, vu son existence, trembler de peur pouvait presque être qualifié de bonne chose ?

— Tout se passe bien, là-bas, mec ? lança à son complice le deuxième voleur qui attendait devant le magasin.

— Ouais, répondit Squelette. Je contrôle la situation.

Il ramena son regard sur Sarah et ajouta :

— Je te préviens : n'essaie pas de me jouer un tour de con. Trace !

Une lueur meurtrière flottait dans ses yeux noirs lorsqu'il pointa le canon de son arme sur Sarah. Son machisme était mis au défi, songea-t-elle instinctivement. Docile, elle accéléra le pas. Leçon de survie n° 101 : ne jamais dévaloriser un voyou. Elle baissa donc les yeux, voûta ses épaules et se fit aussi invisible que possible. Délibérément, elle détournait son regard de Squelette. Elle marchait les yeux rivés au sol, et c'est ainsi qu'elle vit la petite fille cachée sous une table ronde chargée de paquets de beignets, à l'extrémité de la boutique.

La toile cirée blanche qui recouvrait la table s'arrêtait à trente centimètres du sol. La gamine était couchée sur le flanc, recroquevillée, mais Sarah apercevait deux jambes fines, bronzées et sales, ramenées contre la poitrine et serrées entre deux bras, tout aussi fins, bronzés et sales. Vêtue d'un tee-shirt jaune vif, d'un short bleu, les pieds nus, la fillette avait un petit visage mangé par de longs cheveux couleur café. Immobile, elle fixait sur elle des prunelles sombres écarquillées de terreur.

Sarah cilla. Le souffle lui manqua soudain. Pendant un instant d'une extrême intensité, qui lui sembla durer une éternité, elle soutint le regard de la fillette. Son cœur se mit à battre à un rythme fou. Puis elle se ressaisit, détourna en hâte la tête, de peur que le voyou, en suivant son regard, ne découvre l'enfant.

Non, mon Dieu, non… Qu'il ne la voie pas…

— Ouvre ce putain de tiroir ! beugla le complice à la femme qui se trouvait derrière la caisse.

Sarah estima qu'ils n'étaient vraiment que deux.

— Oui, monsieur.

Le tiroir s'ouvrit bruyamment, produisant un tintement quand il atteignit le point de blocage, au moment précis où Sarah sortait de l'allée. Elle embrassa la scène d'un seul coup d'œil : la femme derrière la caisse, qui fixait le tiroir encore vibrant d'avoir été malmené, le voleur à son côté, une arme braquée sur elle. La caissière était âgée d'une soixantaine d'années, petite, bien en chair. Le genre grand-mère, avec ses cheveux poivre et sel frisés, son uniforme rouge tendu sur une opulente poitrine. La bouche tremblante, elle regardait le voyou avec effroi.

— Mets tout là-dedans, dit-il en lui tendant un fragile sac d'épicerie.

Elle obéit, vidant l'argent dans le sac avec des gestes rapides et maladroits. Ce voyou-là était plus grand et plus costaud que Squelette. Plus calme, aussi. Son arme ne tressautait pas, ne voletait pas dans tous les sens, et il ne tintinnabulait pas comme un carillon de clochettes dans le vent. Il avait la même chevelure noire et grasse que l'autre, et Sarah se demanda s'il ne s'agissait pas de deux frères. Le grand portait ses cheveux attachés en catogan, ce qui révélait une cicatrice blanche et boursouflée sur son cou. Six clous en diamant, voire davantage, de taille décroissante, suivaient le pourtour de son oreille gauche. Pas de bouc, du moins pour ce qu'elle en voyait sous le masque de loup en plastique. Les manches retroussées de son tee-shirt noir montraient un tatouage sur le biceps gauche. Que représentait-il ? Une sorte d'oiseau. Un aigle, peut-être ? En tout cas, quoi que ce fût, elle le reconnaîtrait. Si elle le revoyait...

Objectif numéro un de ce soir : survivre, pour identifier le propriétaire de ce tatouage devant un jury.

— T'as regardé partout ? C'est bien elle ? demanda Loup en se tournant vers Squelette et Sarah.

Qui prit bien garde de ne pas croiser les yeux noirs, froids, de Loup, que n'affectait pas la nervosité de Squelette. Ce type, c'était lui le mauvais. Celui qui décidait, comprit-elle. Il était le chef. Et, poussé dans ses retranchements, probablement le tueur. Une pensée qui lui arracha un frisson.

— Ouais, répondit Squelette.

— T'es sûr ?

— Merde, ouais, je suis sûr ! Pourquoi tu me traites tout le temps comme si j'étais un demeuré ?

— Je posais juste une question.

— Alors arrête de me poser des questions et basta avec ça !

À travers la vitrine, Sarah voyait les pompes à essence désertes. À l'exception de sa Sentra bleue, le parking était vide. Ainsi que le croisement devant le Quick-Pik. Au-dessus du plafond lumineux créé par les lampadaires halogènes du parking, le ciel nocturne était noir et calme. La fillette sous la table, la caissière et elle-même ne pouvaient donc compter sur personne pour les aider. Dans les grands miroirs de surveillance qui flanquaient la caisse, Sarah observait Squelette. Il se rapprochait d'elle, tout en jetant des coups d'œil inquiets vers le parking. Il continuait à faire cliqueter des trucs en métal dans sa poche et traînait les pieds. L'arme braquée sur le dos de Sarah bougeait sans cesse.

Son cœur manqua plusieurs battements lorsqu'elle se dit que la balle pouvait lui traverser le corps à n'importe quel moment. Quoi qu'elle eût pensé auparavant, quelle que soit la façon dont elle avait envisagé cette abstraction qu'était la Mort, une certitude s'empara d'elle, là, ce soir, dans ce Quick-Pik à la climatisation polaire : non, elle ne voulait pas mourir.

— C'est tout ce que tu as ? demanda Loup à la caissière en se couchant quasiment sur le comptoir.

Des larmes roulaient sur les joues de la femme, qui lui tendait désespérément le sac. Il le repoussa brutalement avec mépris.

— Soulève ce tiroir ! C'est là que tu planques les gros billets, hein ? Tu crois que je sais pas ça ? N'essaie pas de m'entortiller !

Il se retourna. Son regard quitta la femme et passa audessus de l'épaule de Sarah, pour s'arrêter sur Squelette.

— T'as regardé dans les chiottes ?

— Je t'ai dit que oui !

— OK, OK, je voulais juste être sûr.

Sarah sentit soudain quelque chose s'enfoncer dans son dos au moment où la caissière extirpait le tiroir de la machine enregistreuse. Un coup d'œil dans le miroir lui confirma ses pires craintes : Squelette pressait fermement le canon de son arme contre sa colonne vertébrale, et elle dut faire appel à toute sa volonté pour ne pas bouger. Elle avait peur que tout mouvement inattendu de sa part ne fasse partir le coup : le doigt de Squelette sur la détente était instable. Elle réussit donc à rester parfaitement immobile, les dents serrées, le corps brusquement poisseux de sueur glacée. Ces lèvres crispées et blafardes que reflétait la glace étaient-elles bien les siennes ? Son visage était livide, son regard fixe. Ses cheveux courts et noirs, encore humides de la douche prise au gymnase juste avant de rentrer chez elle, étaient plaqués sur son crâne, ce qui agrandissait ses yeux et soulignait l'arc de ses pommettes. Son dos arrondi, tandis qu'elle serrait dans ses bras le sac de cinq kilos de croquettes, aurait pu être celui d'une vieille femme. Elle n'avait que trente et un ans, mais paraissait plus âgée, bien plus âgée, constata-t-elle, sous le choc. Bon, peut-être la peur lui décolorait-elle le teint, ou bien sa pâleur était-elle due à l'absence de maquillage, ou encore à l'éclairage blanchâtre des néons… Mais le fait était là, indubitable : elle se reconnaissait à peine dans l'image de cette femme aux traits émaciés, aux yeux trop grands et hantés que lui renvoyait le miroir.

Longtemps auparavant, si longtemps qu'elle s'en souvenait à peine, elle avait été très jolie…

— Où est ce putain de fric ?

Loup avait rugi et Sarah sursauta avant de reporter son attention sur la scène devant elle. Elle accommodait sa vision quand Loup sauta par-dessus la caisse et attrapa la vieille femme par les cheveux, lui faisant lâcher le billet de cinquante dollars qu'elle tenait entre ses doigts. Le billet voleta jusqu'aux pieds de Sarah. Puis le sac plein d'argent tomba sur le comptoir en produisant un petit bruit d'outre qui se dégonfle. La caissière poussa un geignement aigu, que Loup stoppa dans la seconde en lui cognant la tête contre le dessus de la caisse enregistreuse.

L'estomac de Sarah se tordit, sa bouche se dessécha en un éclair. Ses yeux, encore élargis par la pitié et la peur, se rivèrent sur la femme.

— Tu vas me dire où il est, ce fric, hein ? Tu vas me le dire ?

Squelette ramassa les cinquante dollars et les fourra dans sa poche. Loup cogna la tête de la femme deux fois de plus contre la caisse.

— Alors ?

À chaque coup, la machine résonnait.

À l'intérieur d'elle, Sarah hurlait. Extérieurement, elle crispait les mâchoires, les poings, folle de rage contenue, sans bouger. Il fallait faire quelque chose… mais quoi ? Elle était obligée de demeurer immobile et silencieuse. Elle ne voyait pas comment intervenir. D'autant qu'au moindre signe de rébellion de sa part, la violence de Loup se retournerait contre elle.

Et cette perspective la plongeait dans une terreur sans nom.

Les cris perçants de la caissière se muèrent en sanglots plaintifs lorsque Loup lui abattit encore le front contre la caisse avec une brutalité accrue. Un autre son leur fit écho, ténu, à peine un souffle. Il provenait de dessous la table. Mon Dieu, la fillette… Sarah retint sa respiration, se garda de se retourner. Aucun des deux voyous n'avait entendu le râle, apparemment.

Elle baignait dans la sueur froide, maintenant, et son cœur battait à s'arracher de sa poitrine.

« Reste tranquille ! » intima-t-elle in petto à l'enfant. Puis elle ajouta à l'intention de Dieu, au cas où la gamine ne recevrait pas le message : « Empêchez-la de s'affoler. Que les bandits ne la trouvent pas... »

L'idée qu'ils s'aperçoivent de sa présence la glaçait de terreur. Elle éprouvait des sentiments paradoxaux en ce qui concernait sa propre vie, mais la menace qui planait sur celle de la fillette lui était insupportable. La caissière et elle-même seraient blessées, voire pire, c'était joué d'avance. Elle acceptait cette issue avec fatalisme : la situation se détériorait à la vitesse grand V. Par expérience, elle savait que la violence, une fois mise en branle, monte inexorablement vers un paroxysme.

Loup releva d'un geste sec la tête de la femme, qui hoqueta bruyamment, bouche grande ouverte, yeux chassieux. Derrière Sarah, Squelette faisait tinter ses pièces ou ses clés de plus belle. La climatisation soufflait, les réfrigérateurs ronronnaient... Les sons étaient différents et si nombreux que Sarah, manifestement, avait été la seule à percevoir le gémissement de la fillette. Ou alors, à avoir correctement interprété ce son.

« Ne sors pas », ordonna-t-elle en silence à l'enfant. Elle sentait les gouttes de sueur rouler entre ses omoplates. Son pouls était celui d'un sprinter en fin de course, sa bouche, si sèche, que sa langue elle-même, lui semblait-il, n'était plus humectée.

— Où est ce putain de fric ? répéta Loup en lâchant la caissière.

La femme en pleurs, à moitié assommée, s'effondra sur la caisse sans répondre et s'y maintint en appui sur les coudes. Ses sanglots étaient un crève-cœur à entendre. Son front portait une plaie ouverte d'environ huit centimètres, juste au-dessus de son sourcil gauche, assez profonde pour laisser voir la chair à nu le long des berges. Au bord de la nausée mais pétrifiée à cause de la fillette, Sarah fixait le sang qui dégoulinait de la blessure et s'étalait sur le visage de la femme. Mary. Elle s'appelait Mary, indiquait son badge. Levant les yeux, elle les riva quelques instants à ceux de Sarah. Ils étaient enflés et tuméfiés. Des larmes en coulaient toujours, tristes fruits de la peur et de la douleur. Elle semblait quémander l'aide de Sarah. Qui était condamnée à l'immobilité sous peine d'aggraver la situation.

Loup gifla Mary à toute volée, lui retournant la tête sur le côté.

La main de la femme se porta à sa joue. Elle s'affaissa encore plus sur elle-même.

— Où est ce fric ? Merde !

— Tout est là. Je vous jure que tout est là !

Mary pleurait si fort que ses paroles en étaient presque inintelligibles. Ses sanglots redoublèrent lorsque Loup la fit pivoter face à lui, menaçant. Elle baissa les yeux sur la caisse, incapable de soutenir le regard du voyou.

— Seigneur, ayez pitié de moi… Seigneur, je vous en supplie…

Du coin de l'œil, Sarah capta une tache blanche. La toile cirée de la table venait de bouger. La fillette avait dû changer de position, peut-être pour mieux voir ce qui se passait.

Le cœur de Sarah manqua quelques battements. Loup et Squelette n'avaient pas pu ne rien remarquer ! Et pourtant, si.

« Reste où tu es ! répéta-t-elle silencieusement à la fillette sans se détourner de Mary. Pour l'amour du Ciel, petite, reste où tu es ! »

— Tu m'avais pas dit qu'à cette heure-ci, il y avait quelques milliers de dollars ici, d'habitude ? demanda Loup à son complice.

— Si, Duke. En principe, il y en a.

Loup se raidit. Il scrutait Squelette, le dévisageait. L'atmosphère était devenue électrique. Une nouvelle vague de peur déferla sur Sarah : elle venait d'entendre le nom de Loup. Désormais, Mary, la fillette et elle savaient comment il s'appelait.

C'était pire que si elles avaient embarqué sur un toboggan au sommet d'une montagne, sans rien pour les réceptionner en bas.

— T'as pas dit mon nom, là ? demanda Loup d'un ton vibrant de rage. T'es complètement con, ou quoi ?

Puis il revint à Mary.

— Je te pose de nouveau la question : où est le fric ?

La femme aspirait l'air comme un poisson hors de l'eau.

— Ils… ils sont passés le prendre plus tôt dans la soirée. Juste après… après 10 heures. Depuis, c'est tout ce que j'ai encaissé. Je ne vous mentirais pas. Jésus m'en est témoin, je ne vous mentirais pas !

Les larmes se mêlaient au sang sur sa figure. En dessous, sa peau avait pris une vilaine couleur grise.

— Nom de Dieu ! s'exclama Duke.

Il s'était adressé à Squelette. Sarah enregistra un autre flash blanc. Elle sentait le poids du regard de la fillette. La gorge serrée, elle renouvela ses ordres muets. « Ne bouge pas, ne fais pas un bruit… »

— Tu peux pas m'en vouloir pour ça ! se défendit Squelette.

— Putain que si, je peux ! Prends le sac de la nana.

Squelette décrocha le sac que Sarah portait à l'épaule.

— Il y a quelque chose dedans ? s'enquit Loup.

— Quarante dollars à peu près, et des cartes de crédit, répondit Sarah, qui s'étonna du calme de sa voix.

Bouleversée et terrifiée, elle avait l'impression d'avoir des spaghettis bouillis à la place des jambes. Son cœur palpitait comme celui d'un oiseau pris au piège. Elle ne se faisait pas d'illusion : dans les minutes à venir, Mary et elle allaient mourir. Et si la gamine ne restait pas tranquille et dissimulée, elle mourrait aussi.

Quoi qu'il advienne, formula-t-elle dans sa tête, qu'ils épargnent l'enfant…

— Où est ton sac ? demanda Loup à Mary.

À présent, il était agité. Squelette avait cessé de remuer sa ferraille. Sarah l'entendait renifler pendant qu'il fouillait dans son sac.

Mary était toujours effondrée sur le comptoir. Elle haletait, saignait, pleurait et tremblait. Son sang dégouttait sur la surface, qui se teignait de rouge.

— À… l'arrière…, chuchota Mary.

À l'arrière ? Mon Dieu. Exactement là où il ne fallait pas aller ! Pas besoin d'être devin pour comprendre qu'à l'arrière, rien de bon ne pouvait survenir. Tant qu'ils se trouvaient à l'avant du magasin, demeurait une chance que quelqu'un se gare sur le parking, voie ce qu'il se passait et appelle la police. Mais à l'arrière !

— Combien t'as, là-bas ? demanda Loup en agrippant Mary par le bras.

Comme elle ne répondait pas tout de suite, il la secoua.

— Combien ?

— Que… quelques dollars.

— Eh merde !

Loup lança un regard noir à Squelette avant d'ajouter :

— Toute cette affaire, c'est de la merde.

Il recula, releva son arme et tira dans la tête de Mary à bout portant. Comme ça. Sans sommation, rien. Sarah eut l'impression que sa mâchoire se décrochait. Elle n'avait même pas eu le temps de prévoir ce qui allait arriver. Des sifflements dans les tympans, elle fixait l'endroit où Mary avait eu un visage. Des particules de cerveau et du sang étaient suspendues dans l'air, formant une brume rougeâtre. Les cartouches de cigarettes, les miroirs de surveillance, tout ce qui se trouvait à proximité était recouvert de résidus sanguinolents et de matière cérébrale. Mary n'avait pas crié. Elle s'était simplement effondrée comme une pierre jetée dans une mare. Elle avait disparu derrière la caisse. Son corps, en tombant, avait dû produire un bruit sourd, mais Sarah ne l'avait pas entendu. Une odeur nouvelle, celle du sang et des chairs déchiquetées, l'odeur de la mort, assaillait ses narines.

Elle crut vomir. Craignit de défaillir. Le sac de croquettes échappa à ses bras soudain flaccides. Le bruit qu'il fit en touchant le sol, elle ne l'entendit pas non plus. Tout ce qui lui parvenait, c'était le chapelet de jurons que débitait Squelette, ainsi qu'un long hululement d'horreur qu'un moment elle crut en train de s'échapper de sa gorge.

Puis elle comprit que ce n'était pas elle qui le poussait. Son regard dévia vers la table. La fillette…

— Mary ! Ma… ry…

Sa chevelure sombre flottant derrière sa tête comme un drapeau, la petite fille jaillit de dessous la table, manifestement déterminée à plonger derrière le comptoir. La table, déséquilibrée par la sortie en force de l'enfant, se renversa dans un grand craquement. Les boîtes de biscuits furent projetées en tous sens, avant de s'écraser tout autour de leur présentoir.

— Bordel, mais qu'est-ce que… ? commença Loup en se retournant.

Squelette cessa dans la seconde de dévider des injures et parut aussi tétanisé que son complice. Tous deux, pendant un infime laps de temps, parurent trop stupéfaits pour faire autre chose que regarder l'enfant qui, hurlant comme une sirène, se précipitait vers eux.

— Bordel…, répéta Loup.

Il se ressaisit, et visa la fillette.

2

Ce fut Sarah qui hurla.

— Non !

Mue par une montée d'adrénaline, elle pivota sur elle-même et frappa Loup aussi violemment qu'elle le put. Hypnotisé par l'enfant, il n'était pas sur ses gardes. Il chancela, heurta la caisse… et lâcha son arme. Le revolver tomba par terre puis glissa vers le présentoir de chips au milieu de l'allée la plus proche.

Le coup de chance tant attendu… Il était là, il fallait le saisir !

Le pouls en déroute, Sarah bondit, repoussant au passage Squelette, trop ébahi pour réagir. Elle agrippa la fillette et, sans s'attarder sur les yeux noirs pleins de terreur, se replia. Profitant de l'état de choc de l'enfant, elle la propulsa sans ménagement vers la porte.

L'enfant avait peut-être tenté de résister, mais Sarah ne l'avait pas remarqué. La fillette était menue, osseuse. Six ou sept ans et une légèreté de plume.

Tout était en mouvement. Il y avait du bruit, la confusion régnait, l'agitation était indescriptible. L'enfant criait sans discontinuer pendant que Sarah l'obligeait à reculer, faisant bouclier devant elle. Squelette se remit à jurer, pivota sur ses talons et leva son arme, prêt à prendre pour cible la femme et l'enfant sur le point de franchir la porte. Loup récupéra à quatre pattes son arme, et cria, après s'être redressé avec la promptitude d'un gymnaste :

— Descends-les ! Descends-les !

— Ouais ! J'le fais ! J'le fais !

La terreur amplifiait les perceptions de Sarah. Elle assimilait le souffle glacé du conditionneur d'air sur sa nuque au froid de la mort... Il lui semblait qu'entre les cris, les plaintes, le gong en folie de son sang pulsant dans ses oreilles, son ouïe pouvait saisir le moindre chuintement de semelle des voyous, le plus infime de leurs souffles ou le cliquetis de leurs armes. L'odeur de mort s'était intensifiée, la pénétrait par tous les pores. Ses pupilles n'enregistraient plus qu'un kaléidoscope de couleurs criardes alors qu'elle luttait pour sa vie et celle de la fillette. La seule réalité, à laquelle elle se raccrochait dans ce cauchemar éveillé, était la chaleur du fragile poignet de l'enfant. Tous ses mouvements, elle avait l'impression de les exécuter au ralenti, comme si elle évoluait dans des eaux profondes. Le bras qu'elle leva pour l'amener à hauteur de la poignée de la porte lui parut peser des tonnes. La poignée, oui... Elle n'était plus qu'à quelques centimètres de ses doigts maintenant. Les voyous étaient derrière elle. Elle voyait leur reflet dans les panneaux vitrés.

Squelette levait son revolver. Bien que floue, cette image arracha à Sarah un hurlement à réveiller les morts.

Loup fondit sur l'enfant et elle. Lui aussi pointa son arme.

Sarah contracta tous ses muscles. Dans une nanoseconde, une balle allait lui transpercer le dos…

Mais ses doigts avaient enserré la poignée. Le métal était froid dans sa paume. Elle poussa la lourde porte, franchit le seuil en un éclair, déboula sur le trottoir… L'air lourd de la touffeur d'août s'enroula autour d'elle comme une exquise couverture. Des étoiles brillaient dans le ciel. Très loin, très haut, flottait un pâle croissant de lune. Contre ses jambes, la fillette en pleurs était aussi légère, aussi immatérielle qu'un chaton.

Allez, allez… Il fallait courir…

Quatre véhicules de police, sirènes hurlantes, gyrophares clignotants tels des faisceaux de phare dans la nuit noire, débouchèrent de toutes les directions pour s'immobiliser dans le parking.

Dieu, merci…

À peine avait-elle pensé ces deux mots qu'elle ressentit une énorme secousse, comme si on lui avait frappé l'arrière de la tête avec une batte de base-ball. La douleur explosa dans tout son crâne. La force de l'impact la précipita par terre. Yeux grands ouverts, commotionnée, elle regarda ce qui semblait être la flotte tout entière des véhicules de la police locale converger vers la scène, alors qu'une pluie d'éclats de verre se déversait sur elle.

La vitrine du magasin avait explosé.

Des salves d'armes automatiques claquaient comme des pétards juste au-dessus d'elle. Elle eut le réflexe de baisser la tête. Puis elle se plaqua contre le bitume dur et cruellement rugueux. Et elle entreprit de se déplacer. Ses bras, ses genoux, son menton se déchiquetaient au fur et à mesure de sa progression. Enfin, elle s'immobilisa, gémit et s'enroula sur elle-même. Quelque chose de chaud et mouillé coulait sur sa joue.

Du sang, conclut-elle après avoir passé les doigts sur le liquide gluant : elle les regarda, ils étaient écarlates. Son sang.

La panique l'assaillit : ils lui avaient tiré dessus... Elle avait été touchée...

— Deux types ! Là... À gauche ! cria une voix d'homme.

Celle d'un policier. Très près d'elle.

— Ils essaient de filer !

— Stop. Stop. Stop !

Un seul coup de feu. Un cri.

— Maurice !

Là, c'était la voix de Loup. De Duke. Vibrante de peur.

— Lâche ton arme ! Lâche ton arme !

— OK, OK. Mais ne tirez pas ! Ne me... m'abattez pas !

Toujours Duke. Bredouillant de terreur. Puis Sarah perçut un claquement métallique, comme s'il avait laissé tomber son revolver. Squelette était silencieux.

— Mains en l'air ! Tout de suite !

Tout ce que voyait Sarah de la scène qui se déroulait, c'étaient des chaussures noires brillantes qui lui passaient devant le nez à toute vitesse. Elle restait là où elle était, choquée, à peine capable de respirer.

Elle avait mal. Très mal.

Puis une paire de ces chaussures noires s'immobilisa à hauteur de sa figure, suivie d'une deuxième.

— Bon. C'est Sarah Mason.

Un homme en uniforme s'accroupit auprès d'elle. Le monde qui entourait Sarah apparaissait et disparaissait si rapidement qu'elle ne pouvait en être sûre, mais il lui semblait bien que le policier était Art Ficus, un gradé qu'elle connaissait assez bien. Leurs rencontres s'étaient toujours déroulées dans la cordialité.

— Apparemment, elle a été touchée.

— Ouais ? Eh bien, il n'y en a pas beaucoup qui pleureront pour ça, grommela l'autre policier.

Cette voix aussi était familière. Brian McIntyre. Évidemment. Elle avait entendu cette voix juste après le déjeuner, quand elle avait fait passer l'enregistrement de sa déposition, dans son bureau. Elle n'avait pas aimé la voix de McIntyre à ce moment-là et ne l'aimait pas davantage maintenant.

Art lui toucha l'épaule, avant de lui prendre le poignet pour vérifier son pouls. Elle avait le bras complètement mou, et c'était effrayant, mais elle sentait les doigts du policier.

— Sarah, vous m'entendez ?

Elle essaya de répondre oui, mais se rendit compte avec effarement que sa bouche ne lui obéissait pas. Elle l'ouvrait, et aucun son n'en sortait. Elle tenta de bouger les lèvres, la langue, s'efforçant d'ignorer l'horrible goût âcre du sang.

Était-elle en train de mourir ? Était-ce ainsi que l'on se sentait quand on agonisait ?

Toute crainte, tout sentiment d'urgence l'avaient quittée. À la place, il y avait de la curiosité, de l'incrédulité, et une vague tristesse. Tout lui semblait irréel.

Elle ne voulait pas mourir, se dit-elle soudain.

Une pensée forte, exigeante, positive, sans ambiguïté. En dépit de tout ce qu'elle avait pu croire avant, elle savait maintenant qu'elle choisissait de vivre. Mais le choix s'offrait-il vraiment à elle ? Les êtres humains avaient-ils vraiment le droit de choisir ?

Elle ne s'attarda pas sur cette idée car une autre venait de surgir dans son esprit : quelque chose d'important… Il fallait qu'elle se souvienne de quelque chose d'important, et qu'elle en parle à Art avant que, peut-être, les ténèbres de la mort l'engloutissent. Le problème, c'était qu'elle ne parvenait pas à se rappeler.

— On a besoin d'un urgentiste ici ! cria Art.

Ses doigts abandonnèrent le poignet de Sarah pour se presser sur son cou, en dessous de son oreille. Grâce à la petite partie de son cerveau qui fonctionnait encore, elle comprit qu'il n'avait pas trouvé son pouls, qu'il le cherchait ailleurs. Puis elle distingua le bras du policier qui s'agitait pour attirer l'attention. Elle eut l'impression que les doigts pressés sur son cou lui indiquaient un message déplaisant.

— Un urgentiste ! Ici !

Elle entendait ses appels, ainsi que des cris lointains, des sirènes, et les bruits d'une intense agitation à proximité. Mais ils faiblissaient. Comme si on l'entraînait loin de la cacophonie et de l'effervescence.

Donc, c'était ainsi que venait la mort. On flottait dans l'atmosphère. Ce n'était pas si mal que cela, finalement.

À peine cette réflexion lui avait-elle traversé l'esprit qu'elle se rappela ce qu'il fallait qu'elle dise. Ce qui était si important et semblait s'être évaporé dans l'air. En un éclair, elle recouvra quelque énergie, régénérée par l'effroi.

— Ça va aller, Sarah. Respirez, bon sang, respirez !

— La… fil… lette…, réussit-elle à articuler au prix d'un effort surhumain.

La fillette, qui avait crié quand on avait tiré dans leur direction. Sarah se souvenait du son strident, ainsi que du contact du fragile poignet qu'elle serrait dans sa main. Ensuite, il y avait eu ce coup à la tête. Elle avait lâché le petit poignet au moment où elle s'effondrait sur le sol. Ensuite, elle n'avait plus entendu l'enfant. Plus de cris, plus de contact, plus rien.

Où était cette enfant ?

Du goudron, chauffé toute la journée par le soleil, montait de la vapeur imprégnée de relents d'essence, de gaz d'échappement, de poudre, et de la senteur âcre de son propre sang. Toutes ces odeurs envahissaient son nez, sa gorge, et menaçaient de l'étouffer. Rester consciente exigeait d'elle jusqu'à sa dernière once de volonté. Elle se sentait mal, son esprit tournait au ralenti, et elle était néanmoins certaine que la fillette avait cessé de crier au moment où elle-même avait été touchée. Oui, elle criait, puis ç'avait été le silence. Mon Dieu, qu'était-il arrivé à l'enfant ?

« Trouvez-la », voulut-elle dire. Mais aucun son ne sortit de sa bouche.

— N'essayez pas de parler, Sarah.

Les doigts d'Art se retirèrent de son cou. Il se remit debout et recommença à agiter le bras.

— Ici, merde ! Ici !

La fillette avait-elle reçu une balle, elle aussi ? Était-elle allongée quelque part, pas loin, blessée, baignant dans son sang ? Il faisait sombre, le parking était envahi d'ombres, tout le périmètre était un océan de vacarme, de confusion. Une toute petite fille recroquevillée, ratatinée dans un coin, pouvait échapper à l'attention.

— Où... est... la... fillette ?

Il lui semblait bien avoir posé la question à haute et intelligible voix. Pourtant, Art n'y répondit pas. Avait-il entendu ? Ou bien n'avait-elle pas parlé ? Ses lèvres avaient bougé, oui... mais aucun son n'en était sorti.

Avec l'énergie du désespoir, elle balaya du regard la petite partie du parking qui se trouvait dans son champ de vision. Le magasin était derrière elle. Devant ses yeux, se profilaient les jambes d'Art sur une portion d'asphalte noir, les pompes à essence sous leurs lampes à halogène, l'intersection avec son feu, rouge, qui passa ensuite au vert. De l'autre côté de la rue, un restaurant chinois et une surface de vente de voitures d'occasion, fermée pour la nuit. Une bonne douzaine de véhicules de police et deux ambulances, sirènes branchées et lumières clignotantes, étaient agglutinés sur le parking du magasin, ou garés le long du trottoir. Tout à coup, d'autres voitures pie apparurent au croisement. Un fourgon de police s'arrêta sur le parking. Des hommes en jaillirent, puis se mirent à courir. Ils portaient des casques, des gilets pare-balles, tenaient des fusils... Le S.W.A.T. ? Seigneur, les flics sortaient le grand jeu... Un peu plus loin, dans les lumières stroboscopiques des véhicules de secours, on ne distinguait rien, mais Sarah eut l'impression que les badauds étaient rassemblés de l'autre côté de la rue, devant la People's Bank qui occupait l'angle. Où qu'elle posât les yeux, c'était le chaos, mais la fillette n'était nulle part en vue.

Elle essaya de relever la tête puis renonça : une douleur térébrante lui avait traversé le crâne et ricochait à l'intérieur comme une boule de flipper. Un vertige la saisit. Nauséeuse et haletante, elle se rallongea et resta immobile. Son oreille gauche était aplatie contre le goudron. Maintenant, elle percevait les sirènes, les cris, les claquements de pas comme des vibrations plus que comme des sons. Et chaque seconde qui passait semblait les éloigner. Tant qu'elle ne bougeait pas, se dit-elle, elle avait une chance de dominer la perte de conscience qui menaçait. Et puis, elle ne souffrait pas. Sa tête ne lui faisait plus mal. Elle ne ressentait que d'étranges picotements, éprouvait une sensation bizarre.

Ce n'était sans doute pas bon signe.

Mais avant de se laisser sombrer, avant de permettre à la vague qui se rapprochait de l'engloutir, il fallait qu'elle sache si l'on s'était occupé de la fillette. Tant qu'elle ne serait pas fixée sur son sort, elle se battrait, elle tiendrait bon.

— On a une victime dans le magasin ! cria quelqu'un.

— Sainte Mère de Dieu…

Ils avaient trouvé Mary.

Un chariot à roulettes passa, puis un autre. Des urgentistes arrivèrent et s'accroupirent près de Sarah. On lui toucha le poignet. Des doigts fouillèrent sa chevelure.

Derechef, elle tenta de parler.

— La fillette…

— Quelle fillette ?

La question venait d'une femme en blouse blanche. Elle pressait très fort un tampon de gaze sur la tête de Sarah, derrière son oreille gauche. Cela aurait dû être très douloureux, mais non. Elle ne sentait rien. Et c'était drôle, cette réaction : voilà qu'elle s'inquiétait de n'avoir pas mal.

— Mettez-lui un masque ! ordonna la femme.

— Elle était… avec… moi. Une fillette… dans le magasin… avec moi.

Ces quelques mots eurent raison des dernières forces de Sarah. Un masque à oxygène fut plaqué sur son visage. La soudaine arrivée d'air frais lui fit l'effet d'un miracle. Elle inspira profondément, une fois, deux fois, trois fois. Les ténèbres reculèrent, mais la douleur revint au galop.

— Quelqu'un a vu une petite fille ? cria la femme en blanc à la cantonade tout en bloquant le cou de Sarah dans une minerve. Elle dit qu'il y avait une petite fille avec elle dans le magasin !

Les seules réponses que Sarah parvint à entendre furent négatives. La panique l'assaillit de nouveau, ce qui lui emballa le pouls. Où était cette enfant ? Elle devait être dans les parages. S'ils la cherchaient, ils la trouveraient !

Elle produisit des bruits sous le masque, trahissant sa fébrilité.

— Prête à rouler ? demanda un infirmier qui venait de poser un brancard par terre à côté de Sarah.

— Oui, répondit la femme en blanc pendant que Sarah criait non, sans que quiconque l'entende.

Il n'était pas question qu'on l'emmène où que ce soit tant qu'elle ne saurait pas ce qu'il était advenu de la fillette !

Elle tenta d'arracher le masque, de redresser la tête, de leur faire comprendre qu'ils devaient attendre, trouver l'enfant. Ses mouvements étaient rapides, elle agissait par instinct. Et c'était une terrible erreur. Les élancements qui en découlèrent furent un vrai martyre, une abomination. Ils la terrassèrent. En une fraction de seconde, avant de perdre connaissance, elle se rendit compte qu'elle avait eu tort de s'agiter. Puis les ténèbres revinrent en force et l'ensevelirent.

Ébahie, Sarah voyait une autre petite fille. La sienne. Alexandra Rose Mason. Diminutif : « Lexie ». Nez retroussé, taches de rousseur, joues rondes, l'enfant fixait sur elle de grands yeux bleu outremer, très sérieux. Aucun sourire sur ses lèvres couleur de fraise mûre. Sarah fut noyée sous un raz de marée d'amour. Oh, cet adorable visage… Elle détaillait avec extase chacun de ses traits. Lexie sortait du bain et ses longues boucles cuivrées étaient attachées en deux couettes par des rubans de satin bleu assortis à ses yeux. La fillette était immobile, ce qui ne lui ressemblait pas. À cinq ans, Lexie était perpétuellement en mouvement. Elle courait, sautait, dansait. Jamais elle ne marchait calmement. Elle adorait le base-ball, le football, la natation, le camping. Et le cheval. Bref, toute activité très dynamique qui se pratiquait en plein air. La plupart du temps, elle avait la figure sale, les genoux égratignés, les cheveux emmêlés, mais ce soir, dans son tee-shirt bleu tendre préféré et sa jupe en jean bien nette, elle semblait tout droit sortie du bain.

Par expérience, Sarah savait que cette apparence parfaite ne durerait pas longtemps.

— 'jour, maman, dit Lexie en souriant soudain.

Elle souriait comme elle faisait tout le reste : sans retenue, de tout son cœur. Ses yeux scintillaient, ses joues rosissaient et ses lèvres s'étiraient largement, montrant toutes ses dents, y compris l'incisive qui ne tarderait pas à tomber.

Sarah sourit en retour à sa fille, sans parler.

— Emma a apporté un gâteau, poursuivit Lexie, excitée, les joues virant au rouge alors que le bonheur que ressentait Sarah à contempler son enfant commençait à décliner. C'est son anniversaire ! C'est quand le mien, maman ?

« Le 27 octobre… »

— J'aurai six ans ?

« Oui. »

— Oh, alors Emma et moi, on aura le même âge. Mais maintenant, elle est plus vieille que moi. Elle me l'a dit.

La fillette fronça les sourcils, manifestement contrariée d'être la plus jeune. Puis son expression s'illumina de nouveau.

— Tu crois que je vais gagner, aujourd'hui ?

Aujourd'hui… Le dernier jour de la saison de baseball. La célébration devait avoir lieu à Waterfront Park. Un pique-nique serait organisé, puis la remise des récompenses. Les enfants ignoraient que les parents s'étaient entendus pour que chaque petit participant reçoive un trophée bleu et doré en modèle réduit. Ce souvenir serra le cœur de Sarah. Lexie raffolait des trophées. Dans sa courte existence, elle en avait déjà reçu deux. Un à la clôture de ses cours de natation, l'autre à l'issue des compétitions de football du printemps. Ils avaient eu droit à des places d'honneur sur sa table de nuit, où il n'en restait plus pour un troisième, même si celui qu'elle devait recevoir aujourd'hui serait de petite taille. Peut-être Lexie accepterait-elle qu'on les installe dans le salon, sur une étagère de la bibliothèque ?

Mmm. Difficile à envisager. Sa fille unique avait des idées très précises sur la façon dont les choses devaient être gérées, et ses avis étaient sans appel. Elle avait décrété que sa table de nuit était l'endroit idéal pour ses trophées.

Il serait toujours temps d'aborder ce problème plus tard. Pour l'instant, pas question de gâcher le plaisir que procurait à Lexie la surprise à venir.

« Je ne sais pas, ma chérie. On verra plus tard. »

— Je peux manger du gâteau tout de suite ?

Le sang de Sarah se glaça.

« Non, attends-moi, chérie. »

— Mais c'est mon préféré ! Du gâteau avec un glaçage au chocolat. Avec des roses dessus ! Maman, s'il te plaît…

« Non, non… Non ! » cria Sarah dans sa tête. Sans être comprise de sa fille, qui lui décocha un sourire de remerciement et s'en fut en courant.

Incapable de la retenir, Sarah, le souffle court, suivit des yeux la petite silhouette dansante qui s'amenuisait en s'éloignant. Puis la fillette se mit à sauter à cloche-pied. Elle y avait été initiée peu avant. Et elle était très fière de sa prouesse.

« Tous les enfants savent le faire », avait-elle dit tristement à la fin de l'année de maternelle.

Sarah l'avait donc entraînée au saut à cloche-pied pendant l'été, au cours des rares heures de loisir que lui laissait son travail. Sur le trottoir devant leur immeuble, elle avait donné des leçons à Lexie, et ces semaines d'effort avaient payé : à la rentrée, pour sa première année en cours élémentaire, Lexie sautait comme une championne.

— Je t'en garderai un morceau, maman ! lança la fillette par-dessus son épaule, dans un grand et ultime sourire.

Le cœur de Sarah se fissura.

« Reviens, bébé. Je t'en prie, reviens ! »

Mais Lexie continua à s'éloigner, dans sa bienheureuse innocence.

Les yeux rivés sur sa fille qui n'était plus qu'un petit point dans le lointain, Sarah souffrait tant qu'elle ne parvenait plus à respirer. Avec ses couettes qui tressautaient, ses petites jambes fines qui formaient les figures qu'elle était si fière de réaliser, Lexie semblait tellement joyeuse, insouciante…

« Non… Non… Non ! »

Les larmes noyaient les yeux de Sarah. Des hurlements se bloquaient dans sa gorge. Elle luttait avec toute son énergie contre la détresse qui ne serait plus longue à s'emparer d'elle.

« Lexie… Lexie ! »

Mais Lexie ne se retourna pas. Sarah savait qu'elle ne le ferait pas. On ne changeait pas le passé. Il était irrévocable, gravé dans la pierre. Irréversible.

Le bruit de ses propres sanglots la réveilla. Ses yeux s'ouvrirent tout grands. Lexie était partie. De nouveau.

Un désespoir ravageur l'envahit, la pétrifiant, gelant son sang, la plongeant dans des ténèbres plus sombres que celles de l'Arctique à minuit.

Un rêve. Tout cela n'avait été qu'un rêve. Bien sûr.

Comment avait-elle pu s'imaginer qu'elle s'habituerait un jour ? se demanda-t-elle en s'efforçant de retrouver une respiration normale. Le poids qui lui écrasait la poitrine était le même qu'autrefois. Non, elle ne s'habituerait jamais. La douleur était toujours intolérable. Une plaie à vif que les souvenirs fouaillaient comme des fers rougis. Elle tremblait de tout son corps, exhalait un souffle saccadé, et ses joues étaient trempées de larmes.

Lexie…

Elle gémit, puis se tut.

« OK. Tiens bon, se dit-elle. Tu peux le faire »

Mais sa résolution flancha. La peine refusa de se retirer. Elle se découvrait incapable de se dominer. Sa seule consolation était que sa souffrance morale anesthésiait la douleur physique. En comparaison, celle-ci semblait négligeable. Son cœur n'était plus qu'une boule de chagrin, dans laquelle aboutissaient toutes ses ramifications nerveuses. Les maux de son corps se regroupaient dans son cœur, ne faisant plus qu'un. Les élancements, les coups de boutoir dans sa tête, l'enflure qu'elle tâtait de la main n'avaient aucune importance. De ridicules maux, par rapport au supplice qui s'était installé à demeure dans son esprit.

Viendrait-il un temps où elle aurait moins mal ?

Elle connaissait la réponse de longue date. Non, ce temps ne viendrait pas.

Il ne lui restait plus qu'à serrer les dents et à continuer d'avancer.

Déployant toute son énergie mentale, elle réussit à effacer les images rémanentes du rêve et à se concentrer sur le présent. Elle avait appris que c'était là son seul moyen de survie.

Bien. Maintenant, les priorités. Tout d'abord, pourquoi avait-elle l'impression d'être passée sous un camion ? C'était la question numéro un et, dans sa mémoire chancelante, il fallait qu'elle en cherche la raison. Elle était allongée sur le dos, la tête légèrement surélevée, à même une surface douce qu'elle supposa être un lit. Pendant un moment, immobile dans la pénombre, elle essaya de comprendre pourquoi la chambre était si froide, et d'où venait l'odeur légèrement aigre qui y régnait. De même, elle s'efforça d'identifier l'origine du bip-bip régulier qu'elle entendait derrière elle. Elle sursauta quand elle se rendit compte que cette pénombre ne lui était pas familière. Elle ne se trouvait ni dans sa chambre ni dans son lit ! La semi-obscurité était percée par une clarté verdâtre, qui lui permit de discerner la forme de son corps sous les draps, puis des ombres mouvantes.

Soudain, elle se tendit comme un arc et son cœur manqua quelques battements : elle venait de comprendre que ce qu'elle distinguait, cette ombre fluctuante, qui lentement se redressait et se précisait, était la silhouette d'un homme de haute taille qui sortait d'un coin ténébreux et s'approchait du lit.

3

— Tu es réveillée ?

Elle connaissait cette voix ! C'était celle de Jake.

Elle se détendit, relâcha son souffle. Au cours des sept dernières années, peu à peu, Jake Hogan était devenu son meilleur ami, l'être qui se rapprochait le plus d'un membre de la famille. Il avait été là dans les pires moments, lui prodiguant conseils et soutien, lui procurant une aide morale comme matérielle lorsqu'elle en avait eu le plus besoin. Depuis, il était resté l'épaule sur laquelle elle s'était appuyée tout en menant son combat pour survivre à l'épreuve et, plus tard, pour redevenir, avec un succès mitigé, celle qu'elle était avant. En retour, elle avait tenu la main de Jake lors de son divorce et au cours d'autres périodes critiques, la plupart de celles-ci étant dues à son entêtement, qui ne l'amenait jamais à rien de bon. Jake et elle connaissaient leurs secrets respectifs, partageaient l'amour de la pêche, des équipes de sport de l'université de Caroline du Sud, des films d'horreur idiots et, en général, passaient du bon temps ensemble lors des rares fois où ils allaient faire la fête. Détective privé, Jake avait pour principal client le bureau du procureur. Il gravitait donc dans la même sphère professionnelle que Sarah, et ils se soutenaient mutuellement. Il y avait aussi un charmant bonus dans leur relation amicale : quand Sarah avait besoin d'un cavalier pour une réception ou un événement mondain, elle pouvait compter sur lui. Le malus, c'était l'aversion profonde de Jake pour les bavardages au téléphone et le shopping. Ce qui expliquait d'ailleurs l'absence de petite amie régulière dans sa vie.

— Salut.

Elle avait une voix de zombie, remarqua-t-elle. Sa langue lui semblait de bois, et elle avait dû déglutir à plusieurs reprises avant de parvenir à articuler ces deux syllabes. De surcroît, elle avait l'impression que la chambre bougeait. À moins que ce ne soit elle. Ou alors, quelque chose dans sa tête était vraiment en mauvais état de fonctionnement.

Elle opta pour cette dernière hypothèse.

— Tu as sacrément gémi. Tu as mal ?

La lumière au-dessus du lit s'alluma. Sarah cilla, éblouie par la soudaine clarté. Pendant quelques instants, tout ce qu'elle discerna, ce fut la silhouette un peu trouble de Jake. Avec son mètre quatre-vingt-dix et ses presque cent kilos, il occupait tout son champ de vision. Torse puissant, large carrure, le champion de football qu'il avait été à l'Université commençait à perdre quelques onces de sa prestance. À trente-neuf ans, il s'amollissait un petit peu à la taille. Mais tout le reste dégageait encore une extrême fermeté. Ses traits étaient d'une virilité absolue. Mâchoire large et carrée, yeux marron chocolat, bouche au dessin austère à cause des lèvres fines, qui ne s'adoucissait même pas lorsqu'il était de bonne humeur... Du sang de Cherokee coulait dans ses veines, à qui il devait son nez à l'arête sévère, ses cheveux noir corbeau, qu'il coupait court, et son teint bistre.

— Un peu.

Sarah avait coassé plus qu'elle n'avait parlé. Elle se sentait désorientée, nauséeuse, et douloureuse des pieds à la tête. Ses pensées se mettaient en place si lentement qu'elle avait l'impression d'entendre les rouages de son cerveau s'imbriquer les uns dans les autres. Elle comprit que, si elle ne pouvait réfléchir clairement, c'était à cause des reliquats du rêve. Lexie... Non... Elle s'interdisait de repartir dans un monde où Lexie était encore là. Elle proscrivait ces errances dans les souvenirs. En état d'éveil, elle y parvenait. Mais quand elle dormait...

— Ça va aller.

— Superwoman, hein ? fit Jake en posant la main sur la sienne.

Une main réconfortante, grande et chaude. Qui lui faisait prendre conscience que ses propres doigts étaient glacés.

— Ne commence pas, OK ?

Elle remua doucement ses doigts, puis ses orteils. Bien. Tout semblait normal.

— Si tu as mal, il faut le dire, Sarah. C'est pour ça qu'on a inventé les toubibs et les sédatifs.

Sarah ne répondit rien, même si elle savait que son silence irritait Jake : lorsqu'elle avait désespérément besoin d'aide, elle se refusait à en demander, estimait-il. Pour l'instant, elle ne se sentait pas de taille à se chamailler avec lui, à ressasser de vieux griefs. Quoi qu'elle ait prétendu, elle n'allait vraiment pas bien. Le visage de Jake lui paraissait soudain flou. Elle essaya d'accommoder sa vision en fixant divers points autour d'elle, mais l'effort déclencha une telle douleur qu'elle se borna à lancer de prudents coups d'œil de biais. Elle découvrit alors avec inquiétude qu'elle se trouvait dans une chambre d'hôpital. Le lit était étroit. Elle avait la tête prise dans ce qui évoquait, au toucher, un casque de protection comme ceux des footballeurs. La clarté verte qui l'avait intriguée plus tôt, avant que Jake n'allume la pièce, provenait d'un moniteur. Il lui fallait tourner légèrement la tête pour l'apercevoir. Le bip-bip régulier émanait d'un autre moniteur. D'une potence placée sur sa gauche pendait une poche à moitié pleine de produit de perfusion qui coulait jusqu'à son bras par une longue sonde transparente. À sa droite, dans le coin le plus éloigné de la chambre, elle distinguait un fauteuil de relaxation en vinyle noir. À son inclinaison, sa position face au lit, elle comprit que Jake était resté assis dessus jusqu'à ce que ses plaintes l'amènent auprès d'elle. En dehors de tout cela, elle voyait aussi une fenêtre masquée d'un rideau beige, une petite table de nuit avec un téléphone, un broc, des verres et une télécommande. Un téléviseur éteint était fixé au mur par un support métallique. C'était tout. Une chambre d'hôpital typique, mais au moins, quelqu'un s'était débrouillé pour lui en faire avoir une privée.

Cela ne lui disait toutefois ni pourquoi ni comment elle était arrivée là.

— Que… s'est-il… passé ?

Les sourcils noirs de Jake se froncèrent jusqu'à se rejoindre.

— Tu ne te rappelles pas ? demanda-t-il en la dévisageant.

— Pas… pas vraiment.

Ce dont elle se souvenait avec clarté, c'était de Lexie près de son lit, de Lexie s'éloignant…

Son cœur battit de nouveau la chamade, mais elle se ressaisit en hâte et revint au présent, prenant conscience que ses yeux étaient brûlants, son nez bouché et ses joues mouillées. Jake savait qu'elle avait pleuré. Il n'y avait pas longtemps, elle lui avait juré qu'elle ne se réveillait plus en larmes, et ce n'était pas tout à fait un mensonge. Avec un peu de chance, il allait penser qu'elle venait de pleurer et de gémir à cause de douleurs dans la tête…

Il lâcha sa main et toucha sa joue trempée du bout de l'index.

— Un mauvais rêve, ma puce ? s'enquit-il d'une voix empreinte de tendresse.

Au temps pour ses illusions : il avait compris. Elle n'avait pas de chance, et il était très perspicace. Pour ne rien arranger, il la connaissait trop bien.

— Oui, avoua-t-elle à contrecœur.

— Lexie ?

— Oui, répéta-t-elle dans un long soupir.

Puis, pour tenter de donner le change, elle porta précautionneusement la main à sa tempe droite, là où la douleur semblait s'être concentrée. Ce fut une erreur. Le geste déclencha dans sa tête un élancement aigu, et la chambre se mit à tourner. Si elle n'avait pas aussitôt retiré sa main et fermé les yeux, elle se serait évanouie, elle en était sûre.

— Je me sens… toute drôle.

— Ça ne m'étonne pas.

Elle songea qu'il aurait pu avoir une autre réponse. Peut-être le fit-il. Elle n'en sut rien car, en dépit de toute sa volonté, elle sombra de nouveau.

Lorsqu'elle rouvrit les yeux, quelques rayons de soleil filtraient à travers le rideau beige toujours tiré. Aucune lumière n'était allumée, et la chambre était pleine d'ombres. Toutefois, Sarah y voyait assez pour examiner ce qui l'entourait. Elle se trouvait bel et bien dans une chambre d'hôpital. Pendant un moment, elle resta parfaitement immobile, presque effrayée à l'idée de bouger, respirant l'odeur de désinfectant qui l'avait déconcertée auparavant. Elle écoutait les différents ronronnements, les bips-bips des engins qui faisaient leur travail. Cette fois, l'impression d'être passée sous un semi-remorque ne la surprit pas, et pas davantage la paire de Nike posée, semelles en l'air, sur la couverture bleu clair tendue sur son lit. Son regard remonta des chaussures jusqu'à la tête de Jake, qui était installé dans le fauteuil de relaxation. Il portait le même short de toile avachie et le même tee-shirt bleu foncé que précédemment. Ses longues jambes étaient croisées à hauteur des chevilles, ses bras musclés sur sa poitrine, sa nuque calée contre l'appuie-tête. De son visage elle ne voyait que le dessous du menton mal rasé. Tout d'abord, elle le crut endormi, puis se rendit compte que ses yeux entrouverts étaient fixés sur elle.

— Alors ? De retour parmi les vivants, ma puce ?

Elle souleva complètement les paupières, avec appréhension, et laissa échapper un soupir de soulagement en voyant que rien ne se passait. Elle n'avait pas mal !

— On dirait bien que oui.

Jake posa les pieds par terre puis se redressa. Il s'étira en bâillant.

— Comment te sens-tu ?

— Comme une merde.

Et encore, elle sous-estimait son état. Son pouls battait si fort qu'elle avait l'impression qu'un marteau-pilon lui barattait le cœur. Ses genoux, coudes, menton et hanche gauche n'étaient qu'un maelström de douleurs. Sa gorge lui semblait de parchemin, sa bouche pleine de coton.

— Il y a de l'eau ?

— Bien sûr.

Jake se mit debout, remplit un verre d'eau, y plaça une paille et le lui tendit.

— Merci.

Elle but et l'eau froide lui fit du bien. Si sa tête et le reste de son corps n'en retirèrent aucun bénéfice, sa gorge perdit un peu de sa terrible sécheresse. Elle était toujours un peu groggy, son esprit luttait contre le brouillard qui l'obscurcissait, mais elle eut soudain un déclic : que fichait Jake dans cette chambre d'hôpital ? La dernière fois qu'elle avait eu de ses nouvelles, il faisait de la plongée dans les Keys de Floride avec sa conquête du moment.

— Tu n'es pas censé être en vacances ? demanda-t-elle alors qu'il replaçait le verre vide sur la table et se laissait tomber dans le fauteuil en bâillant de plus belle. Pourquoi es-tu ici ?

— Morrison m'a appelé.

Larry Morrison, procureur du comté de Beaufort et chef de Sarah, était aussi, à l'occasion, un partenaire de pêche de Jake, ce qui présentait des avantages et des inconvénients. Cette relation amicale permettait parfois à Sarah de savoir quelle décision prendrait Morrison sur telle ou telle affaire sans avoir à le lui demander directement. Un plus pour sa carrière. Mais elle avait également l'impression, de temps à autre, que Jake et le procureur se liguaient contre elle, ce qu'elle n'appréciait pas.

— Quelle heure est-il ?

Une idée venait de la galvaniser, traversant tout à coup le brouillard qui engluait ses pensées. Elle essaya de se relever en prenant appui sur les coudes, et y renonça dans l'instant : sa tête faisait de nouveau des siennes et la chambre se transformait en manège. Elle referma les yeux et se rallongea en grognant.

— Il faut que je me lève ! Je dois être au tribunal à 9 heures. L'affaire Parker.

— Oublie ça pour aujourd'hui. Ne te fais pas de souci, Morrison a dû s'organiser pour te remplacer, et de toute façon…

Il consulta sa montre.

— … il est 8 h 42.

Autrement dit, à moins d'être rapide comme l'éclair, elle avait autant de chance d'arriver à temps au tribunal que de s'envoler pour la Lune. Elle déplaça sa main vers son crâne. Bon sang, sa tête était aussi peu mobile que si elle avait été prise dans un bloc de cinq cents kilos de ciment ! Ses doigts tâtaient des couches de bandages. En poussant plus avant son exploration, elle comprit que toute sa tête était entortillée dans un turban de gaze d'une incroyable épaisseur.

Ses yeux s'ouvrirent tout grands : un souvenir venait de jaillir comme un flash.

— On m'a tiré dessus ! s'exclama-t-elle, incrédule.

— Eh oui, fit Jake d'un ton triste. Mais finalement, la blessure s'est révélée superficielle avec, pour faire bonne mesure, un gros traumatisme quand tu es tombée par terre. Tu as perdu pas mal de sang. Et des cheveux.

Les yeux de Sarah s'arrondirent.

— Ô mon Dieu… Si Morrison t'a appelé en Floride, on a dû penser que j'allais mourir !

— J'étais chez moi. En fait, je suis rentré hier après-midi.

— Mais…

Le processus était douloureux, mais elle retrouvait par paliers sa lucidité, constata Sarah.

— C'est jeudi. Tu ne devais pas revenir avant dimanche.

Jake haussa les épaules.

— Il s'est passé un truc, au boulot. J'ai été obligé de raccourcir mes vacances.

Sarah se rappela soudain le nom de la poupée blonde.

— Je parie que Donna n'a pas apprécié.

— C'est Danielle. Et elle a été très compréhensive.

Tout à coup, Sarah se moquait comme d'une guigne du prénom de la petite amie de Jake. Sa mémoire fonctionnait maintenant à peu près normalement, et les souvenirs qu'elle faisait surgir n'avaient rien de réjouissant.

— Mary… La caissière… Elle ne s'en est pas sortie, hein ?

— Non.

Jake attrapa le cordon du rideau qui pendait à côté de lui et se mit à le tortiller. Sarah avait remarqué cela depuis longtemps : quand Jake était embarrassé, qu'il cherchait à dissimuler la gravité de ce qu'il avait à dire, il occupait ses doigts. Elle comprenait que la mort de la caissière émeuve Jake. Tout endurcie qu'elle soit en tant que procureur aguerri, Sarah elle-même était émue. Cette femme était une victime innocente, la tuerie, dénuée de sens. Si l'affaire lui était confiée, ce qui ne serait pas le cas dans la mesure où elle était témoin, et qu'il y aurait donc conflit d'intérêt, elle demanderait la peine maximale pour les meurtriers. Et l'obtiendrait. Mary méritait que l'on punisse ses assassins sans pitié.

— La petite fille qui était avec moi dans le magasin, que lui est-il arrivé ?

L'anxiété éprouvée précédemment revenait en force, mais en sourdine, sans doute ralentie par le temps passé depuis les événements et les drogues qui coulaient dans ses veines.

— Quelle petite fille ? demanda Jake en fronçant les sourcils.

— Elle était cachée sous une table. Quand Mary a été tuée, elle est sortie en criant. Je l'ai attrapée et j'ai fui en l'entraînant. Au moment où j'ai reçu la balle, je la tenais encore.

Jake cessa de jouer avec le cordon et lui jeta un regard dubitatif, que Sarah n'eut aucun mal à interpréter.

— Qu'est-ce que tu penses ? Que je suis cinglée ? Elle était là !

— Je n'ai jamais dit qu'elle n'y était pas, repartit Jake sur un ton calme. C'est simplement que j'entends parler d'elle pour la première fois.

— Pourrais-tu te renseigner ?

Jake hocha lentement la tête.

— Entendu.

Il se leva, s'étira derechef, puis se dirigea vers la porte tout en faisant onduler ses épaules engourdies et son cou endolori par l'immobilité. Il entrouvrit la porte, sortit la tête par l'entrebâillement puis parla à voix basse avec quelqu'un qui se trouvait dans le couloir et que Sarah ne voyait pas. Lorsqu'il referma le battant et revint vers son lit, Sarah songea que si cela n'avait pas été si douloureux, elle aurait froncé les sourcils.

— À qui parlais-tu ? Et de quoi ?

L'expression vide de Jake lui avait déjà donné une des deux réponses attendues : il n'avait rien appris concernant la fillette.

— Morrison a fait placer un flic en uniforme à la porte, dit Jake. Il y restera jusqu'à ce que tout ça soit réglé.

Sarah oublia les prudentes résolutions qu'elle venait de prendre deux secondes plus tôt : elle fronça les sourcils. Et la grimace qui résulta de la douleur n'arrangea rien : un gémissement lui échappa. Elle s'astreignit donc à décontracter ses traits.

— Jusqu'à ce que tout ça soit réglé ? Quoi, exactement ?

— Il faut d'abord qu'on sache qui t'a tiré dessus.

Ses doigts tambourinaient sur le matelas. Ses yeux étaient injectés de sang, ses cheveux en broussaille et il avait besoin d'un bon coup de rasoir. Sarah comprit brusquement que, mis à part quelques brefs assoupissements dans le fauteuil, il n'avait dormi que d'un œil. Il paraissait fatigué, de mauvaise humeur et peu désireux d'affronter une nouvelle journée. À peu près comme elle, finalement, à cette différence près qu'il n'avait pas la tête enturbannée et pas d'élancements.

— Le tireur, c'était soit Duke, soit Squelette, déclara-t-elle avec agacement. Et si je devais parier, ce serait sur Duke. C'est lui qui a abattu Mary. Mais sur un plan légal, ça ne fera pas de différence : les deux seront accusés de meurtre, peu importe lequel a pressé la détente. Oublions ces deux salauds. Ce que je veux savoir, c'est où est la fillette.

La crispation des mâchoires de Jake, l'étrécissement de ses yeux étaient très explicites. Il n'avait nul besoin de parler, Sarah lisait en lui comme dans un livre ouvert : il doutait que la fillette eût jamais existé.

Elle serra les lèvres, puis lâcha :

— Écoute, il y avait bel et bien une petite fille. Six ou sept ans. Un peu moins d'un mètre trente, cheveux, yeux et peau sombres.

Le coup d'œil que lui décocha Jake l'amena à préciser avec véhémence :

— Elle ne ressemblait absolument pas à Lexie !

— Mmm…

Voilà une réponse qui semblait en dire long sur ce que Jake pensait de sa santé mentale, songea Sarah. Elle essayait de trouver en elle assez d'énergie pour se mettre en colère quand il ajouta :

— Ce qu'on m'a raconté, c'est que tu étais dehors et les deux voyous encore dans le magasin derrière toi lorsqu'ils t'ont tiré dessus. Ça te semble tenir la route ?

Sarah réfléchit quelques instants. Elle se rappelait avec de plus en plus de clarté les scènes qui avaient précédé sa fuite et sa blessure par balle. On aurait dit des images extraites d'un film d'horreur. Elle revoyait la tête de Mary qui explosait, entendait les cris d'épouvante de l'enfant. Elle ressentait presque de nouveau sa propre terreur lorsqu'elle avait agrippé la fillette et s'était mise à courir avec elle.

Elle opina très légèrement, revoyant à la baisse ses mouvements de tête, par une légitime précaution.

— Je venais juste de sortir. Je tenais la fillette par le poignet.

— Donc, sauf si tu t'es retournée au dernier moment vers le magasin, aucun des deux mecs n'a pu te tirer dessus. Les toubibs d'ici, en accord avec celui de la médecine légale, qui est passé hier soir pour t'examiner et donner son avis sur la question, ont conclu que la balle que tu as reçue a été tirée par quelqu'un qui se trouvait face à toi.

— Quoi ? s'exclama Sarah, amorçant un froncement de sourcils qu'elle interrompit dans la seconde. Je ne me suis jamais retournée ! Je suis sortie en courant du magasin avec la fillette et je n'ai pas regardé derrière moi.

Mentalement, elle se repassa la succession d'événements, les yeux à moitié clos sous l'effet de la concentration. Et zut ! Cela aussi déclenchait la douleur. OK. Au cours des prochaines heures, elle serait La Femme à l'Expression de Marbre.

— La vitrine a explosé en mille morceaux après que j'ai été touchée, j'en suis presque sûre. Je me rappelle avoir entendu tomber les éclats de verre.

Jake acquiesça d'un hochement de tête. Cela semblait confirmer ce qu'il pensait déjà.

— L'hypothèse, Sarah, c'est que les voleurs étaient trois. Un est actuellement en prison, le deuxième a été blessé par les flics et dans un état critique en soins intensifs, sous bonne garde vingt-quatre heures sur vingt-quatre. Le troisième, celui qui t'a tiré dessus, a pu s'enfuir. Je crois qu'il faisait le guet, et qu'il a paniqué quand il a vu la tournure que prenait le casse. Si ce type existe bien, les flics l'auront.

Cette fois, Sarah eut le bon réflexe : pas de froncement de sourcils, pas d'yeux élargis de surprise, rien qui fasse bouger le moindre muscle situé plus haut que la pointe de son nez. Elle s'était toujours enorgueillie de sa capacité à apprendre vite…

— Qu'est-ce que tu entends par « s'il existe bien » ? On m'a tiré dessus de face. Donc il existe !

L'expression de Jake l'inquiéta. Un soupçon marquait son intonation quand elle lui demanda :

— Il existe bien, n'est-ce pas ?

— Il est toujours possible que le coup de feu ait été tiré par quelqu'un d'autre.

Rester impavide… Oh, que c'était difficile…

— Par qui ?

— On ne sait pas, pour l'instant. Peut-être quelqu'un qui t'en voudrait.

— Qui m'en voudrait à ce point ? s'exclama Sarah, qui trouvait l'idée choquante. Tu plaisantes, Jake ! Je suis la douceur incarnée.

Jake lui décocha un petit sourire.

— Tout procureur se fait des ennemis, y compris toi, Maximum Mason.

Le surnom, gracieuseté d'un avocat de la défense auquel elle s'était âprement opposée au cours de sa carrière, ne la vexa pas.

— Et alors ? Je m'efforce de retirer les criminels du circuit. Intente-moi un procès si ça ne te plaît pas.

— Je suggérais simplement qu'il y a des gens qui ne t'aiment pas.

— Les victimes m'aiment, les bandits me craignent.

Sarah parodiait la phrase écrite sur l'une des casquettes de base-ball de Jake, qui disait « les femmes m'aiment, les poissons me craignent ». Ce qui lui valut un autre petit sourire.

— Marrant.

Bon, elle n'avait toujours pas droit au froncement de sourcils, songea Sarah. Décidément, se prendre une balle dans la tête était sacrément mieux que le Botox pour éviter les rides. Si elle pouvait mettre ça en bouteille, sa fortune était faite.

— À supposer que ce soit un ennemi perso, il m'aurait suivie, et aurait attendu le moment opportun pour me descendre. Ou bien…

Sa voix se fêla. Puis mourut. Jake lui lança un regard interrogateur. Elle riva ses yeux aux siens.

— Brian McIntyre a été l'un des premiers flics à arriver sur la scène du crime.

Des mots lourds de sens.

— Tu sais, Sarah, je ne voudrais pas enfoncer le clou, mais attaquer des flics comme tu te l'es autorisé n'a peut-être pas été la décision la plus intelligente que tu aies prise.

Indignée, Sarah se redressa, et sa tête lui fit payer ce mouvement intempestif. Elle se laissa retomber, vaincue par la douleur.

— Je n'ai pas attaqué la police, mais deux flics qui étaient accusés de viol.

— Ouais. Par une pute embauchée lors d'un enterrement de vie de garçon qui a mal tourné. Crois-moi, c'est une affaire que tu ne gagneras pas.

— Tu sais quoi ? Le problème, quand on est procureur, c'est qu'on ne choisit pas ses clients. On prend ce qui nous arrive. Alors peut-être que Crystal Stumbo n'est pas une vestale vierge. Et quand bien même ? Elle a été blessée, elle saignait ; ils l'ont sacrément malmenée. Qu'est-ce que j'étais censée lui répondre, lorsqu'elle est venue me voir ? Que la loi ne s'appliquait pas à elle ? Pour moi, elle s'applique à tout le monde.

Sarah s'interrompit, le temps d'une longue inspiration, puis reprit sur un ton plus tempéré :

— Quoi qu'il en soit, elle avait été juste engagée pour danser.

— Non. Pour un strip-tease. Et elle a déjà été condamnée pour prostitution.

— À Atlanta. Elle est venue à Beaufort dans le but de repartir de zéro.

— Sarah..., commença Jake avant de s'interrompre.

Il secoua la tête, et rengaina les paroles qu'il s'apprêtait à prononcer. Manifestement, il n'avait pas l'intention d'insister sur un sujet qui allait tourner à la dispute. Ils s'étaient affrontés sur ce point dans le passé et s'opposeraient encore dans l'avenir. Il campait sur ses positions, Sarah sur les siennes, et chacun défendait ses arguments bec et ongles contre ceux de l'autre.

— Je ne pense pas que Brian McIntyre soit le tireur, Sarah. Pour un excellent motif : il sait pertinemment que tu n'as aucune chance de voir aboutir l'accusation lancée contre lui et son coéquipier ou l'autre mec.

Sarah ouvrait la bouche pour riposter mais il lui intima l'ordre de se taire en levant la main.

— La police ne t'apprécie pas en ce moment, mais je ne croirai jamais que l'un de ses membres soit assez idiot pour te tirer dessus. Il y avait probablement un troisième type en planque. Ce doit être ça, la clé du mystère. Il va se faire choper et la question sera réglée.

À mettre en bas de la pile, donc, d'après Jake, et à ne ressortir que le jour où elle aurait envie ou besoin de s'enquiquiner avec quelque chose. Dans l'immédiat, elle avait d'autres priorités.

— Jake, je veux qu'on retrouve la fillette, dit-elle d'une voix tendue.

Le regard de Jake se fit insondable.

— Tu me charges de ça ?

— Oui.

Dans la mesure où Jake travaillait beaucoup pour le bureau du procureur, ce qui incluait un certain nombre d'heures consacrées à Sarah Mason, elle pouvait lui confier toute mission de son propre chef, avec rémunération à la clé. Mais à cause des restrictions budgétaires, demander à Jake de chercher la petite fille risquait de ne pas plaire à Morrison. Il considérerait que Sarah sollicitait les services du détective privé à des fins personnelles. Elle aurait droit à un refus pour raisons d'éthique. D'autant que, en dépit de ses assurances, elle avait un petit doute quant à la réalité de cette enfant. Peut-être l'avait-elle imaginée… Bref, elle ne tenait pas à ce que l'enquête de Jake soit réalisée pour le compte du bureau du procureur.

— Euh… À bien y réfléchir, Jake, rien d'officiel. Mais, s'il te plaît, cherche la fillette pour moi, OK ?

— Tu veux que je te fasse un petit cadeau, hein ?

Il avait bien interprété la demande. Il soupira. Il était d'accord, Sarah le savait.

— Le magasin avait des caméras de surveillance, déclara Jake. Il doit y avoir une vidéo. Si nous vivons dans un monde idéal, la police l'aura déjà mise sous scellés. Je vais mettre la main dessus et la regarder.

Sarah sourit largement, et découvrit que cela aussi était douloureux.

— Jake, mon vieux pote, tu es le meilleur. Je…

Un petit coup frappé à la porte l'interrompit. Sans attendre qu'on l'invite à entrer, Morrison passa la tête dans l'ouverture.

— Hé, salut ! Vous êtes réveillée ? Et décente ?

Il acheva de pousser le battant dès qu'il vit que Sarah était effectivement réveillée, et que Jake et elle le regardaient. Quant à être décente, c'était une autre histoire, songea Sarah. Elle portait une succincte chemise d'hôpital verte sans rien dessous, se rendit-elle soudain compte. Elle inclina doucement la tête pour vérifier que son corps était couvert et remonta la couverture jusqu'au cou. Dans son esprit, s'exposer à l'œil appréciateur de son chef ne l'aiderait pas à gravir les échelons vers le sommet de sa carrière.

— Alors ? Comment va notre héroïne ?

Cette fois-ci, ce fut Jake qui fronça les sourcils. Sarah voulut l'imiter, puis se rappela à temps qu'elle allait en souffrir.

— L'héroïne ? lancèrent-ils dans un parfait duo.

— C'est ce qu'on raconte.

Grand, mince, une petite cinquantaine d'années, Morrison souriait chaleureusement à Sarah. Visage osseux respirant l'intelligence, creusé de profondes rides autour de la bouche, yeux couleur ambre agrandis par les verres de ses lunettes sans monture qui avaient une fâcheuse tendance à glisser le long de son nez aquilin. Chauve, élégant, bien intégré dans tous les cercles politiques, il était aussi très décontracté, ce qui plaisait beaucoup à Sarah. Sa préoccupation numéro un du moment, c'était d'être élu gouverneur de l'État dans deux ans, ce qui impliquait que son procureur-adjoint, en l'occurrence Sarah, assume la considérable charge de travail de routine du bureau. Bosser dur était récompensé par davantage de boulot encore. Conséquence : une rotation permanente du personnel. Sarah avait obtenu sa promotion à la tête des Homicides quand son boss, John Carver, avait eu une attaque en plein travail à la mi-mai. Tous espéraient que Carver reviendrait un jour ou l'autre. Mais si cela ne se produisait pas, Sarah, Morrison le lui avait promis, aurait définitivement le poste. Morrison savait désormais qu'il pouvait compter sur elle, et Sarah qu'il ne lui mettrait jamais de bâtons dans les roues. Leur tandem fonctionnait donc parfaitement. Morrison, lorsqu'il s'était fixé un but, était un vrai requin, très talentueux et pugnace. Mais dans la mesure où il ne montrait ces traits de caractère qu'à l'extérieur du tribunal, Sarah l'aimait beaucoup. En cet instant, dans son costume bleu marine d'excellente coupe, sa chemise blanche empesée, sa cravate rouge, il était l'image vivante de ses affiches de campagne. Il traversa la chambre pour allumer la télévision.

— J'ai vu ça au bureau des infirmières, en arrivant, dit-il. Regardez un peu.

Un dessin animé surgit sur l'écran. Pendant quelques instants, Sarah resta bouche bée. Qu'essayait-il de lui faire comprendre ? Qu'elle ressemblait à l'une des petites sorcières du cartoon « Les filles Powerpuff » ? Ce n'était vraiment pas ainsi qu'elle voulait qu'on la voie !

— Prenez la télécommande, demanda impatiemment Morrison à Jake. Et passez sur Channel 5.

L'image bascula, et Sarah se découvrit à l'écran en train de regarder Duke que l'on poussait, menottes aux poignets, vers un fourgon cellulaire. Dans la nuit, on distinguait le Quick-Pik en arrière-fond, et une multitude de lumières rouges clignotantes tout autour de la scène signalaient la présence de nombreux véhicules de secours. Manifestement, une équipe de la télévision était arrivée à temps pour filmer une partie des événements.

« ... a été identifié, disait une commentatrice en voix off, que reconnut Sarah : la blonde Hayley Winston. Il s'agit de Donald « Duke » Coomer, trente-deux ans. »

Duke était embarqué sans douceur dans le fourgon.

« Comme vous le voyez ici, il a été arrêté. Maintenant, d'autres informations... »

— Zut ! On l'a loupé ! s'exclama Morrison. Vite, Jake, passez sur Channel 3.

Jake s'exécuta et Sarah manqua d'air quand elle fut confrontée à sa propre image : dans un film granuleux, elle se vit frappant Duke, puis se retournant pour attraper la petite fille, qui était aussi réelle que Sarah l'avait affirmé.

Dieu, merci, elle n'était pas folle ! Elle le savait depuis le début.

Le film provenait de la caméra-vidéo de surveillance, bien sûr. De même qu'il était évident que la police ne l'avait pas mis sous scellés puisque les journalistes y avaient eu accès. Pas de son, prise de vue trouble... Pourtant, l'esprit de Sarah combla immédiatement les manques. Mary venait juste d'être tuée, la petite fille hurlait...

« ... courageux comportement de Sarah Mason, substitut du procureur du comté de Beaufort, a sauvé sa vie et celle d'une fillette inconnue au cours du vol à main armée qui a eu lieu la nuit dernière au magasin Quick-Pik, situé à l'angle de Lafayette Street et de la route 21... »

Sur l'écran, Duke se précipitait vers l'avant et Squelette se livrait à sa danse de Saint-Gui sur la pointe des pieds. Les deux voyous pointaient leurs armes comme des pros. Sarah et la fillette n'étaient plus dans le cadre. Sans doute venaient-elles juste de franchir le seuil. La vidéo ne captait que l'intérieur du magasin.

« Selon nos sources, les policiers auraient été alertés par un appel sur le 911, passé du portable de Mme Mason, qui les a d'abord conduits à son domicile, et ensuite à sa voiture, garée sur le parking du Quick-Pik, à quelques pâtés de maisons de chez elle. À leur arrivée, le hold-up était en cours... »

L'image montra soudain la vitrine qui éclatait, ainsi qu'un éclair jaillissant de l'arme de Duke, le tout presque simultanément.

— Il nous faut cette vidéo, décréta Jake. Tu vois ce que je veux dire, Sarah ?

Oui, elle voyait. L'infime intervalle entre l'éclatement de la vitre et l'éclair du coup de feu n'existait peut-être pas. Mais il semblait bien que la vitrine avait éclaté en premier. À moins que le flash blanc ne soit un phénomène qui ne se déclenche qu'après la sortie du projectile ? Qui savait cela ? Sarah, elle, en tout cas, l'ignorait. Quoi qu'il en soit, le laps de temps paraissait trop bref pour que ce soit la balle de Duke qui ait brisé la vitrine, conclut Sarah in petto. Puis elle se répéta qu'elle n'y connaissait rien en balistique. Il fallait qu'ils trouvent un expert.

Soudain, le visage de Mary apparut. La photo provenait probablement de son permis de conduire ou d'une pièce d'identité quelconque. Sarah sentit un nœud se former dans son estomac.

« Mary-Jo White a été tuée lors du hold-up. Elle avait cinquante-sept ans et travaillait au Quick-Pik depuis deux ans. Elle laisse derrière elle… »

— Arrêtez ça, s'écria Sarah en fermant les yeux.

Elle ne voulait pas en savoir davantage au sujet de Mary, de la vie dont on l'avait privée, de sa famille. Plus tard, peut-être. Mais pas maintenant. C'était au-dessus de ses forces.

« … trois enfants et quatre petits-enfants. Elle… »

Le portable de Morrison sonna.

« … était veuve et travaillait de nuit au magasin, pour être chez elle dans la journée car elle s'occupait de sa petite-fille. Elle… »

— Arrêtez ça !

Cette fois, Sarah avait crié assez fort pour être entendue, raviver la douleur dans son crâne, et s'assourdir. Une bénédiction : elle ne percevait plus rien du commentaire. Dans son métier, représenter des victimes était le lot quotidien, ce qui aurait dû l'immuniser contre l'horreur du sort de Mary. Mais ce n'était pas le cas. Au cours des quelques minutes précédant la mort de cette femme, elle avait éprouvé la même terreur qu'elle. Juste avant que Mary soit tuée, une forme d'empathie les avait reliées l'une à l'autre. La mort de Mary la touchait personnellement. Pour aujourd'hui, ce matin tout au moins, alors qu'elle souffrait tant, se sentait si fragile et s'acharnait à donner un sens à ce qui était arrivé, elle ne voulait plus entendre parler de tout cela.

Le téléviseur s'éteignit. Une gentille attention de la part de Jake, qui tenait toujours la télécommande dans la main. Dans le soudain silence, Sarah entendit Morrison dire au téléphone :

— … c'est un sacré foutoir, là-bas. Un loupé après l'autre. Heureusement que ce n'est pas nous, hein ! Ouais, tiens-moi au courant.

Il coupa la communication à l'instant où Sarah rouvrait les yeux et découvrait ses sourcils froncés.

Certains avaient bien de la chance, songea-t-elle.

— Qu'est-ce qu'il y a ? s'enquit Jake.

Morrison fixait Sarah.

— Le type qu'ils ont collé en taule, celui qui est impliqué dans le hold-up du Quick-Pik, s'est pendu dans sa cellule il y a une heure. Donald Coomer. Ils viennent juste de trouver le corps.

Sarah mit quelques secondes à comprendre qu'il s'agissait de Duke.

4

— Merde ! s'exclama Jake.

Morrison haussa les épaules et remit son téléphone dans sa poche.

— On sait qu'il est coupable. La preuve est sur la vidéo. Il aurait été condamné à mort, c'est sûr. Alors, le fait qu'il se soit pendu ne fait qu'accélérer l'exécution de sa peine et économiser au comté le fric qu'aurait coûté le procès.

— Cette affaire pue comme un putois, commenta Jake en secouant la tête. Suicide en prison, mon cul ! Quand un détenu meurt en garde à vue, on peut invariablement remercier un autre détenu ou un flic, et ça, vous le savez aussi bien que moi.

— L'autre, son complice, intervint Sarah, avait l'air complètement largué. Peut-être que Duke, enfin, Coomer, l'était aussi. Peut-être qu'il a craqué… Oui, il a craqué quand il a compris ce qui l'attendait et il a préféré en finir tout de suite.

Jake ne paraissait pas convaincu.

— Peut-être. Ou peut-être pas.

— Quoi, vous pensez que c'est un meurtre ? demanda Morrison, sceptique. Que ce type aurait été tué par un flic pour venger Sarah ?

Jake et Sarah échangèrent un regard. Compte tenu de la procédure en cours pour l'affaire de viol, leur réponse était non. Néanmoins, il restait un certain nombre d'autres hypothèses.

— Peu importe ce qui s'est passé… C'est encore une pierre noire pour l'administration de King, déclara Morrison.

Son patron semblait très contrarié, mais Sarah discernait une lueur d'allégresse dans ses yeux. Morrison et Franklin King, le maire de Beaufort, se livraient une lutte sans merci pour obtenir l'investiture du parti démocrate en vue des élections pour le poste de gouverneur. Dans la mesure où la Caroline du Sud était un État profondément démocrate, le candidat du parti l'emportait presque toujours. Toutes les cinq élections environ, les citoyens votaient pour un Républicain. Sarah ne se faisait aucune illusion : c'était pour cela que Morrison n'avait émis aucune objection quand elle l'avait poussé à ouvrir le dossier Crystal Stumbo : le département de la police était inféodé au maire. Il suffisait de mettre le feu à un flic pour que tous les autres roussissent. Et Morrison tenait vraiment à ce que le maire, au bout de la chaîne, se carbonise.

— Qui sait si celui qui faisait le guet n'a pas été chopé pour autre chose, la nuit dernière, et n'est pas en taule lui aussi ? suggéra Jake, comme s'il pensait à voix haute. Il sait qu'il encourt la peine de mort pour complicité.

Une bonne raison de liquider son copain qui aurait pu le dénoncer, non ? L'autre, celui qui était dans le magasin avec Duke, il est toujours en soins intensifs sous garde permanente, exact ?

— Oui, confirma Morrison. Même situation que Sarah ici. Jake, compte tenu des circonstances, je m'en tiens à l'hypothèse du suicide. C'est le scénario le plus vraisemblable. Mais sait-on jamais. Faites donc une petite enquête sur ceux qui pouvaient se trouver dans le coin quand Coomer a claboté.

— D'accord.

— Vous croyez que j'ai réellement besoin d'une protection policière ? demanda Sarah à Morrison.

Elle se sentait encore un peu sonnée, en décalage par rapport à la réalité, mais pas assez pour être anesthésiée contre la peur. Paradoxalement, cela la réconforta. Tels les premiers bourgeons printaniers qui annoncent l'été, craindre pour son sort était un bon signe. Enfin, elle renaissait à la vie.

— Probablement pas, répondit Morrison, surtout maintenant que Coomer est mort. L'autre type, Maurice Johnson, qui s'est révélé être son cousin, représente une menace pour le troisième larron. Pas vous. Vous n'avez pas distingué la personne qui a tiré sur vous, n'est-ce pas ?

— Non.

— Alors vous pouvez sans doute dormir tranquille. Mais il régnait une telle confusion quand on vous a amenée ici, hier soir, qu'il nous a semblé que deux précautions valaient mieux qu'une.

— Bon raisonnement, approuva Jake.

Sarah ignora la remarque de son ami. Elle gardait les yeux rivés sur son patron.

— La petite fille, celle que vous venez de voir sur la vidéo, est-elle sous protection, elle aussi ?

— Pas à ma connaissance. Personne ne m'avait parlé de cette enfant. Je n'ai découvert son existence que grâce à la vidéo.

Le téléphone de Morrison sonna de nouveau. Il décrocha, écouta, puis déclara à son correspondant :

— OK, j'arrive.

Puis il coupa la communication.

— Bon, Jake, Sarah, je dois y aller.

Avant de partir, il fit au revoir de la main.

— Il y a des endroits où il faut se montrer, des dossiers à traiter… Vous savez comment c'est, Sarah. Toujours sur la brèche. En tout cas, je suis content que vous vous en soyez sortie.

— On l'est tous, renchérit Jake d'un ton sec.

— Attendez ! s'écria Sarah alors que Morrison était sur le point de quitter la chambre.

Le procureur s'arrêta, la main sur la poignée de la porte, et la regarda d'un air interrogateur.

— J'étais censée être au tribunal à 9 heures. L'affaire Parker contre Caroline du Sud. Liz Wessel est le juge et vous savez comment elle réagit quand quelqu'un ne répond pas à l'appel. Je vous en prie, dites-moi que vous m'avez trouvé un remplaçant.

— J'ai envoyé Duncan. Elle l'adore. Il va demander un report, et ça ne devrait pas poser de problème. Tout le monde est au courant de ce qui vous est arrivé.

Il sourit.

— Un sacré atout pour mettre le bureau en valeur, Sarah. Les télévisions vont repasser en boucle cette vidéo pendant des jours. Avec un beau titre : « l'adjointe du procureur sauve une petite fille ». Notre service des relations publiques va en faire ses choux gras.

Là-dessus, il sortit. Sarah attendit qu'il ait refermé derrière lui pour darder sur Jake un regard triomphant.

— Je te l'avais bien dit, qu'il y avait une fillette.

— Hé, je n'en ai jamais douté, assura-t-il en souriant.

— Ouais, c'est ça, répliqua-t-elle sévèrement.

Puis elle soupira en cherchant une position plus confortable.

— Laisse tomber. Contente-toi de chercher cette gamine pour moi, veux-tu ? Je ne pense pas qu'elle ait été touchée par une balle.

— Si c'était le cas, on l'aurait appris, et ce serait sur toutes les chaînes.

— C'est ce qu'il me semble.

— Elle est peut-être rentrée en courant chez elle. Une aussi petite fille… Elle devait être terrifiée.

Oh, oui, elle l'avait été, songea Sarah, qui revoyait le petit visage déformé par la peur et entendait encore les cris.

Elle chassa ces images qui la bouleversaient, et tenta de se concentrer sur les quelques informations qu'elle avait en sa possession.

— Elle connaissait Mary. Quand elle a été abattue, la fillette est sortie en trombe de dessous la table en hurlant son nom.

— Sale spectacle pour une gosse.

— Oh, oui.

Sale spectacle pour n'importe qui.

Un petit coup frappé à la porte annonça une infirmière, qui entra dans la chambre sans attendre d'y être invitée. C'était une femme dodue d'une quarantaine d'années, aux cheveux châtains hérissés, qui portait des lunettes à monture d'écaille. Vêtue d'une blouse bleue, elle poussait un chariot de métal dont les roues grinçaient.

— Comment vous sentez-vous ce matin, madame Mason ? demanda-t-elle en souriant. Voilà le petit déjeuner. J'ai seulement besoin de procéder à quelques contrôles rapides et…

— Je me sens bien, déclara Sarah, distraite par le brusque retrait de Jake qui libérait le passage.

— Je sors, annonça-t-il quand l'infirmière glissa un thermomètre sous la langue de Sarah et lui prit le poignet pour vérifier son pouls. Je reviendrai plus tard. Si tu as besoin de quoi que ce soit, Abbott est devant la porte.

Jake haïssait les aiguilles et tout ce qui se rapportait à des soins médicaux. Sarah était donc étonnée qu'il soit resté si longtemps auprès d'elle. Il avait fallu qu'il soit très inquiet, pour consentir à ce sacrifice.

— Pas de problème avec la perfusion ? demanda l'infirmière.

Elle pressa la chair tout autour de l'aiguille pour s'assurer qu'elle était bien en place sous le sparadrap. Jake blêmit et fonça vers la porte.

— Jake…, fit Sarah d'une voix vibrante.

Il s'arrêta et se retourna.

— Je sais. Je dois trouver la fillette.

— Merci. Oh, attends… Je pense à autre chose. Seigneur ! Sweetie-pie ! Peux-tu passer chez moi pour le laisser sortir ? Et lui donner à manger ?

— Pourquoi moi ? grommela Jake.

— Parce que tu es là ! Parce que tu es mon ami, et parce que tu as la clé de ma maison, expliqua Sarah sur un ton enjôleur.

Elle aurait bien aimé battre des cils, mais cela faisait partie des mouvements du haut du visage, à bannir absolument. De surcroît, l'infirmière s'occupait maintenant du bandage qui lui entourait la tête. La sagesse exigeait donc de ne rien bouger, pas même un cil.

— Je ne suis pas revenue à la maison depuis ma petite virée au Quick-Pik, Jake. Sweetie-pie doit vraiment avoir besoin de sortir. Et puis, il t'aime !

Jake produisit un son qui suggérait l'écœurement.

— Pardon ? fit Sarah.

La bouche de Jake se crispa, ce qui amusa Sarah : en bonne avocate, elle savait reconnaître la capitulation quand elle la voyait.

— Tu auras une dette envers moi, Sarah.

— Je sais. Une grosse. Merci.

— Hé, est-ce que tu es en train de rigoler ?

— Non, bien sûr que non. Rire me ferait mal à la tête.

Elle se tut quelques instants : une autre idée venait de lui traverser l'esprit, gâchant son petit accès de gaieté.

— Jake, en chemin, tu pourrais t'arrêter quelque part pour acheter des croquettes pour chien ? Je n'en ai plus, c'est pour ça que j'étais allée au Quick-Pik.

— T'ai-je déjà dit que tu étais une emmerdeuse de première ?

— Souvent.

Lui aussi était amusé, constata Sarah. Mais il s'efforçait de le cacher.

— Il adore les Kibbles'n Bits, précisa-t-elle alors que Jake ouvrait la porte.

Puis elle s'abandonna aux soins de l'infirmière.

Le problème avec Sweetie-pie, autrement dit Doux Chéri, c'était qu'il n'avait rien de doux, mais alors rien du tout. Quarante kilos de totale inertie, tout juste interrompue de temps à autre par des pics de mauvaise humeur. Jake ne lui reprochait pas vraiment ces côtés désagréables. Le chien de Sarah était particulièrement moche, le genre de bête au sale caractère fait pour combattre ou garder des champs de cannabis. Quand on songeait qu'il était contraint de répondre en public au petit nom de Sweetie-pie depuis neuf ans qu'il était sur cette terre… ! Il devait en concevoir une profonde humiliation. Chaque fois que Jake pensait à cela, il pardonnait presque au chien le dégoût avec lequel il observait le monde qui l'entourait. Enfin, il lui pardonnait… presque.

Presque, oui, se répéta Jake en entrant prudemment dans la modeste villa de briques de Sarah. Une villa qu'elle avait dû acheter parce qu'aucun propriétaire n'aurait accepté de lui louer un appartement à cause de son molosse. Lequel accueillit Jake par un grognement à faire se dresser les cheveux sur la tête.

— Hé, Sweetie-pie ! Salut à toi aussi.

Il referma la porte derrière lui avec quelque réticence et se traita de froussard, exactement le qualificatif dont l'aurait gratifié Sarah. Les grognements de bête fauve avaient le don de le plonger dans une peur bleue qui le poussait à prendre ses jambes à son cou. Il regarda le bien-aimé toutou de Sarah avec circonspection tout en se dirigeant vers la cuisine. À l'instar du reste de la maison, la pièce était parfaitement spartiate. Murs blancs sans tableaux ni photos, ni autres accessoires décoratifs, stores occultants, parquets sombres, mobilier réduit au strict minimum.

Le nécessaire pour la vie de tous les jours était là, mais pas le confort, et encore moins la chaleur.

C'était tout Sarah, ça.

Il avala le reste de la barre chocolatée achetée au Thornton's Mini-Mart, vida le gobelet de café qui venait du même magasin, le tout lui tenant lieu de petit déjeuner. Lorsqu'il posa sur le comptoir le sac de Kibbles'n Bits dont il avait fait l'acquisition selon les ordres de Sarah, il en regarda la surface. Blanche, comme les appareils ménagers. Les placards, la petite table et les chaises étaient, eux, d'un bois foncé. Il leva les yeux vers la pendule. 9 h 25. Zut, mille tâches diverses l'attendaient. Mais le bon côté de son job, c'était l'autonomie qu'il lui assurait. Il s'organisait comme il l'entendait, et déterminait lui-même ses horaires. Le mauvais côté, c'était que ses revenus dépendaient entièrement de la quantité de travail abattu. S'il ne se mettait pas à l'ouvrage, il ne mangerait pas. Ne paierait pas sa facture d'électricité, le crédit de sa maison, les salaires. Et la liste était longue.

Morrison attendait les résultats de son enquête sur l'affaire Perry, c'est-à-dire la remise à plat de l'emploi du temps du meurtrier présumé, dont l'alibi était la pièce maîtresse. Autre dossier, autre contenu : Fortis Assurance Company comptait à 17 heures aujourd'hui sur un dossier bien documenté au sujet d'un gang bien organisé, dont les membres s'entassaient dans de vieilles voitures, roulaient sur l'autoroute, freinaient brutalement de façon à être emboutis par l'arrière, et ensuite réclamaient à la compagnie d'assurance des indemnités pour tous les gens blessés dans l'épave. Ensuite, il y avait Eli Schneider, un éminent avocat, qui voulait un rapport sur les activités amoureuses de la future ex-femme de l'un de ses clients, toujours à 17 heures. Et ce n'était là que la partie émergée de l'iceberg dont son pauvre cerveau parvenait à se souvenir dans l'immédiat. Quand il regagnerait son bureau, il ne doutait pas qu'une montagne d'autres missions urgentes allait attirer son attention.

Et puis il y avait Sarah. Toujours Sarah.

Il avait vécu l'enfer, la nuit dernière, lorsqu'il avait appris qu'elle était blessée par balle. En arrivant à l'hôpital, il était en nage, couvert d'une sueur glacée. Même après avoir appris de la bouche des médecins que sa blessure par balle était relativement mineure, il n'avait pas réussi à se relaxer. Ensuite, une question l'avait hanté : qui avait tiré sur Sarah ? Et pourquoi ? Quelqu'un s'était-il servi de l'attaque à main armée du magasin pour masquer sa tentative de meurtre ? L'hypothèse était faible, mais réelle. La possibilité qu'un troisième complice, caché jusque-là, ait voulu réduire au silence un témoin de l'agression était également infime, mais là encore, ne pouvait être exclue. Maintenant qu'il avait bien réfléchi à ces questions et intégré la mort de Coomer à la donne, une nouvelle possibilité lui était apparue : un guetteur posté à l'extérieur du magasin et désireux d'éliminer ses complices, car ils étaient susceptibles de l'impliquer dans le carnage. En cherchant à abattre Coomer et l'autre type, le cousin de Coomer, il avait touché Sarah sans le vouloir. Ou alors… Bon sang, il ne disposait que de suppositions… Le seul témoin survivant en dehors de Sarah était la fillette. Qui, Dieu merci, n'était pas le produit de l'imagination de Sarah. Elle existait bien. Il fallait à tout prix la localiser au plus vite. Pour que Sarah recouvre quelque sérénité et lui aussi. Le troisième complice, s'il faisait la chasse aux témoins visuels, devait traquer cette enfant. C'était peu vraisemblable mais, encore une fois, possible. Ce ne serait qu'une fois ce problème réglé, une fois que toutes les questions qui le hantaient auraient eu leur réponse, qu'il respirerait normalement, se sentirait allégé d'un terrible poids et de toutes les idées noires qui lui tournaient dans la tête. Dans l'intervalle, il ferait tout ce qui était en son pouvoir pour protéger Sarah.

Or, au lieu de foncer, il perdait son temps sur sa mission numéro un de la matinée : préparer le petit déjeuner du foutu clebs de Sarah !

— Sweetie-pie ! Viens, mon garçon…

Le chien avait disparu. Mais un long grondement menaçant prouva à Jake qu'il était bien vivant, pas loin, et conscient d'avoir un ennemi dans la place. Le son provenait du fond du couloir, là où se trouvaient les deux chambres. Celle de Sarah, où le chien s'était sans doute installé, et la chambre d'ami, une pièce que Jake connaissait bien. Il y avait dormi souvent au fil des années, les nuits, par exemple, où il était trop saoul pour conduire jusque chez lui. Ou quand Sarah avait tout simplement besoin de sa présence. Mais il y avait aussi eu des nuits où ils s'étaient soutenus moralement.

Il avait toujours dormi là. Jamais dans le lit de Sarah.

Depuis longtemps, il s'était interdit de songer à coucher avec la jeune femme. Dans son esprit, le sexe et Sarah occupaient deux cases distinctes. Elles étaient nombreuses, les femmes avec lesquelles il pouvait faire l'amour, et il ne s'en privait pas. Quant à Sarah, pour ce qu'il en savait, elle vivait dans l'abstinence depuis sept ans, depuis qu'il la connaissait.

Il se demandait parfois comment il réagirait si elle prenait un amant.

Le moment venu, il le découvrirait, se dit-il avec amertume tout en ouvrant la porte arrière. Dans l'immédiat – et apparemment, l'avenir n'apporterait rien de neuf –, ils étaient les Meilleurs Amis du Monde, comme écrit sur la carte d'anniversaire qu'elle lui avait envoyée le mois dernier pour ses trente-neuf ans. Lorsqu'il l'avait lue, il avait fait la grimace et failli demander ce qui se produirait s'il se lassait d'être le meilleur ami du monde.

Mais il s'était tu, et l'occasion était passée. Ensuite, il avait été submergé de travail, et Sarah aussi. Jusqu'à la nuit dernière, où on lui avait tiré dessus.

Ce qu'il éprouvait à ce sujet et les émotions qui en découlaient présentaient matière à réflexion, et il faudrait qu'il s'y penche plus tard. Quand il en aurait le temps, et à tête reposée.

Il revint donc sur sa préoccupation du moment : faire du baby-sitting pour Cujo. Il devait au plus vite se débarrasser de cette charge.

— Sweetie-pie, chantonna-t-il.

Il se trouvait idiot. Voilà où menait le fait d'être le Meilleur Ami du Monde d'une femme : tous les inconvénients d'une liaison et aucun des avantages. Bon sang, si Sweetie-pie était d'aussi mauvais poil qu'il semblait l'être, songea Jake, des deux, ce serait lui qui sortirait en flèche de la maison dans quelques minutes.

— Ici, Sweetie-pie !

Un cliquetis continu, celui produit par les ongles du chien sur le parquet, avertit Jake : le monstre était en mouvement.

Jake poussa la porte-moustiquaire, de façon que le chien, dès qu'il apparaîtrait, puisse filer directement vers la sortie. La cour arrière était petite, nette, et solidement clôturée. Le grillage d'origine, au maillage industriel léger, avait été doublé d'une palissade haute de deux mètres. En effet, les nouveaux voisins, du côté gauche, avaient un chat. Un chat dorloté, adoré. Connu sous le nom de Saint-Graal de Sweetie-pie. La palissade avait été dressée pour atténuer les funestes tentations du molosse.

De l'avis de Jake, la question n'était pas de savoir si Sweetie-pie était capable de s'offrir le chat pour le petit déjeuner, mais quand il se l'offrirait.

Un coup d'œil à sa montre lui apprit qu'il était maintenant 9 h 35. Il sentait son impatience grandir, mais ne le montra pas car, en sus d'être laid et acariâtre, Sweetie-pie était aussi extrêmement réceptif aux émotions des humains autour de lui. Sarah le qualifiait de « très sensible ». Ce qui surprenait Jake au plus haut point. Néanmoins, il était indubitable que, face à un être chez qui il ne percevait pas d'amour, Sweetie-pie manifestait un bien étrange comportement. Il était capable de tournoyer autour de la personne sans lui laisser le loisir de s'échapper, ou de l'acculer dans un coin et de ne plus bouger tant que l'intrus n'avait pas battu en retraite en grimpant le long du mur. Jake se rappelait avoir lutté avec un balai pour obliger le chien à s'extirper de dessous le lit de Sarah et en avoir tremblé de peur. La chambre était décidément l'endroit où il n'irait pas, sauf s'il n'avait vraiment pas le choix.

— Viens, Sweetie-pie !

Il pensait son intonation sucrée, mais à l'évidence, elle recelait une fausse note, parce que Sweetie-pie, qui tournait le coin juste à cet instant, lui répondit d'un grognement bien senti, babines relevées. Jake put ainsi admirer deux rangées de superbes crocs d'un beau blanc nacré qui n'auraient pas déparé dans *Les Dents de la mer*.

— Bon chien-chien, fit Jake entre ses dents, mentant de façon éhontée.

Il tapota la porte-moustiquaire en un geste d'invite.

— Tu veux sortir ?

Grondant toujours, Sweetie-pie hésita, ses yeux noirs vrillés dans ceux de Jake comme Tony Soprano fixant une taupe du FBI. Jake se mordit les lèvres, et s'exhorta à ne pas abandonner son poste. Il en allait de sa fierté et de sa virilité, sapristi ! Il se répéta pour la millième fois qu'il ne comprendrait jamais pourquoi Sarah avait choisi ce chien. Sweetie-pie était un bâtard avec une tête de pitbull et un corps de rottweiler. Poil court et rêche, noir avec quelques taches fauve. Chacune de ses pattes avait la taille de la main de Sarah. Il était doté d'une longue et épaisse queue qu'il portait bas. Pas question qu'il la remue, oh, non. C'était pour les chiens normaux, ça. Sweetie n'était pas du genre à agiter joyeusement la queue, point barre.

Le problème, c'était que Sarah l'aimait. Et Jake comprenait quand même un peu pourquoi. Lexie et Sarah l'avaient sauvé de la fourrière quand il n'était qu'un bien malheureux bébé de six mois, victime de maltraitance. La petite Lexie l'avait baptisé Sweetie-pie, le nom le plus inapproprié qui soit pour le chiot, d'après Jake. En dépit des soins et de la tendresse que Lexie et sa mère lui avaient prodigués, il s'était toujours méfié de la race humaine, des membres du sexe masculin en particulier.

Mais, et cela était indiscutable, il aimait Sarah. Et il avait aussi aimé Lexie, Jake en était certain.

Ce qui expliquait qu'il soit là maintenant, dans la cuisine sans couleurs de Sarah, à essayer de convaincre cette andouille de clébard qu'il devait sortir et aller arroser son arbre favori.

— Dehors, Sweetie-pie.

De nouveau, mais avec un peu plus de force, Jake tapota la porte-moustiquaire. Sweetie-pie, qui le connaissait très bien, et persistait à lui dire à sa manière qu'il n'appréciait pas leur relation, cessa de grogner et se mit en branle vers la porte. Il dardait sur Jake un regard mauvais, ses babines toujours retroussées montraient encore de superbes crocs menaçants, mais il ne grondait plus, ce que Jake considéra comme un immense progrès. Quand il passa devant Jake, le chien banda les muscles de ses épaules, comme s'il s'attendait à recevoir des coups. Jake se raidit lui aussi, et il fit une petite prière pour que ses mollets nus restent intacts. Le chien se détendit une fois le seuil franchi. Il traversa la terrasse, descendit les marches. Relâchant son souffle, Jake referma la porte-moustiquaire. Le son fit se retourner Sweetie-pie, qui s'immobilisa et leva longuement la patte sur le chèvrefeuille au ras du perron. Jake n'osa pas intervenir. Il soupçonna le chien de se payer sa tête.

Le prochain round consisterait à le faire rentrer. Un problème qui n'était pas immédiat, même s'il était de taille. En attendant, Jake alla remplir la gamelle de Kibbles'n Bits, le bol d'eau, revint jeter un coup d'œil à travers la moustiquaire pour s'assurer que Sweetie-pie ne croquait pas un chat mais faisait bien ce qu'il avait à faire, puis se rendit dans la salle de bains pour son propre compte.

Au milieu du couloir, il perçut soudain une petite musique, un son argentin qu'il n'avait jamais entendu chez Sarah.

Qu'est-ce que c'était ?

Il ralentit le pas et écouta attentivement.

« Quand tu rêves sur une étoile… »

Il lui avait fallu une minute pour reconnaître la mélodie déformée par une mauvaise sonorité. Puis il se rendit compte qu'elle venait de la chambre de Sarah. De derrière la porte close.

Cette porte qu'elle laissait toujours ouverte parce que Sweetie-pie adorait dormir sous son lit.

Le signal d'alarme interne, qui lui avait permis de rester en vie au cours de ses neuf ans de carrière en tant qu'agent du FBI, retentit. La musique était inoffensive, une simple chanson d'enfant, mais l'entendre ici, à ce moment précis, dans la maison supposée vide de Sarah, lui donna la chair de poule. Il savait, d'instinct, qu'une surprise désagréable l'attendait de l'autre côté de cette porte fermée.

Mû par un vieux réflexe, il porta la main là où aurait dû se trouver son Glock, ce revolver qui avait autrefois fait partie intégrante de son corps au même titre qu'une jambe ou un bras, puis se rappela en une fraction de seconde que, dans sa nouvelle et paisible existence de détective privé, il n'était plus armé. Le Glock reposait dans un tiroir de son bureau.

Merde !

Il pouvait aller en quatrième vitesse au bureau chercher le Glock et revenir.

Il pouvait appeler les flics et les laisser fouiller la maison.

Ou il pouvait se préparer à se défendre avec le ridicule petit couteau qu'il avait dans sa poche après avoir ouvert la porte à la volée.

Il était trop impatient pour la première solution, trop macho pour la deuxième. Ou trop stupide.

Retenant son souffle, écoutant la musique qui lui donnait des frissons, il opta pour la solution numéro trois. Il sortit le couteau et en fit jaillir la lame. Il était petit, mais c'était le sien et il saurait s'en servir si besoin était. Les doigts fermement serrés autour du manche, il marcha jusqu'au fond du couloir, tourna la poignée, poussa la porte de la chambre de Sarah…

Et resta pétrifié par ce qu'il vit.

5

Des jouets étaient éparpillés dans toute la pièce. Une poupée Barbie. Une Corvette de plastique rose d'une soixantaine de centimètres. Une baguette de fée. Un petit miroir rouge au cadre formé de fleurs. Un cheval à bascule noir. Une licorne en peluche.

« Quand tu rêves sur une étoile... »

La petite mélodie tournait toujours dans sa tête quand Jake se rendit compte de ce qu'il regardait : les jouets de Lexie, que personne n'avait touchés depuis des années. Sarah les avait rangés dans son armoire, dont la porte à glissière était à présent entrouverte. La grande boîte bleue dans laquelle se trouvaient les jouets était renversée sur le côté. Des morceaux de papier de soie blanc en sortaient, étalés sur le parquet sombre comme de gros flocons de neige. Le couvercle gisait à l'envers sous la commode.

Un souffle d'air glacé passa sur la joue de Jake. La chambre était anormalement froide. Un froid spectral.

Il s'exhorta au calme, se dit qu'il fallait mettre cette température polaire sur le compte de l'air conditionné.

Il n'y avait personne dans cette pièce. Il en eut la confirmation après l'avoir balayée du regard. À moins que… que quelqu'un ne soit caché sous le lit, ou dans la partie fermée de l'armoire. Mais non. La chambre de Sarah était vide. Comme le reste de la maison, elle était petite et meublée simplement. Un lit double à dosseret, bien net, couvert d'une courtepointe impeccablement tendue qui descendait jusqu'au sol, contre le mur, face à la porte, entre deux fenêtres à croisée dans le style des années cinquante. Les volets fermés bloquaient le rayonnement du soleil, laissant la pièce dans la pénombre. Sur la table de nuit, une pendulette, un téléphone et un livre. En face du lit, une coiffeuse de chêne lisse surmontée d'un miroir. Aucun objet sur le plateau. L'ameublement de la chambre se limitait à cela, et il était exactement tel que Jake l'avait imaginé. Si son arrivée venait d'interrompre un cambrioleur en pleine action, celui-ci n'avait eu le temps que de fouiller l'armoire.

Non. Pas l'armoire. La boîte dans l'armoire. Et ça, c'était bizarre. Et puis, comment le malfrat avait-il pu éviter le chien ?

Eh bien, en entrant par la fenêtre, sans doute. Une fois la porte de la chambre fermée, Sweetie-pie s'était retrouvé bloqué dans le couloir.

Mais qu'avait fait le voleur ? S'était-il amusé avec les jouets de Lexie ? Cela ne tenait pas debout.

Jake se dirigea avec précaution vers les fenêtres : elles étaient fermées et les crémones verrouillées. Il revint sur ses pas, veillant à ne pas déplacer au passage les jouets disséminés, la boîte béante ou les papiers qui s'en échappaient, puis il regarda à l'intérieur de l'armoire. Le meuble était peu profond et un coup d'œil suffisait pour s'assurer que personne n'était caché dedans. À première vue, tout était en ordre. Les vêtements de Sarah suspendus à des cintres par ordre croissant de teintes, toutes neutres, selon le goût de la jeune femme. Ses chaussures, environ six paires, bien alignées sur un râtelier fixé à la cloison, des tennis aux escarpins à talons moyens. Aucune fantaisie. L'étagère du dessus supportait des bacs de plastique transparent.

D'ordinaire, la boîte à jouets se trouvait par terre, dans le fond gauche de l'armoire, Jake le savait pour l'y avoir vue auparavant. À sa connaissance, Sarah n'y avait jamais touché au cours des quatre années précédentes.

Pourtant, peu avant, quelqu'un avait ouvert l'armoire, sorti et renversé la boîte, et éparpillé les jouets sur le parquet dans toute la chambre.

La question était : qui ?

Tout en se posant la question, Jake s'agenouilla pour jeter un coup d'œil sous le lit. Rien, Pas le plus infime mouton de poussière, mais le vieux chien en peluche qui ressemblait à Sweetie-pie…

« Quand tu rêves sur une étoile… »

Jake se releva et suivit le son à l'oreille. La licorne ! C'était d'elle que provenait la musique.

La chanson s'arrêta dès que Jake eut attrapé le jouet.

Les sourcils froncés, il regarda la peluche. C'était un jouet de très petit enfant, contenant une boîte à musique. Long de trente centimètres, avec un nez de velours, une queue en fils iridescents, des sabots de satin brillant et une corne dorée. Un ruban de soie bleue était noué autour de son cou. Les cils d'argent surmontant les yeux bleus étaient incroyablement longs, le corps de satin et de velours blanc. À l'intérieur, Jake sentait quelque chose de dur. Le mécanisme d'où s'échappait la musique. Pas d'interrupteur, rien qui permît d'arrêter ou de déclencher la chanson, mais lorsqu'il retourna le jouet, la ritournelle reprit.

« Quand tu rêves sur une étoile... »

La petite mélodie lui donna la chair de poule. Il s'empressa de redresser le jouet et ce fut le silence. Par curiosité, il le fit de nouveau basculer, et les notes aigrelettes s'égrenèrent de nouveau. Quand la licorne était sur le flanc, la boîte à musique se mettait en marche. Lorsqu'elle était sur ses pattes, elle s'arrêtait.

Un instrument de torture pour un adulte, ce jouet ! Jake aurait parié que Sarah n'en pouvait plus d'entendre cette chanson, et ce bien avant qu'elle ait dû reléguer la licorne dans le carton.

Elle traînait dans la chambre, maintenant, parmi d'autres jouets, au lieu de dormir sagement dans la boîte. Comment cela avait-il pu se passer ? Quand ? Pour quelle raison ? Sweetie-pie serait-il allé se servir parmi les jouets ? Mmm. Douteux. Pas plus qu'il ne remuait la queue, Sweetie-pie ne jouait. Pour ce que Jake en savait, il mangeait, dormait, grognait de façon menaçante et sortait. Il était aussi porté sur les activités ludiques qu'un arbre.

Les yeux rivés sur la licorne, Jake réfléchissait.

La mystérieuse intrusion n'avait pas eu lieu pendant qu'il était dans la maison. Impossible, pour un voleur, de s'introduire par la fenêtre à ce moment-là. Ni de ressortir par ce même chemin. La maison était trop petite. La personne qui était entrée avait dû le faire peu avant son arrivée. Probablement au cours de la nuit, alors que Sarah était à l'hôpital.

Ou alors, Sarah était l'auteur de cet étrange désordre…

Il examina derechef la chambre. Les jouets étaient dispersés au petit bonheur la chance, comme si un enfant peu soigneux avait vidé la boîte d'un seul coup. Difficile d'imaginer Sarah, la maniaque de l'ordre, pour laquelle ces jouets étaient des reliques, commettant pareil acte.

Mais d'un autre côté, il était aussi difficile d'envisager que l'auteur de ce capharnaüm soit un voleur. L'hypothèse ne tenait pas debout. Dans le reste de la maison, aucun signe de fouille n'était visible, pas plus que d'effraction. Et puis, se répéta Jake, Sweetie-pie était là. Dans le passé, Jake avait eu affaire à toutes sortes d'individus, des brutes sanguinaires et des voleurs à la petite semaine, des trafiquants de drogue et des drogués, des criminels en col blanc, qui tous lui avaient donné du fil à retordre. Il les avait tous affrontés sans ciller. Aucun n'avait su le stopper aussi vite et efficacement que Sweetie-pie.

Or il connaissait ce chien depuis des années. Il pensait avec fierté être inscrit sur la liste mentale qu'avait établie Sweetie-pie des gens qu'il ne haïssait pas.

N'importe quel étranger s'introduisant dans la maison et se retrouvant face à Sweetie-pie aurait fichu le camp ventre à terre. Un raisonnement qui réduisait à néant le scénario du cambrioleur-fétichiste de jouets.

Bien. Donc, si un voleur n'était pas l'auteur de ce désordre, si Sarah ne l'était pas non plus, il ne restait que le chien. Règle numéro 101 du manuel du détective : éliminer toutes les hypothèses qui ne tenaient pas la route, et conclure que la seule supposition qui restait était la bonne, même si elle paraissait hautement improbable.

En l'occurrence, le seul coupable possible était le chien.

Le problème, c'était la porte de la chambre, que Jake avait trouvée fermée. Si Sweetie-pie était le responsable, comment avait-il réussi à entrer ? Et à ressortir en refermant derrière lui ?

Il fallait reprendre le raisonnement du début et en modifier les éléments. Au départ, la porte était ouverte. Sarah la laissait toujours béante pour faire plaisir au chien. Si Sweetie-pie avait entrepris de sortir la boîte de l'armoire, peut-être s'était-il tellement agité qu'il avait franchi le seuil au pas de course, un jouet dans la gueule, tout content d'emporter son butin. Il avait pu alors heurter le battant, qui s'était refermé derrière lui.

Cela impliquait que la personnalité de Sweetie-pie eût été changée par magie. Certes, la thèse avait quelque faiblesse. Mais Jake n'avait pas d'autre idée. Face à ce qu'il voyait, il ne trouvait pas d'autre explication.

À moins que Sarah..., songea de nouveau Jake.

Rien que de supposer que c'était elle le troublait. Un comportement pareil induisait trop de questions qu'il ne voulait pas se poser.

Le meilleur moyen d'en avoir le cœur net, c'était d'interroger la jeune femme.

Cette perspective lui arracha une grimace. Si ce n'était pas elle qui avait sorti les jouets, ce qui lui semblait de loin le plus probable, lui apprendre le désordre qu'il venait de découvrir dans la chambre la mettrait dans tous ses états. La cicatrice mal fermée de la tragédie se rouvrirait aussitôt.

Non, impossible de la questionner. Il lui ferait trop de peine. Il ne lui parlerait de ce qui s'était passé qu'en toute dernière extrémité. Mieux valait qu'elle reste dans l'ignorance. Il allait tout remettre en ordre, effacer les traces du sacrilège.

Il se saisit de la boîte, récupéra le papier de soie et enveloppa la licorne. La posant debout dans le carton, il la cala ensuite avec quelques babioles en plastique. Si elle ne tombait pas sur le flanc, la boîte à musique ne s'enclencherait pas.

Il récupéra la Barbie, la baguette de fée, la Corvette, le miroir et le cheval, les empaqueta aussi dans du papier, et les rangea. Puis il remit le couvercle sur la boîte et remisa celle-ci là où elle était demeurée intouchée pendant des années ; après quoi, il referma l'armoire.

Mission accomplie.

La chambre de Sarah avait retrouvé son apparence normale. Nette et méticuleusement rangée, comme elle l'avait toujours été. Plus de souillure, plus rien qui fasse mal.

Le chien n'étant pas totalement blanchi dans l'esprit de Jake, il prit soin, en sortant, de refermer la porte et s'assura qu'elle était bien bloquée. Sauf à creuser un trou dans le bois avec ses fichues dents, Sweetie-pie n'avait aucune chance d'entrer, songea Jake avec satisfaction. Ensuite, il procéda à une rapide inspection du reste de la maison, contrôlant les verrouillages des portes et fenêtres, passant un regard laser dans le moindre recoin. Tout était en ordre.

Aucun étranger ne se trouvait à l'intérieur, et apparemment, aucun ne s'y était jamais trouvé.

— Tu as sorti les jouets de l'armoire ? demanda-t-il à Sweetie-pie.

En usant d'une stratégie imparable, c'est-à-dire en lui tendant des friandises, il était arrivé à faire rentrer le chien. Le grignotage achevé, Sweetie-pie s'était jeté sur sa gamelle et se concentrait tellement sur son repas qu'il en oubliait de grogner. Il mangeait aussi vite qu'il le pouvait, la queue rabattue entre les pattes, tout en gardant un œil vigilant et empreint de défiance sur l'humain, au cas où ce dernier aurait fomenté un sale coup à son encontre pendant qu'il se gavait.

Jake soupira. Non, décidément, non, il ne parvenait pas à imaginer Sweetie-pie s'ébattant joyeusement au milieu des jouets de Lexie. Il n'était pas le coupable. Mais alors, qui ? La mise sens dessus dessous de cette boîte à jouets avait-elle un rapport avec le fait qu'on ait tiré sur Sarah ? Les deux événements semblaient n'avoir aucun lien entre eux, et cependant…

Jake examinait ce cas de figure tout en verrouillant la porte de la cour. Puis il quitta la maison par l'accès principal et ferma soigneusement à clé.

Lorsqu'il remonta dans sa voiture, ses conclusions étaient les mêmes qu'à son entrée dans la chambre : inexistantes. De plus, il ressentait un profond malaise.

Sarah fut autorisée à quitter l'hôpital peu avant 17 heures. Le règlement de l'établissement exigeait qu'elle soit transportée jusqu'à la sortie en fauteuil roulant, ce qu'elle avait jugé ridicule lorsque l'infirmière était apparue dans la chambre en poussant l'engin. Mais à présent, debout sur le perron, elle avait des sueurs froides à la seule idée des quelques pas qu'elle devait effectuer pour atteindre la voiture de Jake garée le long du trottoir. La chaleur était suffocante, elle avait un peu le tournis, aussi apprécia-t-elle que Jake glisse sa main solide sous son coude. Ce qu'elle se garda bien de lui avouer. S'il s'apercevait qu'elle ne se sentait vraiment pas bien, il lui ferait faire demi-tour et la ramènerait en quatrième vitesse dans la chambre.

— Soyez prudente, dit l'infirmière en repartant vers le hall.

Sarah lui fit au revoir de la main sans se retourner. Puis elle capta sans le vouloir son reflet dans l'une des vitres teintées de la voiture. Une grimace lui échappa : elle ressemblait à l'héroïne du film de Tim Burton, *Les Noces funèbres* ! Sauf qu'elle n'avait pas les mêmes cheveux courts ni la peau bleue. La sienne était livide. Pas joli, joli, songea-t-elle. Le gros sparadrap couleur chair posé sur les six centimètres de sa blessure au-dessus de l'oreille gauche et les cheveux rasés tout autour n'arrangeaient rien. Heureusement, elle n'avait pas prévu de se montrer au tribunal le lendemain matin, ce qui lui laissait un délai pour trouver quel genre de coiffure adopter afin de masquer les dégâts. Une perte de temps, sans doute : il n'y aurait pas moyen de cacher la tonsure. Quant au reste... Un blazer et un pantalon dissimuleraient les coudes et ses genoux à vif, mais rien ne camouflerait son menton pelé. Déprimée, elle se laissa tomber sur le siège passager de l'Acura de Jake.

— Ceinture de sécurité ! lui rappela-t-il avant de refermer la portière.

Puis il se mit au volant. Le véhicule était noir, à l'extérieur comme à l'intérieur. Malgré la climatisation poussée à fond, le revêtement du siège brûlait les jambes nues de Sarah. Elle bougea, essaya d'échapper au cuir chauffé à blanc, sans résultat. Jake arrivait droit de son bureau pour la récupérer, ce qui représentait un trajet de dix minutes. Trop court. Il faisait si chaud dehors que la climatisation n'avait pas eu le temps de rafraîchir l'habitacle.

Sarah portait sa « tenue de secours », que lui avait apportée Lynnie Sun, sa secrétaire. Elle la gardait en réserve à son bureau pour les cas d'urgence. Jupe légère en toile, chemisier blanc sans manches, veste bleu marine, sous-vêtements, collant – superflu aujourd'hui – et escarpins à talons. La veste et le collant avaient été relégués avec les médicaments et les ordonnances dans un sac en plastique que Jake avait posé sur la banquette arrière. La touffeur était telle que seul un minimum de vêtements était supportable.

À travers le pare-brise, elle regarda Jake contourner la voiture pour venir au volant. Il mit quelque chose dans sa bouche. Probablement un bonbon. De tous les adultes qu'elle connaissait, il était celui qui avait le pire régime alimentaire. Il subsistait avec du café et des sucreries pendant la journée, ponctués de fast-food McDonald's, Pizza Hut et autres saletés. Tout ce qui était gras, calorique, faisait son bonheur. Sauf lorsqu'il était en pleine romance torride avec une Blondinette, le surnom dont Sarah affublait à part elle les poupées de vingt ans qui défilaient à la vitesse des météores dans la vie de Jake. Toutes ses petites amies à ce jour avaient été des blondes explosives. Dans ces périodes-là, soit la fille lui préparait ses repas, soit ils allaient au restaurant et Jake mangeait alors plus légèrement, plus sainement, bref, se nourrissait mieux.

Le problème avec les Blondinettes, c'était qu'aux yeux de Sarah, elles étaient interchangeables. Elle les confondait toutes, mais devait créditer Jake d'une parfaite constance dans ses goûts. Il savait ce qu'il aimait et s'y tenait.

Il se mit au volant, claqua la portière, ce qui déclencha d'épouvantables vibrations dans le crâne de Sarah. Sa tête lui semblait tellement lourde, un vrai bloc de pierre, qu'elle dut l'appuyer au dossier, légèrement tournée sur le côté, de manière à voir Jake.

— Merci d'être venu me chercher.

Il grommela une réponse inintelligible, puis démarra. Depuis ce matin, il s'était rasé, avait changé de vêtements. À la place du bermuda et du tee-shirt, il portait un pantalon gris et une chemise bleu pâle qui, maintenant, étaient aussi froissés que s'il avait dormi dedans. Le col de sa chemise était ouvert et il avait remonté ses manches jusqu'au coude. Sans doute s'était-il débarrassé de la cravate et du blazer à un moment quelconque de la journée. Comme celui de Sarah, le métier de Jake exigeait qu'il se présente au tribunal, ce qui impliquait de porter la tenue idoine.

— Alors ? Redis-moi pourquoi on t'a laissée sortir aujourd'hui, Sarah.

Son intonation, sa mine exsudaient la mauvaise humeur. Et la fatigue. Ses yeux étaient rouges, la peau tout autour, enflée ; ses sourcils se rejoignaient presque au-dessus de son nez, ce qui n'était pas bon signe, Sarah le savait d'expérience. Jake était un grand costaud musclé qui occupait tout l'espace derrière le volant. Si elle ne l'avait pas si bien connu, Sarah l'aurait probablement trouvé intimidant.

Mais c'était Jake, et elle le connaissait bien. Durant toutes ces années, il n'avait jamais réussi à l'intimider. Même si, de temps à autre, il tentait le coup.

— Je suppose qu'ils n'avaient pas de raison de me garder.

En réalité, les médecins auraient préféré qu'elle reste une nuit de plus. Par mesure de précaution, avait dit le Dr Solomon. Mais elle en avait plus qu'assez de l'hôpital, assez des gens qui entraient dans la chambre toutes les cinq minutes, assez d'être examinée, piquée, testée, assez de cette sensation d'être exposée comme une marchandise. Les informations télévisées locales passaient en boucle la vidéo de l'attaque à main armée. Non qu'elle l'eût constamment regardée. Après le départ de Morrison, la télévision avait été définitivement éteinte. Elle savait néanmoins ce que montraient les chaînes parce qu'un nombre incalculable de gens le lui rapportaient, pleins de commisération. Certains entraient pour des examens ou des contrôles de routine, d'autres passaient simplement voir « l'héroïne du jour », comme elle avait entendu l'appeler l'une des infirmières, qui parlait d'elle à tous les visiteurs. Tout le monde s'était déplacé pour lui dire quelques mots et, en fait, avaient ressassé le drame jusqu'à plus soif. Le personnel de l'hôpital, sa secrétaire, ses voisins... Sans compter les policiers : deux inspecteurs avaient recueilli son témoignage. Il y avait eu aussi Mark Kaminski, un collègue substitut du procureur comme elle, que Morrison avait par ailleurs chargé de réclamer la peine capitale pour Squelette – lequel était toujours entre la vie et la mort. Kaminski avait fait un saut pour apprendre tous les détails de première main. En retour, Sarah avait tenté de découvrir ce qu'il savait, mais dans la mesure où elle était victime, et témoin du procès à venir, Mark n'était pas autorisé à lui révéler quoi que ce soit. Mais, avait-il précisé, il ne savait rien. Le seul à pouvoir combler les blancs, c'était Maurice Johnson, alias Squelette, et il était inconscient. Plus tard, lorsque le policier de faction s'était absenté pour aller déjeuner, Hayley Winston, de Channel 5, s'était débrouillée pour entrer dans la chambre avec un cameraman et avait demandé une interview. Sarah avait vaguement répondu à quelques questions, jusqu'à ce que le personnel de l'hôpital, répondant à la sonnette sur laquelle elle avait appuyé discrètement, l'ait sortie du guêpier en jetant dehors les gens de la télévision. Tout le monde voulait le récit de ce qui s'était passé dans le magasin. Le problème, c'était que Sarah n'avait pas la moindre envie d'en parler, et ne souhaitait pas davantage y penser. Une femme innocente s'était fait assassiner sous ses yeux et la scène surgissait dès qu'elle les fermait. Pour ne rien arranger, avoir elle-même frôlé la mort l'avait profondément secouée, une émotion qui perdurait et qu'elle ne pouvait partager avec personne. Elle avait cru pendant si longtemps que mourir serait une délivrance. Pourtant, à la seconde où elle avait fait face à la Mort, elle s'était rendu compte qu'en définitive, elle tenait à vivre.

Une évidence qui la troublait fortement. Elle ne se reconnaissait plus. Elle ne souhaitait plus mourir. Comment était-ce possible ? Quand ce changement s'était-il opéré ? Elle n'avait rien vu venir. Tout d'un coup, elle avait choisi la vie.

Elle n'envisageait pas de confier cela à Jake. En bonne mère poule qu'il était, il se ferait un sang d'encre s'il avait la moindre idée de la révolution qui avait lieu dans son esprit. Et puis, il agirait. Par exemple en la ramenant illico à l'hôpital. Il l'attacherait à un lit s'il le fallait, et rameuterait les psychiatres les plus renommés pour qu'ils étudient sa santé mentale.

Bon, d'accord, elle avait peut-être besoin d'un peu d'aide psychologique. Mais pas aujourd'hui.

— Tu ne bosses pas demain, hein, Sarah ? demanda Jake en accélérant pour insérer l'Acura dans le flux de la circulation, sur l'autoroute 21.

De la vapeur de chaleur montait du bitume et s'élevait paresseusement vers le ciel bleu. Le trafic sur la route à quatre voies était très dense. Difficile d'aller vite. La plupart des automobilistes étaient contraints de quitter la ville à un petit train de sénateur. Mais eux, venant de l'hôpital, rentraient en ville, ce qui était moins problématique. Modeste agglomération, Beaufort commençait à découvrir les embouteillages de fin de journée, jusque-là apanage des grandes cités. Mais on ne restait encore bloqué que trente minutes au grand maximum. De l'eau cernait Beaufort de tous les côtés, ce qui faisait d'elle une île. Une grande autoroute partait vers l'ouest, là où pratiquement tout le monde habitait, et c'était justement la 21, qui ressemblait à un python en reptation dont la tête se serait trouvée dans l'Atlantique. La circulation en dehors des heures creuses évoquait un lapin qu'aurait avalé un serpent : elle avançait lentement vers la queue, en un magma compact. Sarah était rarement coincée dans les bouchons : elle restait au tribunal jusqu'à 18 h 30, voire 20 heures, parfois. Elle savait qu'après 18 heures, en semaine, la plupart des gens étaient déjà chez eux, et le trafic redevenait normal, c'est-à-dire très fluide. Beaufort fonctionnait ainsi, surtout en été où, après le travail, la majorité de ses habitants couraient faire du bateau, jouer au golf, jardiner ou organiser des barbecues de dernière minute dans leur cour arrière. Les citoyens de la petite ville un peu snob aimaient avoir une vie sociale, et considéraient ceux qui n'étaient pas natifs de Beaufort comme des étrangers. Ne vivant là que depuis quatre ans, Sarah était encore une étrangère. Et elle le resterait.

Eh bien, tant pis, songea-t-elle alors qu'ils passaient devant un centre commercial où les fast-food étaient légion : McDonald's, Taco Bell, Pizza Hut... La voie d'accès servait de siphon à l'autoroute. Les voitures s'engouffraient dedans. Jake jeta un coup d'œil plein de regret à ces temples de la malbouffe.

Sarah l'obligea, d'une réflexion, à oublier ses envies.

— Alors ? Qu'as-tu trouvé sur Duke ? De son vrai nom Donald Coomer ?

Il haussa les épaules et changea de file pour ne pas être bloqué dans la kyrielle de véhicules qui pénétraient dans le centre commercial.

— Il est tout ce qu'il y a de plus mort.

— Tu pourrais développer un peu ?

— Il était seul dans une de ces cellules de transit, en sous-sol, où l'on enferme les prévenus qui doivent être rapidement conduits au tribunal pour la mise en accusation. Apparemment, il avait un Sandow et s'en est servi pour se pendre en l'accrochant à la grille du judas de la porte.

— Combien de temps est-il resté seul ?

— C'est Bill Canon qui était de garde. D'après lui, pas plus de dix minutes.

— Qui avait accès à sa cellule ?

— Une foule de gens. Les flics, les adjoints du shérif, le personnel du tribunal, les avocats… Ces cellules sont fermées de l'extérieur. N'importe quelle personne autorisée à entrer dans ce secteur pouvait tourner la poignée et entrer.

Sarah connaissait ces cellules. Comme la prison elle-même, elles dataient de Mathusalem. Deux mètres carrés, du béton partout sauf au plafond, insonorisées, porte de métal avec un judas muni de barreaux et banquette encastrée dans le mur. Pas de caméra de surveillance dans la cellule, mais dans le couloir, si.

— Et tu as visionné la vidéo ?

— Elle était en panne.

— Oh…

Ils roulaient sur le pont qui enjambait la rivière Coosaw et Sarah voyait défiler les traverses de la rambarde métallique par la vitre. En dessous, elle apercevait un remorqueur qui traînait une barge de charbon vers Port Royal Sound. Seule sa vision périphérique enregistrait ces images. Son esprit était concentré sur la pendaison de Duke.

— C'est mauvais, tout ça, Jake.

— Effectivement.

— Une idée de la façon dont il se serait procuré ce Sandow ?

— Personne ne le sait. On pense qu'il était dans la cellule. Ils recherchent des empreintes, mais je ne m'attends pas à un résultat spectaculaire.

— Alors ? Suicide, ou pas ?

— À mon avis, non. Mais ce n'est qu'une intuition.

L'Acura venait de quitter le pont et la circulation redevenait dense.

— Qu'est-ce que tu dirais de dîner, Sarah ?

Ils avaient longé un Long John Silver'et un Arby's. Sarah eut l'impression que tous ces fast-food lui envoyaient des messages subliminaux.

— À toi de décider.

— Ton réfrigérateur est vide, j'ai vérifié. Tu veux qu'on s'arrête pour acheter quelque chose, ou qu'on commande une pizza ?

— Pour ta gouverne, dans le congélateur, j'ai des lasagnes, du poulet cordon-bleu et de la viande cuite à l'étouffée.

— Mmm. Des plats surgelés diététiques. Je les ai vus.

— Ils sont bons ! Excellents pour la santé. De toute façon, je n'ai pas faim. Alors si ça te tente, allons-y pour une pizza. Ou un chili, concéda Sarah, consciente qu'elle ne gagnerait jamais la bataille et qu'il valait donc mieux ne pas combattre.

— Choix impeccable, fit Jake d'un ton ironique.

De son côté, il commanderait un chili con carne pour lui tout seul, cela allait sans dire.

— Tu sais, tu n'as pas besoin de me materner. J'ai mal au crâne et ma coupe de cheveux laisse à désirer, mais à part ça, je vais bien. Si j'avais ma voiture, je serais rentrée seule.

Lynnie s'était occupée de faire garer la voiture sur le parking du commissariat de police, avait appris Sarah.

— C'est une bonne chose que tu n'aies pas pu repartir par tes propres moyens.

— Il faut que je récupère ma voiture.

— Déjà fait. Grand-pa' s'en est chargé, et elle est dans ton allée.

Grand-pa', le grand-père de Jake, travaillait pour lui.

— Oh, merci. Tu es formidable.

— C'est ce que je me tue à te répéter.

Elle sourit, ouvrit la bouche pour répondre, et la referma quand le portable de Jake sonna. Il le sortit de sa poche, lut le numéro affiché, marmonna quelques mots incompréhensibles, puis décrocha.

— Salut.

— Salut, mon beignet sucré. J'ai des côtes de porc prêtes à passer au barbecue. Dans combien de temps seras-tu là ?

Sarah, qui entendait chaque mot, reconnut les intonations, lourdes de soupirs suggestifs, de Donna... Euh... Non. Danielle.

— Ça me semble bien, bébé, répondit Jake tout en jetant un regard noir à Sarah qui, maintenant, souriait largement, mais je ne peux pas venir.

— Comment ça, tu ne peux pas venir ? J'ai acheté des côtes de porc... Je t'ai dit hier que je le ferais, et tu as trouvé l'idée formidable !

Sarah imaginait fort bien la moue boudeuse qui se dessinait à présent sur les lèvres sensuelles de Blondinette.

— Navré, bébé, mais il s'est passé un truc.

— Il se passe toujours un truc, avec toi ! Tout ce que tu fais, c'est travailler, travailler... On a même dû interrompre nos vacances à cause de ton boulot.

— Je sais. Je suis désolé. Mets les côtes de porc au frigo. On les mangera demain.

Il y eut une courte pause. À l'évidence, Blondinette hésitait entre l'envie d'envoyer paître Jake et celle d'arrondir les angles. Sarah songea que, si la bimbo avait été sûre des sentiments de son homme, elle aurait choisi l'option numéro un. Mais elle vivait dans la même incertitude que toutes les précédentes petites amies de Jake. Toutes ces filles étaient masochistes ! Quoique… Peut-être le fait qu'il les maintienne dans le doute participait-il du charme de Jake.

— Promis ? demanda Danielle qui, finalement, s'était résignée à l'option numéro deux.

— Oui, assura Jake avec chaleur. Sauf si un impondérable me tombe dessus entre-temps.

Bon, au moins, ça, c'était honnête.

Danielle inspira profondément, puis roucoula de sa voix de gorge très sexy :

— Tu es le roi des mecs agaçants. Mais, juste pour information, je te signale que j'ai acheté une nouvelle nuisette. Juste pour toi.

Sarah vit que Jake lui décochait un coup d'œil de biais. Il était mal à l'aise. S'il avait eu cinq ans, il se serait trémoussé sur son siège. Se retenant de rire, Sarah lui souffla un baiser sur le bout des doigts.

Il ramena son regard sur la route, s'éclaircit la voix, puis déclara :

— Écoute, Danielle, il faut que je te laisse. Je…

— Elle est noire, l'interrompit Blondinette. En dentelle et on voit tout à…

— Ça va, OK ? On en parlera demain.

— Je voudrais tant que tu…

Si Blondinette avait prévu de se lancer dans des confidences grivoises, elle en fut pour ses frais : Jake l'interrompit d'un bref « ciao » et coupa la communication.

— Quel âge a-t-elle ? ne put s'empêcher de demander alors Sarah.

— Vingt-cinq ans.

— Si c'est celle à laquelle je pense, elle est du genre torride. Tu devrais aller voir ses côtes de porc.

— Personne ne t'a jamais appris que c'était très vilain d'écouter les conversations d'autrui ?

— Qu'est-ce que je pouvais faire ? M'enfoncer les doigts dans les oreilles ?

Il serra les lèvres, et ses joues rosirent.

— Eh bien… oui, pourquoi pas ?

— D'accord, la prochaine fois, je n'y manquerai pas… Beignet Sucré.

— Quoi ? Qu'est-ce qu'il y a ? Elle adore donner des petits noms, c'est tout.

— Maintenant que j'y pense, celui-là est merveilleusement approprié. Tu as des fesses à croquer.

Le regard qu'il lui lança cette fois était éberlué.

— Arrête, s'il te plaît, Sarah.

— Mais c'est si mignon, Beignet Sucré !

— Sarah.

— Bon, bon. Je te mets dans l'embarras. Désolée.

— Désolée, toi ? Tu parles ! Danielle est une chic fille. Si tu la connaissais, tu l'apprécierais certainement.

— Garde-la encore un moment et j'aurai peut-être une chance de faire sa connaissance.

Vœu pieux. Sarah savait fort bien, et elle soupçonnait Jake de ne pas l'ignorer non plus, que les blondes dans sa vie se suivaient et se ressemblaient. Aucune n'avait duré plus de six mois et, pour la plupart d'entre elles, le temps de la liaison était beaucoup plus court. Jake sortait avec Danielle depuis maintenant cinq mois. Elle approchait de la date de péremption.

Et eux du centre-ville. Le quartier historique, avec ses superbes vieilles demeures patriciennes blanches, n'était plus qu'à deux kilomètres. Une calèche chargée de touristes obligea Jake à ralentir, puis à rouler au pas. Le cheval gris affichait une mine résignée. La capote noire rabattue était ornée de fleurs. Les passagers riaient et plaisantaient avec le cocher en haut-de-forme. À demi tourné vers les touristes, il racontait l'histoire de Beaufort. Sarah connaissait par cœur le boniment qu'il débitait : la ville faisait partie d'une des rares cités sorties intactes de la marche vers la Georgie du général Sherman, lors de la guerre de Sécession. Et la raison en était simple : les troupes de l'Union avaient trouvé Beaufort tellement charmante (et accessoirement, très bien placée sur le plan stratégique) qu'elles y avaient établi leur quartier général. Les superbes demeures d'avant guerre qui longeaient les rues de la vieille ville et les bords du fleuve n'avaient pas subi les terribles outrages des combats. Aujourd'hui, les plus belles d'entre elles valaient à Beaufort sa célébrité et drainaient des milliers de touristes chaque année.

— Tu sais, dit Sarah à Jake alors qu'il accélérait après avoir doublé la calèche, je peux très bien manger une pizza toute seule. Ou, mieux, ma viande cuite à l'étouffée. Je ne vois pas pourquoi tu louperais les côtes de porc de Danielle pour mes beaux yeux.

Jake tourna dans Bay Street. Les maisons de ce secteur, toutes victoriennes, paraissaient de construction récente, comparées aux demeures du XVIIIe siècle. Il ne s'agissait pas tout à fait de manoirs, mais elles étaient quand même de belles dimensions et très ouvragées, séparées de la rue par des pelouses qui semblaient taillées au ciseau de brodeuse, et entourées de grilles de fer forgé. De gigantesques magnolias au feuillage somptueux ombrageaient des jardins regorgeant de fleurs. De hauts cyprès et des chênes aux branches chargées de mousse espagnole bordaient les trottoirs. Des buissons d'azalées roses et corail encadraient les perrons et poussaient à profusion au ras des vérandas à l'architecture gracieuse, sous lesquelles les habitants s'asseyaient dans des fauteuils à bascule pour échanger tranquillement des potins tout en regardant s'agiter le reste du monde.

— Sarah, tu n'as pas compris. Je ne vais pas me contenter de manger une pizza avec toi : je vais rester toute la nuit. Sauf si tu préfères venir chez moi.

Que répondre à cela ? Rien, dans la mesure où, Sarah en prenait tout à coup conscience, elle était heureuse que Jake ne la laisse pas seule, ce soir. L'idée que quelqu'un ait essayé de la tuer la veille lui donnait des frissons. Mais de là à l'admettre devant Jake, il y avait un monde. Il aurait perçu toute sa fragilité, qu'elle camouflait soigneusement, et de cela elle ne voulait pas. Pour lui, elle était Miss Indépendance et tenait à conserver cette image.

— Je ne peux pas aller chez toi, Jake. À cause de Sweetie-pie.

D'une grimace, il lui confirma qu'effectivement, recevoir le chien à son domicile ne l'emballait guère. Sarah s'attendait à une telle réaction. Le chien et Jake étaient loin d'être les meilleurs amis du monde.

— De toute façon, que se passerait-il si je te disais que je tiens vraiment à rester seule cette nuit ? s'enquit-elle sur un ton de défi.

— Eh bien, dès qu'on arriverait, je te demanderais de t'enfermer à clé dans ta salle de bains. Parce que, j'ignore si tu l'as remarqué, tu n'es plus sous protection policière depuis trois heures. Lowell Frist, le big boss de la police, a déclaré qu'il lui était impossible de veiller sur toi vingt-quatre heures sur vingt-quatre. D'autant que, d'après les conclusions des flics, tu n'es pas menacée.

— Toi, tu penses que si, hein ?

L'expression de Jake, qui changea soudain, trahit l'étendue de son inquiétude, ce qui acheva de la perturber.

— Je ne sais pas.

Ils avaient atteint les faubourgs de la ville. Prises en sandwich entre les demeures patriciennes et les lotissements chics, de vraies cités-dortoirs, se trouvaient les maisons de gens comme elle. Les « non-riches », comme elle les appelait, habitaient de petites maisons ou des immeubles bas, qui avaient poussé comme des champignons entre les deux guerres mondiales, avant l'explosion de la banlieue résidentielle. Ces habitants formaient une population brassée allant des familles nombreuses aux immigrés de fraîche date, en passant par les retraités et les célibataires salariés comme elle-même. De petits centres commerciaux avaient essaimé çà et là, ce qui laissait peu de place à la verdure.

Jake s'arrêta à un feu rouge. De là, Sarah distinguait le désormais maudit Quick-Pik à l'angle d'un bâtiment, de l'autre côté de l'intersection. En dépit de la distance, elle vit que le magasin était fermé. Le parking était entouré d'une bande de plastique jaune qui en interdisait l'entrée et s'étendait jusqu'à la porte du petit supermarché. Sans doute les enquêteurs n'avaient-ils pas fini de relever les indices à l'intérieur. Deux voitures pie étaient garées le long du trottoir. Un agent en uniforme sortit à ce moment-là de l'un des véhicules. Il enjamba la bande jaune et entra dans le magasin. Normalement, comme après tout vol à main armée, la police scientifique aurait dû avoir terminé son travail et le Quick-Pik être rouvert au public. Mais un policier avait tué l'un des braqueurs. Les investigations se poursuivaient donc, retardant la reprise d'activité. Que les forces de l'ordre ne laissent rien au hasard n'avait rien de surprenant : il y avait eu mort d'homme. Elles protégeaient leurs arrières.

— Merde, je n'ai pas réfléchi, s'écria Jake. J'aurais mieux fait de prendre un autre chemin.

— Lequel ?

Il n'y avait pas vraiment d'autre route pour aller de l'hôpital à son domicile, se dit Sarah. Passer devant le Quick-Pik était quasiment obligatoire. Elle habitait à un jet de pierre du magasin.

— Ne te tracasse pas, Jake, je vais bien.

Et c'était exact. Elle se sentait en forme... jusqu'à ce qu'elle découvre le panneau accroché là où, d'ordinaire, étaient affichés les prix de l'essence. En grandes lettres noires était écrit :

« Mary Jo White

1939 – 2007

Repose en paix »

Au-dessus, quelqu'un avait ajouté « Priez pour elle ».

La gorge de Sarah était soudain sèche. Sa vision se brouilla. Les horribles images se mirent à défiler dans son esprit comme un film en accéléré : la terreur sur le visage de Mary, le coup de feu, les hurlements…

Échapper à la réalité de ce qui était arrivé lui serait impossible, comprit-elle. Le Mal. Elle ne croyait plus qu'il frappait au hasard : il avait encore pris sa vie pour cible. Alors qu'elle émergeait à peine, il s'était abattu sur elle sans prévenir. L'existence tranquille et saine qu'elle était parvenue à se rebâtir venait d'être réduite en charpie. Après cela, rien ne serait plus jamais pareil.

Mais après tout, si elle était devenue procureur, c'était précisément pour se battre avec le Mal et ses flèches empoisonnées. Peut-être son métier lui avait-il donné des raisons de rester en vie.

En tout cas, elle devait se persuader qu'il y avait une raison. Que mourir n'était pas une solution.

Si elle parvenait à trouver la force de lutter pour compenser celle qui manquait à d'autres pour se défendre, alors, quelque chose de bon sortirait du Mal qui, à terme, se révélerait perdant. Elle se répétait ce raisonnement depuis sept ans et commençait, lui semblait-il, à y croire.

Ils venaient de passer devant le Quick-Pik. Jake accéléra en franchissant le croisement – à dessein, supposa Sarah. Il ne tenait pas à ce qu'elle pose les yeux sur le magasin et s'y attarde. Ce fut alors qu'elle enregistra la présence d'un groupe d'enfants. Ils sortaient du bâtiment délabré, du côté où s'était récemment installé un restaurant chinois, le Wang's Oriental Palace. Ils étaient quatre. Non, cinq. Tous dotés de cheveux très bruns ou noirs, maigrichons, tous arborant une carnation très foncée et portant des vêtements plus que défraîchis. Le plus grand était un garçon d'une dizaine d'années. Le plus jeune, une fillette à peine sortie de la petite enfance. Les autres étaient des garçons et des filles de tailles différentes. Ils s'éloignaient, de sorte que Sarah ne put voir leurs visages, mais elle était certaine, enfin, presque, que la fillette de taille moyenne, celle avec de longs cheveux noirs qui tenait la benjamine par la main, était l'enfant qui hurlait la veille dans le magasin. Celle qu'elle avait arrachée à l'enfer du Quick-Pik.

— Jake, vite ! Gare-toi !

— Hein ? Quoi ? lança Jake, interdit.

— La fillette... Je suis pratiquement sûre que c'est elle ! Celle d'hier soir. Là !

Les doigts de la main gauche de Sarah s'activaient pour débloquer la ceinture de sécurité. En même temps, elle pointait l'index de la droite sur les enfants.

Jake regarda ce qu'elle montrait, puis braqua en direction du parking du Quick-Pik, au-delà de la bande jaune, là où le macadam se confondait avec des herbes folles. Le groupe marchait dans la ruelle entre le restaurant et la palissade d'une maison privée. Des fleurs jaunes de tournesol et des buissons de chardons poussaient contre la palissade dépourvue de peinture. Une benne à ordures déglinguée, entourée de vieilles boîtes et de cageots, obstruait la ruelle, rendant impossible le passage d'une voiture de la largeur de l'Acura.

— Arrête-toi, Jake.

Il obéit, et Sarah descendit. Les enfants s'étaient agglutinés autour d'un sac-poubelle noir posé à côté de la benne. Ils l'ouvrirent, examinèrent son contenu, tout en discutant.

— Hé, salut ! lança Sarah, qui se sentait un peu chancelante sur ses escarpins à talons.

Elle s'avança dans la ruelle jusqu'aux enfants. Elle n'était guère alerte, mais la détermination donnait des ailes, elle l'avait appris longtemps auparavant. Ses genoux étaient en coton, sa tête prête à exploser, et l'odeur épicée qui s'échappait du restaurant et envahissait la touffeur lui retournait l'estomac. Elle continuait cependant de marcher, elle allait arriver là où elle le voulait, et cela seul comptait.

— Salut ! répéta-t-elle en agitant la main.

Elle heurta du pied un morceau de pavé brisé, faillit perdre l'équilibre, puis se remit d'aplomb après quelques pas incertains. Tous les gosses du groupe fixaient sur la femme flageolante des yeux écarquillés. Sarah, elle, n'eut besoin que d'un seul regard appuyé pour ne plus douter : la fillette qu'elle avait remarquée était bien celle du magasin. Sa chevelure, qui n'était que mèches enchevêtrées, aurait eu besoin d'un bon brossage. Son tee-shirt jaune, dont elle se demanda si c'était le même qu'elle portait la veille, était taché et déchiré à une épaule ; son short, autrefois rouge, avait viré au rose fade. Ses jambes fines et ses pieds nus étaient crasseux. Comme sa silhouette, ses traits étaient délicats. Le soleil doré de l'après-midi permit à Sarah de confirmer son impression de la veille, alors que l'enfant se trouvait dans la clarté sans pitié des néons : cette fillette était ravissante. Et manifestement négligée.

— Tu te souviens de moi ? lui demanda-t-elle dans un sourire qu'elle espérait réconfortant.

Échec, constata-t-elle dans la seconde. L'enfant n'était pas rassurée, bien au contraire, puisque, tout en serrant très fort dans la sienne la main de la petite, elle poussa un cri étouffé et recula, la bouche ouverte, les yeux arrondis d'effroi. La petite, soit parce qu'elle perçut la peur de son aînée, soit parce que celle-ci lui serrait la main trop rudement, se mit à pleurer.

— Attends, attends, tout va bien ! s'empressa de lancer Sarah, éperdue.

Il ne fallait pas que ces deux gosses aient peur d'elle ! Alors elle leur adressa un sourire chaleureux, amical, faisant fi des douleurs qu'il déclenchait dans son crâne. Puis elle allongea le pas. Une mauvaise idée, dut-elle admettre trop tard. Les élancements dans sa tête s'amplifièrent, elle cessa d'y voir clair, perdit de nouveau l'équilibre et ne réussit à rester debout qu'en se retenant au mur du bâtiment.

— Courez ! cria la fillette à ses camarades.

Hébétée, Sarah les regarda s'égailler comme une volée de moineaux après avoir lâché le sac-poubelle noir. La fillette souleva la petite dans ses bras, la cala sur sa hanche, et fila à toute vitesse. Sarah comprit que prendre la fuite était chez elle une seconde nature.

— Attends !

Sarah essaya de courir derrière elle, mais une main puissante la retint. Celle de Jake. Elle dut se rendre à l'évidence : aujourd'hui, la course à pied, en ce qui la concernait, était à exclure. De toute façon, même dans un bon jour, sa poursuite aurait échoué : les gosses venaient d'escalader la palissade à l'angle de la propriété privée, et de disparaître dans le jardin confinant à la jungle. Sarah se figea, stupéfaite, déçue, et un peu peinée. Il lui semblait qu'entre la fillette et elle existait un lien depuis qu'elles avaient partagé l'atroce expérience de la veille. Apparemment, l'enfant ne voyait pas la situation du même œil.

— Tu n'as pas vraiment réussi ton coup, dit Jake.

Sarah se tourna vers lui. Il se tenait derrière elle, les doigts noués autour de son bras, comme s'il craignait qu'elle ne se lance, en dépit de son piteux état, dans une folle poursuite. Sa silhouette se découpait sur le soleil déjà bas, qui la rendait encore plus haute et imposante. Le rayonnement fit ciller Sarah mais ne l'empêcha pas de remarquer les lèvres crispées de Jake.

— Tu crois qu'elle m'a reconnue ?

Les lèvres serrées s'étrécirent encore.

— Le problème, Sarah, c'est que tu titubes comme la créature du Dr Frankenstein, tu es tout écorchée, tu as des bleus, un bandage autour de la tête. La dernière fois que cette gosse t'a vue, tu étais étendue par terre parce qu'on t'avait tiré dessus, et tu baignais dans ton sang. Elle t'a peut-être reconnue, mais pour elle, tu ne fais pas partie des souvenirs joyeux.

— Oh… Tu entends par là que j'ai tellement mauvaise allure que je fiche la trouille aux enfants ?

Jake éclata de rire.

— Je t'ai simplement expliqué que je peux comprendre pourquoi elle est partie en quatrième vitesse.

— Mais je lui ai sauvé la vie ! Elle devrait savoir que je ne lui veux pas de mal.

— Elle a dû penser que tu étais un spectre. Ou un zombie. Ou un quelconque machin sorti d'une tombe pour l'enlever.

Dans son excitation, Sarah avait laissé la portière de l'Acura ouverte, constata-t-elle en revenant vers la voiture. Jake la fit asseoir d'autorité sur le siège du passager. Sans déclencher de protestation. Plutôt mourir que de le reconnaître, mais cette brève course-poursuite l'avait épuisée. Impossible d'envisager de reprendre sa quête, sa détermination n'y suffirait pas.

— Tout cela est ridicule, déclara-t-elle quand Jake eut refermé la portière. Je voulais seulement m'assurer qu'elle allait bien.

Jake se mit au volant et redémarra.

— Elle est OK, Sarah, je te l'ai déjà dit. Arrête de te faire du souci pour elle.

Dans l'après-midi, il avait appelé pour lui apprendre qu'il avait localisé la fillette selon son souhait, ce qui n'avait pas étonné Sarah. Jake était un détective hors pair, ce qui expliquait que le bureau du procureur ait recours à ses services, malgré ses tarifs fort élevés. De surcroît, il était extrêmement fiable. Il l'était dans tout ce qu'il entreprenait, et plus spécialement quand Sarah était concernée. Quoi qu'elle lui demande, elle était sûre de l'obtenir, certaine qu'il mettrait en œuvre tout ce qui était humainement possible pour la satisfaire.

Oui, il avait retrouvé la fillette, et pourtant Sarah ne se sentait pas totalement rassurée. Elle fit pivoter son cou avec peine pour scruter les cours qui donnaient sur la rue dans laquelle, logiquement, débouchait la ruelle. En pure perte. Grillages, haies de chèvrefeuille, maisons accolées les unes aux autres… Trop d'obstacles bouchaient la vue.

— À ton avis, elle n'est pas en danger ? Celui qui m'a tiré dessus ne risque pas de s'en prendre à elle ? Le troisième voleur… s'il y en a un.

Jake secoua la tête.

— Non. Tout d'abord, ce n'est qu'une petite fille. Si le type existe et si elle l'a vu, ce que je ne pense pas, elle était trop effrayée pour l'identifier, à supposer qu'on le lui demande. Et quand bien même elle en serait capable, son témoignage ne serait pas jugé valable pour les raisons que je viens d'énoncer.

— Et tu crois que le troisième voleur est assez intelligent pour penser à ça ? D'après ce que j'en ai vu, les deux qui sévissaient dans le magasin étaient des abrutis de première, remarqua Sarah alors que l'Acura roulait vers sa maison.

Pendant un moment, elle avait envisagé de demander à Jake de tourner un peu dans le coin pour essayer de repérer la petite fille, avant d'abandonner l'idée. Elle savait désormais la petite fille vivante, en bonne santé et probablement en sécurité. Si elle n'était pas en danger comme l'affirmait Jake, il était inutile de l'effrayer en la pourchassant. D'autant que la tentative d'approche se soldait, pour Sarah, par un mal de tête épouvantable, des jambes en guimauve et une couche de sueur glaciale sur tout le corps. Pour quel résultat ? Un échec.

Indubitablement, la gamine ne voulait pas avoir affaire à elle, conclut Sarah avec tristesse.

— Parle-moi de cette petite, Jake.

Il sortit un paquet de M & M's de sa poche et le posa dans le porte-gobelet à côté du tableau de bord, avant de saisir une poignée de friandises et de la fourrer dans sa bouche sous le regard réprobateur de Sarah.

— Je n'ai pas eu le temps de déjeuner, OK ? se défendit-il.

Il était passé maître dans l'art de décrypter les expressions de Sarah. Il savait inutile de lui offrir des M & M's.

— Tu veux que je te raconte, pour la gosse, ou pas ?

— Oui.

Critiquer ses habitudes alimentaires ne servirait à rien, se dit la jeune femme. Mais d'habitude, elle ne lâchait pas sans combattre. Sauf qu'aujourd'hui, elle n'était pas suffisamment en forme pour essayer de raisonner cette tête de mule de Jake.

— D'accord, fit-il en tournant dans Jackson Street, sans cesser de mâcher des cacahuètes enrobées de chocolat. Elle s'appelle Angela Barillas. Mère célibataire, quatre frères et sœurs, les gamins que nous venons de voir, je présume, et elle habite la cité Beaufort Landing, 42 Yamassee Court, appartement 2C.

Sarah connaissait cette cité : une vingtaine de bâtiments délabrés, comprenant chacun six appartements. Les résidents étaient des immigrés de fraîche date ou des travailleurs pauvres. La cité se trouvait à deux kilomètres à vol d'oiseau de sa maison, et elle-même avait vécu dans un endroit similaire autrefois. Un souvenir dont elle eût préféré qu'il ne surgisse pas dans sa mémoire. Elle l'y renvoya, mais il lui laissa une pénible sensation de froid.

— Elle a neuf ans, continua Jake, est à l'école élémentaire Riverside et, mis à part le choc qu'elle a reçu en assistant au meurtre de la caissière, qui était sa voisine, elle va bien. Apparemment, dès que tu l'as sortie du Quick-Pik, elle est rentrée chez elle au galop. Personne dans sa famille n'était au courant de ce qui était arrivé jusqu'à ce qu'ils le découvrent à la télé ce matin.

La police a retrouvé Angela aujourd'hui vers midi puis, comme il n'y avait personne à l'appartement, est allée voir la mère au Walgreens où elle travaille — c'est l'un de ses deux jobs. Elle a conduit les flics à la fillette, qui a alors expliqué qu'elle n'avait parlé de rien et avait filé sans demander son reste, craignant que ça ne lui crée des ennuis.

Jake avait déjà rapporté tout cela à Sarah par téléphone.

— Elle est de petite taille, pour neuf ans, commenta-t-elle. Que faisait une gosse de cet âge dehors, à 23 heures ?

Jake haussa les épaules.

— Ce que je sais des enfants de neuf ans pourrait tenir sur une capsule de bouteille. Si tu veux, je peux contacter les services de protection de l'enfance et leur demander de se renseigner sur la famille Barillas.

— Non. Je préfère m'en charger d'abord. Si on lance un organisme gouvernemental là-dessus, je redoute les conséquences. Euh... Jake, ce sac-poubelle noir que fouillaient les gosses, à ton avis, qu'y avait-il dedans ?

Imaginer qu'ils aient eu faim et cherché à manger la navrait.

— Aucune idée. Mais ce que je sais, c'est que tu en fais trop. Tu bosses douze heures par jour et, en plus, tu prends des cas pour le compte de l'aide judiciaire gratuite. Ajoutons ces cours de défense contre le viol que tu donnes au collège, ces heures de bénévolat pour la Soupe populaire lorsqu'il leur manque un chauffeur et...

— J'aime être occupée, coupa Sarah, sur la défensive.

— J'entends bien. Tout ce que je dis, c'est que tu n'as pas en prime à te charger de la famille Barillas et de ses problèmes.

— Je n'ai pas l'intention de m'en charger. Je tiens juste à m'assurer que la fillette va bien.

— Parce que tu lui as sauvé la vie, tu te sens définitivement responsable d'elle ?

— Quelque chose comme ça, oui.

Sarah se refusait à baisser les armes. Elle se battait en permanence avec Jake au sujet de ses habitudes alimentaires, son défilé de petites amies de plus en plus jeunes, sa façon de prendre la vie avec nonchalance, comme elle venait. Quant à lui, il l'attaquait sur l'excès de travail qu'elle se créait, sa propension à s'occuper d'autrui, à se colleter avec des situations perdues d'avance, et lui reprochait d'être constamment sous tension. Ils s'étaient chamaillés si souvent à propos de tous ces sujets dans le passé que, maintenant, il suffisait d'un sourcil haussé, d'une lèvre retroussée ou d'un long regard de biais pour informer l'autre de ses pensées.

— Très bien, Sarah, fais comme tu l'entends.

Il avait compris que, quoi qu'il dise, il ne parviendrait pas à la convaincre de se désintéresser du sort de l'enfant.

— J'y compte bien.

La maison de briques de Sarah, qui ressemblait à un ranch, se trouvait Davis Street, dans un secteur de petites villas de plain-pied, parfois jumelées. Un quartier tranquille, aux habitants appartenant à la classe moyenne, avec des trottoirs, des cours arrière clôturées, et des voitures souvent stationnées sur la voie publique. Jake se gara le long du trottoir. Comme promis, la

Sentra de Sarah était dans son allée. Ils sortirent de l'Acura. Sarah alla tout de suite chercher son courrier dans sa boîte, saluant de la main au passage le vieux M. Lunsford qui tondait son gazon de l'autre côté de la rue. Puis, en compagnie de Jake, elle entra chez elle. Comparée aux pelouses des quartiers résidentiels qu'ils venaient de traverser, la sienne, de la taille d'un timbre-poste, lui faisait presque honte. Le soleil l'avait brûlée par endroits, et la compétition à laquelle se livraient le chiendent et les pissenlits était rude. Deux yuccas décharnés qui flanquaient le perron portaient des fleurs languissantes. Des arbustes maigrelets formaient une haie dépenaillée au ras de la façade. Seul un robuste et courageux palmier prodiguait quelque ombre, à l'angle du terrain, en bordure de rue. L'unique note d'élégance provenait des jardinières de fer forgé scellées sous chacune des trois fenêtres, laissées gentiment là par le précédent propriétaire. Malheureusement, elles étaient vides. Depuis quatre ans qu'elle habitait la maison, Sarah n'y avait jamais rien planté. Au printemps prochain, elle le ferait, s'était-elle déjà promis, bien qu'elle n'eût pas la main verte.

Un aboiement retentit. Sweetie-pie l'accueillit avec frénésie à la porte, lui dédiant son sourire de chien. Sarah se pencha pour le caresser, et, comme le moindre mouvement exécuté depuis le matin, celui-ci lui fit mal. Sweetie-pie répondit à ses caresses en frétillant de tout son corps.

— Hello, mon bébé. Content de me voir ?

Elle considéra le grand coup de langue sur sa joue comme une réponse affirmative. Elle se redressa et se dirigea vers la cuisine, le chien sur ses talons. Sweetie-pie jetait des petits coups d'œil menaçants à Jake, qui fermait la marche.

— Il est content de te voir aussi, Jake.

Une fois dans la cuisine, elle laissa sortir Sweetie-pie dans la cour, puis retira ses chaussures et s'assit à table pour dépouiller son courrier. Comme d'habitude, des factures, encore des factures et des publicités. Pendant qu'elle ouvrait les enveloppes, Jake partit vers l'arrière de la maison. Elle n'y prêta guère attention. Cela faisait des années qu'il se promenait chez elle à sa guise. Elle percevait le son de ses pas, l'entendait ouvrir et refermer des portes, se déplacer de pièce en pièce. Cela finit tout de même par l'intriguer : il fouillait la maison. Elle se crispa. Jake avait tendance à exagérer, dès qu'il s'agissait de protection et de vigilance. Elle allait lui demander s'il s'attendait à trouver un croque-mitaine sous son lit. Mais lorsqu'il revint dans la cuisine, son portable à l'oreille, il commandait une pizza. Et une fois la communication coupée, elle oublia de l'interroger car son propre portable sonnait.

Ken Duncan, l'un des trois adjoints du procureur, voulait savoir si elle comptait venir au tribunal le lendemain matin. Obtenir de la Cour un report pour l'affaire Parker n'avait pas posé de problème, lui expliqua-t-il, mais en ce qui concernait le cas Helitzer contre Caroline du Sud, enregistré pour 9 heures, ce serait une autre paire de manches. Les avocats de Helitzer s'opposaient à tout ajournement. Ils tenaient à ce que leur demande de relaxe soit examinée dans les délais prévus.

— Je serai là, assura-t-elle, soulagée que Jake soit ressorti de la cuisine au moment où elle donnait sa réponse à Duncan.

— Tu restes chez toi, maintenant ? Les avocats ont envoyé des documents qu'il faudrait que tu consultes. Je peux passer te les remettre, si tu veux.

— Bonne idée. Et merci, dit-elle à l'instant où Jake revenait.

Elle aborda en hâte d'autres sujets, évoquant des affaires moins imminentes avec Duncan pendant quelques minutes, avant de dire au revoir à son collègue. Elle était épuisée, souffrait, et son mal de tête empirait. Pourtant, dès que le regard de Jake s'était posé sur elle, elle avait redressé le dos et tenté d'apparaître en bonne forme. Manifestement, il avait entendu ce qu'elle avait souhaité lui cacher. Elle se prépara donc à le priver de munitions quand il commencerait le tir. Car il allait discuter âprement sa décision de reprendre le travail, aussi sûr qu'un plus un faisait deux.

— Je croyais que tu ne bossais pas demain, Sarah.

Et voilà. Ce cher Jake était vraiment prévisible.

Appuyé au comptoir, il l'observait d'un air courroucé tout en faisant tourner des glaçons dans un verre. Un liquide brun-doré heurtait les parois dans un clapotis. Il s'était servi dans le réfrigérateur. Du très diététique thé sans sucre… dans lequel il avait versé cinq sachets d'édulcorant de synthèse. Elle le savait car elle voyait les cinq petits emballages roses déchirés sur le comptoir, à côté de Jake. Heureusement, elle ne gardait pas de sucre dans la maison. Sinon, Jake aurait eu besoin d'insuline en urgence.

— Tu sais quoi, Jake ? Tu as un gros problème avec les sucreries.

Une vérité, et en plus, un excellent prétexte pour le détourner de la leçon qu'il s'apprêtait à lui faire au sujet de la reprise de son travail, le lendemain.

Tout en parlant, elle avait commencé à ouvrir les enveloppes publicitaires, comme si elle s'intéressait à leur contenu.

— Tu as déjà songé à une cure de désintoxication ?

— Sarah, toi, tu as un problème avec le boulot. Tu es intoxiquée par le travail, rétorqua-t-il.

Flûte, la feinte n'avait pas marché. Il restait sur son idée.

— Demain, c'est vendredi, dit Sarah dans un soupir. Je finirai tôt. Mais je dois être présente au tribunal pendant quelques heures.

— Qu'y a-t-il de si important que tu ne puisses reporter, le temps de te remettre d'une balle dans la tête, bon sang ?

— D'abord, les avocats de Mitchell Helitzer font appel, et ils vont présenter le pourvoi à 9 heures.

— Et voilà. Encore une de tes causes perdues d'avance. Tu crois réellement que tu vas arriver à faire inculper Mitchell Helitzer ?

Helitzer était un ancien arrière de l'équipe des Gamecocks et le rejeton de l'une des familles les plus anciennes et les plus influentes de Beaufort. Il gagnait des fortunes avec son affaire d'import-export.

— Il a tué sa femme, Jake.

— Il prétend qu'elle est tombée dans l'escalier. Tu as des témoins prêts à jurer que c'est faux ?

La réponse était non, et Jake le savait fort bien. Ce problème-là comptait parmi leurs sujets de discussion récurrents.

— Il y avait dix fois plus de sang dans cet escalier qu'il n'y en aurait eu si Susan Helitzer avait chuté d'elle-même et s'était cogné la tête. De plus, elle est tombée sur la face, mais elle était blessée à l'occiput. Je pense qu'il l'a frappée avec quelque chose. Un marteau, par exemple.

— Les blessures à la tête saignent beaucoup, Sarah. Et elle a pu se les faire pendant la chute, contre les marches. Cet escalier est très raide et en béton. Il va te falloir bien plus solide comme argumentation, si tu as l'intention de demander la peine capitale.

Jake n'avait pas tort. Il excellait à tenir le rôle de l'avocat du diable. Elle lui tira la langue, preuve, songeat-elle, d'une immaturité inquiétante chez Mme le procureur adjoint.

— Ça a été suffisant pour persuader Morrison que je pouvais, en tout cas.

— Il t'a donné son feu vert parce que les médias sont fous de cette histoire. Si le bureau du procureur semblait la jouer en douceur avec Mitchell Helitzer, on aurait droit sur toutes les chaînes à des commentaires du genre « les riches et célèbres bénéficient d'un traitement spécial dans le comté de Beaufort ». Morrison veut devenir gouverneur. Il ne peut pas se permettre d'offrir aux Républicains le bâton pour se faire battre.

Jake avait raison, encore une fois, mais cela ne changeait rien au fait que, sûr et certain, Helitzer avait tué sa femme de sang-froid.

— Et zut, Jake. Va donc enquêter sur une affaire de divorce.

— Tu sais que j'ai..., commençait-il dans un sourire moqueur quand on frappa à la porte.

Sweetie-pie, qui était toujours dehors, se mit à aboyer furieusement.

— La pizza ! s'écria Jake en se précipitant pour ouvrir.

Sarah profita de son absence pour sortir de son sac les comprimés de sédatifs prescrits par le médecin. Elle en avala deux avec un verre d'eau. Si Jake se rendait compte qu'elle souffrait le martyre, il la ramènerait dare-dare à l'hôpital.

Ils dînèrent dans le salon devant la télévision, assis côte à côte sur le canapé de cuir marron placé entre deux fenêtres. Celles-ci, dans le style des années cinquante, donnaient sur le jardin de devant, mais les volets en étaient fermés pour l'heure. Le sofa était flanqué d'une causeuse sur la gauche et d'une ottomane sur la droite. Après avoir acheté la maison, Sarah avait fait un saut chez Evans, le marchand de meubles discount le plus proche, et avait acquis en une seule fois tout le mobilier dont elle avait besoin. Le combiné sofa-ottomane-causeuse présentait plusieurs avantages : il était fonctionnel, remplissait bien la pièce, et formait un ensemble avec les trois petites tables gigognes en chêne et les deux lampes de cuivre. Les couleurs manquaient de punch, mais la pièce était présentable et suffisamment confortable. Sarah n'en demandait pas davantage.

Dès qu'ils s'étaient installés pour manger, Sweetie-pie s'était couché à ses pieds. Les pizzas se trouvaient sur la table basse devant eux. Jake se mit aussitôt à en dévorer une part à belles dents pendant que Sarah, qui même en temps normal n'avait guère d'appétit, se contentait de pignocher : ce soir, elle n'avait pas d'appétit du tout. À l'instar de Jake, Sweetie-pie était un grand carnivore. Elle piocha donc pour le chien des morceaux de saucisse et de jambon, faisant remarquer à Jake qu'elle lui rendait service en le privant de toute cette garniture riche en cholestérol et en calories. Elle sourit lorsqu'il lui décocha, ainsi qu'à Sweetie-pie, un regard noir. Par chance, les sédatifs faisaient leur office : au lieu d'avoir l'impression qu'un méchant génie frappait l'intérieur de son crâne à coups de marteau, elle ne se sentait que vaseuse.

Duncan, toujours en costume-cravate, arriva alors qu'ils finissaient leur repas. Duncan était plutôt joli garçon, mince, un homme de taille moyenne aux yeux bleu vif et aux cheveux bruns ondulés qui commençaient à se raréfier sur le dessus de la tête. À trente-cinq ans, il venait de divorcer d'une « vraie peste », d'après les cancans qui couraient au bureau, et était désormais convoité par Lynnie, ainsi que par les autres femmes célibataires. Il appartenait au bureau du procureur depuis deux ans. Auparavant, il travaillait dans le privé. Bon avocat, il attachait toutefois trop d'importance à la balance de ses succès et de ses échecs. De ce fait, il était très vigilant quant aux affaires dont il se chargeait. En d'autres termes, comme beaucoup d'avocats que connaissait Sarah, s'il n'était pas certain de remporter la victoire, il refusait le combat. Ce qui convenait parfaitement à Sarah. Duncan était un excellent élément de son équipe.

— Oh, salut, Jake, dit Duncan, un peu surpris, quand il entra et vit Jake dans le salon.

Sarah traîna Sweetie-pie jusqu'à la porte arrière et le contraignit à l'exil dans la cour : il détestait Duncan, évidemment. Jake, les yeux rivés sur l'écran du téléviseur, répondit au salut de Duncan, avant que Sarah ne guide son visiteur vers la cuisine, d'un petit geste de la main.

Ils s'assirent à la table et elle ouvrit le dossier que Duncan avait sorti de son attaché-case.

— J'ignorais que tu sortais avec Hogan, chuchota Duncan alors que Sarah commençait à parcourir les documents.

— Il n'est qu'un ami, assura Sarah en relevant les yeux.

La lueur qu'elle vit passer dans ceux de Duncan l'étonna et la déconcerta. L'intéressait-elle en tant que femme, ou n'était-ce qu'une illusion ? À moins que ce ne fût tout autre chose, mais quoi ? Mmm. Le plus sage était d'étouffer dans l'œuf cette mystérieuse curiosité.

— En quoi est-ce que cela te concerne, Duncan ?

Le regard qu'il fixa sur elle était calme et n'avait rien de fuyant. L'étrange lueur avait disparu. Sarah se demanda si elle ne l'avait pas imaginée. Probablement. Les sédatifs, son mal de tête qui se ranimait, le traumatisme consécutif aux vingt-quatre heures qu'elle venait de passer l'amenaient à conclure que son cerveau ne fonctionnait pas normalement. Les minutes passant, elle avait l'impression d'être de plus en plus déconnectée de la réalité.

— Je m'interrogeais, c'est tout, Sarah.

Il haussa les épaules en souriant.

— Le bruit court au bureau que tu ne sors avec personne.

— Et c'est le cas, précisa Sarah, espérant ainsi mettre un point final aux spéculations de Duncan.

Elle se pencha de nouveau sur les documents. Il garda le silence jusqu'à ce qu'elle ait terminé. Lorsqu'elle redressa la tête pour le regarder, l'ambiance entre eux était celle du travail.

— C'est là-dessus qu'ils comptent s'appuyer pour faire appel ?

— Oui.

— Et qu'est-ce que c'est ? cria Jake du salon.

Sarah vit qu'il s'était déchaussé. Il s'extirpa du canapé et marcha en chaussettes jusqu'à la cuisine. Il paraissait vraiment être chez lui. Duncan le jaugea du coin de l'œil et Sarah comprit combien les gens devaient avoir du mal à croire qu'elle et Jake ne partageaient qu'une simple amitié. Les reliquats de pizza sur la table, les chaussures au pied de la table basse... Pour quelqu'un comme Duncan qui ne connaissait pas la situation, il y avait matière à penser que Jake Hogan et Sarah Mason étaient très intimes. Et de fait, ils l'étaient, mais pas dans le sens que supposait Duncan.

— Ils ont le certificat d'un expert qui assure que le sang prélevé dans l'escalier où Susan Helitzer a trouvé la mort colle parfaitement avec une chute accidentelle, expliqua Sarah à Jake.

Ce dernier venait d'ouvrir le placard sous l'évier et sortait un sac-poubelle de la boîte dans laquelle elle les rangeait. Elle nota que Duncan ne manquait pas de remarquer que Jake savait exactement où elle gardait les sacs-poubelles. Et que demain, l'histoire ferait le tour du bureau. Il serait temps, alors, d'aviser pour couper court aux ragots. Dans l'immédiat, il y avait plus urgent.

— Ah ouais ? fit Jake, le sac de plastique à la main.

Il s'abstint de lâcher « Je te l'avais bien dit ». C'eût été superflu : son expression entendue suffisait. Sarah lui jeta un coup d'œil sévère et il regagna le salon, un sourire satisfait sur les lèvres.

— Tu veux garder le reste de la pizza pour ton petit déjeuner, Sarah ? demanda-t-il avant de disparaître.

Quel tact ! songea la jeune femme. Elle voyait bien qu'en dépit de ses dénégations, Duncan spéculait sur les probabilités que le petit déjeuner soit pris en compagnie de Jake, après une nuit passée sous le même toit. Ce qui serait sans doute le cas, mais dans des chambres séparées.

— Non, merci, répondit-elle à Jake sur un ton froid.

Normalement, elle aurait gardé la pizza, oui, mais pour le déjeuner. Gaspiller de la nourriture n'était pas dans ses habitudes et Jake le savait. Mais sous le regard scrutateur de Duncan, elle avait l'impression que dire oui aurait apporté de l'eau à son moulin.

— Comme tu voudras, lança joyeusement Jake.

Il le faisait exprès, ce salaud ! Et il se délectait de la voir dans l'embarras.

Quelques minutes plus tard, Duncan se leva et Sarah le raccompagna à la porte. La nuit était complètement tombée. Les éclairages des vérandas et les lampadaires de la rue étaient allumés. Une légère brise faisait frissonner les feuilles penniformes des palmiers. La chaleur régnait encore, comme toujours à Beaufort en août, mais le taux d'humidité avait un peu baissé et l'air embaumait le chèvrefeuille et l'herbe des pelouses fraîchement tondues. En bas de la rue, un groupe d'enfants s'amusait à chasser les lucioles dans le jardin d'une maison. De la musique s'échappait des vitres baissées d'une voiture qui passait.

— Tu es sûre de ne pas vouloir que je te remplace, demain matin ? Tu n'as pas l'air en superforme, dit

Duncan en descendant la petite volée de marches du perron.

— Merci bien, répondit Sarah sèchement.

— Oh, ne le prends pas mal ! Tu sembles parfaitement remise. Tu… tu as toujours l'air… d'assurer. Mais… euh… après ce qui est arrivé… tu aurais peut-être intérêt à…

Seule la lumière provenant du vestibule éclairait le visage de Duncan, de sorte que Sarah ne pouvait être certaine que Duncan avait rougi, mais elle en avait bien l'impression.

— Je serai au bureau à 9 heures, affirma-t-elle pour le sortir d'embarras. Merci d'avoir apporté le dossier.

— Je… pas de problème. Ça m'a fait… euh… plaisir.

Il descendit en hâte les marches, comme s'il était pressé de s'en aller. Il coupa à travers la pelouse pour rejoindre sa voiture. Sarah referma la porte. Lorsqu'elle se retourna, Jake lui faisait face, la poubelle à la main.

— Le pauvre mec, il a perdu sa soirée, commenta-t-il.

— Que veux-tu dire ?

— Ça sautait aux yeux qu'il espérait te trouver seule. Je te parie qu'il tourne autour du pot pour te demander de sortir avec lui.

— Il est venu m'apporter le dossier Helitzer !

— Ouais, c'est ça. Une bonne excuse, non ?

Jake lui lança un sourire railleur avant de se diriger vers la porte de la cour, où se situait le conteneur à ordures. Sweetie-pie, qui s'offrait une petite sieste au ras du seuil, se mit debout et émit aussitôt une rafale d'aboiements. Jake lâcha le sac et recula prestement pour se réfugier à l'intérieur. Chien et homme s'affrontèrent du regard. Jake referma la porte-moustiquaire et le défi continua. Sarah éclata de rire.

— Sale bête, grommela Jake.

— Il t'aime. Il a simplement des difficultés à te le montrer.

Sarah passa devant Jake, rouvrit la moustiquaire et Sweetie-pie rentra, rivant sur l'ennemi des yeux pleins de menaces à faire froid dans le dos.

— Je suis désolée qu'il t'ait effrayé, Jake.

Un à un, score égal, songea Sarah avec satisfaction. Il l'avait asticotée quand Duncan était là. Elle s'était bien vengée.

Jake ne releva pas la pique. Il sortit récupérer la poubelle pendant que Sweetie-pie partait dans la direction opposée, visant sans doute sa retraite préférée : le dessous du lit de Sarah.

— Je vais prendre une douche, cria-t-elle à Jake.

Sans attendre de réponse, elle gagna la salle de bains. Elle était épuisée, avait mal partout et les pilules ne faisaient plus effet. Une douche, et ensuite, au lit. Comme le disait si bien Scarlett O'Hara, demain est un autre jour, songea-t-elle.

En espérant que cet autre jour serait meilleur que les deux précédents.

Protéger de l'eau sa blessure à la tête se révélant difficile, elle opta finalement pour un bain. Pendant que la baignoire se remplissait, elle se brossa les dents, puis resta devant le miroir. Dans la clarté familière de la rampe d'ampoules, elle s'examina. Son œil critique l'amena à une conclusion : elle avait l'air d'une déterrée. Elle mesurait un mètre soixante-quinze et pesait cinquante et un kilos, soit dix de moins que sept ans auparavant. Elle s'était bien douté qu'elle était devenue trop mince. Carrément maigre, lui apprenait maintenant le miroir. Ses yeux, du même bleu foncé que ceux de Lexie, lui rappelaient tellement sa fille qu'elle avait de la peine à soutenir le regard que lui renvoyait la glace. De surcroît, ils étaient creux et cernés. Son visage aux traits délicats avait été autrefois très séduisant. Il ne l'était plus. Trop émacié, à l'ossature qui paraissait vouloir jaillir à travers la peau. Sa carnation très pâle était encore accentuée par le contraste avec le noir de ses sourcils. Si on y ajoutait l'hématome rouge sur son menton, qui avait heurté le sol lors de sa chute, elle avait vraiment une tête à faire fuir les petits enfants. Une infirmière lui avait lavé les cheveux avant sa sortie de l'hôpital. Sa chevelure noire et courte pouvait donc attendre le shampooing un jour ou deux. Elle allait encore bien. Encore que « bien » n'était pas l'adverbe qui convenait. Mieux valait penser « propre ». Sa coupe à hauteur de la nuque avec un dégradé sur le front et les côtés était parfaite pour aller travailler : lavage, une noix de mousse bouclante, et hop, fini. Mais demain, pas de boucles, et cacher le sparadrap couleur chair de la taille d'un billet de dix dollars relèverait de la gageure.

Allons, elle était vivante, et cela, c'était la bonne nouvelle, non ?

Mary, elle, ne l'était pas.

Sarah renvoya cette pensée dans les tréfonds de son esprit et enjamba la baignoire. Elle se laissa glisser avec délectation dans l'eau chaude. Pour son pauvre corps moulu, c'était une bénédiction. En revanche, pour ses coudes, ses genoux, cela confinait au supplice. Or garder coudes et genoux hors de l'eau en même temps était impossible. Elle ne s'attarda donc pas dans la baignoire. Elle se savonna en hâte puis sortit et attrapa la serviette. Mais la tête lui tourna et elle dut se retenir au lavabo pour ne pas tomber. Ses jambes la trahirent quand même. S'agenouillant, elle s'astreignit à respirer lentement et profondément jusqu'à ce que passe le malaise. Ensuite, elle se sécha, enfila le tee-shirt bleu qui lui arrivait aux genoux et qu'elle portait pour dormir, s'enveloppa dans son peignoir blanc et sortit pour souhaiter la bonne nuit à Jake.

Il était de nouveau dans le salon, vautré sur le canapé, ses pieds en chaussettes noires posés au-dessus de la table basse. Télécommande braquée sur le téléviseur, il se consacrait à ce rite que pratiquent tous les hommes : il zappait d'une chaîne à l'autre. Il leva les yeux quand elle entra, abaissa la télécommande et diminua le son. Un coup d'œil à l'écran apprit à Sarah qu'il regardait New at Ten, les informations de 22 heures. Hayley Winston était à l'image, blonde et lumineuse. Elle parlait d'un carambolage sur la nationale 17.

— Tu me sembles en piteux état. Mal à la tête ?

— Un peu. Je vais me coucher.

— Si tu as besoin de moi, appelle.

— Sûr.

Elle pivotait sur ses talons quand elle se ravisa.

— Jake ?

— Mmm ?

Son attention était de nouveau concentrée sur les informations. Sarah eut un petit sourire attendri en le voyant complètement avachi sur son canapé, si grand, si ténébreux, les cheveux ébouriffés, les vêtements froissés.

— Merci, Jake.

— Hein ? Merci pour quoi ?

— D'être là, de rester cette nuit, d'être venu à l'hôpital… Bref, merci pour tout.

— De rien.

Il ramena son regard, un instant détourné, sur le téléviseur, et ses yeux s'arrondirent. Intriguée, Sarah se rapprocha et regarda aussi.

Le visage de Lexie occupait tout l'écran. Joues rebondies, souriante, adorable avec ses cheveux cuivrés coiffés en anglaises. Sarah reconnut immédiatement cette photo. Elle avait été prise lors de sa troisième semaine au jardin d'enfants.

La souffrance la transperça comme une lame acérée, lui coupant le souffle.

« … une histoire particulièrement poignante, disait Hayley Winston. Le substitut du procureur, Sarah Mason, qui a sauvé la nuit dernière la petite Angela Barillas, neuf ans, d'une mort certaine, lors du tragique hold-up d'une épicerie, fut elle-même victime d'une tragédie. Nos téléspectateurs se rappellent peut-être que sa fille de cinq ans, Alexandra, a été… »

Jake coupa le son. Puis il se mit debout dans la seconde et s'approcha de Sarah.

— Sarah…

Ses yeux noirs trahissaient à quel point il était ému et s'inquiétait.

La souffrance fouaillait en elle, n'épargnant aucun organe de son corps. Ses terminaisons nerveuses semblaient reliées à des électrodes chauffées à blanc. Elle était parvenue, avec le temps, à la dompter, mais jamais à l'effacer. Et une nouvelle fois, elle se demandait comment on pouvait vivre en ayant aussi mal.

— Sarah…, répéta Jake dans un murmure.

Il avait posé les mains sur ses épaules, de grandes mains chaudes, qui l'attirèrent contre sa poitrine. Pendant un moment, elle s'autorisa à rester là, à être fragile, à se reposer sur la force de Jake, à puiser du réconfort dans sa présence et sa sollicitude.

Elle s'obligea à respirer calmement, à serrer les dents, à redresser l'échine pour dominer son esprit, qui luttait avec fureur pour garder présente l'image qu'elle venait d'avoir sous les yeux. S'il était une chose qu'elle avait apprise au cours de l'épreuve que le sort lui avait infligée, c'était que le seul moyen de survivre était d'être forte. Et de refuser de s'attarder sur ce qu'elle avait subi, sur ce qu'elle avait perdu.

Elle releva la tête, recula d'un pas. Mais Jake ne la lâcha pas. Ses mains demeuraient sur ses épaules. Son regard cherchait le sien.

— Ça va, Jake.

La clarté de sa propre voix la surprit. Elle lut dans les yeux de Jake qu'il souffrait parce qu'elle souffrait, et cela la consola un petit peu. Pour le rasséréner, elle eut une amorce de sourire.

— Ça va, répéta-t-elle. Vraiment. C'est juste que… Je ne m'attendais pas à voir… cela.

Jake paraissait sceptique. Mais elle se sentait incapable d'en dire plus pour le rassurer.

— Sarah…

— Je vais au lit, coupa-t-elle.

Elle ne voulait pas en entendre davantage, ni parler, ni recevoir des manifestations de sympathie. Rien qui fasse remonter la souffrance en flèche.

— Ne t'en fais pas, je vais bien. Je te jure que je vais bien.

— Mmm.

Il détacha les mains de ses épaules.

— Bonne nuit, Jake.

Sarah tourna les talons et s'en alla vers sa chambre, le dos bien droit, la tête haute.

La voix de Jake l'accompagna le long du couloir.

— Bonne nuit, Sarah.

Une faible clarté baignait la chambre, celle des lumières du salon. Sarah laissa la porte ouverte pour que Sweetie-pie puisse sortir à sa guise s'il avait envie d'aller boire. Puis elle ôta son peignoir et se glissa sous les couvertures sans allumer la lampe de chevet. Elle avait besoin de dormir, mourait d'envie de dormir, attendait du sommeil qu'il lui fournît le refuge qu'elle ne trouvait pas en état d'éveil.

Elle avait un truc pour s'endormir. Elle l'avait expérimenté au cours des deux mille cinq cent quatre-vingt-sept précédentes nuits ténébreuses. Elle écoutait le rythme régulier de la respiration de Sweetie-pie couché sous le lit et, recroquevillée en position fœtale, récitait mentalement comme un mantra toutes les prières qu'elle connaissait. Jusqu'à ce que la paix qu'elles promettaient lui soit enfin accordée.

Elle sombra dans un sommeil sans rêves, profond et lourd. Puis elle se réveilla en sursaut. Elle ignorait quelle heure il était, mais il faisait dans la maison aussi noir que dans une tombe. Pendant un moment, elle se demanda ce qui l'avait réveillée.

Puis elle entendit la sonnerie du téléphone sur la table de nuit, qui tintait avec insistance.

Voilà ce qui l'avait arrachée à son sommeil bienfaisant. Et zut ! Elle avait du mal à sortir de la torpeur qui l'habitait encore. Elle avait des élancements dans la tête, et ramper sur le matelas pour atteindre l'appareil lui semblait au-dessus de ses capacités. Elle était tellement fatiguée... Les sédatifs devaient intensifier sa léthargie. Les chiffres lumineux de la pendulette indiquaient 2 h 30.

Elle réussit à refermer ses doigts gourds sur le combiné et à décrocher. Elle frissonnait. Un appel à cette heure ne pouvait qu'être porteur de mauvaises nouvelles, et la principale source de mauvaises nouvelles se trouvait être son bureau. On avait besoin d'elle à la prison, ou sur une scène de crime, ou...

— Allô..., fit-elle d'une voix enrouée.

— Maman ! Maman... Viens me chercher ! J'ai peur...

Des sanglots brisèrent la petite voix, puis :

— Maman, où tu es ?

Sarah se redressa tout d'une pièce, le souffle coupé. Elle tremblait aussi violemment que si elle avait reçu une décharge électrique.

Lexie... C'était Lexie... qui, sept ans auparavant, s'était éloignée d'elle pour aller chercher une part de son gâteau d'anniversaire et avait disparu sans laisser de traces.

7

— Lexie ! hurla Sarah dans l'appareil.

Trop tard. Lexie n'était plus au bout de la ligne. La tonalité sifflait.

Lexie avait raccroché.

Non. Ô mon Dieu, non.

— Lexie…, bredouilla Sarah en sanglotant dans le combiné muet et en sortant du lit.

Ses doigts crispés autour de l'appareil l'élançaient. Son cœur battait si fort qu'elle avait l'impression qu'il allait exploser.

— Lexie… Lexie… Lexie…, répétait-elle dans le téléphone comme si le fil de l'appareil la reliait à la vie.

Elle entendait son sang frapper dans ses tympans.

— Mon Dieu, je vous en prie… Lexie !

— Mais que se passe-t-il ?

La lumière jaillit dans la chambre en même temps que des pas rapides claquaient sur le parquet. Provenant de dessous le lit, des aboïements effrénés éclatèrent.

— La ferme, Sweetie-pie ! lança Jake d'un ton sans appel au chien, qui se tut comme par magie.

Puis, avec une infinie douceur, il demanda à Sarah :

— Qu'est-ce que tu as ?

Elle était à genoux, le téléphone collé à l'oreille. Elle leva sur lui des yeux élargis par l'incrédulité et la détresse.

— C'était Lexie, Jake. Elle vient de m'appeler. À l'instant. Lexie...

— Quoi ?

— C'était elle, je t'assure. J'ai reconnu sa voix. Ô mon Dieu, Jake, c'était Lexie...

Sarah prit une profonde inspiration, avant de crier dans le combiné le prénom de sa fille.

— Lexie, où es-tu ? Parle-moi, parle-moi, je t'en prie !

La tonalité fit écho à ses supplications. Sarah éclata en sanglots. Jake s'accroupit à côté d'elle et lui enveloppa les épaules du bras. Puis il essaya doucement de lui prendre le téléphone. Elle résista, se refusant à rompre ce qui, dans son esprit, la reliait à sa fille.

— Jake, c'était bien Lexie, répéta-t-elle, cette fois d'une voix maîtrisée.

Elle s'était ressaisie.

— Ma chérie, écoute-moi...

Il réussit à détacher l'appareil de son oreille, mais elle le garda serré dans ses doigts. Sa fille était quelque part. Vivante. Mais où, Seigneur, où ?

Un à un, Jake détacha les doigts blanchis par la crispation puis écouta, entendit à son tour la tonalité. Il secoua la tête et abaissa le téléphone. Sarah le reprit, tout en fixant sur Jake des yeux désespérés. Il était trop tard. Lexie avait raccroché, mais elle ne pouvait pas se résoudre à replacer le combiné sur son socle. En esprit, elle entendait encore la voix de sa fille.

— Il n'y a personne au bout de la ligne, Sarah, dit Jake, navré et consterné de voir Sarah aussi malheureuse.

Elle tremblait, au bord de la panique. Il fallait qu'elle retrouve Lexie, qui l'attendait, la cherchait. Elle l'avait déjà perdue. L'idée de la perdre une deuxième fois lui était insupportable.

Se levant, elle alla regarder le cadran. Un bouton… il y avait un bouton de rappel. Lequel ? Ah… Celui-là.

Elle le pressa et l'écran afficha : « correspondant inconnu ».

Sarah eut l'impression qu'une main de fer lui broyait le cœur.

Il fallait réfléchir. Se calmer et réfléchir.

— Étoile, 6, 9…

Elle s'exprimait à haute voix mais c'était à elle-même qu'elle s'adressait, bien qu'elle perçût l'angoisse de Jake, sa tristesse. Elle ne faisait aucun effort pour le rassurer. Sa fille. Seule sa fille importait.

Elle appuya sur « étoile » puis sur le 6, le 9 et attendit. Ce système permettait d'avoir accès au dernier appel entrant. De l'identifier.

En principe. Car, là, elle n'obtint qu'un message enregistré qui lui annonça que ces touches étaient invalides en pareille occurrence.

— Non…, gémit-elle en se repliant sur elle-même comme si elle venait de recevoir un coup de poing au plexus.

Elle pressait l'appareil contre son cœur tout en geignant et en murmurant le prénom de son enfant.

— Sarah, s'il te plaît…

Jake se plaça à sa hauteur, la prit dans ses bras et la berça en la serrant très fort. Elle sentait les palpitations de son cœur dans sa puissante poitrine, dont la chaleur s'insinuait à travers sa propre peau glacée. En dépit de l'égarement dans lequel elle se trouvait, elle se rendit compte qu'il était torse nu et en caleçon. Et ne s'en soucia pas. Seule sa fille comptait.

— Sarah, il faut que tu me racontes exactement ce qui s'est passé, déclara-t-il d'une voix trop posée.

Une vague de colère submergea Sarah de façon inattendue. Elle se raidit, s'écarta et le regarda avec rage et incrédulité. Comment osait-il réagir ainsi ? Il la prenait pour une folle, qui délirait.

— Je te l'ai déjà dit, ce qui s'est passé ! Lexie m'a appelée. Tu n'as pas entendu sonner le téléphone ?

Après avoir lancé cette question avec agressivité, elle s'exhorta au calme. Elle devait réfléchir, comprendre, clarifier ses idées en déroute. Mais c'était tellement difficile. Ses émotions prenaient le pas sur sa raison. Un frelon en folie semblait tournoyer dans sa tête et enfoncer son dard dans la moindre pensée logique. Elle se savait incohérente. Le seul point stable, analysable, c'était cette sensation de dévastation qui habitait son corps. On lui avait arraché son enfant une seconde fois et elle en souffrait dans tous ses organes. Sa fille venait de lui parler dans ce téléphone. Elle ne l'avait pas rêvé.

— Je n'ai rien entendu, Sarah, à part toi qui criais le nom de Lexie.

L'intonation de Jake demeurait plate, lénifiante. Il scrutait attentivement son expression, y cherchant sans doute les signes de la folie.

— Non, tu n'as pas entendu. Tu ne le pouvais pas. Il n'y a pas de poste dans ta chambre. Mais, Jake… tu ne crois quand même pas que… que j'invente ?

Il resta muet mais son silence était plus explicite que tous les mots qu'il eût pu prononcer. Tous les non-dits restèrent suspendus dans l'air entre eux, comme cela avait été si souvent le cas au cours des premiers jours, des premiers mois, et encore des années après la disparition de Lexie, lorsqu'elle croyait la voir à tel ou tel endroit, l'apercevait ici ou là. Elle persuadait Jake de se lancer sur la piste et il se révélait invariablement qu'il s'agissait d'une autre fillette rousse. Combien de fois avait-elle juré avoir entendu le rire de Lexie, combien de fois avait-elle couru vers un enfant et découvert qu'elle s'était leurrée ? Mille fois, elle était revenue sur ses pas, ou avait fait volte-face, sûre que la fillette était derrière elle.

Le psychiatre qu'elle avait consulté la deuxième année après la tragédie, alors qu'elle s'astreignait à suivre de nouveau ses cours de droit, lui avait assuré que ce qu'elle vivait était classique, que ce comportement avait même un nom : comportement de quête.

Aujourd'hui, cela lui arrivait rarement. Néanmoins, de temps en temps…

— Je n'ai rien imaginé, fit-elle dans un sanglot quand elle se rendit compte que Jake ne disait toujours rien. Je n'ai pas rêvé, je n'ai pas déliré. C'est vrai, Lexie m'a parlé au téléphone. Je… je peux te prouver qu'il y a eu un appel. Regarde l'écran. « Correspondant inconnu ».

À côté, était affichée l'heure de la communication. 2 h 30. Sans cela, Sarah aurait fini par douter d'elle-même.

Les lèvres serrées, Jake se pencha sur le téléphone et vérifia que, oui, il y avait bien eu cet appel.

L'adrénaline pulsait maintenant dans les veines de Sarah. Elle se releva, ferma quelques secondes les yeux pour chasser le tournis qui l'avait saisie comme à la descente d'un manège à sensations. Son esprit ne répondait pas encore tout à fait normalement. Elle avait du mal à coordonner ses pensées. Se découvrait incapable de décider ce qu'il convenait de faire dans la minute qui venait. Tout ce qu'elle savait, c'était qu'il fallait agir, et vite. Ils perdaient du temps, avec toutes ces justifications, ces explications.

— Lançons une enquête. Retraçons cet appel. Je t'affirme que c'était Lexie !

— D'accord, concéda Jake.

Il était l'image vivante de la force tranquille. Mais ce n'était pas de force qu'elle avait besoin, en cet instant. C'était de confiance et d'aide.

— Reprends de zéro, veux-tu, Sarah ? Le téléphone a sonné, tu as répondu. Et ensuite…

— Lexie m'a parlé.

Elle s'obligeait à la pondération, à paraître rationnelle. De son cerveau embrumé par la douleur et les calmants, elle s'efforçait d'activer ce qui pouvait fonctionner correctement. Se contraignait à se montrer raisonnable. Alors qu'elle aurait voulu sortir dans la rue en hurlant le nom de Lexie, courir les rues de la ville endormie à la recherche de sa fille, frapper à toutes les portes, arrêter toutes les voitures qui passaient, fouiller les ruelles sombres, les caves, les sous-bois, en retourner toutes les pierres jusqu'à la dernière.

— C'était Lexie, répéta-t-elle pour la énième fois. Elle s'est rappelé le numéro. Dieu merci, j'ai gardé le même après le déménagement. Elle a dit… Elle a dit… Maman, aide-moi. Et aussi qu'elle avait peur. Puis elle s'est mise à pleurer et a demandé où j'étais.

Les larmes emplissaient les yeux de Sarah. Elle était sur le point de craquer, songea-t-elle, les yeux toujours fixés sur le téléphone. Puis elle regarda Jake.

Il avait pitié d'elle, c'était évident. Il n'était pas prêt à agir. Et elle non plus, qui avait l'impression d'être paralysée. Le téléphone la clouait dans cette chambre. Et pendant ce temps-là, Lexie était quelque part, avait besoin d'elle, la cherchait.

— Pourquoi restons-nous là à ne rien faire, Jake ? Il faut retracer cet appel ! Prévenir la police !

Elle avait hurlé. Elle ne le comprit qu'après l'avoir vu grimacer.

— Sarah, ma chérie, souffla-t-il du ton que l'on prend pour apaiser un tout petit enfant ou un animal affolé.

— C'était Lexie !

Il ne la croyait pas, et elle en était folle de rage, en perdait tout sang-froid. De nouveau, elle brandissait le téléphone à deux mains. De la sueur engluait ses paumes pressées sur le plastique. Ses battements de cœur évoquaient ceux d'un cheval emballé. Elle aurait voulu, par magie, entrer dans le câble, glisser tout le long de la ligne jusqu'aux terminaux, et ressortir à l'autre bout, là où se trouvait Lexie.

Que devait-elle faire ? Que pouvait-elle faire ? Trouver Lexie…

— OK. Calme-toi, Sarah.

Il s'approcha d'elle, posa les mains sur ses avant-bras puis les fit remonter jusqu'à ses épaules avant de l'attirer contre lui. Cette fois, sa chaleur et sa force, son parfum si familier, réussirent là où ils avaient échoué précédemment. Il lui offrait du réconfort à sa manière, la seule qu'il connaisse.

Mais elle n'en voulait pas.

Elle le repoussa.

— Que je me calme ? Tu plaisantes, je suppose ?

Elle replaça avec précaution le combiné sur la base.

— Ne t'avise pas de décrocher. J'ai besoin de ton portable. Où est-il ?

Le sien était resté dans son sac, que la police avait gardé pour y chercher d'éventuels indices. Elle finirait bien par récupérer le tout. Mais dans l'immédiat, l'objet dont elle avait le plus besoin, elle ne l'avait pas sous la main. À croire que dans la vie, tout allait toujours de travers.

— Il est sur la table de nuit.

Dans la chambre d'ami, donc. Elle se rua dans le couloir, gagna la chambre, enregistra, après avoir éclairé, l'image du lit en désordre, des vêtements en fouillis sur le parquet, puis vit le téléphone, ce petit boîtier fin et noir, tant convoité. Elle s'en empara.

La police. Si la recherche de l'origine de l'appel était lancée avant que la piste soit froide, il y avait une chance qu'elle aboutisse.

Les mains tremblantes, elle ouvrit l'appareil et tapa 911 sur le clavier, le numéro des services d'urgence. Les persiennes n'étaient pas complètement fermées et, entre les lattes et la croisée mal ajustée, elle distinguait les ténèbres de la nuit, dehors. Lexie se trouvait quelque part dans ces ténèbres. Lexie qui avait si peur du noir.

Ce souvenir lui noua la gorge.

Vite... Vite... Que quelqu'un décroche...

Les doigts de Jake se refermèrent sur le portable avant que la connexion ait abouti. Il se tenait juste derrière Sarah, bien plus grand et plus solide qu'elle, avec en plus l'avantage de la surprise. Quand il lui enleva le portable, elle ne put rien faire.

— Attends une seconde, Sarah.

— Mais pourquoi ? cria-t-elle en lui tournant autour, mains tendues pour essayer de récupérer l'appareil.

Il leva le bras, le mettant hors de sa portée, se protégeant du mieux qu'il le pouvait des assauts de Sarah.

— Écoute-moi !

— Tu es dingue, Jake ! Donne-moi ce téléphone !

— Bon sang, Sarah...

Il lança l'appareil au milieu du lit et, à l'instant où elle s'apprêtait à se jeter dessus, il la retint et l'emprisonna entre ses bras, dos tourné vers lui. Elle lutta avec une véhémence confinant à la violence, lui frappant les poignets à coups de poing, lui cognant les chevilles avec les talons.

— Aïe ! Merde.

— Lâche-moi ! Tu es fou ? Je dois appeler la police !

— Veux-tu bien m'écouter ? Oui ? Qu'est-ce qui te rend si sûre que c'était Lexie ?

— Tu crois que je ne reconnaîtrais pas la voix de ma fille ? Je la reconnaîtrais n'importe où, même au bout du monde ! Même venant du fond de la terre, ou de l'autre côté de l'océan ! Elle n'a pas changé du tout. Mon bébé… Mon petit bébé…

— Mais c'est ça, le problème, Sarah, tu ne t'en rends pas compte ? Ça fait sept ans, ma chérie, sept ans ! Lexie ne peut pas avoir la même voix. Elle avait cinq ans. Et maintenant, elle en aurait douze. Je ne pense pas que tu puisses reconnaître sa voix.

— Mais si, c'était Lexie, c'était elle.

Sarah continuait à lutter contre Jake, mais aussi contre les doutes qui l'assaillaient, qui déferlaient sur elle comme un raz de marée glacé. La voix de Lexie était celle d'une fillette de cinq ans. Or Lexie n'avait plus cinq ans.

— Non, oh, non…

L'implacable logique du raisonnement la terrassa. Elle n'avait plus d'air dans les poumons, ses genoux ne la portaient plus. Sans le soutien des bras de Jake, elle se serait effondrée.

— Sarah…

— C'était elle, s'obstina Sarah, en dépit de tout. Je l'ai reconnue. Il faut appeler la police.

Elle cessa de s'agiter, se laissa aller dans les bras de Jake, abattue par la réalité.

— Tu dormais, reprit-il inexorablement, tu n'es pas encore remise du choc que tu as subi, tu es sous sédatifs, pour l'amour du Ciel ! Ce que je m'efforce en vain de te faire comprendre, c'est que tes perceptions sont faussées.

Hélas si, à présent, elle comprenait. Elle haïssait cette évidence, mais ne pouvait plus la rejeter. La voix était celle d'une toute petite fille. Celle d'une enfant de douze ans aurait sonné différemment.

— Je vais demander qu'on retrace l'appel, dit Jake. Je te le promets.

Il était assis au bord du lit, Sarah sur ses genoux. La musculature de ses cuisses, leur chaleur, la carrure de ses épaules, la largeur de sa poitrine sauvaient Sarah de la crise de nerfs. Elle y puisait du réconfort, de l'apaisement. Sans cette protection, ce soutien que lui apportait Jake, elle serait sortie en hurlant de la chambre.

— On va trouver, Sarah. Mais d'abord, il faut que tu te reprennes.

— C'était Lexie, protesta-t-elle faiblement, sans conviction.

Elle savait désormais que sa fille de douze ans ne pouvait s'exprimer avec une intonation et une expression de bébé de cinq ans. Même si cela lui brisait le cœur, elle l'admettait.

Et malgré tout, un petit espoir s'accrochait.

— Ce ne pouvait pas être Lexie, déclara doucement Jake, prononçant à sa place les mots qu'elle se refusait à articuler.

— Alors qui était-ce ? s'enquit-elle agressivement, le regardant avec férocité, lui qui, à l'instar de Cassandre, méritait d'être châtié pour avoir brisé le beau rêve en énonçant la vérité. Si ce n'était pas ma fille, qui était-ce, hein ? Peux-tu me le dire ?

Les yeux de Jake se plissèrent, ses mâchoires se crispèrent. Elle comprit qu'il souffrait mille morts de devoir lui répondre.

— Vraisemblablement, un pervers.

Un pervers. Mon Dieu. Quelle horreur, quelle abomination.

— Non, je…, commença-t-elle avant de s'interrompre.

Elle avait mal comme une damnée mais se découvrait soudain incapable de persister à nier.

— Qui serait capable d'une pareille monstruosité ? acheva-t-elle piteusement.

— Je ne sais pas.

Il secoua la tête et, dans la vive clarté du plafonnier, il paraissait incroyablement pâle et hagard, compte tenu de sa complexion mate et de la fermeté de ses traits. Ses yeux, qui reflétaient la souffrance de Sarah, étaient d'un noir d'encre, et un pli amer déformait sa bouche.

— On parle de toi à la télé depuis vingt-quatre heures. Tu as vu toi-même cette photo de Lexie en plein écran. Comme des dizaines de milliers d'autres gens. Et j'imagine que ce genre de reportage est sorti sur les autres chaînes.

— Mais il faut être sadique, un vrai malade mental, pour commettre un tel acte.

Malade… Elle l'était, elle. Jusqu'au fond de l'âme. Elle se sentait aussi affectée que pendant les semaines, les mois qui avaient suivi la disparition de Lexie. La douleur ne s'était jamais vraiment dissipée. Seulement amenuisée. Et puis, elle avait appris à vivre avec, à accepter que quelque chose en elle soit à vif, comme une plaie qui ne se serait jamais cicatrisée. Elle réagissait à la manière des amputés qui ont mal dans le membre coupé. Certes, la souffrance était en sommeil depuis longtemps, apprivoisée, mais elle revenait maintenant avec une force et une sauvagerie dont l'ampleur la faisait vaciller.

Elle n'arrivait pas à le supporter, et pourtant, il fallait tenir bon. Elle n'avait pas le choix. C'était une leçon apprise grâce aux rudes cours que donnait la vie.

Jake raffermit son étreinte, espérant atténuer ses tremblements.

— Tu sais, Sarah, il y a beaucoup de jobards dans la nature.

— Tu crois vraiment que... Non, inutile que je me raconte des fables : ce n'est pas Lexie qui a appelé. C'est impossible, n'est-ce pas ?

Un temps, puis Jake assena l'évidence toute nue, d'une voix étale qui sonnait le glas du dernier lambeau d'espoir :

— Impossible.

Sarah était déjà tombée entre les griffes du monstre ; aussi ne fut-elle pas autrement surprise quand elles se refermèrent de nouveau sur elle. Elle était de retour en enfer. Prête à basculer pour ne plus jamais rien ressentir, prête à dire adieu à la vie. Elle éclata en sanglots, gémissant comme un nouveau-né en détresse respiratoire, incapable d'aspirer l'oxygène salvateur. Son visage enfoui dans le cou de Jake, elle pleura, poussa des cris de bête prise au piège. Jake lui avait tenu la main lors de ces voyages dans les abysses où vivait le monstre. Il savait quoi faire pour la retenir au bord du précipice. Elle s'accrochait à lui, son roc inébranlable, son ancre dans une mer en furie, son guerrier qui empêchait l'hydre de la dévorer.

Il lui caressait le dos, essayant de calmer les frissons. Elle avait l'impression de subir une violente poussée de fièvre. La main de Jake, qui remontait doucement dans sa nuque, lui semblait couverte d'un baume enchanteur.

Dieu merci, Jake était là. S'il existait un être sur cette terre qui fût capable de l'aider, c'était lui, et lui seul.

— Ça va, souffla-t-elle, autant pour se rassurer que pour le tranquilliser.

Elle mentait. Elle n'allait pas bien du tout. Le traumatisme auquel elle devait faire face aujourd'hui lui paraissait d'autant plus insupportable qu'elle était fragilisée par les événements de la veille.

— Tu as raison de vouloir appeler la police, Sarah. Je pense que c'est une bonne idée. Nous allons informer les flics qu'un pervers t'a téléphoné.

La bouche de Jake était tout contre son oreille. Il parlait lentement, comme pour être sûr qu'elle comprenait bien les mots qu'il prononçait, que ces mots pénétraient bien dans son esprit.

— Oui, d'accord, répondit-elle, luttant contre les griffes qui l'attiraient vers le fond.

Les dents serrées, elle tentait de contrôler ses tremblements, de réguler sa respiration, afin que son pouls se calme. À l'intérieur, elle se sentait brisée. L'appel d'un maniaque, c'était de cela qu'il s'agissait. Bien sûr. Une plaisanterie d'une cruauté incroyable.

— Il faut retrouver l'origine de ce coup de fil, lâcha-t-elle dans une expiration.

— Si c'est possible, ce sera fait, je te le jure.

Elle percevait une hésitation chez Jake. Une tension nouvelle dans son corps, une réticence dans sa voix, qui lui indiquaient que quelque chose, tout à coup, le troublait. Au prix d'un effort qui lui coûta presque toute l'énergie qu'elle possédait encore, elle réussit à détacher sa tête du nid douillet que formait le cou de Jake, et chercha son regard. Elle l'interrogea en silence. Il ne dit rien.

Elle sut alors qu'il répugnait à endosser de nouveau le rôle de messager du malheur.

— Quoi ? Qu'est-ce qu'il y a, Jake ?

— Eh bien… Je dois te parler d'un truc.

Pleine d'appréhension, Sarah se prépara. Elle ravala ses larmes, s'éclaircit la gorge, s'humecta les lèvres sous les yeux inquiets de Jake : elle pleurait rarement et, si l'on exceptait les premiers jours après la disparition de Lexie, jamais devant lui. Elle savait que cela le bouleversait.

— Vas-y, je t'écoute.

Les larmes avaient séché, sa voix était plus forte.

Jake eut une mimique de mauvais augure.

— Quand je suis venu donner à manger à Sweetie-pie ce matin, les jouets que tu gardes dans ton armoire étaient éparpillés par terre au milieu de la chambre, hors de leur boîte.

Sarah mit quelques secondes à comprendre que les jouets évoqués étaient ceux de Lexie. Son pouls s'affola de nouveau, sa respiration s'accéléra en un éclair, mais elle parvint à se dominer.

— Explique-toi.

— La boîte était renversée sur le côté, les jouets traînaient partout. J'ai pensé que c'était le chien qui avait fait ça.

— Sweetie-pie ? Non. Hors de question.

— Tous les accès étaient verrouillés, la porte de ta chambre fermée. Je ne vois pas comment tout ça a pu se produire, sauf si Sweetie-pie s'est amusé.

Sarah n'avait pas conservé tous les jouets de Lexie. Seulement les préférés de sa fille. Après avoir quitté le duplex où elle habitait avec Lexie et emménagé dans la villa, elle avait enfermé ces quelques jouets dans son armoire. À sa connaissance, personne n'avait touché à la boîte depuis.

— C'est… bizarre.

— Ouais.

Les jouets dispersés dans la pièce, le coup de fil en pleine nuit, la voix de Lexie à cinq ans… Autant d'éléments étranges qui désorientaient Sarah. Lexie aurait-elle pu se trouver dans la maison en son absence, essayant d'entrer en contact avec elle ? Des souvenirs revenaient soudain à sa mémoire. Des histoires qu'elle avait lues, où les esprits tentaient de joindre ceux qu'ils aimaient par le biais d'objets, voire du téléphone… Lexie et elle étaient si proches qu'une telle hypothèse était envisageable. Mais pour la valider, il fallait d'abord croire aux fantômes, ensuite concevoir qu'ils puissent entrer en relation avec les vivants, et en dernier lieu, et c'était cela le plus difficile, admettre que Lexie était morte.

Sarah ne se voilait pas la face. Il y avait peu de chances que sa fille soit en vie. Mais la raison n'avait pas sa place dans ces circonstances. Les années s'étaient écoulées, et Sarah ne parvenait toujours pas à accepter que sa fille ne soit plus de ce monde. Pour elle, Lexie était quelque part. Si son esprit cartésien lui affirmait que non, son cœur se refusait à abandonner tout espoir. Un espoir qu'il nourrirait tant qu'il battrait dans sa poitrine de mère.

— Vas-y, Jake, appelle la police.

Elle le vit rouvrir le portable, composer un numéro, comprit qu'il parlait quand il bougea les lèvres, mais elle n'entendit pas un seul mot. La voix de Lexie dans sa tête occultait tous les autres sons.

« Maman, maman, viens me chercher. J'ai peur. Maman, où tu es ? »

Chaque syllabe, chaque intonation étaient celles de sa fille. Jusqu'au « r » trop doux, mal roulé. Lexie prononçait mal les « r ». Cependant, aussi fort que Sarah voulût s'en convaincre, elle n'y réussissait pas : ce n'était pas Lexie qu'elle avait eue au bout du fil.

Lorsque les inspecteurs Mike Steed et Tyson Dryer arrivèrent, Sarah s'était calmée. Elle avait disposé d'assez de temps pour assimiler le fait qu'elle était la victime d'un sadique. Sa résignation n'atténuait pas la souffrance, ravivée au fer chauffé à blanc, mais elle était capable de communiquer avec les policiers sans s'effondrer.

Ils prirent des notes puis s'en allèrent. Ils s'étaient montrés polis, mais ils avaient manifestement jugé peu sérieuses ses assertions, car ils avaient paru aussi concernés que s'il s'était agi d'établir un constat pour un petit accrochage entre deux véhicules. Les chances qu'ils enquêtent étaient à peu près égales à zéro. De toute évidence, si Jake n'avait pas été ami avec le dispatcher du commissariat, ils ne se seraient même pas déplacés. En tant que procureur adjoint, Sarah aurait dû avoir droit à un meilleur traitement, mais elle ne protesta pas : elle était trop bouleversée pour se mettre en colère.

N'empêche, se dit-elle brusquement dans un accès de lucidité, c'était fort désagréable d'être la femme à abattre de la police locale.

— J'ai joint un pote à la compagnie de téléphone, qui m'a promis de tout mettre en œuvre pour retracer l'appel, déclara Jake une fois les deux inspecteurs partis. J'ai aussi branché ta boîte vocale. Comme ça, s'il y a un nouvel appel, on en gardera l'enregistrement. Alors si le téléphone sonne, laisse faire la machine.

Cette idée ne plut guère à Sarah. Néanmoins, elle acquiesça d'un hochement de tête.

Jake et elle étaient restés dans la cuisine, où les policiers avaient pris leur déposition. Sarah était assise à table, Jake appuyé au comptoir. Sweetie-pie, pour bien manifester sa détestation des hommes en uniforme, s'était exilé de lui-même dans la cour. Malgré son peignoir étroitement serré autour de son corps et ses épaisses chaussettes de sport, Sarah était frigorifiée. La climatisation n'y était pour rien. Le froid était en elle. Il lui glaçait les os. La tenue de Jake, chemise légère et fin pantalon, prouvait que la température était normale. Avant l'arrivée des policiers, il lui avait servi un verre de lait écrémé, le seul type de lait qu'elle eût chez elle, et avait exigé qu'elle le boive, se basant sur la théorie selon laquelle le lait avait des effets apaisants et aidait à dormir. Le verre était toujours devant elle, pratiquement intact.

— Fatiguée ? s'enquit Jake.

Sarah s'aperçut qu'elle pesait de tout son poids sur la table, les mains serrées, en appui sur les avant-bras.

— Oui, reconnut-elle.

Son corps et son esprit lui semblaient au bout du rouleau. L'abominable coup de téléphone avait épuisé les quelques forces qui lui restaient.

— Tu vas finir ce lait ?

Sarah considéra le verre avec répulsion.

— Non.

Jake prit le verre et le vida dans l'évier. Sarah lui tournait le dos, mais elle entendit un gargouillis dans le siphon, puis un petit claquement lorsqu'il posa le verre sur l'égouttoir en aluminium. Les yeux toujours fermés, elle plongea la tête dans les mains. Elle ne voyait rien. Son corps aspirait à capituler face à la fatigue, mais son esprit se refusait à se mettre en mode « repos ».

— Allez, Sarah, au lit.

Sa chaise vibra légèrement. Jake venait de poser les mains sur le dossier. Sarah releva la tête et le regarda, puis consulta la pendule au-dessus du réfrigérateur. 3 h 23. Moins de deux heures avaient passé depuis qu'elle avait entendu la voix de Lexie – non, pas la voix de Lexie – au téléphone. Bien peu de temps, finalement, et pourtant il lui semblait qu'une éternité s'était écoulée.

Il faisait toujours noir, dehors, et ce fait-là, en revanche, était indéniable. Si Jake et elle allaient se recoucher, ils auraient droit à trois heures de sommeil environ. À supposer que Sarah, elle, parvienne à se rendormir, ce dont elle doutait.

Mais ce n'était pas une raison pour condamner Jake à une nuit blanche.

— D'accord, concéda-t-elle.

Elle s'obligea à se lever. Son mal de tête ne la laissait pas en paix et elle avait l'impression qu'on lui avait fracturé tous les os. Soit les cachets n'étaient pas efficaces, soit leur effet était de courte durée.

— C'est bon ? demanda Jake en l'observant attentivement.

Elle hocha la tête, redressa les épaules et alla ouvrir à Sweetie-pie. Le chien se rua instantanément dans le couloir et s'ébroua. Ce ne fut qu'en recevant quelques gouttes d'eau qu'elle comprit qu'il pleuvait. Une petite ondée dont il ne resterait rien au matin.

Tears in Heaven... Des larmes du paradis... La mélodie de la chanson d'Eric Clapton traversa soudain son esprit.

— Vas-y, Sarah. Je m'occupe d'éteindre les lumières.

Sarah hocha de nouveau la tête et suivit Sweetie-pie. Elle sentit le regard de Jake rivé sur elle jusqu'à ce qu'elle soit hors de sa vue. Essayer de le rassurer était au-dessus de ses forces pour l'instant. Le peu d'énergie qui subsistait en elle, elle le consacrait à mettre un pied devant l'autre, à tenir debout jusqu'à son lit, où elle s'effondrerait. Ensuite, dans le noir, elle pourrait passer et repasser dans sa tête tout ce qui était arrivé, l'analyser en détail et, dans la foulée, reléguer cet affreux épisode dans une case bien hermétique de son cerveau. Au cours des heures qui la séparaient du matin, elle livrerait bataille pour récupérer son équilibre psychique. De se découvrir si vulnérable, si aisément déstabilisée l'effrayait. Elle avait cru s'être solidement reconstruite mais, en réalité, elle l'avait fait sur du sable, songeait-elle avec inquiétude.

Plus question de craquer pour des jouets éparpillés et le coup de fil d'un sadique.

Sa chambre était toujours éclairée, comme elle s'en aperçut en approchant de la porte. Elle entendait les grattements de Sweetie-pie qui se glissait sous le lit. Son compagnon. Un être vivant qui respirerait dans les ténèbres et l'empêcherait de se sentir seule.

Lexie, elle, était seule. Toute seule dans les ténèbres et la pluie.

Cette pensée la pétrifia sur le seuil de la chambre. Elle ferma les yeux, et s'astreignit à chasser la douleur qu'engendrait une telle image. Par expérience, elle savait qu'il fallait à tout prix bannir ce genre de vision. Sa santé mentale et sa survie en dépendaient.

Elle prit une profonde inspiration et rouvrit les yeux. Qui se trouvèrent fixés sur le téléphone. Le combiné était raccroché.

Instantanément, un nœud se forma dans son estomac.

Steed et Dryer étaient entrés dans la chambre. Jake aussi, vraisemblablement, pendant qu'elle s'entretenait avec les deux policiers dans la cuisine. N'importe lequel des trois hommes avait pu raccrocher l'appareil. Après tout, il n'y avait aucune raison de ne pas le faire. L'appel émanait d'un maniaque, voilà tout. Un pervers qui était passé à d'autres activités après avoir donné son coup de fil. Garder le téléphone décroché ne servait à rien.

Jake avait branché le répondeur-enregistreur. Une bonne initiative, qui serait utile si le sadique rappelait. Elle pourrait alors réécouter l'enregistrement, réentendre la voix jusqu'à ce qu'elle soit certaine qu'il ne s'agissait pas de celle de Lexie. Le problème, c'était que sa mémoire, comme il en allait pour tout un chacun, n'était pas totalement fiable.

Oui, Jake avait bien fait. Ce téléphone devait être raccroché. Ce qui ne changeait malheureusement rien à cette affreuse impression que le lien avec Lexie était rompu.

La souffrance l'agressait une nouvelle fois, vive, aiguë, tel un stylet fiché dans son cœur. Pourtant, elle réussit à ne pas pleurer. Elle demeura immobile, se livra à ses exercices respiratoires habituels pour se ressaisir, assez lucide pour savoir qu'ils ne l'aideraient qu'à se mouvoir normalement, que la douleur s'amenuiserait, elle, quand bon lui semblerait.

— Et maintenant ?

Sarah sursauta en entendant Jake. Il était arrivé sans bruit. Elle tourna la tête. Quand elle voulut parler, aucun son ne sortit de sa gorge. Alors elle agita mollement la main vers le téléphone.

Les sourcils froncés, il décrypta le message, comprit que le téléphone raccroché la bouleversait. Il la regarda et, dans ses yeux, elle lut que sa mine était encore plus affligeante que ce qu'elle imaginait.

— Ce n'était que l'appel d'un pervers, Sarah. Tu le sais.

Elle opina. L'expression de Jake était très explicite : il ne la croyait pas convaincue.

— Bon. Tu ne peux pas rester là. Viens. Tu vas dormir avec moi.

Elle prit une nouvelle inspiration profonde. Si elle dormait avec Jake, elle ne serait plus seule dans le noir. Une idée réconfortante qui allégea le poids dans sa poitrine.

Pivotant sur ses talons, elle se dirigea vers la chambre d'ami.

8

Dormir avec Sarah était, comme le découvrit Jake, une grosse erreur. Pire, une multitude d'erreurs. Il y en avait tant qu'il ne pouvait même pas en dresser la liste, concluait-il in petto quinze minutes plus tard. Le gros problème du Meilleur Ami de la Femme, c'était d'être un homme normal, avec des instincts normaux, qui reprochait à Sarah – et se reprochait de le faire – d'être devenue une nonne pour une foule de mauvaises raisons. Et il était trop à cheval sur les principes pour tenter de changer cet état de fait.

La maison était sombre et tranquille. On n'entendait que le doux clapotis de la pluie sur le toit et le ronronnement de la climatisation. La lueur grisâtre de la nuit s'insinuait à travers les lattes des persiennes, ce qui permettait à Jake, bien que toutes les lumières soient éteintes, de distinguer les contours des meubles, par exemple ceux du grand coffre placé devant le mur blanc en face du lit, mais aussi les courbes du corps de Sarah lové contre le sien. Ils étaient emmitouflés dans les couvertures. Il avait trop chaud, mais Sarah tremblait lorsqu'ils s'étaient couchés. Les circonstances l'empêchaient de trouver le sommeil alors qu'il était mort de fatigue. Il s'était allongé sur le dos, un bras replié sous la tête, torse et pieds nus, mais il avait gardé son pantalon, ce qui se révélait une sage précaution : Sarah était nichée contre son flanc, et elle ne portait que ce tee-shirt XXL dans lequel elle aimait dormir. Sa tête reposait sur son épaule, et il la soutenait de son bras libre, pour qu'elle se sente bien. Même s'il se faisait du souci pour elle, même s'il était fou de rage en songeant au salaud qui lui avait téléphoné pour la torturer, et même si, courageuse, elle feignait le sommeil, la tendre féminité de son corps pressé contre le sien le mettait au supplice.

Après des années d'amitié platonique, il n'avait encore jamais partagé le même lit que Sarah. Et maintenant que c'était le cas, il se jurait que ce serait la première et la dernière fois. Sauf s'ils devaient faire l'amour ensemble. Une hypothèse qu'il s'interdisait d'envisager. Il fallait repousser Satan et ses tentations !

L'ennui, c'était qu'à chacune de ses inspirations, il humait le parfum floral du shampooing de Sarah. Il entendait son souffle, en sentait la douce tiédeur sur sa poitrine. La peau douce de la jeune femme était en contact avec la sienne, sa main, posée sur son torse. Et le pire, c'était la rondeur de ses seins, de la taille de ravissantes mandarines, aux pointes en repos. Sarah semblait inconsciente de la présence d'un homme tout près d'elle, et cet homme subissait un martyre. Il avait mal à en crier. Seigneur… Cette taille fine et ces hanches arquées contre son bassin… L'une des jambes de Sarah était pliée par-dessus les siennes et sa chaleur passait au travers de la toile de son pantalon. Cette jambe était nue, à l'instar du reste du corps sous le tee-shirt.

Catastrophé, il se rendit compte qu'il avait une érection digne du Livre des Records et, incapable de se dominer, il avait honte de lui.

Cette nuit, Sarah avait besoin d'un ami, pas d'un amant.

— Jake…

Il le savait bien qu'elle ne dormait pas !

— Mmm ?

— Il n'y a rien eu de nouveau sur Lexie dernièrement ? Vraiment rien ?

Au temps pour ses rêves de douce conversation sur l'oreiller. Une bouffée de rage l'envahit lorsqu'il songea au fumier qui avait appelé, renvoyant Sarah dans les profondeurs de la détresse dont naïvement il avait commencé à croire qu'elle était sortie.

— Rien d'intéressant. Rien, depuis qu'ils ont parlé à la télé de cette fillette rousse qui prenait le petit déjeuner avec un vieux chez Denny's. Il s'est révélé que c'était sa petite-fille, tu te rappelles ?

Il perçut son léger hochement de tête. Elle demeurait totalement immobile, ce qui donnait la mesure de la douleur qui l'habitait. Elle souffrait trop pour qu'il en rajoute en essayant de la séduire. Le moment était vraiment mal choisi.

— Sarah, cet appel était celui d'un sadique, je te l'ai dit cent fois. Alors laisse tomber.

Quand elle retint sa respiration, il songea qu'elle ne partageait pas tout à fait son point de vue. Puis, quand elle expira, il estima qu'elle s'était rendue à ses raisons.

— Ne rien savoir, c'est ce qu'il y a de pire, murmura-t-elle. Je continue à imaginer qu'elle est quelque part, qu'elle a besoin de moi… C'est l'enfer, Jake.

— Cela fait sept ans maintenant. Il faut que tu continues à vivre.

— Je sais. Simplement, c'est dur. Surtout après ce qui est arrivé cette nuit. Tu ne penses pas que cela puisse avoir une autre explication que l'appel d'un maniaque ? Que quelqu'un essaie de me joindre, de me transmettre un message détourné…

— Les flics de Beaufort, par exemple ? coupa Jake d'un ton volontairement sec. On peut l'envisager, mais ça me semble un peu trop alambiqué pour eux. Et puis, tu les interroges régulièrement depuis sept ans. Ils n'ont jamais rien tenté qui ressemblerait à ce coup de fil. Ils jouent franc jeu. Ils se démènent. Pour preuve, la colère qu'ils ont piquée quand tu t'es tournée vers moi. Tu te rappelles ?

— Oh, oui, fit Sarah d'une voix émue.

Jake supposa qu'elle se souvenait aussi bien que lui de leur première rencontre. Six semaines après la disparition de Lexie, elle avait déboulé dans son bureau, haletante et déterminée. Récent démissionnaire du FBI, il venait de reprendre l'agence de détective privé de son grand-père. Debout sur une chaise, il s'efforçait d'accrocher un rideau à une tringle dans la réception. Quand, dans son impatience, la jeune femme avait poussé la porte à la volée, le battant avait frappé le mur. Jake avait eu si peur qu'il avait instinctivement reculé et était tombé de sa chaise. Dorothy McAllister, sa secrétaireassistante-hôtesse-factotum, la sexagénaire héritée de grand-papa, était quelque part dans les pièces du fond, le nez plongé dans des dossiers. Il s'était donc retrouvé seul pour recevoir sa première cliente : allongé par terre sur le dos, une chaise renversée à ses pieds, et le minable rideau de polyester jaune auquel il avait tenté de se retenir drapé autour de sa tête.

— Il faut que je parle au responsable de cette agence, avait déclaré Sarah de façon abrupte, autoritaire.

Une femme habituée à donner des ordres, avait songé Jake. Il s'était également dit qu'elle avait un problème urgent à lui exposer, sinon elle ne se serait pas adressée à lui comme si de rien n'était, alors qu'il gisait par terre et que le ridicule de la situation ne la faisait pas sourire. En réalité, elle ne semblait même pas avoir remarqué l'incongruité de sa position.

— Ce pourrait être moi, ce responsable, avait-il lâché en écartant le rideau de sa tête.

Puis il s'était relevé et avait tendu la main.

— Jake Hogan.

— Sarah Mason.

Il se rappelait avoir pensé qu'elle était fort jolie, avec ses longs cheveux noirs retombant en cascade de boucles sur ses épaules et les grands yeux bleus qu'elle dardait sur lui avec une intensité presque inquiétante. À l'époque, elle était un peu plus en chair, mince néanmoins, avec des courbes là où il le fallait, qui remplissaient bien son jean et son tee-shirt jaune. Aucun homme normalement constitué ne pouvait manquer de le noter. Elle avait ensuite prononcé les mots qui lui valaient ce soir d'être dans cette chambre d'ami.

— J'ai besoin que vous m'aidiez à retrouver ma fille.

La recherche des personnes disparues n'était pas le créneau qu'il convoitait. Ce genre de cas, pour ce qu'il en avait appris quand, adolescent, il passait ses vacances d'été auprès de son grand-père, c'était du menu fretin. La rentabilité et la stabilité professionnelle, on les obtenait avec des affaires ayant trait à la sécurité en entreprise, ou encore en signant des contrats avec le gouvernement, ainsi qu'en travaillant pour des compagnies d'assurance. Les bricoles comme les recherches de personnes et les filatures pour les divorces, dont son grand-père avait vécu, si mal qu'il avait fini par faire faillite, Jake n'en voulait pas. Pour remettre l'agence hors de l'eau, il projetait de déployer son activité dans des secteurs tout à fait différents.

— La police..., commença-t-il en secouant la tête, vraiment navré de ne pouvoir être d'aucun secours à la jeune femme.

Non, il ne l'aiderait pas. Il avait assez de problèmes lui-même. Pour commencer, sa femme, originaire de la côte Est, qui aimait vivre sur un grand pied, haïssait Beaufort, haïssait l'idée que son surdoué de mari, agent du FBI, veuille s'installer dans cette bourgade paumée de Beaufort et, parfois, le haïssait lui aussi. Ensuite, l'achat et la remise à flot de cette entreprise familiale moribonde lui avaient quasiment coûté toutes ses économies. En troisième lieu, son père veuf de fraîche date, victime du démon de midi avec dix ans de retard, avait plaqué son boulot pour partir à Acapulco avec une dame fortunée plusieurs fois divorcée. Quant à son grand-père, il supportait mal de prendre sa retraite. Pour ajouter à la liste de ses préoccupations, son compte en banque était dans le rouge.

Ces problèmes-là étaient majeurs. Les mineurs étaient trop nombreux pour qu'il s'y attarde dans l'immédiat.

En d'autres termes, ce n'était pas le moment de céder à l'appel désespéré qu'il lisait dans les yeux trop bleus de la jeune femme.

— ... oui, avoir recours à la police est la meilleure solution pour retrouver une personne disparue.

Elle secoua la tête et il remarqua avec ravissement ses joues soudain empourprées. Le mouvement magnifia son teint doré et fut si vigoureux que ses seins s'agitèrent un peu.

Bon, il avait remarqué ça, mais il était humain, n'est-ce pas ?

— La police pense que c'est son père qui l'a enlevée. Mais c'est faux. Je sais que c'est faux.

Jake croisa les bras sur sa poitrine, sans se soucier de son coude qui l'élançait depuis qu'il était tombé de la chaise, et haussa les sourcils d'un air interrogateur.

— Il ne voulait pas être père, expliqua-t-elle aussitôt. C'est l'une des raisons pour lesquelles nous avons divorcé.

C'était aussi l'une des raisons, mais cela Jake le découvrirait plus tard, pour lesquelles ils s'étaient mariés. Sarah était tombée enceinte à dix-neuf ans. Bien décidée à donner à son enfant la stabilité qu'elle-même n'avait jamais connue, elle avait poussé son petit ami à l'épouser. Avec les conséquences désastreuses bien prévisibles que produisait ce genre d'union forcée. Le couple était parti à vau-l'eau quand la petite Lexie avait à peine un an, mais dès le début, l'ambiance avait été à la bagarre. Le mari de Sarah était un très séduisant looser, consommateur de cannabis, qui avait laissé tomber le collège pour se lancer dans une carrière de pilote automobile. Sarah la Déterminée avait décidé de le ramener dans le rang, de le métamorphoser en père afin que sa fille ait la famille qu'elle méritait. Jake le Loyal s'était rangé du côté de Sarah, mais il ne pouvait s'empêcher d'éprouver de la sympathie pour le pauvre type : lui-même s'était souvent frotté, depuis, à Sarah la Déterminée et y avait chaque fois laissé des plumes.

— La police pense que, parce que j'exigeais qu'il paie une pension alimentaire pour notre fille, ce qu'il n'a jamais fait, il avait un bon prétexte pour vouloir la prendre avec lui.

La voix de Sarah était montée d'une octave. Elle se tordait convulsivement les mains.

— D'après les flics, mon ex-mari ne semble pas le moins du monde concerné par la disparition de la petite, ce qui selon eux est un signe : il sait où elle est. Oh, ils m'assurent qu'ils suivent d'autres pistes, mais cela remonte déjà à six semaines ! Mon bébé a disparu il y a six semaines. Il faut que j'essaie une autre solution que la police.

Et l'autre solution, c'était lui, conclut Jake in petto.

— Pourquoi moi, madame Mason ?

Il avait du mal à dissimuler son agacement. La disparition remontait à six semaines. Ces cas-là faisaient partie des plus difficiles à résoudre et, pour ne rien arranger, celui-là concernait un enfant. Si le père, qui n'avait pas la garde, ne détenait pas la fillette, les possibilités d'épilogue heureux étaient quasiment nulles. Il ne voulait pas être celui qui annoncerait à la mère que l'enfant ne reviendrait jamais.

— Des filles avec lesquelles je travaille m'ont dit que vous étiez un ancien du FBI. Je suis stagiaire au bureau du procureur.

Jake avait appris plus tard qu'elle venait juste de terminer sa première année de droit à l'université de Columbia et n'était à Beaufort que pour l'été, afin d'y suivre son stage. Mais après la disparition de sa fille, elle était restée toute l'année, dans l'espoir de la retrouver. Une fois son diplôme obtenu, elle avait accepté un poste permanent au bureau du procureur du comté et s'était installée à Beaufort. Depuis, elle persistait à espérer, quêtant la moindre information, persuadée qu'un jour le mystère serait élucidé. Pas une seconde elle n'avait cessé de chercher Lexie.

Sans doute avait-elle perçu son intention de lui opposer un refus, car elle tendit la main et la posa sur son avant-bras. Une jolie main douce, féminine, aux ongles rongés jusqu'au sang. Le contact avait secoué Jake des pieds à la tête.

— Je vous en prie. J'ai besoin d'aide.

Depuis toujours, il était le roi des idiots face aux damoiselles en détresse. Il le savait et remerciait Dieu de lui avoir donné la force de combattre cette tendance à jouer les preux chevaliers.

— Je suis très cher, madame Mason, la prévint-il, ce qui était une façon de se dérober sans lui répondre franchement non. Mes honoraires vous ruineraient. Ils se monteraient à… disons dix mille dollars, plus les frais, et sans garantie de résultat. Et j'exigerais un acompte de cinquante pour cent.

La main retomba, le visage de la jeune femme se décomposa.

— Je… je n'ai pas autant d'argent.

Il vit le ravissant rose quitter ses joues, les lèvres pulpeuses se serrer, les yeux se voiler. Il prit tout à coup la mesure de ce qu'elle vivait depuis six semaines.

— Tout ce que je peux vous payer dans l'immédiat, c'est cinq cents dollars, monsieur Hogan.

En la regardant, il comprit que, déjà, ces cinq cents dollars lui posaient un problème, qu'elle allait devoir les rassembler en travaillant comme une forcenée, en mendiant ou en empruntant. Pourquoi ne lui disait-il pas la vérité ? Que cinq cents dollars ne couvriraient qu'une seule journée d'investigation, et qu'un si court laps de temps, à moins que la fillette ne surgisse de derrière un buisson, ne suffirait pas à la retrouver. Oui, s'il se montrait franc avec elle, elle s'en irait et il serait libre de se consacrer à son nouveau boulot.

À la place, ce qu'il articula lentement, en se traitant d'idiot, fut :

— Eh bien, vous savez, ça pourrait être OK. Parce que… Euh… vous comprenez… on a un système d'étalement des paiements.

À la suite de quoi, il n'avait même pas pris les cinq cents dollars. Et il n'avait pas retrouvé Lexie. La piste était trop froide. En dépit de l'aide fournie par ses anciens collègues et amis du FBI, il avait échoué. L'enquête avait été loupée dès le départ. Les policiers de Beaufort, vexés que Sarah ait fait appel à un détective privé, s'étaient retournés contre elle, la harcelant pour découvrir si elle n'avait pas tué sa fille. Ils avaient abouti à une impasse, incapables de mettre en lumière le moindre élément susceptible d'incriminer la jeune femme, qui était apparue à terme comme une mère modèle. Mais ils avaient remué trop de boue pour y voir clair ensuite et distinguer une autre piste. L'opinion personnelle de Jake était que la fillette avait été enlevée par un pédophile qui l'avait assassinée dans les heures suivant le kidnapping. Au-delà des soixante-douze premières heures, les chances de retrouver vivant un enfant enlevé étaient pratiquement inexistantes. Dans le meilleur des cas, peut-être, un jour, quelqu'un découvrirait-il par hasard les restes de la fillette. Sarah serait alors fixée et pourrait faire son deuil.

Mais pour l'amour de Sarah, Jake n'avait jamais renoncé à chercher.

— On dirait que bien des choses se sont passées ces quelques jours, murmura Sarah, le ramenant brusquement dans le présent.

De toute évidence, comme lui, elle venait d'effectuer un voyage mental dans le passé. Elle bougea, comme pour tenter de trouver une position plus confortable. Ce qui mit un terme définitif aux vieux souvenirs de Jake. Il était de nouveau dans un lit, Sarah contre lui, et pantelant de désir. L'intonation de la jeune femme, ses mouvements lui indiquèrent que ses pensées avaient dévié de Lexie. La main qu'elle avait posée sur sa poitrine était montée jusqu'à sa joue, laissant dans son sillage une traînée de feu. La jambe se déplaça, lui rappelant douloureusement qu'une cuisse bien féminine chevauchait les siennes.

— Bien des choses ? répéta Jake d'un ton interrogateur tout en s'efforçant d'ignorer l'effet de la cuisse nue contre ses jambes.

— Oui, le hold-up, Mary tuée, la mort de Duke-Donald Coomer, les jouets de Lexie que tu as trouvés dans ma chambre, et… ce truc, ce soir.

Sarah paraissait concentrée sur ses réflexions, et ne se rendait absolument pas compte du supplice auquel elle soumettait Jake.

Pas besoin d'être grand clerc pour deviner que, par « truc », elle entendait le coup de fil du pervers. Elle ne cessait d'y penser. Et il ne pouvait s'empêcher de lui en vouloir un peu. D'accord, elle venait de recevoir un terrible choc, qui avait soufflé sur les braises de sa souffrance. Mais elle était adulte. Elle était supposée se dominer, chercher à découvrir la vérité, et non rêver à un appel de sa fille.

Elle était adulte, se répéta-t-il, et lui, avec la maturité d'un chaud lapin de dix-sept ans, il ne pensait qu'à coucher avec elle.

— Tu crois que tous ces événements sont reliés, Jake ?

Analyser les faits avec clarté relevait pour Jake de la prouesse. Ce n'était plus sa tête qui commandait. Il espérait seulement que Sarah ne s'apercevrait pas que son cerveau fonctionnait au ralenti. Heureusement, la jambe était redescendue, s'éloignant de la zone dangereuse. Mais il se consumait toujours. S'il existait une brigade de pompiers susceptible d'éteindre ce genre de feu, il voulait bien qu'elle arrive dare-dare !

— Je ne sais pas, Sarah.

— Vraiment pas ?

Bon sang, si elle n'arrêtait pas de bouger, il allait se muer en preuve vivante que la combustion spontanée n'était pas une légende !

— Il pourrait s'agir de coïncidences.

— Attends, Jake, je ne te suis plus, là. Tu dis toujours que les coïncidences, c'est de la blague.

Oui, quand il était dans son état normal. Mais pas lorsqu'une cuisse de femme se frottait sur ses jambes et que des doigts jouaient distraitement avec la toison de sa poitrine, comme s'ils caressaient le pelage d'un chat.

Il exhala un long soupir.

— Il me paraît difficile de voir un rapport entre le hold-up et le reste.

— Tu en es sûr ?

Non. Pas dans l'immédiat.

Pour se protéger, il remua à son tour, repoussant doucement ses jambes sur le côté, puis posa la main sur celle de Sarah de façon à la bloquer. Navré, il prit la mesure de l'inconscience de la jeune femme. Elle n'avait même pas remarqué sa parade. L'ampleur de son excitation lui échappait totalement.

Il fallait qu'il se concentre, nom d'un chien !

— Si tu cherches une relation, la seule possible se trouve entre les jouets et le coup de fil, Sarah. Mais le hic, c'est que je ne m'explique pas comment quelqu'un aurait pu entrer, avec Sweetie-pie dans la maison.

Bien. Il avait réussi à analyser au moins une partie du problème.

— Si je me souviens bien de tes paroles, tu crois qu'on m'a tiré dessus volontairement, que j'étais la cible.

— Rectification : j'ai dit que, peut-être, on t'avait volontairement tiré dessus.

Ouf. Ses idées se remettaient en place : la cuisse de Sarah n'était plus sur sa jambe, même si elle la touchait encore.

— Le tireur était peut-être le guetteur, on en a déjà parlé.

— Et si c'était moi qu'il guettait, et non ses complices à l'intérieur du magasin ?

— Cela ne crée toujours pas un rapport avec le coup de fil.

— Non, mais ça ne démontre pas qu'il n'y en a pas. Cet appel était d'une cruauté sans nom. On a voulu me faire mal.

La main de Sarah s'anima de nouveau, échappant à la pression de Jake. Les doigts reprirent leur manège dans sa toison. Cerise sur le gâteau : elle recommença à bouger sa cuisse, et il dut serrer les dents pour s'empêcher de gémir. Il ne répondit pas tout de suite, espérant qu'elle mettrait son silence momentané sur le compte d'une intense cogitation.

— Ça ne signifie pas nécessairement que l'auteur de ce coup de fil te connaît. Ce peut être n'importe qui. Un salaud qui aura vu les reportages sur Lexie à la télé.

Il s'entendait parler avec une voix anormalement tendue. Et il n'y avait pas que sa voix qui était tendue. Tous ses muscles l'étaient aussi. De la tête aux pieds, il n'était plus qu'un arc bandé à mort.

— Ou alors, poursuivit-il, quelqu'un a entendu ton nom, et ça lui a rappelé ce qui était arrivé. Il y a eu beaucoup de bruit autour de cette affaire, à l'époque.

S'il existait une justice en ce monde, il allait être gratifié d'une récompense pour sa maîtrise de soi.

— D'après toi, donc, tout ce qui s'est passé au cours des deux derniers jours ne serait qu'une succession d'événements sans rapport les uns avec les autres.

Même s'il ne quittait pas le plafond des yeux, il se rendait bien compte que Sarah le fixait. Il commit alors l'erreur de la regarder.

Sa tête reposait sur son épaule. Dans cette position, elle pouvait scruter son visage, les yeux agrandis par la nécessité d'accommoder sa vision dans la pénombre. Deux grands lacs bleu de nuit dans un ovale d'un blanc pur. Il distinguait la courbe de ses pommettes et le dessin ensorcelant de ses lèvres. Qui ne se trouvaient qu'à quelques centimètres des siennes. Dieu lui vienne en aide ! Il voulait embrasser cette bouche si proche. Jamais de sa vie il n'avait éprouvé une envie aussi ardente. Il se sentait désorienté, et stupéfait. Son cœur frappait comme un gong dans sa poitrine.

Il n'avait qu'à se pencher pour…

— Jake ?

Tout à coup, les yeux bleus s'étrécirent.

— Jake ?

Merde.

Maintenir sa tête là où elle était exigea toute son énergie. Il se figea, un vrai monolithe, et entreprit de brider ses élans, qui regimbaient, se cabraient comme des chevaux fous.

Il ne pouvait faire cela… Pas maintenant. Il était toute sa famille à lui seul. Elle n'avait personne d'autre.

— Ça va, Jake ?

La main allait et venait sur sa poitrine, et réveillait l'érection qu'il était parvenu à maîtriser.

— Mmm.

Il trouva assez de ressources en lui pour résister au désir qui le ravageait. Roulant sur le flanc, il s'assit quelques instants au bord du lit.

— Où vas-tu ? demanda Sarah quand il se leva.

— Salle de bains, grommela-t-il.

Il ne se retourna pas. Raide comme la justice, il marcha d'un pas guindé jusqu'à la salle de bains, où il resta un long moment. Lorsqu'il revint dans la chambre, il était prêt à subir l'interrogatoire. Mais il s'aperçut, non sans soulagement, que Sarah s'était endormie. Elle ne faisait pas semblant. Elle dormait vraiment, les couvertures remontées jusqu'au cou.

Se déplaçant avec d'infinies précautions pour ne pas la réveiller, il s'allongea sur les couvertures, puis posa un œil sur la forme tout en courbes allongée à côté de lui. De la façon dont il s'était installé, Sarah était bloquée. Parfait. Elle ne pouvait même pas sortir un bras. Tout irait bien.

Il finit par s'endormir à son tour.

Ce qui le réveilla, ce fut la pression, le corps qui pesait contre lui. Il se souvint en un éclair qu'il n'était pas seul dans le lit. Danielle ? pensa-t-il tout d'abord. Non, ce n'était pas Danielle.

Il écarquilla les yeux à la seconde où il se rappela avec qui il venait de passer la nuit. Il faisait face à la fenêtre et la clarté du jour filtrait à travers les persiennes. Il s'était réfugié au bord du matelas, ménageant entre Sarah et lui un prudent no man's land.

Sarah… qui n'était plus là. À sa place, il n'y avait que des draps froissés. Mais alors ce poids… Il pivota sur le côté pour vérifier que Sarah n'avait pas, comme lui, émigré au ras de la ruelle… et sentit qu'on lui touchait les fesses au travers du pantalon.

Sarah ?

Elle lui avait dit qu'il avait de belles fesses…

Il regarda par-dessus son épaule. Une tête noire était posée sur le matelas, derrière lui. Mais elle n'avait pas de boucles sombres. Seulement un poil ras et un museau épais, carré, s'achevant sur une grosse truffe qui lui reniflait le postérieur.

— Foutu clebs ! s'écria-t-il en bondissant comme une gerbille affolée.

Sweetie-pie bondit aussi, puis se mit à grogner, montrant ses dents de requin.

Jake riva son regard dans celui du chien, qui le soutint sans ciller. Si Jake était silencieux, le chien, lui, grondait furieusement, un grondement qui se fit menaçant. Son échine se hérissa et Jake décida soudain que défier ce monstre de haine n'était pas la meilleure idée qu'il puisse avoir. Mais reculer devant l'adversaire n'était pas dans sa nature. Il était un ancien footballeur, un ancien marine, un ex-agent du FBI, bon sang ! Un guerrier bien entraîné.

Oui, et Sweetie-pie était un molosse au sale caractère, doté d'un nombre incalculable de dents acérées. À présent, il se tenait entre Jake et la porte.

Jake pesa toutes les possibilités et adopta en définitive la seule qui lui parût adéquate compte tenu de la situation : il hurla.

— Sarah !

Et au temps pour l'honneur et la dignité du guerrier.

9

— Votre Honneur, je regrette d'avoir à vous le dire, mais nous sommes face à un parquet qui se distingue par un excès de zèle. Vous connaissez la tactique de Mme Mason aussi bien que moi. Dès qu'il s'agit de quelque chose qu'elle perçoit comme de la violence envers des femmes, cela la rend extrêmement agressive. Mais dans le cas qui nous occupe, elle fait fausse route. Il n'y a pas de preuves et l'expert que nous avons mandaté va vous le confirmer.

Pat Letts, l'avocate hors de prix de Mitchell Helitzer, poussa le sachet scellé contenant les éléments souillés de sang sur le bureau de noisetier ciré du juge Amos Schwartzman. Celui-ci siégeait sur son estrade, dans la salle D du tribunal du comté de Beaufort. Les juristes, policiers et membres du personnel du tribunal avaient surnommé le vieux palais de justice « l'Arène ». Avocate associée de l'étude Crum, Howard et Gustafson,

Letts approchait de la quarantaine. Blonde, son mètre quatre-vingts juché sur des escarpins Manolo Blahnik, elle avait une silhouette à tomber par terre, mise en valeur par un tailleur vert pâle à la jupe courte et très ajustée qui soulignait sa silhouette fine et élancée. Celui qu'elle appelait « Votre Honneur » avait tout du grand-père débonnaire aux cheveux argent, le nez chaussé de lunettes à double foyer. Il avait la réputation d'être sensible au charme féminin. Pour preuve, les yeux lui sortaient de la tête tandis qu'il fixait l'avocate de la défense, qui se tenait devant lui, à côté de Sarah.

— C'est là-dessus que vous vous appuyez pour interjeter appel, maître Letts ? demanda-t-il.

— Oui, Votre Honneur.

Le juge Schwartzman ajusta ses lunettes et baissa le regard sur le dossier. Letts lança un coup d'œil à Sarah et lui décocha un sourire malicieux. Sarah, qui la croisait de temps à autre au gymnase que toutes deux fréquentaient, savait l'avocate consciente des effets de son charme sur le juge et s'était habillée en conséquence.

Zut. Elle aurait pu y penser et enfiler elle aussi une tenue alléchante. Mais ce matin, elle s'était tellement dépêchée que, pour un peu, elle aurait fait l'impasse sur les vêtements. De toute façon, elle ne possédait ni tailleur sexy aux couleurs vives, ni silhouette à tomber par terre.

— Vous demandez le rejet pur et simple, maître Letts ?

Ce qui signifiait que l'affaire ne reviendrait pas devant le tribunal.

— Oui, Votre Honneur, répondit Letts en souriant d'un air languide.

Elle était plus maquillée qu'à l'ordinaire, remarqua Sarah. Même le rouge à lèvres pétard était de la partie. Letts se servait outrageusement de son sex-appeal. Une tactique de bonne guerre, en amour comme dans les tribunaux.

— Votre Honneur, intervint Sarah, nous avons un expert qui va discuter les déclarations du témoin, et réfuter les preuves.

Elle affûtait son propre argumentaire. Si elle ne pouvait pas entrer en compétition avec la championne du glamour en usant des mêmes armes, elle lutterait sur un autre terrain : le pathétique.

Le salaire d'un procureur adjoint ne permettant pas l'achat d'ensembles griffés comme celui de Letts, pas plus qu'il n'autorisait le port de jupes au-dessus du genou ou de chaussures à talons aiguilles, elle portait un triste tailleur de polyester noir. Vraiment rien d'excitant, mais elle ferait avec. Elle n'avait pas le choix. Son miroir lui avait appris qu'elle était trop mince, pâle, avait l'air épuisée. Le sparadrap qui courait de son oreille à sa tempe sautait aux yeux de tous. Elle était l'image vivante de la victime qui avait eu assez de chance pour pouvoir se présenter devant la Cour aujourd'hui. Il fallait se servir de cela.

Elle effleura comme involontairement le pansement, geste qui déclencha des élancements, puis darda sur le juge des yeux emplis de tristesse.

— Votre Honneur, ainsi que nous en sommes tous conscients, le taux de crimes est en hausse dans le comté de Beaufort. La violence contre les femmes représente un très fort pourcentage dans cette hausse. Le bureau du procureur est submergé de nouveaux cas qui affluent chaque jour. Quoi que prétende la défense, nous ne poursuivons pas à la légère, croyez-moi, en particulier dans des affaires comme celle qui nous occupe maintenant. La mort de Susan Helitzer a très largement retenu l'attention des médias. À la lumière des conditions brutales de son décès, et compte tenu des témoignages recueillis et des interrogations qui subsistent autour de cette affaire, le bureau du procureur aurait tout bonnement été coupable de négligence s'il n'avait pas étudié de très près les circonstances de ce décès. Nous l'avons donc fait, et nous sommes intimement persuadés de disposer de preuves suffisantes pour incriminer le mari de la victime. C'est pourquoi nous demandons que vous refusiez la relaxe, Votre Honneur.

À présent, Sarah avait toute l'attention du juge. Elle porta de nouveau une main un peu tremblante à son sparadrap et fit la grimace, comme si elle souffrait atrocement. Le juge parut compatir, Letts la foudroya du regard, et Sarah ressentit une bouffée de triomphe.

Prends ça dans les dents, Letts, songea-t-elle.

Letts contre-attaqua sans tarder, attentivement écoutée par Mitchell Helitzer, assis à la même table que son avocate, bien que légalement il n'eût pas été obligé d'être présent ce matin.

— La mort de Susan Helitzer est une tragédie, nous sommes d'accord. Sa famille, son mari endeuillé, tous sont profondément affectés. Si vous lisez le rapport du Dr Norman Seaver, notre brillant et célèbre expert, Votre Honneur, vous découvrirez que les taches de sang prouvent que la mort est accidentelle. Elle est due en l'occurrence à la chute dans l'escalier.

Letts mit à profit le regard intense que le juge posait sur elle pour s'éventer le visage comme si tout à coup elle avait très chaud, et déboutonna le premier bouton de sa veste de façon à laisser jaillir quelques bouillons de dentelle de son chemisier arachnéen. Puis, à mi-voix, elle lâcha :

— Mon Dieu, quelle chaleur, ici…

— Effectivement, confirma le juge en souriant.

La garce, pensa Sarah avant d'intervenir.

— Votre Honneur, notre expert est le Dr Edward Kane, de l'USC. Il a témoigné sous serment devant cette cour à plusieurs reprises, et je ne pense pas que Me Letts elle-même puisse mettre en doute sa crédibilité.

En fait, le rapport qui était entre les mains du juge avait été rédigé par Sarah, fébrilement, pendant les quatre-vingt-dix minutes qui avaient précédé la séance, à partir des informations communiquées par l'assistant du Dr Kane, qu'elle avait joint au téléphone. Kane, évidemment, faisait une croisière aux Caraïbes et n'était pas disponible au moment où elle avait le plus besoin de lui. Mais il n'en demeurait pas moins l'expert de l'accusation, et Sarah savait qu'il avait préparé son témoignage. De toute façon, le juge n'avait nul besoin de connaître tous ces détails.

— Ce que nous souhaitons, poursuivit-elle, c'est que cette affaire soit présentée devant un jury. Laissons les honorables citoyens de Beaufort décider si la mort de Mme Helitzer a été ou non accidentelle.

Le juge ne la quittant pas des yeux, Sarah fit un petit pas chancelant de côté, comme si sa pauvre tête blessée lui créait des problèmes d'équilibre. Puis elle s'accrocha à la barrière de l'estrade. Pour la troisième fois, elle toucha le sparadrap, et n'eut pas à feindre la douleur : elle avait mal. L'océan de caféine ingurgité, l'adrénaline et sa détermination farouche à obtenir une décision juste ne suffisaient pas à la galvaniser. Sa tête la mettait au supplice.

— Vous allez bien, madame Mason ? s'enquit le juge à voix basse, les sourcils froncés, visiblement soucieux.

Sarah opina courageusement. En plus de chercher à remporter un verdict favorable, elle tablait sur le fait que Schwartzman serait assez futé pour saisir son message : les électeurs l'observaient et il n'avait pas intérêt à louper son coup.

Elle lui accorda un faible sourire.

— Que je me tienne devant vous ce matin, Votre Honneur, devrait vous prouver à quel point je suis convaincue que cette affaire doit aller au procès. Les médecins voulaient me garder un jour de plus à l'hôpital, mais je voulais être là pour vous convaincre que nous sommes face à un meurtre de sang-froid.

— Votre Honneur ! s'exclama Letts avec indignation.

Le juge lui intima le silence d'un geste de la main.

— Je suis prêt à statuer, annonça-t-il. Relaxe rejetée. Le procès se déroulera à la date prévue.

Il ponctua sa déclaration d'un coup de marteau sur son bureau.

Les jeux étaient faits.

Sarah applaudit mentalement.

La greffière étira ses doigts engourdis, les huissiers laissèrent entrer un nouvel accusé, le substitut échangea quelques mots à voix basse avec le juge, les spectateurs de la galerie s'égaillèrent et d'autres s'installèrent sur les bancs. On aurait cru la relève de la garde à

Buckingham Palace, se dit Sarah tout en rangeant ses affaires. Letts, aux yeux maintenant durs comme du silex, lui jeta un coup d'œil dégoûté, puis s'approcha de son client, dont la figure habituellement bronzée avait viré à l'écarlate. Debout, Mitchell Helitzer mesurait quelques centimètres de moins que son avocate, mais il était trois fois plus large. À quarante-sept ans, il évoquait un bouledogue aux cheveux roux frisés. Il exsudait la bestialité et, malgré son costume gris de grand faiseur, il semblait attifé. Sa femme Susan, que Sarah n'avait jamais rencontrée, était mince et de petite taille, d'après ce qu'elle avait lu dans le rapport d'autopsie. Quand sa brute de mari l'avait attaquée, elle avait été bien incapable de se défendre.

— Il faut que je sache, Mason, lui demanda Helitzer. Qu'est-ce qui vous pousse à mener cette chasse aux sorcières ?

Ils s'étaient rejoints à la porte de séparation entre la barre et le tribunal. La fureur sortait par tous les pores du magnat de l'import-export. Ses petits yeux bleus porcins irradiaient de haine. Les photos de Susan à la morgue s'affichèrent en un éclair dans l'esprit de Sarah, qui eut envie d'assommer le mari d'un coup d'attaché-case. Mais son professionnalisme l'arrêta. Et puis, elle voulait le traquer jusqu'au bout. La peine capitale, ou une sentence de prison à vie sans possibilité de libération sur parole, voilà qui lui ferait plus de mal qu'un choc sur la tête.

— La justice pour Susan, lui rétorqua-t-elle à l'instant où Letts intimait à son client de se taire.

L'avocate attrapa Helitzer par le bras et l'entraîna vers la sortie. Sarah les suivit.

— Pour information, madame Mason, je vous signale que nous allons demander le report du procès, lui lança Letts par-dessus l'épaule, alors qu'ils arrivaient au bout du couloir.

— Nous refuserons. Nous sommes prêts pour le procès, maintenant.

Ce n'était pas tout à fait un mensonge. Elle s'était démenée pour cette affaire, héritée de John Carver en même temps que son poste, et avait préparé le dossier pour que le procès ait lieu à la date prévue. Carver, son prédécesseur, était le roi de la mauvaise organisation. Dans l'affaire Helitzer, Sarah avait dû tout reprendre de zéro : indices, preuves, témoignages, et corriger au passage les erreurs de Carver. En plus de trouver ses marques à son nouveau poste, elle avait fourni un travail de titan pour ce procès. Mais, comme Jake le lui faisait si souvent remarquer, elle n'avait pas de vie privée, et disposait par conséquent du temps requis pour mettre le dossier à plat, le rebâtir, et y apposer le point final dans les délais. Le procès commencerait dans deux semaines à compter de mardi. À ce moment-là, toutes les pièces du puzzle seraient en place. Si d'ici là il en manquait toutefois quelques-unes, elle se débrouillerait pour les avoir avant le jour J.

— Peut-être êtes-vous prête, mais nous, non, rétorqua Letts tout en se servant d'Helitzer comme bélier pour pousser la double porte battante en acajou qui donnait sur la salle des pas perdus.

Helitzer se laissait faire en jetant des regards noirs à Sarah.

— C'est chouette d'être aimée de tous ! s'écria une voix à l'instant où Sarah franchissait la porte à son tour.

Elle sursauta, mais ne se retourna pas. Elle savait qui avait parlé. Jake. Il avait dû assister à l'audience parmi le public. Elle se sentit comme un enfant surpris en train de faire l'école buissonnière et se traita intérieurement de sotte. Jake sur les talons, elle entra dans la salle des pas perdus, où régnait l'habituelle agitation. Le vacarme lui parut assourdissant, après le silence quasi religieux du tribunal.

Jusqu'à mi-hauteur, les murs étaient habillés de panneaux de bois sombre. La clarté du jour, qui entrait par deux hautes fenêtres à chaque extrémité de la salle, était atténuée par la surface inégale des vitres centenaires. Il existait une annexe moderne, mais cette partie du palais de justice, de style classique, était antérieure à la guerre de Sécession. Son vénérable âge dotait de solennité les kyrielles de procès qui s'y déroulaient tous les jours, mais l'éclairage était chiche et la climatisation défaillante. Sarah passait tant de temps dans ce bâtiment qu'elle en connaissait le moindre coin et recoin. La légère odeur de moisi qui flottait dans l'air et qu'aucune bombe désodorisante ne parvenait à chasser lui était aussi familière que celle du café. À chacun des quatre étages, il y avait quatre vastes halls reliés les uns aux autres de façon à former un carré. La salle d'audience D se trouvait au deuxième. Les pas qui l'avaient foulée pendant des décennies avaient rendu glissant le vieux dallage de marbre ; aussi, au lieu de se presser, les gens traînaient-ils les pieds de salle en salle. Sarah se disait souvent que ces instituts de sondage auxquels faisaient constamment appel les politiciens auraient pu procéder ici à leurs enquêtes. Une telle diversité de population de Caroline du Sud, réunie en même temps et dans un même lieu, était inimaginable ailleurs : tous les âges, les sexes, les professions, les pauvres et les riches se retrouvaient ensemble pour se battre sous le Dôme du Tonnerre.

— Pourquoi n'es-tu pas au boulot, Jake ? demanda Sarah, partant du principe que la meilleure défense, c'était l'attaque.

À son départ de la maison peu après 6 h 30, il ronflait comme un sonneur, couché sur les couvertures, au bord du matelas. Il dormait sur le ventre, les mains coincées sous l'oreiller, ses épaules nues arrondies, comme s'il avait froid. Charitablement, elle l'avait couvert d'un plaid avant de s'éclipser en catimini pour ne pas avoir à affronter les objections qu'il n'aurait pas manqué de soulever en la voyant décidée à aller travailler.

Il s'était rasé, vraisemblablement douché, et changé. Il portait maintenant une veste havane, une chemise bleu pâle, une cravate bleu marine et un pantalon de coupe classique. Elle en déduisit qu'il était passé chez lui avant de venir au tribunal.

— Mais je travaille, ma chère. Je dois témoigner pour Morrison dans l'affaire Price, ce matin. La question que je te pose, moi, est la suivante : pourquoi n'es-tu pas à la maison ?

C'était rarissime que Sarah ne souhaitât pas sa présence. Et aujourd'hui, c'était le cas. Elle devait se rendre en un lieu précis et préférait qu'il n'en sache rien. Il fallait qu'elle y soit dans… Elle jeta subrepticement un coup d'œil à sa montre… un peu plus de quatre minutes.

— Hier soir, Jake, pendant que tu étais dans la salle de bains, j'ai conclu que cet appel était l'œuvre de quelqu'un qui essaie de me faire perdre les pédales. S'il y parvient, il aura gagné. Cette idée me déplaît, alors je ne lui permettrai pas d'y arriver.

Ils étaient pris dans la mouvance de la foule descendant ou montant en hâte le double escalier richement orné, qui desservait les quatre étages. Ils accordèrent automatiquement leur rythme à celui des autres.

— Comment va ta tête ? s'enquit Jake, les lèvres un peu serrées, ne cachant pas qu'il la désapprouvait d'être sortie.

Malheureusement pour lui, Sarah n'avait pas besoin de son approbation.

— Mais si ça se trouve, poursuivit-il, une blessure par balle et divers traumatismes dus à une violente chute ne te font ni chaud ni froid ?

Une main sur la rampe de fer forgé, Sarah se fondit dans la file de gens qui descendaient l'escalier. Manœuvrant adroitement, Jake se plaça derrière elle.

— J'ai mal à la tête, admit-elle, mais j'aurais aussi mal si j'étais restée à la maison. Or il fallait absolument que je vienne au palais pour m'assurer que cette demande de report serait rejetée.

Entre autres choses, mais elle n'allait pas entrer dans les détails.

— Excellent boulot, à ce propos, Sarah.

Ils avaient atteint le bas des marches. Sarah s'échappa de la vague de personnes qui se dirigeaient vers le détecteur de métaux. Jake en fit autant.

— Mais tu m'as donné du souci, tu sais, enchaîna-t-il. Pendant une minute, quand tu te tenais devant Schwartzman, j'ai vraiment cru que tu allais t'évanouir.

— Merci de t'inquiéter pour moi, dit-elle dans un bref sourire.

Bien sûr, Jake avait compris sa tactique, mais en parler au beau milieu du palais de justice où traînaient tant d'oreilles indiscrètes était une mauvaise idée. La vie de la communauté judiciaire de Beaufort était sous perfusion permanente de ragots, et avec l'imminence du procès Helitzer, Sarah ne tenait vraiment pas à se mettre à dos le juge Schwartzman.

— Hé, Sarah, je t'ai vue à la télé, hier ! cria quelqu'un. C'est super, ce que tu as fait !

Sarah se retourna et vit Ray Welch, un avocat débutant qui travaillait pour le petit cabinet Bailey et Hudson. Il agita la main avant d'entrer dans l'ascenseur, à l'autre bout du hall. Cinq cabines seulement desservaient le bâtiment. Elles étaient vieilles, poussives, et toujours bondées. De ce fait, les gens comme Sarah qui passaient beaucoup de temps au palais avaient renoncé depuis belle lurette à les utiliser et empruntaient l'escalier.

— Merci ! cria-t-elle à Welch en s'arrêtant, le dos plaqué au mur, pour éviter le flux.

Jake s'arrêta aussi. Elle leva les yeux et se rendit compte qu'il semblait contrarié.

— Tu sais, Sarah, il est tout à fait possible que quelqu'un veuille te tuer, lui chuchota-t-il à l'oreille après avoir attiré d'une main ferme la tête de la jeune femme vers sa bouche. Et c'est pourquoi j'ai passé la nuit chez toi, tu te souviens ? Et à quelle gratitude ai-je droit ? D'abord tu me laisses à la merci de ce chien monstrueux, ensuite tu te montres en plein milieu du tribunal, le premier endroit où celui qui veut ta peau viendra te chercher.

Sarah jeta un coup d'œil en direction d'une porte située au fond du hall, et qui donnait sur un escalier conduisant au sous-sol. Il lui fallait être en bas dans moins de trois minutes. De préférence sans Jake.

— Si quelqu'un veut me tuer, le tribunal est probablement l'endroit le plus sûr pour moi. Il y a des détecteurs de métaux, tu te rappelles ? Les armes sont interdites.

Les sourcils de Jake se rapprochèrent jusqu'à se rejoindre. Sarah comprit qu'elle venait de marquer un point.

— Sweetie-pie t'a posé un problème ? continua-t-elle dans la foulée, avant que Jake ait le temps de trouver d'autres arguments à lui opposer.

— Mais pas du tout, assura-t-il d'un ton trop affable pour être honnête. Sauf si tu estimes que c'est un problème qu'il m'ait coincé au bord du lit pendant à peu près vingt minutes après m'avoir réveillé en me reniflant les fesses. J'ai dû lui jeter une couverture pour pouvoir m'échapper comme un dératé en hurlant ton nom. Mais tu n'étais plus là…

Sarah imagina la scène et un accès d'hilarité juvénile s'empara d'elle. Elle ne riait plus ainsi que rarement. L'expression de Jake s'adoucit et il condescendit à sourire.

— Tu devrais rire plus souvent, Sarah, reprit-il, de nouveau sérieux. Tu te fais du mal, tu sais. Il faudrait que tu arrêtes de courir.

Leurs regards se rivèrent l'un à l'autre, et Sarah vit qu'il savait pourquoi elle était venue travailler normalement aujourd'hui : le travail était son unique dérivatif, la seule chose qui l'empêchât de penser à Lexie. Si elle restait désœuvrée, si elle ne se démenait pas en permanence jusqu'à ce que son esprit soit confus et son corps moulu, le chagrin l'assaillait.

Évoquer tout cela, Sarah n'y tenait vraiment pas dans l'immédiat, pas même avec Jake. Peut-être dans un avenir lointain, lorsqu'elle serait enfin capable de tenir le désespoir à distance, mais pas maintenant, pas aujourd'hui.

— J'ai un job, fit-elle en relevant fièrement le menton. On me paie pour mener mes missions à bien.

Jake s'apprêtait à rétorquer quand son portable sonna. Il l'extirpa de sa poche, consulta l'écran et fronça les sourcils avant de répondre d'un ton sec :

— Ouais ?

— On a des emmerdes, Hoss.

La cacophonie qui régnait dans le vestibule assourdissait la voix du correspondant, mais Sarah le reconnut quand même et comprit les mots qu'il prononçait. Phil Hogan, le grand-père de Jake, était la seule personne à appeler Jake « Hoss », du nom de l'un des cow-boys de la série *Bonanza*.

Jake soupira. Son grand-père avait quatre-vingt-six ans et la retraite ne semblait pas entrer dans sa conception de la vie. Mis à part de petites crises d'arthrite et quelques passages à vide typiques de l'âge, il était aussi fringant qu'un quadragénaire et travaillait encore quarante à cinquante heures par semaine en tant qu'employé de l'agence qu'il avait fondée.

— Qu'est-ce qu'il y a ? demanda Jake d'un ton résigné.

— Begley, de DVS, menace de dénoncer le contrat qu'il a souscrit, sauf si…

Sarah n'entendit pas la suite : Jake étant coincé au téléphone, elle profita de l'opportunité pour s'esquiver.

— Je dois y aller, souffla-t-elle en esquissant un signe de la main.

Elle se glissa dans le tourbillon humain et traversa le hall à la vitesse d'un poisson torpille qui aurait réussi à se décrocher d'un hameçon. S'il avait su ce qu'elle comptait faire, Jake s'y serait opposé avec véhémence, et ne l'aurait lâchée qu'une fois sa capitulation obtenue. Mieux valait donc jouer la fille de l'air tant qu'elle en avait la possibilité.

Elle se remettait à peine d'une blessure par balle, de commotions diverses, d'une nuit extrêmement traumatisante. Supporter en prime les leçons de Jake était un luxe qu'elle n'avait pas envie de s'offrir.

Comme l'escalier de secours était peu emprunté, elle se trouva seule quand elle le descendit. Elle ouvrit la porte de métal qui donnait dans le sous-sol de l'Arène. Là, il y avait davantage de monde mais, comme aux étages supérieurs, tous se hâtaient. Elle les imita, et salua en le croisant un avocat de sa connaissance.

Le sous-sol était immense, avec des murs blanchis à la chaux et un remugle de moisi rebelle à tout déshumidificateur. L'endroit avait jadis servi d'entrepôt pour les archives puis, la population de Beaufort augmentant et l'espace dans le tribunal même étant devenu insuffisant, la mairie y avait fait aménager des bureaux. Le résultat, c'était une multitude de clapiers aveugles auxquels menaient d'étroits couloirs éclairés par des lampes halogènes. Ces corridors se croisaient et s'entrecroisaient en un dédale assez confus pour égarer quiconque ne savait pas précisément où il devait aller. Par chance,

Sarah, elle, le savait. Ce qui n'était pas le cas, comprit-elle, de la sylphide aux cheveux d'un rouge invraisemblable qui marchait d'un pas chancelant devant elle. Elle portait un top rouge pétard terriblement serré, une mini-jupe noire, des bas noirs et vacillait sur des talons aiguilles vertigineux. Les franges de métal de son sac à la bandoulière accrochée à l'épaule de sa veste de cuir noir cliquetaient à chacune de ses oscillations. Elle semblait perdue.

— Salut, Crystal, fit Sarah en arrivant derrière elle après avoir poussé un soupir résigné.

— Oh, Sarah…

Crystal s'était retournée avec une grâce surprenante compte tenu de ses chaussures, révélant ainsi son opulente poitrine. Ce qu'il y avait dans les bonnets double D du soutien-gorge était l'atout majeur de la jeune femme. Elle arborait fièrement ses seins impressionnants, avec sur le visage une expression qui indiquait son point de vue, à savoir que lorsqu'on en avait de tels, on les montrait. Ce qui n'aurait pu que ravir le juge Schwartzman. Hélas pour elle, le magistrat qui poserait les yeux dessus aujourd'hui était Liza Wessel.

— J'ai cherché comme vous me l'avez dit le bureau 39, Sarah, mais il n'y a pas de numéros sur les portes !

— Ils sont au-dessus des sonnettes.

De l'index, Sarah montra la petite plaque de cuivre. Les sonnettes avaient été installées après que, par mesure de sécurité, on eut décidé que les portes devaient rester verrouillées. Mais, Sarah en convenait, les chiffres étaient extrêmement petits et peu visibles dans la chiche clarté du couloir. Sarah n'avait pas prêté attention à ce détail auparavant, sans doute parce qu'elle connaissait le sous-sol comme sa poche.

— Comment ai-je pu ne pas remarquer ça, commenta Crystal d'un ton sarcastique.

En regardant d'un œil critique sa cliente excessivement gâtée par la nature, Sarah songea qu'il serait judicieux de lui donner un petit coup de main. Elle retira donc sa veste, ce qui la laissa en chemisier blanc à manches courtes. Une tenue qu'elle n'arborait pas d'ordinaire devant Liza Wessel, laquelle était très respectueuse des traditions vestimentaires en vigueur au tribunal. Mais dans le cas présent, Crystal avait bien plus besoin d'une veste qu'elle. Sarah était donc prête à sacrifier la sienne.

— Vous avez l'air d'avoir froid, Crystal. Pourquoi ne mettriez-vous pas ceci ? suggéra-t-elle en lui tendant sa veste.

Crystal la regarda d'un air effaré.

— Quoi, vous rigolez ? Il fait au moins trente degrés ici.

Bon. Aborder le problème avec tact et délicatesse, c'était loupé, songea Sarah. Mieux valait transmettre le message sans prendre de gants.

— Écoutez, Crystal, le juge que nous allons voir est une femme ! À mon avis, il serait bon que vous vous couvriez un peu.

Crystal baissa les yeux sur son décolleté puis les ramena sur Sarah.

— Oh… Elle est du genre jaloux, cette juge ?

Sarah opina, tout en espérant qu'aucune caméra de sécurité ne filmait le manège, car les images restituées lui reviendraient en pleine figure lors du procès.

— Elle a tort, poursuivit Crystal. Si mes nichons lui plaisent, qu'elle se les paie. Cinq mille dollars la paire. Les juges gagnent assez leur…

À la mine soudain courroucée de Sarah, Crystal comprit qu'il valait mieux couper net.

— Bon, bon.

Elle prit la veste et l'enfila. Elle lui allait bien. Sarah remarqua que, mis à part les seins bonnet D, la jeune femme et elle faisaient quasiment la même taille. Maintenant qu'elle n'était plus distraite par ces deux imposants globes, elle pouvait se concentrer sur sa cliente. Crystal avait approximativement trente-cinq ans, un bronzage californien qui ne seyait guère à ses yeux ambre et sa chevelure flamboyante. Ses sourcils formaient un arc dépourvu de tout naturel. Nez minuscule, lèvres fines sous l'épaisse couche de rouge à lèvres carmin. Une femme séduisante mais dure, du genre qui ne se laissait pas marcher sur les pieds, qui avait tout vu, tout connu, et le regretterait un jour.

— Attendez, dit-elle alors que Sarah posait le doigt sur la sonnette du bureau 39.

— Oui ? Quoi ?

— J'ai reçu un coup de fil, la nuit dernière. D'un homme. Il m'a conseillé de quitter la ville, sinon je le regretterais.

Sarah se crispa. Ce que lui apprenait Crystal lui rappelait par trop ce qui lui était arrivé. Décidément, la lune avait fait sortir tous les pervers de leur trou et ils s'étaient jetés sur leur téléphone.

— Vous avez reconnu la voix ?

— Non.

— Vous pensez que cet appel a un rapport avec l'affaire ?

— Oui. Je pense qu'il s'agissait de l'un des flics.

— Vous en avez la preuve ?

— Non.

Les traits de Crystal étaient tendus. Sa main droite s'ouvrait et se refermait nerveusement sur le fermoir de son sac. À l'évidence, ce coup de fil la perturbait.

— Est-ce que vous envisagez de quitter la ville, Crystal ?

Bon sang, si le témoin de l'accusation projetait de se volatiliser, il fallait qu'elle le sache.

— Non. Je viens juste d'avoir ce job chez Godfather's et ça paie bien.

Godfather's, établissement qui se présentait comme un bar pour messieurs et était en réalité la boîte de strip-tease numéro un de la ville.

— En plus, ajouta Crystal en souriant, j'ai un nouveau petit ami.

— Oh, c'est bien. Vous êtes serveuse, c'est ça ?

— Mmm.

Un groupe de secrétaires passa, bavardant avec animation des programmes à venir de la télévision. Elles avaient hâte que *Desperate Housewives* reprenne.

— Je regarde ce feuilleton, moi aussi, dit Crystal après qu'elles se furent éloignées. C'est très chouette.

— Ah bon ?

La série était diffusée dans la soirée du dimanche, que Sarah consacrait à préparer sa journée du lundi.

— Vous savez, Crystal, si vous voulez laisser tomber, c'est possible. Rien n'a encore été gravé dans la pierre.

Les mâchoires de Crystal se crispèrent.

— Que je laisse tomber ? Pour que ces salauds s'en sortent blancs comme neige après ce qu'ils m'ont fait ? Ils m'ont violée ! Je n'ai peut-être pas été élevée chez les bonnes sœurs, mais j'ai des droits ! Je suis une personne, moi aussi.

C'était justement ce droit humain que Sarah avait mis en avant, lorsque Crystal était venue la trouver après son cours du mercredi, « Femmes contre le viol », trois semaines auparavant. La jeune femme lui avait raconté ce qui lui était arrivé la veille. Sarah, aussitôt, s'était engagée à l'aider. Le problème, c'était que la plaignante vivait dans un monde différent du sien, un monde où les flics usaient et abusaient de leur autorité sur les femmes comme Crystal, qu'ils estimaient à leur disposition. Avant d'accepter de remplir le cahier des charges, Sarah avait bien expliqué à Crystal les conséquences qu'elle devrait affronter. De son côté, dans la mesure où sa cliente ne renonçait pas à poursuivre la procédure, Sarah allait faire tout ce qui était en son pouvoir pour la soutenir. Même si cela menaçait de lui coûter cher, à elle aussi.

— Vous êtes sûre, Crystal ?

Le doigt de Sarah était toujours suspendu devant la sonnette.

— Ouais, je suis sûre.

Le sort en était jeté, songea Sarah en appuyant sur le bouton. La porte du bureau s'ouvrit.

Quelques minutes plus tard, le juge Liza Wessel demandait à Crystal :

— Vous voulez un ordre de maintien à distance, si j'ai bien compris.

Le juge Wessel, la cinquantaine, mince, cheveux châtains courts et yeux bleus, regarda Sarah d'un air dubitatif. En vue d'une audience imminente, elle portait sa longue robe noire de magistrat. Dans l'immédiat, elle était assise derrière son imposant bureau de noyer, tandis que son jeune adjoint l'attendait près de la porte, donnant parfois des signes d'impatience. Sarah et Crystal, elles, se tenaient devant le bureau, debout. Crystal s'agitait, nerveuse, et Sarah s'efforçait d'ignorer les cliquetis de métal produits par les franges de son sac. Elle venait d'énoncer au juge les motifs de sa requête, sans oublier le coup de fil reçu par Crystal, mais l'expression empreinte de circonspection de Wessel n'était guère encourageante. Demander à un juge de délivrer un ordre d'interdiction d'approcher dans une affaire comme celle de Crystal faisait partie de la routine, sauf que dans ce cas précis, étant donné l'identité de celui qui aurait interdiction d'approcher la plaignante à moins d'un kilomètre, il n'y aurait rien de routinier.

— Avez-vous des preuves du harcèlement auquel se serait livré l'inspecteur McIntyre à l'encontre de Mlle Stumbo ? demanda le juge à Sarah.

— Nous avons une photo, Votre Honneur. Elle a été prise par Mlle Stumbo il y a trois jours à travers la fenêtre de son domicile.

Sarah tendit le cliché de la taille d'une carte postale, sorti d'une imprimante d'ordinateur.

— Je l'ai prise avec mon appareil numérique, déclara fièrement Crystal.

La photo avait été tirée de nuit mais la lumière d'un lampadaire montrait clairement une Mustang blanche garée le long d'un conteneur d'ordures, dans ce qui semblait être un parc à mobile homes. On pouvait voir aussi une rangée de boîtes aux lettres et leur quantité prouvait que les résidents du parc étaient nombreux. Malheureusement, le visage du conducteur de la Mustang était flou à cause des vitres teintées de la voiture. On distinguait un homme aux cheveux noirs lissés en arrière.

— Je ne peux pas identifier l'inspecteur McIntyre, et je doute que vous en soyez vous-même capable, madame Mason, décréta le juge d'un ton sec.

— Vous voyez la plaque minéralogique ? Je l'ai fait agrandir. Tenez.

Elle tendit à Wessel une autre photo. La plaque occupait tout le rectangle. Les contours des chiffres manquaient de netteté mais ils étaient tout de même parfaitement lisibles.

— C'est le véhicule personnel de l'inspecteur McIntyre, Votre Honneur. Voici d'ailleurs le certificat d'enregistrement au service des cartes grises.

Wessel prit connaissance du document en hochant lentement la tête.

— Mmm, fit-elle, les lèvres serrées.

Elle examina attentivement le certificat, et apposa sa signature fleurie sur les papiers officiels que Sarah avait étalés devant elle. Puis elle les poussa vers Sarah, qui les récupéra.

— J'ai signé cet ordre d'éloignement, madame Mason, mais je présume que vous êtes consciente que l'inspecteur McIntyre a peut-être une excellente et légitime raison de s'être trouvé là il y a trois jours. Par ailleurs, je ne saurais tolérer la moindre tentative d'intimidation sur un témoin.

— Merci, Votre Honneur, dit Sarah quand Wessel se leva.

Le juge alla s'entretenir avec son assistant. Sarah rangea les papiers dans son attaché-case, avant de pousser Crystal vers la sortie. Elle avait trop peur que son témoin ne lâche une ou deux remarques susceptibles d'indisposer le magistrat qui allait présider le procès.

Sarah savait de longue date que l'adage selon lequel le tribunal déroulait une tranche de vie n'était pas exact. La vérité, c'était que le tribunal exposait une tranche de vie mise en scène. Le juge et les jurés ne voyaient que ce qu'on leur montrait. L'une des tactiques utilisées pour gagner un procès consistait à présenter la victime sous son meilleur jour. À cette fin, Crystal allait avoir droit à un briefing sur la garde-robe qui convenait pour se présenter devant la Cour.

— Je vais voir si ces papiers peuvent être remis à McIntyre aujourd'hui, dit-elle à Crystal alors qu'elles regagnaient l'escalier.

Elle portait de nouveau sa veste et Crystal chancelait de nouveau sur ses talons.

— Ça l'empêchera de venir me tourner autour, c'est ça ? demanda la jeune femme alors que Sarah lui tenait la porte de métal.

Un homme franchit le seuil et jeta au passage un coup d'œil admiratif à Crystal, laquelle lui décocha un sourire aguicheur. L'homme, subjugué, faillit heurter Sarah de front.

— Oh, pardonnez-moi.

Il ne l'avait remarquée qu'à la dernière seconde. Sarah soupira et poussa sa cliente dans l'ouverture de la porte.

— Oui, cela l'en empêchera, répondit-elle à Crystal.

Enfin, cela devrait l'en empêcher, corrigea-t-elle in petto. Par expérience, Sarah savait qu'un ordre de maintien à distance n'avait jamais empêché une personne déterminée d'approcher sa proie. Les avocats se servaient de ce genre d'interdiction comme d'un outil. Lorsque l'interdiction était violée, ils réussissaient en principe à obtenir des sanctions plus sévères comme l'incarcération temporaire. Dans le cas de Crystal, le fait que McIntyre soit un policier, coupable de surcroît d'un abus de pouvoir, devrait jouer en faveur de la plaignante. S'il violait l'interdiction, il encourrait la suspension de ses fonctions ainsi qu'une condamnation à la prison.

— Vous croyez que je pourrais en avoir un contre mon propriétaire ? demanda Crystal.

— Hein ? Mais pourquoi ?

— Je suis en retard, pour mon loyer. Vous comprenez, toute cette histoire m'a causé une baisse de revenus. J'ai essayé d'expliquer à mon proprio que j'avais été violée, mais chaque fois que je rentre chez moi, il ne se passe pas un quart d'heure avant que je l'entende tambouriner à ma porte. Il était là ce matin. J'ai dû attendre qu'il s'en aille pour sortir. Alors si j'avais un de ces machins, les papiers, là, il me ficherait la paix jusqu'à ce que j'aie de quoi lui régler le loyer.

Sarah soupira encore une fois. Elle gravissait l'escalier, sans énergie, elle qui d'habitude montait les marches deux à deux. Elle avait toujours mal à la tête, les genoux douloureux, et ses jambes la portaient avec peine. Sans la rampe à laquelle elle s'accrochait et se tractait en même temps, elle n'aurait probablement pas atteint le rez-de-chaussée du palais. De la caféine. Il lui fallait de la caféine. Par litres.

— Une interdiction d'approcher ne fonctionne pas sur un propriétaire qui réclame son dû, Crystal.

— Mais ça marche sur les flics, non ? Enfin, tous les flics ou juste McIntyre ?

Crystal était à la porte. Elle l'ouvrit pour Sarah, qui franchit le seuil en soupirant de soulagement. L'escalier et la conversation avec Crystal venaient de prélever leur dîme sur ses maigres forces.

— Seulement McIntyre, Crystal. Pourquoi ? D'autres policiers vous ont harcelée ?

Tout en parlant, Sarah balayait la salle des pas perdus du regard. Jake n'était pas en vue, Dieu merci.

— Il y a eu d'autres voitures. Certaines ont même poireauté des heures devant le Godfather's. La Mustang, c'est la seule que j'aie pu photographier. Je viens juste d'avoir l'appareil numérique.

— La prochaine fois que vous voyez une voiture, faites la photo et appelez-moi.

Le portable de Sarah se mit à sonner. La police le lui avait rendu ce matin dans une grande poche de plastique, ainsi que les autres affaires que contenait son sac, mais celui-ci avait été gardé comme pièce à conviction. N'ayant pas de sac, elle avait rangé son téléphone dans sa veste. Son portefeuille, ses fards gisaient au fond de son attaché-case, où ils resteraient jusqu'à ce qu'elle se soit procuré un autre sac à main. Avant d'entrer dans la salle du tribunal, elle avait bloqué la sonnerie sur le mode « vibreur », et maintenant le petit appareil tremblait fébrilement pour attirer son attention. Elle l'extirpa de sa poche et regarda le numéro affiché.

— Il faut que je prenne cet appel, Crystal. À plus tard.

Crystal lui fit au revoir en agitant le bout des doigts. Sarah appuya sur la touche verte.

— Allô ?

10

— J'ai pensé qu'il fallait que je te le dise : on a une bonne piste pour le troisième voleur.

— C'est vrai, Jake ?

Sarah s'était arrêtée de marcher. Elle s'appuya au mur, une main en cornet autour de l'oreille pour bien entendre.

— Un copain d'enfance des deux autres, du nom de Floyd Parker. Donald Coomer et Maurice Johnson traînaient avec lui tout le temps. La sœur de Johnson les a vus ensemble une heure et demie avant le hold-up.

— Où as-tu trouvé la sœur ?

— À l'hôpital. Johnson est toujours dans un état critique et tout son clan est autour de lui.

— Et ce copain, Parker, il était là aussi ? Est-ce qu'il a été embarqué pour interrogatoire ?

— Il est à son boulot. Chez Big D's Tire Service, un atelier où on change les pneus des bagnoles. Les flics envoient une équipe sur place à l'instant.

— Oh, Dieu, merci…

Sarah éprouvait un infini soulagement. En dépit de ses efforts pour nier l'existence d'un individu qui cherchait à la tuer, elle se sentait rassurée d'apprendre que celui qui lui avait tiré dessus allait être mis hors d'état de nuire. Même si l'envie de la prendre de nouveau pour cible lui passait par la tête, il serait désormais bien en peine de la satisfaire.

— Où es-tu, Jake ?

— En route pour le bureau. Et toi ?

— Toujours au palais.

— Tu vas y rester ?

— Un petit moment. Jusqu'à 14 heures au moins ; ensuite je serai au cabinet. Quand j'aurai fini tout ce que j'ai à faire, j'aurai une sacrée journée derrière moi.

— Et tu seras encore au boulot à 7 ou 8 heures ! Un vendredi soir, en plus. Pourquoi ? Pour célébrer tes blessures de guerre ? Non. Je passe te prendre à 17 h 30 et on dîne ensemble. On mangera un truc bien nourrissant, mais avec quelques légumes quand même. Choisis le restaurant.

— Tu es un amour, Jake, mais… les côtelettes de porc ? Tu les oublies ?

— Oh…

À son intonation, Sarah comprit que, oui, il avait oublié.

— Je dirai à Danielle que j'ai un impondérable.

— Encore ? Elle va adorer.

Tout en prononçant ces mots qui allaient amener Jake à se raviser et à se rendre finalement chez sa bimbo, Sarah ressentit un petit pincement au creux de l'estomac. Remettre au lendemain leur dîner l'attristait. Depuis le hold-up, elle avait dressé un inventaire mental. Le bilan était simple : Sweetie-pie, son travail et Jake étaient ses trois raisons de continuer à aller de l'avant. En certaines occasions, en compagnie de Jake, elle avait même été heureuse. À supposer que cela soit possible depuis la disparition de Lexie. Sans Jake, la nuit dernière, elle n'aurait pas tenu le coup. Il était le rocher auquel elle se raccrochait dans la tourmente, ses bras, son refuge, l'endroit où s'apaisait la douleur. Au matin, quand il l'avait laissée pour aller prendre sa douche, l'impression de vide, de manque qui s'était emparée d'elle avait été violente. Que sa stabilité mentale dépende de Jake était une mauvaise chose. Une erreur qui risquait de prendre une ampleur inquiétante. Car en dernier lieu, tout être humain était seul, elle le savait d'expérience. Jake était sa béquille et, au lieu de s'appuyer si fort sur lui, elle devait s'astreindre à se reconstruire, apprendre à marcher sans aide.

C'était pour cela qu'elle avait feint de dormir quand il était revenu au lit. Il l'avait réconfortée, la berçant comme un bébé dans ses bras, puis il avait jugé sage de mettre un terme à ce trop tendre épisode. Le savoir près d'elle, concerné, lui faisait du bien, mais elle devait assumer sa souffrance. C'était la sienne. Jake ne pouvait pas s'en approprier une partie. Personne ne le pouvait.

— Danielle comprendra. C'est une fille très compréhensive.

— Tu as tout faux, mon vieux, dit Sarah.

À part elle, elle énumérait les tâches qui l'attendaient à la maison et l'occuperaient en l'absence de Jake : des dossiers à étudier, le linge à laver.

— Va manger tes côtes de porc, et ne t'inquiète pas pour moi. J'ai de quoi m'occuper.

— Donne-moi un exemple.

— Tu n'as pas besoin de le savoir.

Elle sentit un regard posé sur elle. Larry Morrison venait dans sa direction, Ken Duncan sur ses talons.

— Il faut que je te laisse, Jake.

— Sarah, tant que Floyd Parker n'aura pas été arrêté et qu'on ne sera pas sûr que c'est lui qui t'a tiré dessus, garde bien à l'esprit que tu es peut-être toujours en danger. Alors sois prudente, OK ?

— Entendu. À plus tard.

Elle raccrocha en hâte. Le regard que Morrison lui lançait ne lui plaisait pas. Elle rangea le portable dans sa poche et se raidit dans l'attente de l'affrontement.

— Sarah.

— Bonjour, patron.

Derrière Morrison, Duncan la fixait d'un air navré. Oh, là. Il se passait quelque chose.

— Accompagnez-moi deux minutes, voulez-vous, Sarah ? dit Morrison.

Il lui prit le bras et Sarah dut repartir vers l'escalier qui descendait au sous-sol. Morrison l'amenait par là, sans doute pour fuir le flot de gens qui entraient dans le hall et éviter l'embouteillage devant les détecteurs de métaux. Il voulait manifestement parler en toute discrétion.

— Alors ? Qu'y a-t-il ? s'enquit Sarah.

Être coincée par Morrison n'était jamais plaisant, et elle sentait monter la tension.

D'abord, les bonnes nouvelles. Le voyou qui vous a tiré dessus, nous pensons l'avoir identifié.

— Je suis au courant.

— Oh, vous avez d'excellents informateurs, répliqua le juge d'un ton sec. Moi, je viens juste de l'apprendre. Ça vous ennuierait de me dire qui vous a transmis la nouvelle ?

— Oui.

— OK, j'imagine qui c'est.

Il prit le temps de s'éclaircir la gorge avant de poursuivre.

— Je viens de m'entretenir avec Amperman, du bureau de la police. Il m'a affirmé que, pendant que nous discutions, ils étaient en train d'embarquer notre voyou. Bien sûr, rien n'est encore certain, mais à mon avis, vous devriez pouvoir respirer un peu mieux.

— Ça, ce sont les bonnes nouvelles. Passons maintenant aux mauvaises.

— Pat Letts m'a appelé. Elle veut que je vous retire l'affaire Helitzer. Elle prétend que vous avez nui à son client et elle menace de présenter au juge une requête pour que vous soyez dessaisie.

Sarah se décontracta. Tout cela n'était que de la routine, un épisode de la partie d'échecs invariablement jouée entre l'accusation et la défense.

— Elle est furieuse parce que sa demande de report a été rejetée.

— J'ai appris cela. En fait, j'ai parlé à Schwartzman. C'est lui qui m'a tout rapporté. Il dit que vous sembliez en très petite forme, et je partage son avis. Alors Duncan va s'occuper de tous vos autres dossiers aujourd'hui, et vous allez rentrer chez vous.

— Quoi ?

Sidérée, Sarah s'immobilisa et posa sur Morrison un regard empreint d'incompréhension. Le juge s'arrêta aussi et la fixa d'un air autoritaire. Par-dessus l'épaule de Morrison, qui lui tournait le dos, Duncan lui adressa une mimique de sympathie.

— J'ai décidé, Sarah, continua le magistrat, que vous preniez votre journée. Et le week-end. Je ne veux pas vous voir rôder autour du tribunal avant lundi. Si vous vous avisez de revenir, je vous vire !

— Quoi ?

Sarah était convaincue que Morrison bluffait, au moins en partie.

— Vous m'avez entendu. Lundi matin. Pas avant.

— Mais j'ai mille choses à faire et…

Morrison pointa l'index droit sur le nez de Sarah.

— Reconnaissez-le, vous avez besoin de repos. Prenez-en, c'est un ordre.

Elle s'apprêtait à protester quand il reprit :

— J'espère avoir été assez clair.

Sur ces mots, il tourna les talons et se dirigea vers le juge Jefferson Prince qui émergeait de l'escalier. Il le salua d'une grande claque dans le dos. Sarah était furieuse. Duncan, qui était resté auprès d'elle, eut droit à un coup d'œil meurtrier.

— Hé, je n'y suis pour rien, moi ! se défendit-il en reculant d'un pas et en levant haut la main qui ne tenait pas l'attaché-case. Tout ce que je fais, c'est obéir aux ordres.

Le bureau de Jake, de même que son appartement, se trouvait dans l'un des moins jolis bâtiments victoriens de deux étages, édifiés en demi-cercle autour des nombreuses antiques demeures blanches qui composaient le cœur historique de Beaufort. L'immeuble était jaune pâle, avec des fenêtres aux volets blancs et des balcons de fer forgé. La porte d'entrée était peinte de ce bleu très vif destiné à repousser le mauvais œil. Une discrète plaque d'étain de la dimension autorisée par la mairie était rivée à la porte. On lisait dessus « Agence d'enquêtes privées Hogan & Fils ». Peu importait que Jake n'ait pas de fils mais une sœur mariée, mère d'une fillette de six ans, qui habitait Atlanta. Peu importait également que son père auquel le « Fils » se référait fût fils unique. L'agence avait été fondée cinquante-deux ans auparavant par son grand-père qui, lorsqu'il lui avait donné son nom, espérait encore avoir de sa fragile épouse assez de fils pour former une équipe de basket. Grand-pa' n'était pas homme à faire aisément le deuil de ses rêves. Lorsque Jake avait suggéré que l'agence devienne simplement « Agence d'enquêtes privées Hogan », il avait dit :

— Pas question. Grâce à toi, ce nom aura un sens.

— Ouais, c'est ça, grand-pa', avait rétorqué Jake. Garde tes illusions.

Et grand-père Hogan les avait gardées, songeait à présent Jake en garant l'Acura sur l'aire pavée qu'il partageait avec le voisin dentiste, qui exerçait dans une autre maison victorienne à la porte bleue. Il secoua la tête en reconnaissant la Harley rouge posée sur sa béquille au fond du parking. Grand-pa', menacé mille fois de licenciement par Jake, collectionneur de procès-verbaux pour excès de vitesse, frappé d'impuissance devant un ordinateur portable et perplexe face au magnétoscope VCR qu'il possédait depuis dix ans et qu'il n'avait jamais su programmer, s'était offert deux mois plus tôt, pour son quatre-vingt-sixième anniversaire, le dernier modèle de Harley-Davidson.

— Exactement la même que celle que je pilotais pendant la guerre ! avait-il clamé, ravi, la première fois qu'il avait montré l'engin à un Jake confondu. Sauf que la mienne, autrefois, n'était pas rouge, ni neuve, et n'avait pas tout ce bazar électronique. En plus, elle ne coûtait pas une fortune comme celle-là.

Depuis ce jour, Jake priait pour son grand-père dès qu'il le voyait enfourcher sa moto.

— Alors ? Que se passe-t-il avec DVS ? demanda-t-il à Dorothy en entrant dans la petite réception, à l'agencement très moderne.

La pièce était autrefois le hall d'entrée de la maison. Un décorateur l'avait rajeunie à coups de murs gris clair, de mobilier design tout de chrome et de cuir noir. Elle s'ouvrait sur le bureau, bien plus spacieux, situé sur l'arrière du bâtiment.

À l'instar de l'agence, Dorothy faisait partie des institutions de Beaufort. Elle avait été léguée à Jake par son grand-père. Elle avouait soixante-dix ans, mais Jake la soupçonnait d'avoir au moins cinq ans de plus. Elle travaillait chez « Hogan & Fils » depuis trente-deux ans. Ses cheveux d'un blanc de neige étaient rassemblés en un chignon bien ordonné sur sa nuque. Des lunettes aux montures argentées encadraient ses yeux gris, et sa figure joufflue arborait quelques jolies rides d'expression. Aussi ronde qu'une théière, extrêmement avenante, elle appréciait ce que les habitants de Beaufort appelaient des « tenues d'intérieur », des robes à manches courtes, s'arrêtant à mi-mollets et taillées dans d'éclatants imprimés fleuris. Elle ne portait que des chaussures à lacets pour pieds sensibles. Veuve depuis vingt ans, elle avait deux enfants, âgés maintenant d'une quarantaine d'années, et n'avait jamais manqué le travail depuis que Jake avait repris l'agence.

— C'est à lui qu'il faut poser la question, fit-elle en montrant du doigt la double porte coulissante en verre qui donnait sur la terrasse, laquelle était l'une des deux améliorations réalisées par grand-pa' sur le bâtiment, la seconde étant l'appartement de Jake au premier étage. Grand-pa' avait pu entreprendre ces travaux à une époque où la mairie ne chinoisait pas sur des bricoles de ce genre.

Dorothy avait brièvement quitté des yeux l'ordinateur dont elle avait appris à se servir avec l'efficacité dont elle témoignait en tout domaine. Son intonation recelait une pointe d'aigreur. Jake en déduisit qu'elle désapprouvait quelque comportement de grand-pa'. Il retint un soupir. Deux employés d'une vingtaine d'années, quatre autres qui auraient dû prendre leur retraite depuis belle lurette… Il avait parfois l'impression de diriger un complexe formé d'un jardin d'enfants et d'une maison du troisième âge, plutôt qu'une entreprise.

Il marcha vers la terrasse puis se figea, la main sur la poignée de la porte coulissante, le nez à quelques millimètres de la vitre.

Danielle prenait le soleil sur la balustrade, ses longs cheveux blonds attachés en une jolie queue de cheval, son corps bronzé moulé dans un short et un top en Lycra – sa tenue de travail puisqu'elle était professeur d'aérobic.

Grand-pa' était installé dans l'un des transats d'aluminium assorti aux trois autres et à la table au dessus de verre. Il avait incliné le transat et posé ses pieds chaussés de bottes de motard sur la rambarde. Depuis qu'il avait acheté la Harley, il gardait ses bottes, même les jours de canicule. Par ailleurs, il était vêtu d'un tee-shirt noir et d'un jean. Un gros paquet de guimauves dans lequel il pouvait piocher sans effort était ouvert sur la table. Il prit une friandise et la jeta par-dessus la rambarde. À la vue de ce spectacle, Jake ne put s'empêcher de grincer des dents.

— Vieux fou, murmura Dorothy.

La loyauté qu'exigeaient les liens du sang retint Jake d'approuver. Il ouvrit la porte et sortit dans la chaleur humide. Deux chênes géants ombrageaient la maison de leurs branches cinquantenaires auxquelles pendait de la mousse espagnole. Les arbres bloquaient le soleil du côté où se tenait grand-pa', lequel avait néanmoins pris la précaution d'ouvrir un grand parasol. Danielle, en revanche, se laissait joyeusement rôtir. Le grincement de la porte fit s'envoler un héron qui s'éleva dans le ciel d'azur. Au-delà de la terrasse, le canal charriait ses eaux vertes qui rappelaient à Jake son enfance, quand il allait pêcher avec le vieil homme sec et nerveux qu'était déjà son grand-père. L'aïeul le regardait maintenant avec un sourire dénué de remords, tout en mangeant des guimauves.

— Salut, Hoss.

— Jake ! s'écria Danielle en glissant de son perchoir sans se soucier de se planter des échardes dans les fesses au passage.

Elle se jeta au cou de Jake et l'embrassa fougueusement. Il lui rendit étreinte et baiser, l'enthousiasme en moins. Depuis quelques semaines, il éprouvait une certaine lassitude, qu'il connaissait bien : il était temps de mettre un point final à cette liaison et d'aller voir ailleurs. Danielle était jolie, gentille, énergique et... Eh bien, peut-être était-ce tout. Ou alors, elle était trop énergique. Elle avait constamment quelque chose à faire, un projet en cours, une distraction programmée pour tous les deux, alors qu'il ne rêvait que de se vautrer au fond du canapé, devant la télévision branchée sur une chaîne de sport.

— Grand-pa', je t'ai dit de ne pas donner à manger aux alligators.

Il se reprochait son propre manque de fantaisie et se vengeait sur son grand-père. Les bras de Danielle formaient un collier autour de son cou. Il lui ceignait vaguement la taille.

— Je ne nourris pas les gators, protesta grand-pa' tout en lançant une autre guimauve dans le vide. Je nourris Molly.

Danielle accrochée à lui comme une bernicle à son rocher, Jake s'avança jusqu'à la rambarde et l'atteignit à l'instant où la guimauve aboutissait dans la gigantesque gueule béante d'un alligator de plus de trois mètres. Le saurien prenait le soleil sur le ponton en ciment qui permettait d'accéder au petit hangar où Jake gardait son bateau. Le monstre était si proche que, s'il avait étiré le cou de quelques centimètres, il aurait pu appuyer sa tête sur la plus basse des trois marches qui reliaient la terrasse au ponton.

— Oh, c'est trop cool, s'extasia Danielle.

— Merde, grand-pa'...

— Molly n'est pas un gator. Elle fait partie de la famille.

Il jeta une autre guimauve. En entendant claquer les mâchoires d'un mètre de long, Jake eut froid dans le dos.

— Si cet animal bouffe encore un chien…

Jake ne s'inquiétait pas pour rien. L'été précédent, l'une des clientes de Big Jim, le dentiste, s'était rendue au cabinet avec son caniche. Ne voulant pas le laisser dans la voiture à cause de la chaleur, elle l'avait attaché dehors à un arbre. Le temps que Big Jim lui fasse une radio, il n'y avait plus de caniche au bout de la laisse. Seule trace de la petite bête : quelques boules de poil blanc. Au moment où elle appelait la police, la cliente avait vu la longue queue de Molly onduler entre deux eaux. Ensuite, la nouvelle assistante de Big Jim avait fort obligeamment informé la police que le vieil homme qui travaillait à l'agence de détectives juste à côté gardait des alligators comme animaux de compagnie. Aux agents, grand-pa' avait expliqué que les « gators » n'étaient pas ses animaux de compagnie mais qu'il leur donnait à manger de temps à autre. L'affaire s'était soldée par une amende pour mise en danger de la vie d'autrui et, en sus, la menace d'un procès par la propriétaire du chien. Sarah s'était chargée de l'affaire, qu'elle avait réussi à étouffer en échange de l'achat d'un nouveau caniche par grand-pa'.

Depuis, Jake s'opposait fermement à ce que son grand-père nourrisse les alligators qui s'aventuraient chez lui. Tous les alligators, y compris Molly. Pour la bonne marche de l'agence, Jake ne voulait plus de ce genre de fantaisie, d'autant que sa responsabilité pouvait être engagée. Mais grand-pa' était resté sourd à ses ordres. Il se souciait comme d'une guigne de ce que lui disait son petit-fils. Les admonestations lui glissaient sur le dos comme l'eau sur celui d'un alligator.

— Je n'ai jamais cru que Molly avait chopé ce chien, protesta grand-pa'.

Il retira ses pieds de la rambarde et le transat se redressa dans un claquement.

— Pour ce qu'on en sait, reprit-il, un humain a pu le voler. Ou alors il s'est échappé. Si j'avais appartenu à une bonne femme comme la maîtresse de ce chien, moi aussi je me serais barré.

Jake avait entendu un nombre incalculable de fois la théorie de grand-pa' sur la disparition du caniche. En guise de réponse, il enleva prestement le sac de guimauves de la table. Danielle, qui avait écouté l'échange d'un air sidéré, jeta un coup d'œil inquiet à l'alligator. Jake regarda la bête à son tour, et eut l'impression qu'elle lui souriait : elle avait découvert encore plus ses épouvantables dents jaunes, et ses gros yeux globuleux aux iris dorés étaient fixés sur lui, brillant d'une lueur démoniaque.

Jake avait envie de chasser Molly en faisant « Pfffuittt... », mais il savait que le saurien ne bougerait pas d'un pouce : quand ces petites bêtes-là avaient une idée en tête, avait-il appris avec le temps, personne n'avait les moyens de leur faire changer d'avis. Seule de la dynamite pouvait les déloger et Jake n'en avait malheureusement pas sous la main.

— Elle voit les guimauves, expliqua grand-pa' en se levant.

Il s'étira puis, nouant les mains derrière son dos, il fléchit les bras. Il mesurait un bon mètre quatre-vingts et prétendait avoir autrefois été de la taille de Jake. Il avait soi-disant rétréci en vieillissant. Mais il était aussi énergique qu'un quadragénaire. En fait, pensait Jake, le vieil idiot était certainement en meilleure forme que lui. Chauve comme un œuf, la peau tannée par le grand air, il exhibait sur son tee-shirt une moto argentée qui brillait au centre d'un soleil, avec les mots « Road Hog », ou « Bouffeur de macadam », imprimés dessous. Son Levi's serré, avec des trous sophistiqués aux genoux, lui avait coûté une petite fortune. On pouvait tout dire de grand-pa', sauf qu'il n'était pas tendance.

— Si tu continues à balancer ce sac devant son nez, Hoss, sûr qu'elle va monter jusqu'à la terrasse dans une minute.

— Ô mon Dieu, vous me faites peur, maintenant ! s'exclama Danielle sur un ton théâtral.

Elle se nicha contre le buste de Jake, qui jeta un regard sceptique à son grand-père et retira néanmoins le sac de guimauves de la vue de l'alligator. Il l'enfouit dans la poche de sa veste. Juste au cas où.

— Alors ? Qu'est-ce qui t'amène ici ? demanda-t-il à Danielle, un peu moins aimablement qu'il ne l'aurait voulu.

Il avait des raisons de ne pas se sentir dans son assiette, songea-t-il. La matinée n'avait pas été de tout repos, et trouver Danielle sur la terrasse de son bureau n'était pas pour le détendre. Quoique, à bien y réfléchir, ce n'était probablement pas Danielle qui lui donnait du souci, mais plutôt les alligators bouffeurs de guimauve, les chiens qui les faisaient saliver, et Sarah.

— J'ai fait un gâteau à l'ananas, hier soir. J'ai d'abord pensé l'offrir aux collègues, puis je me suis rappelé que tu en raffolais, Jake. Alors je suis passée te l'apporter.

— Eh bien, merci.

L'emprise des bras de Danielle se raffermit autour de son cou. Le problème, avec Danielle, c'était qu'en plus d'être sensuelle et une formidable partenaire au lit, elle cuisinait divinement. Une telle combinaison avait de quoi rendre fou n'importe quel homme, et l'amener à penser alliances et emprunt immobilier. Une idée qui le faisait trembler.

Il lâcha la taille de la jeune femme et recula d'un pas. Danielle fut obligée de desserrer ses bras noués autour de son cou, et Jake se colla dans la foulée à la rambarde pour se mettre hors d'atteinte de la prédatrice, sans toutefois s'asseoir dessus à cause de l'autre prédatrice. Dommage. Il se serait volontiers enfui en sautant sur le ponton, mais il n'avait pas envie de finir dans la gueule de l'alligator qui lorgnait le paquet de guimauves dans sa poche.

Il garda donc les deux pieds sur la terrasse et jeta un regard mauvais à Molly, qui n'avait pas bougé.

— Le gâteau était délicieux, déclara grand-pa' en se léchant les lèvres. J'ai eu droit à un bon gros morceau.

— Merci, dit Danielle en souriant avec modestie.

Elle n'avait plus qu'une main posée sur l'épaule de Jake, ce qu'il considéra comme un progrès.

— Danielle est un cordon-bleu, confirma-t-il tout en essayant de retrouver l'enthousiasme qui le fuyait pour l'instant.

Le problème, c'était qu'il savait à quoi pensait la jeune femme en cet instant : alliances et emprunt immobilier. Deux projets qu'il rejetait. Il n'y aurait ni alliances ni emprunt, en tout cas pas avec Danielle. Pas dans l'immédiat, ni dans six mois. Non. Jamais.

— À propos de cuisine, reprit-elle, j'ai aussi fait un pain de maïs et des pommes au four, pour accompagner les côtes de porc. J'ai quelques haricots verts, et je peux ajouter des macaronis et du fromage si ça te tente, Jake.

— Eh bien, dites donc, ça, c'est un repas ! s'exclama grand-pa'.

Jake en eut l'eau à la bouche, découvrant avec consternation que son palais vivait sa vie propre. Danielle dirigea sur grand-pa' ses grands yeux de Bambi.

— Vous êtes le bienvenu, si vous avez envie de partager notre dîner.

— Sûr que ça me plairait, répondit grand-pa' en lançant à Jake un regard espiègle. Ne t'inquiète pas, Hoss, je partirai tôt.

Avec peine, Jake chassa de son esprit la tentante image de macaronis et de fromage afin de passer calmement en revue les éléments à charge : Danielle avait fait un virage à cent quatre-vingts degrés. De bête de sexe, elle était passée au mode « parfaite épouse », celui qui allait droit au cœur d'un homme et l'amenait à glisser la fameuse alliance au doigt si enclin à se plonger dans la farine. Mais tant qu'il existerait des McDonald's au monde, Jake se jura qu'il tiendrait bon.

— Le problème…, commença-t-il avant de s'interrompre brusquement.

Les sourcils de Danielle s'étaient froncés, et il sentit sa main tomber de son épaule.

— Il s'est passé quelque chose ? s'enquit-elle d'une voix à la douceur de miel.

Une douceur excessive, qui ne collait pas avec la dureté de son regard. Jake supposa qu'il avait trop souvent entamé des phrases par « le problème... ». Les femmes de sa vie anticipaient la suite. Poursuivre était superflu. Néanmoins il le fit.

— Ouais, confirma-t-il sur un ton qu'il aurait souhaité empreint de contrition mais qui, en fait, trahissait sa gêne. Qu'est-ce que je peux te dire, Danielle ? Qu'il s'est effectivement passé et qu'il se passe encore beaucoup de choses.

— Nous y voilà ! lança-t-elle en redressant le dos.

Ses joues s'empourprèrent, sa queue de cheval frissonna.

— Oui, nous y voilà, enchaîna-t-elle. Je suis fatiguée de toujours être mise de côté à cause de ton job ! Jake, ou tu me donnes la priorité pour une fois, ou bien tout est fini entre nous.

Grand-pa' ouvrit la bouche. Jake lui intima le silence d'un regard meurtrier.

— Navré, mais je ne peux pas me dérober ce soir, Danielle.

Derechef, il aurait aimé que sa voix vibre de regret, et loupa son coup. Il le comprit en voyant la jeune femme serrer les poings.

— J'aurais aimé que ce soit possible, Danielle.

Elle le bouscula au passage en marchant droit vers la porte.

— Très bien, lança-t-elle par-dessus son épaule, c'est réglé, je m'en vais.

La vitre coulissante heurta bruyamment le chambranle quand elle la poussa. Elle traversa le vestibule sans dire le moindre mot à Dorothy qui la fixait, bouche bée, mais, arrivée à la porte, elle fit volte face, se dirigea vers le comptoir accolé au mur sur lequel se trouvait du matériel de bureau et attrapa une grande boîte à gâteaux fermée. Puis elle jeta un coup d'œil furieux à Jake.

— Je remporte mon gâteau, annonça-t-elle fièrement avant de reprendre le chemin de la sortie.

Quelques secondes plus tard, le claquement de la porte principale résonnait. Jake rentra la tête dans les épaules quand les tableaux accrochés au mur se balancèrent dangereusement.

Grand-pa' fut le premier à parler.

— Merde… Je crois qu'on peut dire adieu à ce dîner.

— Il semble bien que oui, confirma Jake en espérant que le soulagement ne transparaissait pas dans son intonation.

— Est-ce que l'un de vous deux aurait l'obligeance de m'expliquer ce qu'il se passe ? demanda Dorothy.

— Jake vient de se faire larguer.

Dorothy émit un sifflement révélateur.

— Si vous me posez la question, je vous répondrai que c'est mieux comme ça, déclara-t-elle, montrant qu'elle prenait sans ambiguïté le parti de Jake. Une fille qui s'exhibe en sous-vêtements, eh bien, d'après moi, ce n'est pas correct. Ce sera mon seul commentaire.

— Toutes les filles s'habillent comme ça, de nos jours, remarqua grand-pa'. Je ne vois pas où est le mal. En plus, c'est un joli spectacle. Dotty, ma fille, vous vieillissez.

— Oui, mais au moins, j'ai assez de bon sens pour m'en rendre compte, moi ! Je ne me prends pas pour une gamine. Quant à vous, mettez-vous dans le crâne que vous pourriez être le grand-père de toutes ces filles que vous lorgnez… Vous devriez avoir honte.

Grand-pa' paraissait sidéré.

— Quoi ? Moi, j'ai lorgné cette fille ? Jamais de la vie. Enfin, je ne l'ai pas lorgnée plus que ça. Elle était là, pile poil devant mon nez. Qu'est-ce que j'aurais dû faire, hein ?

Dorothy serra si fort ses lèvres qu'elles disparurent. Jake comprit qu'elle s'empêchait d'envoyer une vérité bien sentie à grand-pa'.

— Vous voyez ? s'écria-t-elle enfin. Vous êtes vraiment…

Jake leva haut les bras comme un arbitre interrompant un échange contre les règles. Il fallait arrêter la partie avant qu'elle tourne au vinaigre.

— Stop, tous les deux. Danielle est mon problème, pas le vôtre. Et nous sommes ici pour bosser. Alors allons-y. Dorothy, j'ai besoin de tout savoir du passé de Floyd Parker. Et je…

— Le dossier est sur votre bureau, le coupa Dorothy sans cesser de fixer grand-pa' d'un air mauvais. Il y a aussi les dossiers de Donald Coomer et de Maurice Johnson. Je les ai eus hier. Vous trouverez également une copie de la vidéo du magasin, là où on voit Sarah se faire tirer dessus. J'ai également récupéré toutes les bandes de la prison, enregistrées au moment où Coomer est mort. Au cas où ça vous intéresserait.

Souvent, Jake soupçonnait Dorothy d'être capable de gérer l'agence sans grand-pa' ni lui. Aujourd'hui, et ce n'était pas la première fois, il en était certain.

— Bon travail, commenta-t-il comme s'il était encore maître de la situation. Euh… essayez donc de vous procurer le résultat des empreintes relevées sur ce fil dont Coomer s'est servi pour se pendre, OK ?

— Le rapport est là aussi. Dans la chemise marquée « Coomer ». Mais il ne contient rien de probant.

Sur ces mots, Dorothy se leva et prit son sac.

— Si vous n'y voyez pas d'inconvénient, je vais déjeuner.

— Très bien, dit Jake, conscient qu'en dépit de la formulation de sa phrase, Dorothy n'attendait pas son autorisation.

Une secrétaire qui vous connaît depuis l'âge de sept ans donne l'impression que vous travaillez pour elle et non le contraire, pensa Jake. Il regagna la terrasse et tira la porte vitrée derrière lui. Grand-pa' regardait Dorothy à travers la vitre comme s'il ne l'avait jamais vue.

— Mais qu'est-ce que j'ai dit ? demanda-t-il plaintivement à Jake.

À quoi bon lui faire la leçon ? songea ce dernier. Essayer de raisonner grand-pa' se révélerait aussi inutile que tenter de chasser l'alligator qui, maintenant, s'offrait une petite sieste au soleil matinal, vautré sur le ponton.

— On oublie tout ça, grand-pa'.

Il avait de nouveau les idées claires et disponibles pour le travail.

— Alors ? continua-t-il. Une chance de retracer l'origine de cet appel qu'a reçu Sarah cette nuit ?

Jake savait que son grand-père avait mis à contribution Charlie, l'un de ses vieux amis.

— Charlie s'en est occupé sérieusement, mais ça n'a rien donné. L'appel a été passé du portable d'une Mme Linda Ross, d'Edito Island. Elle n'utilisait pas beaucoup son appareil et ne s'est rendu compte de sa disparition que lorsque je l'ai jointe pour lui poser la question. Elle pense ne plus l'avoir depuis lundi soir.

Elle l'avait laissé dans sa voiture. À mon avis, elle l'a perdu, ou alors il lui a été volé. Donc, on n'a aucune indication sur la personne qui s'en est servie.

Jake poussa un soupir en s'affalant dans le transat que son grand-père venait de quitter. Il s'était bien douté que retracer l'appel serait impossible. Rien dans la vie n'était simple.

— Pas l'ombre d'un élément qui permette de croire que cette femme ou un membre de sa famille ait quelque chose à voir avec ce coup de fil ? demanda-t-il tout de même.

— Non. Elle est la mère de famille type, mariée à un toubib, deux gosses en bas âge. Ce sont des gens bien, d'un excellent niveau social.

Jake ferma les yeux. Être assis là dans la touffeur et l'odeur de moisi de l'eau lui rappela brusquement à quel point il était fatigué. Les deux dernières nuits, il n'avait pratiquement pas dormi et il commençait à flancher.

— Sarah se fait du souci, Jake ?

Il s'obligea à rouvrir les yeux et à focaliser ses pensées sur les problèmes. Grand-pa' s'était rassis, de l'autre côté de la table, les mains croisées sur son giron, l'air pensif.

— Tu t'en doutes bien.

— Ouais, je peux imaginer. C'est terrible, tout ça.

Jake n'avait pas envie de s'attarder sur le sujet. Il détourna la conversation.

— Alors ? Qu'est-ce qui s'est passé avec DVS ?

— Ils n'étaient pas contents à cause d'Austin.

L'employé de vingt-deux ans, fraîchement embauché et pas encore formé.

— Pourquoi ?

— Il avait chopé des voleurs à l'étalage et il les a laissés partir avec un simple avertissement.

DVS était une grande chaîne de drugstores comptant des magasins dans tout le Sud. Remporter le marché de surveillance de toutes les succursales aurait été une excellente affaire pour l'agence. Mais DVS était une entreprise privée, et ses dirigeants très pointilleux sur les contrats qu'ils signaient. Ils avaient donc proposé à Hogan & Fils un essai de un mois dans l'une de leurs boutiques. Essai qu'avait manifestement fait rater Austin.

— Pourquoi les a-t-il relâchés ?

— Il a dit qu'il était malheureux pour eux, expliqua grand-pa' en souriant. Tu aimerais ce gamin. Il a du cœur.

— Tu l'as viré ?

Jake avait posé la question par acquit de conscience. Il connaissait la réponse d'avance. À l'agence, se jouait en permanence la scène du bon flic contre le méchant flic, et Jake tenait invariablement le rôle du méchant.

— Bien sûr que non ! Il met des sous de côté pour aller à l'université. Mais ne t'inquiète pas, Hoss. J'ai tout arrangé avec DVS.

— Comment ça ? demanda Jake, inquiet.

— Eh bien, je leur ai promis que, s'ils étaient prêts à signer avec nous, on leur offrait trois mois de surveillance gratuite dans tous les magasins de la chaîne.

— Tu as… quoi ?

Jake avait jailli du transat et fixait des yeux incrédules sur son grand-père. La raison pour laquelle grand-pa', au bord de la faillite, l'avait sollicité en urgence sept ans plus tôt, était évidente. L'argent, il ne le gagnait pas, il le perdait.

— Bon sang, grand-pa', tu as une idée de ce que…

La sonnerie de son portable interrompit Jake. L'appareil se trouvait dans sa poche, sous le sac de guimauves. Il sortit le sac, le posa sur la table, puis attrapa le portable avant que son correspondant raccroche.

— Allô ? Ici Hogan.

— Jake ? C'est Austin.

— Oui ?

Assailli par un mauvais pressentiment, Jake sentit son estomac se serrer.

— Vous savez que je devais garder un œil sur Mme Mason au tribunal, hein ?

Non, Jake ne le savait pas. C'était Dave Menucchi, le copain septuagénaire de grand-pa' et un employé de l'agence taillable et corvéable à merci depuis des lustres, qui était censé veiller sur Sarah. Jake l'avait demandé, juste pour avoir l'esprit en paix, précisant que la surveillance devait être discrète, réalisée à l'insu de Sarah ou de qui que ce soit d'autre.

— Eh bien… Euh… Je n'arrive pas à la trouver.

11

— Tu ne la trouves pas ? cria Jake en regardant son grand-père qui, les coudes sur la table, était penché vers lui et écoutait avec attention.

— Je l'ai suivie jusqu'au sous-sol, puis elle est remontée, alors moi aussi. Dans le hall, elle s'est arrêtée et a parlé avec deux types. Je me suis glissé dans les toilettes des hommes. Je ne voulais pas qu'elle me remarque, vous comprenez. Et quand je suis ressorti, elle n'était plus là. Mais comme son nom était écrit sur le tableau des avocats attendus au prétoire, j'ai pensé qu'elle allait revenir. Sauf qu'elle n'est pas revenue. Un type l'a remplacée devant le juge. J'ai fouillé tout le tribunal, elle n'est nulle part.

Austin s'interrompit. Jake percevait des halètements. Le novice transpirait.

— Je suis absolument navré, Jake. Qu'est-ce que vous voulez que je fasse, maintenant ?

Il était trop tôt pour se laisser dévorer par l'angoisse, songea Jake. Sarah pouvait se trouver à un million d'endroits, au palais. Mais à cause de ce qui s'était produit dernièrement dans l'existence de la jeune femme, il avait les nerfs à fleur de peau.

— Ne bouge pas, Austin, j'arrive. Je vais essayer de lui mettre la main dessus.

Jake raccrocha, puis pressa la touche correspondant au numéro de Sarah.

— Je perds peut-être les pédales, mais il me semble bien, grand-pa', que c'était Dave qui devait veiller sur Sarah.

La connexion s'établit.

— J'ai dû l'envoyer chez DVS à la place d'Austin. Ils ne voulaient plus de lui.

Jake grogna tout en écoutant le répondeur de Sarah. Elle n'était pas joignable. Il se leva et se dirigea vers la porte.

— Hé, Hoss, je croyais que Sarah n'était pas vraiment en danger. C'est ce que tu avais dit. Tu veux que je vienne avec toi ?

Grand-pa' semblait franchement désolé.

— Non. Tu restes là et tu t'occupes des témoins prévus pour l'affaire Helitzer. Pour répondre à ton interrogation : non, je ne crois pas qu'elle soit vraiment en danger, mais je ne courrai pas le risque de me tromper. Je t'appellerai dès que je l'aurai trouvée.

Par précaution, il sortit son Glock du tiroir de son bureau et s'en alla.

— Mon mec a intérêt à être à la maison, dit Crystal.

Assise sur le siège du passager dans la voiture de Sarah, elle suçait nerveusement une pastille de menthe que Sarah lui avait donnée. Une jambe passée par-dessus l'autre, elle massait son pied nu tout en parlant. La chaussure à talon aiguille qu'elle avait retirée gisait sur le tapis de sol.

— Il faut que je sois au boulot à 17 heures, continua-t-elle. Le vendredi, la soirée est très bonne, au Godfather's.

— Il s'y connaît en mécanique ? s'enquit Sarah.

Elle faisait référence au petit ami de Crystal, dont la voiture était tombée en panne sur un emplacement réservé aux handicapés, juste devant le palais de justice. En descendant les marches du perron, Sarah avait découvert Crystal et deux messieurs qui, sans doute fascinés par les appas de sa cliente, s'étaient arrêtés pour l'aider. La tête plongée sous le capot ouvert de la vieille Lincoln jaune pâle, ils essayaient d'en ramener le moteur à la vie. Sarah s'était donc approchée et, vu l'ampleur manifeste des dégâts dans l'antique mécanique, avait embarqué Crystal dans sa propre voiture pour la raccompagner chez elle, où Crystal espérait trouver son petit ami profondément endormi : il n'avait pas répondu au téléphone. Crystal en avait conclu qu'il faisait un somme. Elle comptait bien le réveiller et l'obliger à revenir au palais avec elle pour réparer la Lincoln.

— Il l'a déjà arrangée, répondit Crystal en brisant entre ses dents l'ultime morceau de pastille dont le parfum de menthe envahit l'habitacle. Le seul truc qui m'inquiète, c'est que la fourrière emporte mon auto avant mon retour.

Un souci légitime et justifié. Crystal avait accroché une carte de handicapé au rétroviseur, obtenue grâce à une jambe cassée plusieurs mois auparavant, et dont la date de validité avait expiré depuis belle lurette. N'importe quel policier doté d'une vision correcte se rendrait compte de l'échéance, et la voiture irait droit à la fourrière. Mais Sarah pariait que ce genre de policier était une espèce en voie de disparition. Les flics ne bougeraient que si la Lincoln restait en ventouse plusieurs jours sur cet emplacement.

— Crystal, c'est simplement une suggestion, mais la prochaine fois que vous viendrez au palais, essayez donc de vous garer dans le parking, derrière le bâtiment : il est gratuit.

— Nooooon. Trop de bagnoles de flics dans le coin. Au cas où vous ne l'auriez pas remarqué, ils ne m'aiment pas beaucoup.

— Je l'ai remarqué, confirma Sarah, sans préciser qu'elle non plus n'était pas dans leurs petits papiers.

Crystal retira sa deuxième chaussure, changea de position, et entreprit de masser son autre pied.

— C'est parce que je suis debout quatorze heures par jour, expliqua-t-elle après que Sarah lui eut jeté un coup d'œil en coin. J'ai tout le temps mal aux pieds.

À quoi bon suggérer que le problème se réglerait tout seul si elle cessait de se jucher sur ces échasses ? Sarah connaissait Crystal depuis assez longtemps pour savoir qu'elle considérait ses talons de douze centimètres comme une partie intégrante de sa personne.

— Sûr que c'est embêtant, compatit Sarah.

Crystal approuva en riant. Les deux jeunes femmes se trouvaient à une trentaine de kilomètres à l'ouest de Beaufort, en direction de Burton. Elles avaient traversé des banlieues-dortoirs. Deux kilomètres plus tôt, les centres commerciaux avaient cédé la place à des magasins de bricolage, de produits alimentaires en gros, de matériel agricole, de tracteurs John Deere. Puis Sarah s'était engagée sur une route étroite qui coupait des champs de tabac, avant de déboucher dans un secteur boisé. Des pins rabougris poussaient en rangs serrés, mêlés à des palmiers nains et des bananiers de six mètres de haut, le tout au milieu de buissons bas couverts de minuscules fleurs blanches. Devant elle, apparut un embranchement. La route de gauche s'enfonçait dans la forêt, celle de droite tournait le dos aux bois, et rencontrait un passage à niveau. Les rails nichés dans leur ballast de gravillons scintillaient au soleil.

— Quelle direction, Crystal ?

— À droite.

Sarah bifurqua, freina avant de franchir la voie ferrée qui n'était signalée que par un petit panneau. Elle regarda prudemment à droite et à gauche avant de s'engager. Le parc à caravanes se situait immédiatement de l'autre côté du talus. Sur plusieurs hectares de terrain plat, des centaines de mobile homes étaient rangés comme à la parade. Devant la plupart d'entre eux étaient parqués de vieilles voitures ou des pick-up. Il y avait aussi quelques piscines démontables et des barbecues à gaz. La chaleur qui montait des toits métalliques plats formait un voile de brume qui s'élevait vers le ciel. À l'entrée du parc, une pancarte annonçait : « Paradise Homes ». Sarah songea que peu de gens, et Crystal ne faisait pas exception, estimaient vivre ici dans un paradis. Elle-même avait passé son enfance dans un parc semblable, appelé « Sunshine Estates », et jamais, pendant tout le temps où elle y avait vécu, elle n'avait pu faire le lien entre le mot « sunshine », ou « grand soleil », et l'endroit.

Elle revoyait l'intérieur du mobile home. La porte d'entrée d'aluminium s'ouvrait directement sur un séjour d'à peu près dix mètres carrés : les panneaux sur les murs imitaient le pin mais respiraient le matériau bas de gamme ; deux fenêtres à jalousies en vis-à-vis, l'une en façade, l'autre sur l'arrière, ne laissaient pénétrer que peu de lumière. Un téléviseur, un canapé tendu de tweed orange, un fauteuil marron et une petite table avec quatre chaises, autour de laquelle ils prenaient leurs repas, composaient le mobilier du salon. À droite en sortant, se trouvait la chambre de sa mère, juste assez large pour un lit à deux places et une commode toujours encombrée des flacons de parfum que sa mère collectionnait. À gauche, une kitchenette tout en longueur, puis une minuscule salle de bains, qui faisait également office de buanderie. Enfin, la chambre de Sarah et ses inévitables panneaux de faux bois sombre, trop petite pour contenir autre chose qu'un lit à une place. Mais Sarah avait accroché des rideaux jaune vif aux deux fenêtres et posé sur le lit un plaid rouge et jaune éclatant acheté dans un vide-greniers. Elle avait fabriqué des étagères pour y ranger ses précieux livres de poche, les seuls livres qu'elle pût se payer. À ses yeux, leurs couvertures gaies transformaient l'antre sombre en chambrette chaleureuse et accueillante. Elle avait passé des heures à lire ces livres, qui lui avaient ouvert des horizons qu'on n'imaginait pas en vivant à Sunshine Estates. Elle y avait découvert d'infinies possibilités, un monde où l'alcoolisme n'était pas une fatalité, ni les mariages tournant à la bagarre permanente pour s'achever sur des séparations. Un monde où l'on pouvait avoir assez d'argent pour régler les factures d'électricité ou le loyer. Telle une enfant affamée cherchant de quoi manger, Sarah avait rêvé avec ferveur d'un avenir comme celui qu'elle voyait décrit dans les livres.

Son père n'était plus là depuis longtemps. Sa mère trois fois divorcée avait emménagé dans cette boîte de conserve lorsque Sarah avait douze ans. Comparée à la ferme rustique mais spacieuse du Santee County qu'elle avait habitée deux ans avec sa mère et son beau-père de l'époque, le mobile home était vraiment un taudis. Seul avantage, les violentes disputes conjugales ne faisaient plus partie du quotidien. Et puis, le parc à caravanes se trouvait dans les faubourgs de Columbia, la capitale de l'État. Ayant vécu à la campagne, Sarah considérait Columbia comme une mégalopole. Il y avait même un bus pour la conduire à l'école, qu'elle considérait comme son refuge et où elle était une excellente élève. Sa mère continuait à boire. Une fois par semaine, elle avalait des cocktails vodka-orange jusqu'à l'ivresse. Depuis, Sarah ne supportait plus l'odeur du jus d'orange. À l'époque, elle devait mettre sa mère au lit après l'avoir découverte par terre. Le matin, elle lui préparait son anti-gueule de bois favori, un mélange de jus de tomate et de vodka. Ensuite, elle partait travailler, à mi-temps, au drugstore qui jouxtait le lycée puis, en fin de journée, comme serveuse, le tout en allant quand même à l'école. Lorsque l'existence lui semblait trop noire, elle s'évadait dans ses livres. À trente ans, sa mère, une très jolie femme, était toujours la dernière à quitter une fête. L'alcool et les hommes représentaient à ses yeux le nectar de la vie. Si bien que, dès son plus jeune âge, sa fille avait appris à éviter l'un comme les autres.

Lorsque Sarah passa au lycée, Candy, comme sa mère aimait être appelée par sa fille unique, rencontra Jerry Lowe. Un homme abstinent, grenouille de bénitier et despote charismatique, qui travaillait en pointillés comme couvreur. Candy l'épousa, l'installa dans le mobile home et tomba très vite sous sa coupe. Elle réduisit sa consommation d'alcool, mais ce progrès mis à part, la vie à Sunshine Estates, qui jusque-là était triste mais supportable, vira au cauchemar.

Lowe, le prétendu puritain, lorgnait sa belle-fille. Lorsque Sarah parla à Candy des mains baladeuses de son mari, de la façon qu'il avait de se frotter, soi-disant sans le faire exprès, contre elle et enfin de ses tentatives pour l'embrasser, Candy ne réagit pas comme l'avait espéré Sarah : elle accusa sa fille de chercher à séduire Lowe.

À trois mois du bac, Sarah décida donc de se débrouiller seule. Elle déménagea en ville, loua une chambre chez un couple de gens âgés qui avaient transformé leur trop vaste maison décrépie en résidence pour étudiants de l'université de Caroline du Sud. Elle prit deux emplois pour financer ses études et assurer son quotidien. Puis, grâce à ses bonnes notes et à l'aide de professeurs sympathiques, elle obtint une bourse qui allait lui permettre de s'inscrire en faculté à la rentrée. Elle voyait sa mère de temps à autre, mais leur relation était ternie par l'indéfectible fidélité et la confiance aveugle que Candy vouait à son mari. Selon elle, Sarah devait cesser de mentir, s'excuser, et tout lui serait pardonné. La jeune fille éprouva du dépit en se rendant compte que sa mère ne la croyait pas, mais elle se résigna. À dix-huit ans, elle était devenue assez pragmatique pour surmonter cette déception et mener son existence du mieux qu'elle le pouvait.

Robby Mason entra alors dans sa vie. Un grand rouquin costaud au rire facile et doté d'un charme inouï. Il avait deux ans de plus que Sarah, mais comme il avait fait l'armée juste après le lycée, il s'était trouvé dans la même classe qu'elle. Pour la première fois, Sarah perdit la tête et, à Noël, elle était enceinte. En février, Robby l'épousa. Deux jours après le dix-neuvième anniversaire de Sarah, Lexie naissait.

Et la vie de Sarah en fut bouleversée à jamais. Lorsqu'on lui mit cette petite chose vagissante aux cheveux roux dans les bras, lorsqu'elle vit les immenses yeux bleu indigo si semblables aux siens, elle fit un vœu : Lexie aurait droit au plus beau des futurs. Cette idée en tête, Sarah avait repris ses cours et chaque minute qu'elle ne passait pas à étudier ou à travailler, elle les consacrait à Lexie. Déconcerté par le changement brutal de Sarah, qui de petite amie toute dévouée s'était muée en mère fière et décidée, Robby commença à aller voir ailleurs si l'herbe n'était pas plus verte. Il informa Sarah qu'il était trop jeune pour être un bon père, que du reste elle-même n'était plus du tout amusante, et partit. Le choc initial surmonté, Sarah s'aperçut que, comme elle, sa fille grandirait dans un foyer brisé. Elle ne voyait pas ce qui aurait pu ramener Robby chez lui. Mais peu importait. Après réflexion, même si cela eût été préférable pour Lexie que son père revînt, elle conclut que Robby ne lui manquait pas. L'étincelle qui avait constamment brillé entre eux s'était éteinte à la seconde où Sarah s'était rendu compte que Robby n'était pas prêt à sacrifier un iota de sa joyeuse vie de patachon pour sa fille ou sa femme. Désormais seule, déterminée à offrir à Lexie une magnifique existence, Sarah était entrée en faculté de droit. Au terme de sa première année, elle faisait partie des stars de sa classe. Ses notes étaient toujours au top et sa capacité de travail, selon l'un de ses professeurs, époustouflante. Ce qui lui valut un stage salarié au bureau du procureur du comté de Beaufort l'été suivant. Elle habitait donc Beaufort lorsque Lexie disparut.

Non, pas de ce souvenir-là, se dit Sarah tout en poursuivant son chemin dans le parc à caravanes. Elle n'en voulait pas. Elle se refusait même à entrebâiller la porte de la chambre de torture. Il fallait qu'elle se concentre pour maintenir la voiture sur le chemin couvert de gravillons qui entourait Paradise Homes. Qu'elle focalise son attention sur sa respiration, sur l'air frais de la climatisation qui caressait ses bras nus, sur l'odeur de menthe et le va-et-vient des mains de Crystal sur son pied.

En d'autres termes, il fallait qu'elle se polarise sur le présent.

— Oh, regardez, là ! C'est Eddie.

L'excitation contenue dans la voix de la jeune femme acheva de chasser les miasmes des souvenirs. Sarah se gara devant le mobile home que lui désignait sa cliente.

Son énergie décuplée par la vue de son petit ami, Crystal se redressa sur son siège et enfila ses chaussures. Sarah suivit son regard et avisa un homme vêtu d'un débardeur éclatant de fraîcheur et d'un short de sport en nylon noir. Il était sorti après avoir poussé la porte-moustiquaire, sans doute alerté par le crissement des pneus sur le gravier. Les poings sur les hanches, il fixait la voiture. Crystal détacha en hâte sa ceinture de sécurité et sortit du véhicule après avoir décoché à Sarah un sourire timide.

— Merci pour la course.

Sarah hocha la tête. Le petit ami de sa cliente l'étonnait. Elle s'était figuré un type aux cheveux gominés, style *Sopranos*, voire genre hip-hop. Ou encore un péquenaud au look de buveur de bière. Mais cet homme était à des années-lumière de ce profil. Il avait au bas mot dix ans de moins que Crystal et, de surcroît, n'avait rien de clinquant ni de choquant. Environ vingt-cinq ans, cheveux blonds jusqu'aux épaules, teint si pâle qu'il semblait n'avoir jamais vu le soleil. À peu près un mètre soixante-quinze, pas particulièrement musclé, et un côté farouche qui donna un peu le frisson à Sarah. Ajouté à cela, le comportement de Crystal, tout sucre et tout miel, l'amena à se demander quelle sorte de relation ils entretenaient.

— Eddie n'a pas l'air très content, observa Sarah sur un ton volontairement neutre, alors que la jeune femme posait la main sur la poignée de la portière. Vous êtes sûre que ça va bien se passer ?

— Ouais. Il se demande qui m'a raccompagnée, c'est tout. Il n'aime pas me voir avec des étrangers.

Elle ouvrit la portière et descendit.

— Si vous étiez un mec, il serait en pétard, poursuivit Crystal. Il est fou de jalousie quand il pense que je suis avec un autre type. Enfin, en dehors du boulot.

Sarah se sentait stupide : voilà qu'elle s'était attachée à Crystal et éprouvait le besoin de la protéger. Probablement à cause de ce parc à caravanes et de tout ce que l'endroit remuait en elle. Quelque part, Crystal et elle étaient un peu sœurs. Elle voulait que Crystal s'en sorte, qu'elle remette sa vie sur les bons rails. Certes, elle avait pris la mauvaise direction à plusieurs reprises, mais elle faisait de son mieux pour franchir les obstacles qui surgissaient devant elle. Aujourd'hui, elle ne disposait que de pauvres outils donnés par le destin, mais s'en servait pour bâtir quelque chose. Tout le monde en était réduit à cela.

— Vous avez mon numéro de téléphone, Crystal. Appelez-moi si l'inspecteur McIntyre vous embête de nouveau. Ou s'il arrive quoi que ce soit.

— OK.

Crystal referma la portière et se dirigea vers Eddie, qui observait toujours la voiture. Sarah passa la marche arrière et se prépara à repartir en sens inverse. Arrivée sur le premier des deux parpaings qui faisaient office de marches d'escalier, Crystal se retourna et agita la main. Les yeux d'Eddie, toujours fixés sur la voiture, s'étrécirent. Son regard malfaisant troubla Sarah. Peut-être n'avait-il pas vu que la personne au volant était une femme ? Peut-être la prenait-il pour un rival ? À moins que, tout simplement, Eddie ne soit un sale abruti.

Sarah opta pour la dernière hypothèse tout en se morigénant : Eddie avait droit au bénéfice du doute. Mais en redémarrant, elle remarqua dans le rétroviseur la manière dont il accueillait Crystal. À son expression, elle pressentait une dispute imminente, voire un bras saisi trop brutalement ou une gifle. Rien de tout cela ne se produisit. Du moins, pour ce qu'elle réussit à voir à travers le nuage de poussière soulevé par les pneus. Le couple échangea quelques mots sans chaleur puis entra dans le mobile home.

Sarah se reprocha de prendre trop à cœur le sort de Crystal Stumbo. Le seul problème qui la concernait au sujet de la jeune femme était son affaire avec le policier violeur. Point barre. L'une des premières leçons que l'on apprenait en travaillant au bureau du procureur, c'était qu'il ne fallait jamais s'impliquer affectivement avec les victimes. Leurs souffrances étaient trop lourdes à porter. Sarah le savait, mais il y avait des moments où, en sus de s'occuper d'une affaire, elle avait tendance à s'approprier les soucis de ses clients. Or elle devait limiter son champ d'action au domaine professionnel et brider les élans de son cœur. Avec Crystal comme avec les autres.

Il était 13 heures, s'aperçut-elle en rejoignant l'autoroute I-21. Elle aurait déjà dû se trouver devant le juge Prince pour combattre la défense, qui voulait que certaines preuves soient retirées du dossier, dans une affaire de pyromane. Et c'était Duncan qui s'en chargeait à sa place. Elle disposait donc de temps devant elle, sans rien de prévu pour l'occuper.

Autrefois, l'idée d'un après-midi libre l'aurait enthousiasmée. Mais le temps libre était devenu son ennemi. Elle le consacrait à broyer du noir, à ressasser ses peines, à remuer ce qui aurait dû rester en paix. Même maintenant, au milieu de la circulation, cernée par un camion et une moto pilotée par un jeunot aux cheveux orange hérissés, elle était obligée de se concentrer pour empêcher l'appel de Lexie de repasser en boucle dans son esprit. Non, pas Lexie, corrigea-t-elle aussitôt, mais une autre petite fille qui ne prononçait pas correctement « peur ». Tout comme Lexie.

Combien existait-il de chances qu'il y eût deux fillettes affectées du même défaut de prononciation ?

Probablement aussi peu de chances que sa fille soit en vie et s'exprime comme Lexie à cinq ans.

Les parents qui avaient perdu un enfant présentaient tous un profil identique. Ils cherchaient. Encore et toujours. Sans jamais perdre espoir. Sarah avait donc dû entendre au téléphone ce qu'elle voulait entendre. Le mot mal prononcé n'était qu'illusion. Une invention de son esprit.

Mon Dieu… Il fallait à tout prix arrêter de penser à tout ça. Trouver un dérivatif. L'affaire Helitzer, par exemple. Voilà, très bien. Pour gagner ce procès, il fallait qu'elle aille devant la Cour avec des idées bien nettes. Les preuves lui seraient d'une grande aide, et en même temps, non. À chaque expert qui certifierait que la position du corps et les marques de choc invalidaient une chute accidentelle, l'accusation produirait un expert affirmant le contraire. Les cheveux découverts sur la victime étaient bien ceux du mari, mais la défense opposerait que, précisément parce qu'il était le mari, il n'y avait rien d'anormal à ce que la défunte ait quelques-uns de ses cheveux sur elle. D'autant que d'autres cheveux avaient été trouvés, et à ce jour non identifiés. Sous les ongles de Susan Helitzer, il n'y avait pas la moindre parcelle de peau étrangère. Elle ne s'était donc pas battue avec un assassin. La théorie de Sarah était que Susan avait été attaquée par surprise. Son mari avait surgi par-derrière. Elle n'avait rien vu venir. D'après Sarah, le couple s'était disputé à propos de la maîtresse de Mitchell Helitzer et Susan l'avait menacé de le quitter. Mitchell l'avait alors réduite au silence. Mais pour que cet argumentaire tienne la route, il fallait obtenir des preuves de violence antérieure de la part du mari. À l'encontre de son épouse ou d'autres femmes. Pour l'instant, l'enquête n'avait rien apporté sur ce point. Toutefois, Jake et les collaborateurs de l'agence continuaient à fouiner, questionnant des gens qui connaissaient Helitzer depuis toujours. Quelque chose finirait bien par sortir de tous ces interrogatoires. Pour que justice soit rendue à Susan Helitzer, Sarah aurait besoin de toute son énergie. Quelques fautes de la part de la défense et un peu de veine du côté de l'accusation feraient pencher la balance. C'était tout ce que, dans l'immédiat, Sarah pouvait espérer.

La moto du gamin vrombissait sur sa gauche, la distrayant de ses réflexions. Elle regarda par réflexe dans le rétroviseur et ses yeux s'écarquillèrent.

Un véhicule de patrouille se rapprochait de sa voiture à toute vitesse. Pas comme si le conducteur avait cherché à la pousser, mais comme s'il était extrêmement pressé d'arriver quelque part. Ce qui fit s'emballer le pouls de Sarah, ce fut le visage de l'homme au volant : Brian McIntyre. Son coéquipier ayant été mis à pied jusqu'à ce que le grand jury décide de l'inculper ou de le blanchir dans l'affaire du viol de Crystal, il était seul dans la voiture. Que faisait-il ici ? Jamais il n'avait été affecté à ce secteur du comté. Revenait-il de Paradise Homes ?

Tentative d'intimidation d'un témoin. La formule vint aussitôt à l'esprit de Sarah. Qui songea qu'elle n'avait aucune preuve. Sans appareil, elle ne pouvait prendre de photo qui attesterait de la présence de McIntyre sur la I-21 à cette heure-ci. Seul recours : appeler sa boîte vocale au bureau et laisser un message racontant ce dont elle était témoin en cet instant. La mémoire de la boîte vocale enregistrerait automatiquement la date et l'heure.

Elle plongea la main dans la console entre les sièges, puis se rappela que son portable se trouvait dans la poche de sa veste, et que celle-ci était restée avec son attaché-case dans le coffre. Bon sang !

Mais peu importait, finalement. Une photo prise à travers la vitre de la voiture ne prouverait pas que McIntyre harcelait Crystal. Pas davantage un message dans sa boîte vocale. Le policier avait comme tout un chacun le droit de rouler sur la I-21. Exactement comme elle en ce moment.

Même s'il avait été sous le coup d'une interdiction d'approcher, ce qui n'était pas encore le cas, rien ne pouvait lui être reproché puisqu'il n'était pas à l'intérieur du périmètre de un kilomètre prévu. Les soupçons de Sarah ne suffiraient pas à l'accuser ni à l'amener à comparaître devant le juge Wessel.

Il n'y avait rien qu'elle puisse faire, se dit Sarah, consternée, alors que la voiture de patrouille se rapprochait encore. Non, rien, à part surveiller McIntyre, impuissante, dans le rétroviseur.

Il était dans ses roues. Il portait son uniforme et était si proche qu'elle distinguait chaque détail de son corps jusqu'à mi-torse. Au-delà, le tableau de bord le masquait.

McIntyre était grand et maigre, avec des yeux marron de chien courant, des cheveux noirs ramenés en avant sur son crâne pour cacher une calvitie qui n'en devenait que plus évidente. Sarah n'avait jamais vu le policier jusqu'à ce que Crystal l'accuse, lui et son coéquipier, de viol. Depuis, elle avait appris beaucoup de choses sur lui. Des choses peu rassurantes. McIntyre et Gary Bertoli, le coéquipier, étaient comme les deux doigts de la main. Affectés aux quartiers sensibles du centre-ville, ils patrouillaient dans les bars et les coins chauds, la nuit, où ils étaient connus sous le sobriquet de « sales cons », selon l'un des informateurs de Sarah. Comme Bartoli, McIntyre était marié et père de famille. Mais à la différence de son coéquipier, qui avait joué profil bas face à la menace d'une suspension, McIntyre n'avait pas assez de bon sens pour demeurer loin de la victime avant que la sentence soit – ou non – prononcée.

Une grosse Suburban argent doubla Sarah qui, instinctivement, déboîta et se cala derrière elle. Puis elle accéléra pour rester dans son sillage, sur la file des véhicules rapides. Elle avait l'impression que sa Sentra était minuscule par rapport au monstre qui la précédait. Elle jeta un nouveau coup d'œil dans le rétroviseur et serra les dents : McIntyre aussi s'était décalé vers la file de gauche et touchait presque le pare-chocs de la Sentra. Si jamais elle était obligée de freiner brutalement, il lui rentrerait dedans !

Maintenant, elle le voyait très clairement dans le rétroviseur. Et il la voyait aussi, elle en aurait mis sa main au feu. Il savait pertinemment qui il suivait d'aussi près. Il collait à sa voiture à dessein. Mais la question était : pourquoi ?

McIntyre avait été l'un des premiers policiers arrivés sur la scène du crime, le soir où on lui avait tiré dessus, se rappela-t-elle soudain.

Ce qui amena d'autres questions. La théorie du troisième tireur était-elle fausse ? La nouvelle de l'arrestation de Floyd Parker lui avait procuré une grande impression de sécurité… alors qu'il n'était peut-être pour rien dans la fusillade. Et McIntyre la pistait pour faire une autre tentative.

Le cœur battant, la bouche sèche, elle serra le volant. Un nouveau coup d'œil dans le rétroviseur lui confirma ce qu'elle soupçonnait : oui, McIntyre savait exactement qui conduisait la voiture précédant la sienne. Leurs regards se croisèrent dans le rétroviseur.

Sarah se concentra sur sa conduite. Elle était maintenant prise en sandwich entre un semi-remorque à sa droite, et la ligne de séparation, à sa gauche, entre sa file et la voie en sens inverse. Aucun moyen de s'échapper. Elle ne pouvait que continuer à rouler. Si elle ralentissait, la collision serait inévitable. La lourde Crown Victoria de McIntyre la propulserait contre la Suburban devant elle, et de là, dans le pare-buffle du semi-remorque, ou alors dans l'un des véhicules qui arrivaient en face. Quel que soit l'obstacle qu'elle heurterait, elle ne s'en sortirait pas indemne. Ce qui était probablement le but de McIntyre. Plus de procureur, plus d'affaire à juger. Un simple petit heurt contre son pare-chocs et Bertoli aurait sa carte de sortie de prison.

Sarah sentit la sueur couler sur sa nuque. Le mur d'acier qu'était le semi-remorque la maintenait dans un néant argenté. Le flot de la circulation dans le sens contraire se mua en une ligne verte. Les yeux fixés sur le coffre de la Suburban, Sarah focalisa son attention sur le compteur de vitesse. Aiguille bloquée à cent quarante. Trop vite. Catastrophique en cas d'accident. Près de cinquante kilomètres/heure au-dessus de la limite. Bon sang, où étaient ces foutus radars ? Jamais là où on en avait besoin. Quelle idiotie d'avoir enfermé la veste à l'arrière, avec le portable dans une poche. Elle n'avait aucun moyen d'appeler à l'aide. Elle était livrée à elle-même sur cette route au flux démentiel, aussi seule que si elle avait été poursuivie sur une départementale déserte, la nuit, en pleine forêt.

Incapable de s'en empêcher, elle jeta encore un coup d'œil dans le rétroviseur et croisa une nouvelle fois le regard de McIntyre. Il roulait si près d'elle qu'elle eut l'impression qu'il allait grimper sur le pare-chocs. Il s'amusait, elle le voyait bien à son sourire sadique. Il savait qu'elle avait peur et il se moquait d'elle. Ce qui la mit en colère. Peut-être allait-elle mourir, mais pas dans l'humiliation ! Elle partirait la tête haute.

Elle leva le bras et tendit le majeur en un geste de défi.

Ceux qui vont mourir te saluent, salaud !

Satisfaite, elle vit le sourire s'effacer du visage de McIntyre.

La Suburban qui la précédait doubla le semi-remorque et Sarah l'imita. Elle aperçut un petit espace devant la voiture. Sa chance. Qu'elle devait saisir. Les mains agrippées au volant, retenant son souffle, elle se faufila entre les deux véhicules et les dépassa. Le chauffeur du semi-remorque klaxonna furieusement… mais McIntyre disparut à sa vue. Sarah relâcha sa respiration et se décontracta.

Quinze minutes plus tard, alors qu'elle ralentissait à l'approche du feu rouge de l'intersection du Quick-Pik, elle tremblait encore. Le magasin était ouvert. Évidemment. Un vendredi après-midi du mois d'août, beaucoup de gens quittaient tôt leur travail, se préparaient pour le week-end, et le petit supermarché ne désemplissait pas. Les clients se croisaient à la porte ; il y avait une queue devant les pompes à essence. La baie vitrée avait été remplacée et les banderoles publicitaires flottaient dans le vent : douze boîtes de Pepsi pour 3,99 dollars, glaçons à 50 cents les cinq kilos, tickets pour le Loto du samedi soir, essence à prix discount… Le médecin légiste n'avait pas encore rendu le corps de Mary, mais tout hommage à la pauvre femme avait disparu.

La roue de la vie tournait et n'arrêtait jamais sa rotation.

Sarah se demanda qui tenait la caisse. La remplaçante avait-elle connu Mary ? Avait-elle peur d'être tuée par un voleur ? Quoi qu'il en soit, les personnes qui travaillaient au Quick-Pik avaient dû faire table rase du passé récent et mettre la peur sous le boisseau car elles ne pouvaient se passer de leur salaire.

Tout le monde avait besoin de manger.

Et à ce propos, elle ne savait plus s'il lui restait des croquettes pour chiens. Ni d'ailleurs d'aliments pour humains. Mais, pas même pour un empire, elle ne se serait arrêtée au Quick-Pik. Plus jamais elle ne foulerait le sol de ce magasin.

Le feu tourna au vert et Sarah traversa le croisement, pressée de ménager le plus de distance possible entre elle et le Quick-Pik. Elle passait à présent devant le Wang's Oriental Palace. Elle jeta un coup d'œil dans la ruelle où la fillette qui avait réchappé à cette terrible nuit lui était apparue. Aujourd'hui, la ruelle était déserte. Il n'y avait pas âme qui vive près du conteneur de poubelles. Les herbes folles, les tournesols et les chardons se balançaient tranquillement au gré du vent. Plus que quatre pâtés de maisons, et elle serait chez elle. De bonne heure. Une grande première pour un vendredi après-midi. Il n'était même pas 14 heures, constata-t-elle après avoir regardé l'horloge digitale du tableau de bord. Des heures et des heures vacantes l'attendaient. Comment les combler ? Le dossier Helitzer était dans son attaché-case. Elle pouvait rentrer à la maison et travailler dessus. Ou encore sur l'affaire Lutz, dont elle avait aussi le rapport. À moins qu'elle ne passe quelques coups de fil…

Elle n'avait pas plus envie de s'enfermer chez elle que d'entrer dans le Quick-Pik, songea-t-elle, lucide, en remontant sa rue. Un poing géant semblait lui broyer le cœur. Elle n'arriverait pas à effacer de sa mémoire cette voix… La voix de Lexie. Et pourtant, elle devait surmonter son malaise. Il lui fallait vérifier les jouets de sa fille que Jake avait trouvés éparpillés dans la chambre et qui avaient été empaquetés à la va-vite. Juste pour s'assurer qu'il n'en manquait aucun, et aussi pour essayer de comprendre pourquoi ils avaient été disséminés sur le sol.

Non. Elle ne se sentait pas capable de poser les yeux sur ces jouets. Pas tout de suite. Elle avait trop mal.

Elle vira à droite, dans l'avant-dernière rue avant sa maison. Elle n'aurait pas souvent une si bonne opportunité d'aller voir où habitait Angela Barillas.

12

La résidence Beaufort Landing était une HLM, réservée par conséquent aux revenus les plus modestes. Vingt blocs de brique identiques s'élevaient sur un terrain de deux hectares et demi. Cent vingt familles occupaient ces boîtes. Du linge séchait sur les balcons, des vélos encombraient les halls d'entrée et les conteneurs de poubelles débordaient. Les voitures garées étaient, pour la plupart, dans un état de délabrement avancé. De piteuses bandes de gazon jauni s'étiraient entre les blocs, tels des cordons de pâte croisés sur une tarte. Çà et là, quelques buissons rabougris et desséchés. Pas un seul arbre.

C'était l'été, et les enfants n'allaient pas à l'école. Certains avaient été envoyés à la garderie de jour, d'autres étaient partis en colonie de vacances, et quelques-uns traînaient dans l'accablante touffeur, au milieu de la cité, un lieu de vie encore plus affligeant que celui qu'avait connu Sarah. Un terrain de jeux avait été aménagé. Elle espérait y trouver la fillette.

Elle arrêta sa voiture et mit pied à terre.

Immédiatement, la chaleur l'étreignit à la manière d'un parent trop enthousiaste. Dans le lointain, des nuages gris teintés de rouge et porteurs d'orage obscurcissaient l'horizon comme une chaîne de montagnes. Peut-être allait-il pleuvoir.

Sarah examina les alentours. Bouger la tête de droite et de gauche réveilla la douleur. L'effet des sédatifs diminuait. Ses genoux manquant de fermeté, elle s'appuya un instant à sa voiture. Elle transpirait, ses vêtements collaient à son corps. Jusqu'à ce que la température le lui rappelle, elle avait oublié qu'elle portait un collant, une jupe et des escarpins. Elle n'avait d'autre choix que de s'en accommoder, songea-t-elle en se dirigeant vers l'aire de jeux. Le coffre de la Sentra ne contenait pas d'effets de rechange.

Le claquement cristallin des vitres mal ajustées des fenêtres et le souffle des rares voitures passant dans le coin servaient d'environnement sonore aux enfants qui s'amusaient. L'air empestait le goudron fondu et l'assouplissant. Une personne, non loin de là, faisait manifestement la lessive. Sarah contourna le bâtiment le plus proche de l'aire de jeux, puis s'arrêta pour observer. Les bandes de gazon roussi par la chaleur convergeaient vers un petit rectangle. Là où il lui avait semblé apercevoir des dizaines d'enfants, ne se trouvaient en fait qu'une quinzaine de gamins âgés de moins de dix ans. Toute la gamme des types ethniques était représentée. Certains escaladaient le polygone de métal, d'autres se laissaient bercer par des balançoires qui tenaient à peine debout, d'autres encore creusaient dans un bac à sable. Deux fillettes s'escrimaient à mettre en mouvement une balançoire. Un garçonnet, en short comme ses camarades, dévalait un toboggan sur le dos en hurlant qu'il se brûlait. Il garda les jambes en l'air tout le long de la descente, dans l'espoir de les protéger de la glissière bouillante.

Sarah constata qu'au même titre que les arbres, les adultes étaient absents. Peut-être surveillaient-ils leurs enfants par les fenêtres, de l'intérieur des appartements.

Incrédule, elle se rendit compte qu'elle avait Angela Barillas sous les yeux. La fillette était toute seule, sur l'un des bancs installés à l'intention des grandes personnes qui souhaitaient garder les enfants.

Aujourd'hui, l'enfant portait un tee-shirt gris deux fois trop grand pour elle et un short baggy rouge. Assise en tailleur, la tête penchée en avant, elle avait le visage masqué par ses longs cheveux couleur café. Un livre était ouvert sur ses genoux.

Les petites filles bouleversaient tant Sarah que, d'ordinaire, elle les évitait. Une fillette avec un livre, plus particulièrement, ravivait de douloureux souvenirs. Au point qu'elle faillit faire demi-tour et s'en aller. Comme elle-même enfant, Lexie adorait les livres. Dès qu'elle avait été en âge de comprendre, elle avait eu droit à des histoires avant de dormir, celle de Winnie l'Ourson étant leur favorite à toutes les deux. Sarah taquinait sa fille en l'appelant Tigger, en référence à son énergie et à son extraordinaire gaieté. Ce petit nom avait également un rapport avec ses boucles cuivrées, mais bien qu'à cinq ans Lexie eût déjà manifesté un patrimoine génétique de rouquine, Sarah ne s'était pas appesantie sur le sujet. Elle s'était servie des adorables histoires de Winnie l'Ourson pour apprendre à lire à la fillette, qui progressait chaque jour. Jusqu'à sa disparition.

Les souvenirs bouleversèrent une fois de plus Sarah, mais ne la firent pas partir.

Elle inspira profondément, avant d'aller s'asseoir sur le banc à côté d'Angela, veillant bien à laisser de l'espace entre elles. L'enfant leva la tête. Ses grands yeux sombres s'écarquillèrent sous l'effet de la surprise – ou de la terreur – quand elle reconnut Sarah.

— Salut ! Tu te souviens de moi ? demanda Sarah avec un sourire, craignant que l'enfant ne soit vraiment terrorisée.

— Tu es un fantôme ? souffla Angela.

— Non, bien sûr que non. Tu as déjà vu un fantôme avec un grand sparadrap sur la tête ? Ou un fantôme qui apparaîtrait en plein jour sur un terrain de jeux ? Non, n'est-ce pas ?

Angela la fixait toujours avec suspicion, mais un peu moins d'effroi.

— On t'a tiré dessus. Je l'ai vu. Comme Mary. Et Mary, elle est morte.

— Moi, je ne suis pas morte. J'ai juste eu ce sparadrap.

Sarah vit le soulagement se peindre sur le visage de l'enfant. Angela ne la prenait plus pour un fantôme. Bien. Malheureusement, une autre expression avait remplacé la peur sur ses traits. Du défi.

— Qu'est-ce que tu veux ? demanda-t-elle d'un ton un peu agressif.

— Je voulais juste m'assurer que tu étais rentrée saine et sauve, hier. C'était ta sœur que tu portais, dans la ruelle, c'est ça ? Elle m'avait l'air bien lourde.

— Elle pèse une tonne !

L'hostilité d'Angela s'atténua : Sarah venait d'émettre une opinion qu'elle partageait. La fillette jeta un coup d'œil aux gamins qui jouaient dans le bac à sable. Sarah suivit son regard et reconnut la plus jeune d'entre eux. C'était la petite sœur.

— Faut aussi que je la surveille, poursuivit Angela. Maman dit que c'est ma... euh... sponsabilité.

— Elle s'appelle comment ? demanda Sarah, anxieuse de ne pas rompre le lien amical qui s'établissait.

— Sophia.

— Quel âge elle a ?

— Trois ans.

Angela regarda de nouveau sa sœur, puis Sarah, qui vit à sa mine qu'elle nourrissait toujours des griefs contre elle.

— Pourquoi t'as pas essayé de sauver Mary, l'autre soir, au magasin ?

Le sourire de Sarah s'effaça. Typique d'un enfant, cette franchise. Angela était allée droit au cœur du sujet et Sarah ne savait que répondre.

— Je n'ai pas trouvé le moyen de l'aider, répondit-elle enfin après avoir décidé qu'il était plus simple de dire la vérité. J'avais peur et je n'ai pas eu d'idée pour venir au secours de Mary.

La fillette se détendit un peu.

— Moi aussi, j'avais peur. Je l'aimais beaucoup, Mary. Elle était gentille. Pourquoi ils l'ont tuée ?

Sur ce point-là non plus, Sarah n'avait pas de réponse.

— C'est très dur, quand quelqu'un qu'on aime meurt.

— Mary nous donnait souvent des trucs du magasin. Le soir des méchants, Mary m'avait dit de venir chercher de la mortadelle et du pain. On n'avait rien à manger à la maison et Sergio avait faim. Tu sais comment sont les garçons…

Le ton de la fillette ne recelait aucune affection.

— C'est l'un de tes frères, Sergio ?

— Ouais. Il a cinq ans. Lizbeth en a neuf et Rafael dix. D'habitude, Rafael s'occupe de Sergio et moi de Lizbeth et Sophia. Mais Sergio pouvait pas aller au magasin ce soir-là parce qu'il était malade. Alors il a fallu que j'y aille.

— Votre maman n'était pas à la maison ?

— Non. Elle travaillait au restaurant. Chez Wang. Elle finit pas avant minuit. Et dans la journée, elle est au drugstore. Elle passe juste à la maison pour nous faire à dîner. Des fois, elle a pas le temps, alors elle apporte de la nourriture de chez Wang dans un sac-poubelle. Comme ça, personne voit ce qu'il y a dedans. Elle pense que si Wang le savait, il la ficherait dehors.

Angela eut un lourd soupir.

— C'est dur, d'être grand. Il faut gagner beaucoup d'argent pour la nourriture, le loyer et tout le reste.

— Je sais, Angela.

Un ange passa. Sarah et la fillette observèrent les enfants qui jouaient. Un souffle d'air chassa l'odeur de lessive. L'humidité qu'il contenait annonçait la pluie. Un coup d'œil aux nuages, nombreux à l'horizon, confirma à Sarah l'imminence d'un orage. Densifiés, ils approchaient.

— Quand je serai plus grande, reprit Angela, je trouverai un job pour aider maman. Comme ça, elle aura plus à travailler si dur.

La réflexion émut Sarah. Indéniablement, il manquait beaucoup de choses à l'enfant, mais pas de l'amour. Il était difficile d'accuser sa mère de négligence.

— Ta maman serait très fière de toi, si elle t'entendait.

— Ben, c'est qu'elle a personne pour lui donner un coup de main. Il n'y a plus qu'elle et nous.

— Où est ton papa ?

— Oh, il est parti il y a longtemps. Celui de Sergio et Sophia est parti aussi. Maman a dit bon vent, et qu'elle voulait plus d'homme.

Bravo à maman, songea Sarah, qui commençait à apprécier cette femme inconnue.

— Hé, Angie, où il est, Sergio ?

Un gamin tout menu avait couru jusqu'au banc. Les mains sur les hanches, il s'efforçait avec peine de reprendre sa respiration. Teint aussi mat, fine ossature et cheveux aussi sombres que ceux d'Angela, il lui ressemblait. Sarah supposa que le gamin était l'aîné des Barillas. Voyons, comment l'avait appelé Angela… ? Ah, oui, Rafael.

— Tu l'as encore perdu ? lui demanda la fillette qui semblait plus écœurée qu'inquiète.

Elle corna la page qu'elle lisait et ferma son livre. Sarah regarda le titre et se rendit compte qu'il s'agissait de *Inkheart*, la jolie histoire d'un père qui, par magie, fait sortir les personnages du conte, à la grande joie de sa petite fille. Lexie, qui raffolait des histoires, n'aurait jamais la chance de lire celle-ci. Quelle injustice…

Angela se leva.

— Tu sais bien que tu dois pas le quitter des yeux une minute ! Maman t'étripera s'il a disparu.

— Il a pas disparu ! se récria Rafael en se redressant et en carrant les épaules.

Du coup, sa tête se trouvait à la même hauteur que celle de Sarah, qui était assise.

— On faisait la course, enchaîna-t-il, et il a filé. Il est drôlement rapide, pour un si petit gosse.

Son intonation recelait admiration et envie.

— Rafael, tu sais que tu ne dois pas courir, lui reprocha Angela. Tu as de l'asthme, tu te rappelles ?

Le livre serré contre sa poitrine, elle balayait l'aire de jeux du regard tout en parlant.

— Et toi, tu dois pas parler à des étrangers, lui rétorqua Rafael tout en observant Sarah d'un air soupçonneux. Hé, c'est pas la dame de l'autre soir ? Celle que tu as dit qu'elle était morte ?

— Bonjour, Rafael, fit Sarah sans se lever, de peur de paraître menaçante au garçonnet. Je m'appelle Sarah et je ne suis pas morte.

— Le sparadrap te prouve qu'elle est vivante, Rafael, ajouta Angela.

Sarah sourit à l'enfant qui continuait de la fixer avec méfiance : il n'était pas encore convaincu qu'elle faisait partie du monde des vivants. Sarah nota qu'il était urgent pour elle de s'acheter du blush.

— Le voilà ! s'exclama Angela, l'index pointé vers le bâtiment situé en face d'eux.

Sarah vit se refermer une porte vitrée puis, quelques secondes plus tard, un petit visage se coller contre la partie supérieure.

— Sergio ! hurla Rafael en partant à toutes jambes.

Le petit visage disparut et Sarah comprit que la poursuite reprenait.

— Tu dois pas courir ! cria Angela à son frère.

Si Rafael l'avait entendue, il n'en montra rien. Angela secoua la tête d'un air navré, puis se tourna vers Sarah.

— Tu as une autre question à poser, Sarah ? Parce qu'il faut qu'on rentre. Sophia doit faire sa sieste.

Que dire qui ne trahisse pas trop d'insistance et ne donne pas à la fillette l'impression qu'elle se mêlait de ce qui ne la regardait pas ? se demanda Sarah.

— Hmm... Tu as de quoi manger, à la maison ? Je pourrais passer à l'épicerie.

Zut. La proposition était maladroite et revenait à une incursion dans l'existence d'Angela. Mais l'idée que les enfants Barillas aient faim perturbait trop Sarah.

— C'est vendredi. Maman s'arrêtera à l'épicerie.

Vendredi, jour de paie, comprit Sarah en suivant la fillette.

— J'aimerais bien qu'on soit amies, Angie. On a vécu une sacrée expérience, toutes les deux. Peut-être qu'on pourrait en sortir quelque chose de bien.

Angie reprit son expression soupçonneuse. Les avertissements de sa mère concernant les étrangers devaient lui trotter dans la tête. Enfant intelligente, et mère à l'avenant.

— D'accord, fit Angela sans aucune sincérité.

Manifestement, elle avait hâte de se débarrasser de l'importune. Peut-être craignait-elle que sa mère n'apprenne qu'elle avait parlé avec une inconnue et ne la gronde. À moins qu'elle ne supportât pas de voir une femme qu'elle associait dans son souvenir à la mort de Mary. Elle marchait vite, mais Sarah lui emboîtait le pas.

La fillette s'arrêta à côté de sa petite sœur qui creusait dans la seule plaque de gazon vert avec une cuillère.

— Allez, viens, Sophia. C'est l'heure de rentrer.

La toute petite fille leva les yeux, sa cuillère souillée de terre suspendue en l'air. Un angelot à la figure sale avec des prunelles de la taille et de la couleur d'une noix et des anglaises jusqu'aux épaules. Son tee-shirt rose était maculé de terre, et la poche droite de son short bleu, aux trois quarts déchirée. Ses minuscules pieds potelés étaient nus et crasseux.

Ils lui rappelèrent ceux de Lexie, qui adorait courir pieds nus en été. Les siens aussi étaient potelés et bien souvent sales.

Le cœur de Sarah se serra douloureusement. Voilà pourquoi elle fuyait les petites filles. D'une manière ou d'une autre, toutes avaient le pouvoir de lui briser le cœur.

— Non, protesta Sophia avant de jeter la cuillère.

Elle gigota dans les bras de sa sœur, mais Angela réussit à la bloquer sans pour autant lâcher son livre. La preuve d'une pratique très rodée. Elle sortit de l'une de ses poches une tétine et la fourra dans la bouche du bébé. Après une hésitation, Sophia décida qu'il était plus agréable de sucer la tétine que de lutter contre l'autorité de son aînée.

— Angie, dis à ta maman qu'on a parlé, OK ? Et que je lui téléphonerai, déclara Sarah alors que la fillette s'éloignait.

Laisser un message verbal à cette réticente enfant de neuf ans n'était pas une bonne idée mais, en cet instant, Sarah éprouvait un irrépressible besoin de s'enfuir. Deux fillettes, l'une avec un livre, l'autre avec des joues rebondies, les pieds nus et un comportement de bébé, sollicitaient par trop ses souvenirs, lui rappelaient trop cruellement ce qu'elle avait perdu.

— Bye, bye, Angie !

Ni la grande ni la petite ne répondirent. Angie était à la porte de l'immeuble, le bébé calé sur sa hanche. Sarah avait l'impression d'être déjà oubliée.

— Lizbeth ! Il faut rentrer ! cria Angie par-dessus son épaule, et Sarah découvrit la troisième sœur, une version miniature d'Angie, qui courait vers les deux autres.

Sarah attendit qu'elles aient disparu dans le bâtiment pour s'en aller. Une nouvelle rafale de vent arracha de vieux journaux d'une benne à ordures proche, et les feuilles s'envolèrent comme une nuée de mouettes. La clarté du jour faiblissait. Les nuages apportaient de grosses pluies de l'océan. Noirs, lourds, ils étaient en adéquation avec l'humeur de Sarah. Les événements des deux derniers jours l'avaient fragilisée, encore plus mentalement que physiquement. Comme des gouttes d'eau frappant inlassablement le même point d'un rocher, les images de Lexie qui se succédaient érodaient les défenses qu'elle avait si difficilement érigées au fil des années. Si elle ne faisait pas attention, si elle abaissait sa garde, les conséquences sur son équilibre seraient catastrophiques. Elle se retrouverait désarmée face à la souffrance qui, elle commençait à en prendre conscience, ne s'éteindrait probablement jamais.

Une voiture de police qui traversait le parking attira son attention, une diversion un instant bienvenue, puis qui la fit frissonner. Pour la première fois de sa vie, la vue d'un véhicule de police l'effrayait. Était-ce McIntyre qui tenait le volant ? Non, il n'avait pas eu la possibilité de la suivre jusqu'ici et, de plus, ce n'était pas son véhicule. Ce véhicule-là était un engin de patrouille qui effectuait des rondes destinées à rassurer les résidents et à inquiéter les gens mal intentionnés.

Le parking commençait à se remplir. Nombre d'habitants avaient quitté leur travail de bonne heure en ce vendredi après-midi. Une quinquagénaire corpulente en uniforme bleu passa devant Sarah en soufflant fort. Un jeune Latino sortit d'une Taurus verte, puis en ouvrit la portière arrière pour détacher un petit garçon de son siège. Un Noir de haute taille se figea devant le Blazer blanc qu'il venait de garer et suivit du regard la voiture de police. Son immobilité le trahissait : il avait connu de sales moments avec les forces de l'ordre. Percevant sa crainte, le conducteur de la voiture de patrouille obliqua vers lui et alla lui parler.

Sarah focalisait tellement son attention sur ce qu'il se passait autour d'elle qu'elle resta la main sur la poignée de sa portière déverrouillée. Ce ne fut que quelques instants plus tard qu'elle remarqua le mot tracé sur la vitre poussiéreuse, côté passager.

« Eeyore ».

Elle eut l'impression d'avoir reçu une décharge électrique. Les yeux écarquillés, le cœur battant à tout rompre, le souffle suspendu, elle lutta contre le malaise qui montait en elle et la faisait vaciller sur ses talons.

Elle lâcha ses clés de contact, qui produisirent un cliquetis en tombant sur le sol.

« Eeyore » était le code choisi par elle et Lexie, le vocable secret que devait à tout prix prononcer quiconque aurait voulu emmener la petite fille en l'absence de Sarah. Or seules la mère et la fille le connaissaient.

Et il était là, écrit sur la vitre.

Sarah ne comprit que ses jambes l'avaient trahie qu'à la seconde où elle s'effondra sur le goudron bouillant à côté de sa Sentra.

13

Il se révéla qu'un simple mot tracé sur une vitre sale ne représentait pas grand-chose pour la police. Même ce mot-là. Même après que Sarah eut expliqué aux policiers l'importance qu'il avait, et aussi qu'il n'était connu que de Lexie et d'elle. Rien à faire. Ils ne s'intéressaient tout bonnement pas à l'affaire.

Et ils y étaient d'autant moins disposés que, pendant qu'ils s'occupaient de Sarah évanouie et, ensuite, après qu'elle eut repris connaissance et qu'ils essayaient de gérer son hystérie, le Noir du Blazer en avait profité pour prendre la poudre d'escampette. Leur attitude disait clairement, à présent, que Sarah était coupable d'une faute lourde. Du reste, si elle ne s'était pas servie de sa qualité de substitut du procureur, ils n'auraient pas levé le petit doigt pour elle. Mais à force d'obstination, elle réussit à faire venir deux inspecteurs de sa connaissance sur les lieux, leur demanda de prendre des photos de la vitre, les obligea à relever les empreintes sur le côté gauche de la voiture et à interroger quelques-uns des badauds agglutinés autour de la scène – des résidents pour la plupart.

Personne ne savait quoi que ce soit.

— Même s'ils l'ont fait, ils ne nous le diront pas, expliqua l'inspecteur Carl Sexton à Sarah, alors que les membres de l'équipe chargés de relever les indices rangeaient leurs affaires.

Sexton arborait des poches profondes sous ses yeux bleus injectés de sang, mais il se montrait gentil avec Sarah. Cheveux gris, un bon mètre quatre-vingt-cinq, un peu pansu, il était à un an de la retraite et père de trois grandes filles, ce dernier détail faisant toute la différence : il se sentait concerné. Sarah avait travaillé avec lui sur de nombreuses affaires et savait qu'il était un homme droit. De surcroît, il ne semblait pas lui en vouloir pour le cas Crystal Stumbo.

— Ce n'était sans doute qu'un gamin qui s'amusait dans le coin, intervint l'inspectrice Kelso. Cela n'a rien à voir avec votre fille.

Janet Kelso était une brunette pimpante d'une quarantaine d'années. Un bras appuyé sur le capot de la voiture de patrouille, elle s'adressait à Sarah qui était assise sur la banquette arrière, portière ouverte pour surveiller l'activité des policiers.

— À moins que…

Kelso n'acheva pas. Ses yeux, à l'expression lourde de sens, s'étaient posés sur les mains de Sarah, serrées sur ses genoux.

Sarah comprit à la seconde que sa posture trahissait la faiblesse et l'abattement, alors qu'elle se devait de soutenir le regard des policiers, si elle ne voulait pas qu'ils se sentent en position de supériorité. Plus d'une fois, elle s'était servie de son statut de procureur et de son autorité pour intimider des témoins qu'elle interrogeait. Il fallait à présent qu'elle se redresse et adopte un maintien ferme et orgueilleux. Le problème, c'était qu'elle se sentait trop mal pour sortir de la voiture et endosser à nouveau l'attitude du chef.

— Je vous le répète, Kelso, je n'ai pas écrit ce mot ! Pourquoi aurais-je fait cela ?

Kelso haussa les épaules.

— C'était juste un point qu'il fallait éclaircir, précisa Sexton sur un ton d'excuse.

— La personne qui a écrit est certainement celle qui m'a téléphoné la nuit dernière ! Celle qui a imité la voix de ma fille.

Sarah dut débiter une nouvelle fois toute l'histoire, raconter qu'un dossier avait été ouvert. Elle songea que ce dossier, à l'heure qu'il était, avait dû être relégué aux oubliettes, dont elle comptait bien le sortir.

— On va suivre cette piste-là aussi, assura Sexton d'une voix lénifiante, tandis que Kelso semblait s'impatienter.

— Vous n'avez jamais pensé que ces analgésiques que vous prenez pouvaient vous donner des hallucinations, madame Mason ? s'enquit-elle.

L'expression de Kelso était aimable mais la question ne l'était pas. Elle avait jeté un coup d'œil entendu au sparadrap, et déjà demandé quels médicaments avaient été prescrits contre la douleur. Sarah avait répondu honnêtement, ce qui se retournait maintenant contre elle. Mais la vérité était la vérité, où qu'elle conduise.

— Un toubib a fait prendre de la codéine à ma sœur, poursuivit Kelso, et du coup elle s'est mise à voir des loups dans sa salle de bains.

— Il y a un dossier sur le coup de fil que j'ai reçu.

— Oui, mais il ne contient pas d'enregistrement de ce qui vous a été dit.

— Non, effectivement.

Le van de l'équipe chargée de relever les indices passa devant eux et sortit du parking, juste au moment où éclatait une averse. Le tonnerre retentit dans le lointain. Un simple grondement.

— Oh, oh..., fit Kelso en regardant le ciel.

Des myriades de gouttes s'écrasaient sur le goudron et les joues de l'inspectrice.

— Eh merde, grommela Sexton, je devais jouer au golf après ma journée !

À cet instant, les deux agents de patrouille revinrent en courant vers leur véhicule, celui-là même où Sarah avait pris place.

— On a fini, annonça l'un d'eux.

Ils s'engouffrèrent dans la voiture, pressés d'échapper à la pluie. Le conducteur, frais émoulu de l'académie de police et dont Sarah ne se rappelait pas le nom, se retourna pour la regarder à travers la grille qui séparait les sièges avant de la banquette.

— On peut vous déposer quelque part, m'dame ?

Ce « m'dame » retint l'attention de Sarah. Quel âge avait ce garçon ? Vingt-six ou vingt-sept ans au grand maximum. Seulement cinq ans de moins qu'elle. Mon Dieu... avait-elle donc l'air si vieille ?

Elle se sentait usée, décatie, ravagée par le chagrin. Bref, telle qu'elle paraissait, sans doute.

— Non, merci, répondit-elle dans une profonde inspiration.

Elle sortit de la voiture. La pluie, qui la trempa aussitôt, la rafraîchit agréablement. Elle se contraignit à reprendre pied dans la réalité. Elle était encore en état de choc, obsédée par Lexie, le passé… Sexton et Kelso avaient reculé pour la laisser passer. Dès qu'elle eut assez d'espace, Sexton referma la portière et fit signe au conducteur de démarrer.

En roulant sur le bitume, les pneus produisirent un bruit d'aspiration. Sarah regarda autour d'elle. Les badauds se dispersaient en hâte, fuyant la pluie. Pour eux, le spectacle sur le parking était terminé et personne n'avait envie de traîner là juste pour se faire mouiller.

Comme eux, elle n'avait plus qu'à partir. Elle se dirigea donc vers sa voiture. La pluie tombait plus dru. La Sentra ne se trouvait qu'à une centaine de mètres, mais Sarah eut l'impression qu'elle était beaucoup plus loin. Les gouttes ruisselaient de ses cheveux et roulaient sur ses joues, telles des larmes.

Les larmes du ciel…

Elle arriva enfin à sa voiture. « Eeyore » était quasiment illisible maintenant, effacé par les résidus de poudre déposés pour relever les empreintes sur la vitre et les parties métalliques. Sarah regarda les rigoles qui coulaient le long du verre, déformant le « e », le « y », le « o »… Ses yeux s'emplirent de larmes, des vraies, celles-là.

Non, elle n'allait pas pleurer, s'interdit-elle aussitôt. Pour Lexie, elle devait être forte.

— Vous ne voulez vraiment pas qu'on vous raccompagne, madame Mason ? insista Sexton.

Kelso et lui se tenaient derrière elle, sous la pluie, attentifs. Le fait qu'ils prennent ainsi la pluie à cause d'elle la mit mal à l'aise.

— L'un de nous deux pourrait conduire votre voiture, poursuivit Sexton. Ce ne serait pas un problème.

— Non, ça ira, merci.

Du moins avait-elle une voix énergique, une main qui ne tremblait pas lorsqu'elle la posa sur la poignée, juste en dessous de la vitre où l'on voyait encore les restes du mot « eeyore ». Sauf à croire que sa fille était un fantôme, un esprit errant qui tentait d'entrer en contact avec elle depuis l'au-delà, elle devait partir du principe que celui qui avait écrit le mot et passé le coup de fil dans la nuit était un être de chair et de sang. Un pervers qui voulait la torturer. Si elle se laissait démolir psychologiquement, le malade aurait gagné. Elle ne lui donnerait pas cette satisfaction.

Elle s'assit sur le siège, soulagée de n'être plus sous la pluie, mais ne ferma pas la portière à cause de Kelso et Sexton qui n'avaient pas bougé et continuaient à l'observer. Eux mis à part, le parking était désert.

— J'enverrai le relevé d'empreintes en Priorité Numéro Un, dit Sexton en élevant la voix pour couvrir le bruit des gouttes qui s'écrasaient sur la carrosserie.

La pluie avait plaqué ses cheveux sur son crâne, sa veste grise commençait à s'avachir sous le poids de l'eau, et son visage humide luisait.

— On ne sait jamais, madame Mason. Il peut sortir quelque chose de ce relevé d'empreintes, renchérit Kelso d'un ton si dubitatif que Sarah comprit que la policière n'avait pas grand espoir. Bon, Sexton, on y va ?

— Ouais.

Kelso sourit à Sarah, puis elle partit en courant vers la voiture de patrouille, la tête penchée en avant pour se protéger de la pluie. Sexton fila dans son sillage après avoir déclaré :

— Nous ferons tout ce qui est en notre pouvoir, madame Mason.

— Merci, je vous en serai très reconnaissante.

Sarah tira la portière et tourna la clé de contact. Il faisait étonnamment sombre dans l'habitacle envahi d'une odeur de tissu mouillé. Elle démarra, alluma les phares, mit les essuie-glaces en marche et sortit du parking derrière les deux policiers. Elle garda les yeux rivés sur l'arrière de leur voiture banalisée. Le va-et-vient des essuie-glaces, le crépitement de la pluie, le chuintement des pneus sur le sol détrempé et le ronronnement du moteur la berçaient, sans pour autant l'apaiser. Sa vision périphérique fonctionnait trop bien. Même en regardant droit devant, elle voyait ce qui restait des lettres tracées sur la vitre, suivait les coulées grisâtres de poussière qu'elles devenaient peu à peu.

Elle ne se rendit compte que plusieurs minutes plus tard qu'elle suivait, comme hypnotisée, les feux arrière de la voiture de police. Au lieu de tourner à droite à la sortie du parking, le plus court chemin pour rentrer chez elle, elle avait bifurqué à gauche. Le choc avait dû annihiler sa capacité de réflexion. Elle se ressaisit, avec la sensation de se réveiller en sursaut d'un profond sommeil. Elle venait d'atteindre le quartier historique de Beaufort et roulait vers le centre-ville. La nuit ne tomberait que dans plusieurs heures mais la pluie avait apporté avec elle un crépuscule prématuré. Les lumières étaient allumées dans les grandes demeures. Les branches des vénérables chênes qui bordaient les avenues se balançaient dans le vent, les longs filaments de mousse espagnole s'entremêlaient. La pluie brouillait les faisceaux des phares des véhicules qu'elle croisait et qui partaient vers les faubourgs résidentiels. Sarah comprit soudain que son subconscient l'avait poussée à emprunter cette direction. Elle ne suivait pas Kelso et Sexton, mais se dirigeait vers l'endroit que d'ordinaire elle évitait à tout prix : Waterfront Park.

Là où Lexie avait disparu.

Le besoin de se rendre là-bas était si exigeant qu'il relevait de la compulsion. C'était comme si elle pensait y trouver sa fille. Une illusion folle, ainsi que la partie rationnelle de son cerveau le lui disait. Lexie n'était pas au parc, n'y était plus depuis 17 h 30, ce funeste jour ensoleillé de juin, sept ans auparavant. Et elle n'y serait jamais plus. Mais il s'agissait du dernier lieu où elles avaient été ensemble et, à cause de tout ce qui s'était produit dernièrement, Sarah éprouvait un irrésistible besoin de se rendre à Waterfront Park. Sans nul doute, derrière le coup de fil, le mot sur la vitre, il y avait un pervers. Ou bien un ennemi assoiffé de vengeance. Quoi qu'il en soit, il fallait qu'elle essaie de comprendre.

Rejeter l'hypothèse d'une communication télépathique avec Lexie l'amenait à une conclusion évidente : un être bien vivant était à l'origine des événements, quelqu'un qui savait ce qui était arrivé à Lexie, qui la connaissait et s'était trouvé à proximité de Waterfront Park le jour de sa disparition.

Le mot « eeyore », elle ne l'avait inventé que trois semaines avant le drame.

Bon, d'accord, peut-être s'était-elle trompée, obnubilée par l'émotion, en entendant « peur » mal articulé au téléphone. Et Sweetie-pie avait pu sortir les jouets de la boîte. Mais « eeyore »… Seule Lexie avait pu le prononcer devant quelqu'un. Ce code, Sarah ne l'avait jamais donné à quiconque.

Lexie l'aurait-elle révélé à son kidnappeur ?

L'idée était terrifiante. Mais elle ressuscitait en même temps tous les espoirs : et si Lexie était en vie ? Si celui qui avait appelé savait ce qu'elle était devenue ? Il fallait découvrir qui était cette personne !

Et ensuite… Ô mon Dieu… ensuite, on retrouverait peut-être Lexie.

Peu importaient la souffrance ravivée, la détresse. Ce qui comptait, c'était de savoir. Ignorer ce qui s'était passé condamnait Sarah à un supplice qui ne cesserait que le jour où elle rendrait son dernier soupir.

Les indices étaient bien minces mais, après toutes ces années, c'étaient les premiers qu'eût Sarah.

Sexton et Kelso avaient dû quitter l'avenue car elle ne voyait plus leur voiture. En revanche, elle apercevait les eaux indigo habituellement tranquilles de la baie de Beaufort, sur lesquelles tressautaient de petits bouchons blancs – les balises de signalisation du chenal. Les bateaux au mouillage et ceux amarrés aux pontons tanguaient. D'autres regagnaient le port à la hâte.

Sarah se gara le long du trottoir qui longeait Waterfront Park. La pluie ne tombait à présent que par intermittence, remarqua-t-elle en sortant de la voiture. Inutile de mettre des pièces dans le parcmètre. Il était 18 h 10, et après 18 heures, hormis les jours où il y avait une manifestation quelconque au parc, le parking était gratuit.

Le jour de la disparition de Lexie, il y avait précisément une fête, incluant le pique-nique qui clôturait la saison de base-ball. Le Festival de l'Eau annuel du comté de Beaufort battait son plein quand Sarah et Lexie étaient arrivées à 17 heures. Après s'être garées sur le parking municipal, elles avaient marché à travers la foule joyeuse qui se rendait au même endroit qu'elles. Un show de ski nautique acrobatique se déroulait dans la baie quand elles parvinrent dans le parc. Ensuite, il y aurait une course de tortues, un concert en plein air, puis l'élection de la reine de Caroline du Sud et des Sea Islands, le point d'orgue qui mettrait fin aux festivités dans la soirée.

Sarah s'engagea sur le trottoir désert, puis elle passa entre les majestueuses colonnes de brique qui marquaient l'entrée du parc. C'était par là qu'elle était entrée avec Lexie. Il faisait chaud et humide, ce jour-là, et les hectares de pelouse au bord de l'eau étaient noirs de monde. Aujourd'hui, dans le crépuscule sombre, il pleuvait et il n'y avait personne. Des éclairs zébraient le ciel gris-rouge de loin en loin, annonçant le pire. Du vent soufflait de la baie, couchant les têtes des palmiers le long de la promenade, apportant une odeur de sel en provenance des bateaux de pêche qui naviguaient vers les pontons. S'il y avait des gens dans le parc, Sarah ne les vit pas.

La règle numéro un lors de la reprise d'une enquête consistait à redémarrer de zéro. Sarah comptait donc, dans la mesure du possible, refaire ce que Lexie et elle avaient fait en cet après-midi de juin, pas à pas, et examiner leur parcours d'un œil neuf. Qui s'était trouvé en ces lieux, ce jour-là, et qui avait des raisons de la harceler maintenant ?

Ce nouveau point de vue lui donnait de nouveaux espoirs. Avec beaucoup de chance, elle parviendrait à établir une connexion entre la présence suspecte de quelqu'un et les funestes événements.

À l'époque, âgée de vingt-quatre ans, mince et néanmoins voluptueuse, elle portait un tee-shirt rouge tomate, une jupe en denim et des sandales. Elle était bronzée, ce qui faisait ressortir ses yeux d'un bleu lumineux, et se sentait belle avec ses longs cheveux noirs bouclés et son sourire éclatant. Les hommes se retournaient sur son passage. Même si elle n'avait pas une minute à leur accorder, elle avait plaisir à attirer leur attention. Quiconque aurait imaginé qu'une sorte de prescience lui gâchait la vie en cet instant, qu'elle sentait confusément l'imminence du drame qui allait faire voler son existence en éclats se serait trompé. Elle était alors heureuse, persuadée qu'en dépit de ses débuts difficiles dans la vie, elle verrait vite le bout du tunnel. Elle ne respirait que pour Lexie, et une confiance absolue l'emplissait tandis qu'elle traversait la rue, la main de la fillette nichée dans la sienne. Une fois en sécurité de l'autre côté, Lexie l'avait lâchée : elle estimait avoir passé l'âge d'être constamment accrochée à la main de maman. Elle n'était plus un bébé, répétait-elle fièrement. Côte à côte, elles avaient donc marché à travers le parc jusqu'au pavillon où la remise des récompenses aurait lieu. Comme nombre de parents, Sarah était censée donner un coup de main à titre bénévole. Chacun avait en principe apporté un plat, de sorte que tous les pères, toutes les mères puissent discuter, en grignotant tranquillement, des grands moments de la saison de base-ball qui venait de s'écouler. Après quoi les prix seraient remis.

— Maman, pourquoi on n'a pas amené Sweetie-pie ? avait demandé la fillette.

Elle connaissait parfaitement la réponse – elles en avaient parlé à plusieurs reprises. Mais Lexie aimait discuter et adorait son chien, qui le lui rendait bien. Dès l'instant où la fillette avait arraché le chiot au sort qui le guettait à la SPA, Lexie était devenue la déesse de Sweetie-pie. Et peu importait que Sarah eût besoin de tout sauf d'un chiot. Lexie l'avait choisi lors d'une journée d'adoption organisée en ville, au cours de laquelle les responsables du refuge l'avaient stratégiquement placé devant une épicerie où aucun enfant ne pouvait manquer de le voir.

Combien de fois Sarah s'était-elle répété que, si elle avait accepté que Sweetie-pie les accompagne au parc, les événements se seraient déroulés différemment ? Un million, au bas mot. Lexie se serait éloignée, oui, mais avec le chien en laisse. Et il l'aurait protégée. Personne n'aurait enlevé une enfant tenant un molosse.

Si… si… si… À quoi bon ressasser tant de « si » ?

— Parce qu'il y a trop de monde, Lexie.

La réponse tant de fois donnée, elle allait devoir la fournir jusqu'à plus soif d'ici à la fin de la journée, car la question reviendrait sur le tapis. Lexie était têtue et ne s'avouait jamais vaincue. Mais Sarah n'avait pas pris sa décision à la légère. Elle charriait déjà dans un sac le maillot de bain de Lexie, un cadeau à offrir au coach de l'équipe de base-ball et un grand Tupperware contenant la salade pour le pique-nique. Elle n'avait pas eu le temps de cuisiner quoi que ce soit, et en avait un peu honte. Les autres mères avaient dû concocter des plats plus élaborés. Chargée comme une mule, elle estimait qu'avoir en prime un chien aurait été fort pénible. D'autant qu'il serait difficile de garder un œil sur Lexie au milieu de la foule. La fillette avait tendance à aller constamment voir ce qu'il se passait ailleurs, loin d'elle. Sarah commençait à s'angoisser.

De penser qu'elle avait pu se tracasser pour ces problèmes futiles, alors qu'elle vivait ses derniers moments avec Lexie, navrait encore Sarah. Le chien, la salade, le maillot, le cadeau…

— Salut, fillette ! Tu veux un ballon ?

Un clown qui tenait des dizaines de ballons aux couleurs éclatantes s'était avancé vers Lexie. Il était en tenue de la tête aux pieds, avec une queue-de-pie noire, un faux nez rouge, la figure peinte en blanc et d'immenses galoches. Comme il regardait Sarah pour la pousser à acheter un ballon à sa fille, elle s'était interposée entre Lexie et lui.

— Juste un dollar.

— Non, merci, avait dit Lexie avant même que Sarah refuse.

À cinq ans, elle connaissait déjà la valeur de l'argent et savait qu'il n'y avait pas, dans la bourse de sa mère, un seul dollar à gaspiller. Paisiblement, elle était revenue à hauteur de Sarah et elles s'étaient remises à marcher.

Mon Dieu, songea Sarah, la gorge nouée, comme Lexie aurait aimé avoir un ballon ! Si c'était à refaire, elle lui achèterait tous les ballons du monde. Mais elle avait appris que la vie ne remettait pas deux fois le couvert.

Le souvenir du clown était très vivace. Elle repensa à lui pour la énième fois. Il avait été l'une des premières personnes à lui revenir à l'esprit quand elle avait compris que sa fille avait disparu. Par conséquent, la police, Jake et elle-même avaient soigneusement vérifié qui se cachait sous la défroque. C'était quelqu'un qui n'avait rien à voir avec l'enlèvement et, à moins qu'il n'ait pris un nouveau nom, d'après Sarah, il ne gravitait pas autour d'elle aujourd'hui.

Elle rangea donc le clown dans le casier à souvenirs marqué « sans intérêt », et sollicita sa mémoire pour d'autres images.

— Lexie !

Ginny, la meilleure amie de Lexie, avait surgi. Elle aussi jouait dans l'équipe de base-ball. Deux de leurs coéquipiers, Todd et Andrew, venaient de passer devant les fillettes comme si elles n'existaient pas. Les garçons et les filles de cinq à six ans ne se mélangeaient pas mieux que l'huile et l'eau.

Elles étaient presque arrivées au pavillon. D'autres parents étaient là : ceux de Ginny, de Todd, d'Andrew… En fait, chaque enfant de l'équipe était accompagné soit de son père, soit de sa mère, soit des deux. Tous entreprirent de dresser les tables, et Sarah, tout en contribuant à l'effort général, commença à discuter avec eux pendant que les enfants s'amusaient à proximité.

Tous les parents avaient été interrogés. Pour l'instant, donc, Sarah mettait ces hommes et ces femmes de côté. Elle gravissait les marches qui menaient au pavillon, se souvenant de la foule qui l'environnait ce jour-là.

À peu près aussi vaste qu'un terrain de basket, le pavillon était l'un des trois bâtiments du parc. Le club de base-ball l'avait réservé pour la soirée. Sous un grand toit de métal vert soutenu par des piliers de fonte également verts, le pavillon était ouvert sur les quatre côtés. Un sol de ciment recouvrait sa surface intérieure, et des tables de pique-nique avaient été alignées au centre en deux rangs bien nets.

Ce soir, l'intérieur du pavillon était sombre, triste et imprégné par l'odeur qui montait de la baie. Les seuls sons qu'entendait Sarah étaient ceux de la pluie sur le toit de métal, le frémissement du feuillage des arbres et le ressac des vagues sur la plage. Quelle différence avec l'atmosphère qui régnait sept ans plus tôt. Il y avait alors des rires, des bavardages, des enfants et des adultes heureux. L'air embaumait les bons petits plats. À l'extérieur du pavillon déambulait une foule que la police avait estimée à un millier de personnes. Le flux de gens qui passaient devant les quatre côtés ouverts du pavillon était permanent. Des habitants de Beaufort, bien sûr, mais aussi des visiteurs venus des villes proches, et des touristes. Des participants aux compétitions, ainsi que leurs familles et amis. Des marchands... N'importe qui. Tout le monde.

Dès le début, ce nombre et cette diversité de population avaient rendu l'enquête difficile.

Sarah ferma les yeux et s'efforça de se rappeler la scène, de visualiser la foule pour tenter d'y découvrir quelqu'un qu'elle n'aurait pas remarqué à l'époque.

Le bilan de ses réflexions s'imposa vite à son esprit : mission impossible. Tout ce qu'elle voyait, c'était une masse mouvante et colorée. Personne ne sortait du lot. Ni sept ans plus tôt ni aujourd'hui.

Elle rouvrit les yeux, se rendit compte que sa respiration s'était accélérée, qu'un début de nausée montait. Elle regarda la table où elle s'était alors assise, celle où elle avait posé sa salade, au milieu des pains de gruau au fromage, des jambons en croûte, des marmites de haricots verts. Elle avait eu faim devant les bons plats, et ce souvenir lui retournait l'estomac.

Sept ans plus tôt, elle se tenait près de la table, discutant avec la mère de Ginny, quand Lexie l'avait tirée par le bras.

— La maman d'Emma a apporté un gâteau.

C'était l'anniversaire d'Emma, et sa mère avait fait d'une pierre deux coups. Elle profitait de la fête pour célébrer en même temps les six ans de sa fille. Le gâteau d'anniversaire trônait sur la table de devant, les bougies allumées, les enfants agglutinés autour. C'était à ce moment-là que Lexie avait demandé si elle pouvait aller chercher une part. Et Sarah, Dieu lui pardonne, avait répondu oui.

Dix minutes après, elle n'avait plus vu la fillette. Ayant rempli des assiettes pour Lexie et elle-même, elle s'était rendue au milieu des enfants qui attendaient du gâteau, leur assiette à la main, prêts à retourner s'asseoir tous ensemble, une fois servis.

Lexie n'était pas parmi eux. Et Emma ne se rappelait pas lui avoir donné une part. Mais elle se souvenait d'avoir entendu Lexie lui dire qu'elle aussi, elle aurait bientôt six ans.

Todd, lui, avait vu Lexie. À l'extérieur du pavillon. Avec une assiette presque vide. Elle distribuait les miettes qui lui restaient aux mouettes.

Ensuite, plus rien. Personne n'avait souvenance d'avoir noté la présence de la fillette ici ou là.

L'incrédulité, la panique, puis une peur paralysante s'étaient successivement emparées de Sarah. Elle n'avait rien oublié de toutes ces émotions qui l'avaient envahie progressivement quand il s'était avéré que Lexie n'était visible nulle part. Il y avait des gens partout dans le parc. Installés sur des couvertures à même la pelouse, ou sur la promenade au bord de l'eau. Ils étaient trop nombreux pour avoir remarqué une petite fille marchant seule. Chacun semblait être avec quelqu'un. Aucune de ces personnes n'avait remarqué une enfant errante, ou emmenée de force. D'ailleurs, ils étaient sceptiques. Lexie avait disparu ? Vraiment ?

Oui, vraiment.

Dans un premier temps, Sarah avait cherché sa fille sans aide. Ensuite, des parents s'étaient joints à elle. La police était arrivée un peu plus tard, et le parc mis sous périmètre de sécurité. Comme dans un cauchemar, la fête avait continué. Les clameurs des participants à la course de tortues montaient jusqu'à Sarah, qui dévalait les allées en hurlant le nom de sa fille.

À la tombée de la nuit, elle avait admis la terrible réalité : Lexie avait disparu.

Pourtant, même à ce moment-là, l'horreur de cette disparition n'avait pas atteint son cerveau dans toute son ampleur. Elle n'avait pas compris que Lexie était partie pour de bon. Comment se serait-elle douté que, sept ans plus tard, elle la chercherait encore et que rien de ce qui aurait été accompli ne serait parvenu à la ramener ? Des bateaux avaient dragué la baie, la médiatisation avait été sans précédent, police et FBI avaient procédé à des enquêtes conjointes, Jake et elle avaient remué ciel et terre, en vain.

Lexie semblait s'être évaporée de la surface de la terre.

Et puis il y avait eu ce coup de fil dans la nuit et « eeyore » écrit sur une vitre sale.

La pluie qui ruisselait sur son visage lui permit soudain de se rendre compte qu'elle était sortie du pavillon et se dirigeait vers la baie. C'était cette allée qu'elle avait empruntée en premier lors de ses recherches, frôlant un groupe compact de collégiens qui buvaient de la bière, bousculant un jeune couple qui riait, évitant de justesse une mère qui promenait son bébé dans une poussette surmontée d'une ombrelle rouge.

Le vent couchait toujours les cimes des palmiers, et les lumières à détection de mouvement s'allumaient au fur et à mesure de sa progression. Mouillée jusqu'aux os, elle subissait l'assaut de souvenirs de plus en plus vifs.

Elle revoyait un marchand ambulant de hot-dogs et de bretzels en tablier à raies rouges et blanches, mais sa mémoire refusa de lui restituer les traits de l'homme. Un autre, un sans-logis probablement, était penché sur une poubelle et fouillait dedans, sans en ressortir le moindre butin. Lui, elle en était sûre, son visage lui était inconnu.

À un moment donné, le ronronnement d'une caméra vidéo avait attiré son attention. On la filmait, ainsi que toute la bande de filles en tenue de majorettes qui la suivaient. Elle n'apercevait que la partie inférieure de la figure du cameraman, le haut étant caché par le viseur, mais sa grosse moustache n'évoquait rien pour elle, pas plus que sa bouche pincée.

Toutefois, un détail titillait sa mémoire, sans qu'elle réussît à mettre le doigt dessus. De quoi s'agissait-il ? Elle se concentra, mais l'embryon de souvenir s'obstina à lui échapper.

Elle arriva devant la clôture métallique qui empêchait l'accès à la plage en dehors des passages autorisés. Sept ans plus tôt, elle avait dû s'arrêter là aussi. Mais il ne pleuvait pas, alors. Elle n'était pas en train de trembler de froid dans le vent à cause de ses cheveux et de ses vêtements trempés. Elle tremblait, oui, mais de peur. Clignant des yeux pour en chasser l'eau qui les noyait, elle croisa les bras sur sa poitrine pour se protéger de la morsure du vent pendant qu'elle réfléchissait. Une ligne de lumières dans le lointain bordait la rive opposée. L'eau était presque noire et le ciel à peine un peu plus clair. Les moutons sur la crête des vagues avaient grossi. Le phare tournait, et son faisceau balayait la baie à intervalles réguliers. La tempête qui menaçait depuis des heures approchait à grande vitesse.

— Lexie…, murmura Sarah d'une voix brisée par le chagrin. Lexie, où es-tu ?

Soudain, du coin de l'œil, elle capta la silhouette d'un homme qui s'approchait d'elle à grands pas. Le temps qu'elle réagisse, une main de fer se refermait autour de son bras. Arrachée à sa transe, Sarah fit un bond, cria et se débattit pour se libérer.

14

— Bon sang, mais qu'est-ce que tu fiches ?

La voix vibrait de colère mais elle était si familière que la panique de Sarah céda dans la seconde. Elle cessa de se débattre et leva les yeux vers le visage de l'homme.

— Mon Dieu, tu m'as fait une peur bleue, Jake, dit-elle, la main pressée sur son cœur.

Elle prit une profonde inspiration, essayant d'apaiser ses nerfs à vif.

— C'est moi qui t'ai fait une peur bleue ? Non, mais je rêve ! Tu sais depuis combien de temps je te cherche ? Ça t'arrive, de décrocher ton portable ?

Il lui tenait toujours le bras. Sa main était si chaude que, par contraste, Sarah sentit augmenter encore la sensation de froid. Elle était littéralement frigorifiée. La chiche lumière d'un lampadaire sur l'avenue lui permettait de distinguer la pâleur de Jake, ses mâchoires crispées. Il étrécissait les yeux à cause de la pluie, qui tombait maintenant à verse. Comme lui, elle avait été obligée de hausser le ton pour dominer le bruit de cataracte.

— Il est dans le coffre de ma voiture, expliqua Sarah, un peu honteuse.

Un éclair zébra le ciel, plus proche que les précédents. Un roulement de tonnerre suivit. Elle garda les yeux rivés sur ceux de Jake, soupesant ce qu'elle devait lui dire et lui taire, pour finalement lâcher tout à trac :

— Tu ne croiras jamais ce qui s'est passé. Quelqu'un a écrit « eeyore » sur la vitre de la Sentra. Notre mot de code, à Lexie et à moi !

— Très bien. Tu me raconteras tout ça quand on sera chez toi, OK ? Parce que si tu n'as pas assez de bon sens pour vouloir te mettre à l'abri de la pluie, moi, si.

— Mais…

— Allez, viens.

Tournant le dos aux bourrasques gorgées d'eau qui arrivaient de la baie, il partit à longues enjambées tout en entraînant Sarah le long de l'allée par laquelle elle était venue. Elle ne résista pas. Elle était trop contente de voir Jake. Si elle avait pris le temps de se concentrer un peu, si ses pensées avaient quitté Lexie quelques secondes, au lieu de se contenter de la présence de la police, elle aurait sorti son portable du coffre et appelé Jake à la seconde où elle avait vu le mot écrit sur la vitre. En état de choc, elle s'était démenée pour qu'une enquête soit ouverte, oubliant tout le reste, à commencer par Jake. Ce qui était une erreur. Lui seul était capable de l'amener à réfléchir avec cohérence. Le problème, c'était qu'il marchait à présent avec une telle hâte qu'elle ne pouvait pas parler. Manifestement, il était pressé de quitter le parc et peu disposé à discuter. Elle le suivait avec peine. Ses jambes lui semblaient en coton. Pour ne rien arranger, le revêtement de l'allée était glissant, elle portait des escarpins à talons... Elle ne tiendrait pas le coup jusqu'à l'avenue.

Elle tira sur le bras de Jake, qui s'arrêta et la regarda.

— Qu'est-ce qu'il y a ?

— Tu pourrais ralentir un peu ?

— Oh... Désolé.

Il repartit, mais à une cadence adaptée à celle de Sarah, qui glissa son bras sous le sien. Pendant un moment, ils marchèrent flanc contre flanc. Jake était vêtu d'une chemise aux manches retroussées jusqu'aux coudes et d'un pantalon anthracite. Comme la chemise était mouillée, elle sentait les muscles d'acier sous le tissu qui collait à sa peau.

— Tu es venu ici pour me chercher, Jake ?

— Non, je me baladais dans le coin, rétorqua-t-il sur un ton sardonique. Quelle question ! Bien sûr que je te cherchais. Je te cherche depuis que tu as quitté le palais de justice. Dis-moi, simple curiosité, hein ? Comment se fait-il que tu ne sois pas fichue de comprendre que quelqu'un qui veut te tuer est peut-être là, bien planqué ?

— Morrison m'a dit que Floyd Parker avait été arrêté.

— Ouais ? Et sais-tu qu'il a un alibi en béton ? Si c'est lui qui t'a tiré dessus, alors tout le chœur de la paroisse de Mount Zion va aller en enfer, parce que tous ses membres jurent que Parker est venu récupérer sa mère à l'église à l'heure de la fusillade.

— Oh...

— Eh oui, « Oh... ».

Ils passaient devant le pavillon. La pluie tombait avec constance, formant un voile grisâtre entre eux et le décor environnant. Les palmiers qui bordaient l'allée évoquaient de grandes sentinelles aux têtes couvertes de poils raides. Les éclairages du parc brillaient d'un blanc fantomatique. Le parc lui-même était sombre, indistinct. Après un coup d'œil circulaire, Sarah s'aperçut qu'elle avait vraiment été seule. Enfin, pas tout à fait. Il y avait un homme dont elle distinguait mal la silhouette, à l'abri dans le pavillon. Il s'était trouvé une place au sec. Assis à une table, il buvait à même une canette de soda ou de bière. Il semblait les suivre du regard, mais Sarah n'en était pas certaine. Sur la gauche du pavillon, un autre homme passait, tenant un journal au-dessus de sa tête. Il courait vers la plage, tête penchée, épaules rentrées. Impossible de dire quoi que ce soit à son sujet, à part que c'était un homme.

Loin devant elle, à l'entrée du parc, un 4 × 4 de couleur foncée descendait lentement l'avenue. Ses phares perçaient de deux faisceaux argentés le rideau de pluie. Si quelqu'un voulait la tuer, elle venait de lui offrir une occasion inespérée, songea Sarah. Mais maintenant, avec Jake, elle se sentait parfaitement en sécurité. Une sensation stupide. Jake n'était pas à l'épreuve des balles.

— Alors ? Comment m'as-tu retrouvée ? demanda-t-elle après un temps.

Ils approchaient des grilles. La Sentra était garée à un jet de pierre, l'Acura de Jake juste derrière.

— Morrison m'a appelé. Les flics venaient de lui téléphoner pour lui apprendre que son adjointe avait une crise de nerfs.

Sarah s'arrêta net sous l'effet de l'indignation.

— Je n'ai pas eu de crise de nerfs ! J'étais allée voir Angela Barillas. C'est une adorable petite fille, Jake. Et elle a compris que je ne tenais qu'à les aider, elle et sa famille. C'est lorsque je suis revenue à ma voiture que j'ai vu « eeyore » tracé sur la vitre.

Jake, qui avait continué à marcher, fit demi-tour.

— C'est ce que m'a expliqué Sexton quand je suis arrivé à le joindre. Il m'a dit que tu étais dans tous tes états.

— Évidemment. Personne ne connaissait ce mot, à part Lexie et moi.

Le bras de nouveau sous celui de Jake, Sarah se remit en mouvement. Ils atteignaient l'orée du parc. Peu après, ils traversèrent l'avenue. Leurs pas claquaient en totale harmonie sur le bitume. Jake était tendu, cela sautait aux yeux. Il regardait sans cesse autour d'eux. Sarah comprit qu'il vérifiait si on ne les suivait pas ou, pire, si un tueur embusqué n'attendait pas le moment propice pour tirer sur Sarah. Maintenant qu'elle savait l'assassin en liberté, elle était nerveuse aussi. D'ailleurs, elle aurait dû l'être, et se faire du souci, dès l'instant où elle avait lu « eeyore » sur la vitre.

— Pourquoi es-tu certaine que personne ne connaissait ce code, Sarah ?

— Parce que je ne l'ai jamais révélé à quiconque, répondit-elle en approchant de sa Sentra. Par conséquent, celui qui a écrit « eeyore » tenait le renseignement de Lexie. Elle a dû le communiquer à son kidnappeur.

Elle s'immobilisa devant la portière, côté conducteur. Elle s'y adossa et leva les yeux vers Jake, à moitié aveuglée par la pluie. Des trombes d'eau déferlaient sur eux. Le peu de lumière qui provenait d'un lampadaire lui balayait le visage. Celui de Jake restait dans l'ombre.

— Ta théorie, c'est donc que le kidnappeur a écrit « eeyore » sur ta vitre, cet après-midi ? demanda Jake.

Il n'y croyait pas, Sarah le devinait.

— Oui, je pense que c'est lui.

— Si c'est le cas, et note bien le « si », car selon moi il existe d'autres explications, alors tu dois en conclure que le salaud qui a enlevé ta fille te suit, qu'il essaie soit de t'effrayer, soit de te tuer. Tu es bel et bien en danger. Et tu es venue te balader dans un parc désert à la nuit tombée quand même ! C'était une bonne idée, à ton avis ?

Il avait achevé sa tirade en criant. Il ne laissa pas à Sarah l'opportunité de lui répondre. D'un geste vif, il lui prit ses clés, débloqua les portières et lui fit contourner la Sentra, l'amenant côté passager. Toute l'eau du ciel se déversait sur eux mais ils n'en étaient même plus conscients. De toute façon, ils étaient déjà tellement trempés qu'un peu plus ou un peu moins…

— Qu'est-ce que… ? commença Sarah.

Il la coupa.

— Monte. Je te ramène chez toi.

Elle ne discuta pas. Dès qu'elle fut assise sur le siège, elle soupira. C'était bon de n'être plus sous la pluie. Elle secoua la tête, s'essuya le visage avec ses mains et se retrouva avec le sparadrap au bout des doigts. Et zut ! songea-t-elle en fixant le pansement tout imbibé, et qui ne collait plus. Elle le jeta dans le petit compartiment prévu pour les déchets, entre les deux sièges, puis se regarda dans le miroir de courtoisie. Étonnée, elle s'aperçut que ses cheveux cachaient pratiquement la blessure, que du coup on la remarquait nettement moins qu'avant. Quand Jake se mit au volant, elle rabattit le pare-soleil et oublia aussitôt son aspect physique.

— Quelle autre explication as-tu à me proposer pour « eeyore » ? demanda-t-elle.

Il faisait sombre dans la voiture et une odeur d'étoffe mouillée flottait dans l'air. Jake était très proche d'elle. Vu sa corpulence, il empiétait sur l'espace dévolu au passager. Sarah éprouva soudain du bien-être. Dans l'habitacle, ils étaient comme dans un cocon protecteur, isolés du monde extérieur par la pluie qui tombait en cataracte et ruisselait sur la carrosserie.

Il lui jeta un regard acéré.

— Pour commencer, Lexie a peut-être communiqué le mot « eeyore » à quelqu'un avant son enlèvement. Je n'ai pas une grande expérience des fillettes de cinq ans, mais pour ce que j'en sais, elles gardent difficilement les secrets. La personne à laquelle elle a parlé n'avait peut-être pas de problème avec toi à l'époque, mais en a un maintenant. Ou encore, cette personne a mentionné le mot aux flics, et depuis sept ans, il se trouve dans la montagne de paperasse qu'est le dossier de Lexie. N'importe qui pourrait l'y avoir lu.

Même si, hélas, la logique du raisonnement anéantissait le maigre espoir qu'elle entretenait, à son corps défendant, Sarah était obligée d'admettre qu'il tenait mieux la route que le sien. Et elle était prête à le reconnaître devant Jake. Les mots se bloquèrent sur ses lèvres quand elle le vit sortir un pistolet de sa ceinture et le ranger dans la boîte à gants.

— Pourquoi tu trimballes ça, Jake ?

Au début, lorsqu'ils s'étaient connus, il portait la plupart du temps une arme. Petit à petit, face au taux de criminalité extrêmement bas à Beaufort, et du fait qu'il n'appartenait plus au FBI, Jake avait délaissé son pistolet. Depuis deux ans, il ne sortait pratiquement plus armé.

— Oh, je ne sais pas, répondit-il. J'ai dû penser que ce serait marrant de me promener sous la pluie et de faire un carton sur des mouettes.

L'ironie de la réflexion déplut à Sarah, qui le dévisagea en plissant les yeux. Il lui rendit brièvement son regard puis mit le chauffage en marche. Évidemment, l'air qui sortit par la ventilation fut d'abord glacé. Sarah frissonna. En dépit de la pluie, la température extérieure devait avoisiner les vingt-cinq degrés, mais cela ne l'empêchait pas d'avoir très froid. Si elle n'avait pas serré les mâchoires, elle aurait claqué des dents.

— Ce n'était pas la peine d'être aussi sarcastique.

— Pourquoi pas ? Je me sens peut-être d'humeur sarcastique.

Il démarra, fit demi-tour sur l'avenue et prit la direction de la maison de Sarah. Quand il vira, les phares de la Sentra balayèrent le parc, éclairant une grande portion de verdure.

— Écoute, je suis désolée que tu te sois inquiété pour moi.

Jake eut un rire sans gaieté. Sarah se crispa. Elle était vraiment heureuse de le voir, heureuse qu'il soit parti à sa recherche. Dans son impatience à découvrir ce qui avait pu arriver à Lexie, elle avait négligé toute prudence, oubliant le danger qui planait sur elle. Compte tenu des circonstances, le fait que Jake veille sur elle lui mettait du baume au cœur. Elle s'accommoderait de sa mauvaise humeur jusqu'à ce qu'il se calme. Ensuite, nul doute qu'il essaierait de comprendre avec elle ce qui s'était produit.

— Et ta voiture, Jake ? Tu la laisses là ?

— Je la récupérerai plus tard.

Il s'engagea sur la I-21, au milieu d'autres voitures qui, toutes, empruntaient la même direction qu'eux : la banlieue.

— Alors comme ça, Morrison t'a donné ton après-midi ?

— Il m'a demandé de prendre mon après-midi, ce qui n'est pas pareil. D'après lui, le juge Schwartzman m'a trouvé une petite mine.

— Voilà un juge intelligent.

Il y avait toujours une pointe d'ironie et de colère dans l'intonation de Jake. À la faveur des phares d'une voiture qu'ils croisaient, Sarah vit luire les cheveux de Jake. Le col de sa chemise était tout flétri et la chemise elle-même collait comme une seconde peau à ses larges épaules et à sa poitrine puissante. Son expression fermée le disait clairement : il allait rester de mauvaise humeur pendant un bon moment.

— Il ne t'est pas venu à l'esprit de suivre les conseils de Morrison ? De rentrer sagement chez toi pour récupérer ? Comme n'importe quel être humain normal l'aurait fait ?

Si elle en avait eu l'énergie, Sarah se serait raidie, aurait montré d'une posture belliqueuse qu'elle n'appréciait pas ces remarques. Faute d'en être capable, elle usa de mots.

— Tu ferais mieux de revenir à ta voiture et de me laisser rentrer seule.

Le rire sans joie s'éleva de nouveau.

— Pas question, ma jolie, et tu le sais. À part ça, juste pour information, si tu n'aimes pas mon attitude, apprends que je n'aime guère la tienne.

Ils traversaient maintenant le quartier historique. Il y avait plus de grandes demeures éclairées que précédemment, et les chênes paraissaient ployer sous la charge de la mousse espagnole gorgée d'eau. Jake doubla une calèche sans passager dont le cocher semblait pressé de gagner un abri. Au passage, Sarah perçut le staccato des sabots du cheval.

— Où es-tu allée après avoir quitté le palais ?

— J'ai raccompagné Crystal. Sa voiture était en panne.

— Crystal ?

— Crystal Stumbo. Je me suis occupée de sa demande de défense d'approcher concernant Brian McIntyre, ce matin.

À la mine de Jake, Sarah comprit qu'il désapprouvait la démarche, ce qui ne l'étonna pas. Mais qu'importait ? Elle n'avait pas besoin de son accord.

— Elle habite près de Burton, dans un parc à caravanes. À ce propos, sur le chemin du retour, j'avais McIntyre derrière moi. Dans sa voiture de patrouille. Il m'a suivie jusqu'en ville.

— Oh, oh ! Et que s'est-il passé ?

— Pendant un moment, il m'a collé au train, vraiment très près, dans une circulation d'enfer et à une vitesse inquiétante. Il l'a fait exprès. Il essayait de m'effrayer. Ou bien c'était une façon de me menacer. Je me suis débrouillée pour l'obliger à lâcher prise et il m'a doublée. Quand j'y repense, il n'y avait pas de quoi fouetter un chat.

— Ah bon ?

— Non, rien de grave.

— Attends, Sarah. C'est ce même McIntyre que tu as soupçonné de t'avoir tiré dessus, non ? Je ne connais pas d'autre flic de ce nom à la brigade. Alors je ne comprends pas que, lorsqu'en plus il te suit et te fiche la trouille, tu en conclus qu'il n'y a pas de quoi fouetter un chat.

— Il ne m'a pas tiré dessus. Il m'a simplement fait peur. Et puis… Oh, ce n'est certainement qu'une coïncidence, mais on ne sait jamais… quand j'ai vu l'inscription sur ma voiture, il y avait une voiture de patrouille avec deux policiers en uniforme dans le parking.

— On dirait bien que tout ton fan-club était dehors, aujourd'hui.

L'aigreur de l'intonation indiqua à Sarah que Jake était toujours aussi mal disposé. Il conduisait trop vite, compte tenu de la pluie, avec une sorte de sauvagerie bien contrôlée, et la Sentra faisait sans cesse de l'aquaplaning. Sourcils froncés, lèvres pincées, yeux plissés, il arborait sa figure des mauvais jours.

Mais elle n'allait pas tomber dans le panneau : s'il avait envie de se disputer, il en serait pour ses frais.

Ils arrivèrent au croisement où se trouvait le Quick-pik. En dépit du mauvais temps et des événements récents, le commerce semblait toujours tourner à plein régime. Le nombre de voitures à la pompe à essence et l'intérieur brillamment illuminé du magasin rappelèrent à Sarah que, quoi qu'il arrive, la vie continuait.

Jake prit Davis Street, et le Quick-pik, au grand soulagement de Sarah, fut hors de vue. Il rompit alors le silence qui s'était installé.

— J'aimerais que tu notes ceci : ton comportement suicidaire commence à me taper sur les nerfs.

— Que… quoi ?

— Ouais. Tu penses que je ne sais pas ce qu'il se passe dans ta tête ? Que j'ignore que tu n'arrives pas à surmonter la perte de ta fille ? Ni à accepter que ta vie à toi ne s'est pas arrêtée ? Tu agis comme si tu voulais dire ciao à ton existence.

Sarah était ébahie.

— Tu es cinglé. Je ne comprends rien à ce que tu racontes.

— Non ? Alors commençons par le commencement. Mercredi, tu as reçu une balle dans la tête. On colle un flic comme garde-chiourme à la porte de ta chambre d'hôpital. Jeudi, je m'inquiète tellement pour toi que je te ramène à ton domicile et passe la nuit avec toi au cas où le tueur tenterait de réussir ce qu'il avait loupé la veille. Vendredi matin, après une nuit de merde, tu te lèves en catimini et tu files à l'aube sans protection. Je pars en quatrième vitesse au palais pour t'y retrouver, le palais étant toutefois le seul endroit où tu sois à peu près en sécurité. J'ai à peine le temps de souffler que tu te volatilises. Tu te débrouilles vraiment bien pour faciliter la tâche à celui qui veut te tuer, jusqu'à ce que j'arrive enfin à te remettre la main dessus alors que tu es seule dans le parc désert. Si tout ça, ce n'est pas un comportement suicidaire, alors dis-moi ce que c'est !

— Ô mon Dieu..., geignit Sarah, soudain consciente de ce qu'elle avait fait. C'est... ce n'est qu'une série d'événements malheureux.

— Pfff..., fit Jake en s'arrêtant dans l'allée de la villa.

La pluie diluvienne, l'absence de lumières à l'intérieur de la maison donnaient aux lieux un air déprimant, sinistre, même. À l'idée que Sweetie-pie se trouvait tout seul dans le noir, Sarah sentit son cœur se serrer. Malgré tout, elle était heureuse que Jake soit avec elle. Même s'il était d'une humeur massacrante et, elle devait bien l'avouer, irritante pour elle.

— Passons maintenant au reste de ton existence, poursuivit-il tout en garant la voiture. Qu'en est-il de ta vie sociale ? Tu as un petit ami ? Tu sors ?

Il avait coupé le contact et les phares avant de se tourner vers elle. Sarah lui décocha un regard mauvais pour toute réponse.

Il continua imperturbablement :

— OK, on passe là-dessus. Quel est le dernier film que tu as vu ?

— *Scary Movie*, répondit-elle aussitôt, avant de regretter de ne s'être pas plutôt mordu la langue.

Elle se rappelait très bien, trop bien, avec qui elle avait passé cette soirée-là. Avec Jake. Ils avaient mis le DVD dans le lecteur et, tandis qu'il se gavait de popcorn, de friandises et de soda, elle avait siroté un Diet Coke.

— Oui, et c'était quand, Sarah ? L'été dernier ! Ça fait un an !

Oui, décidément, elle aurait mieux fait de se mordre la langue.

— Et alors ? J'ai été très occupée.

— Mais bien sûr. Tu as oublié qu'on allait à la pêche de temps à autre, le dimanche matin ? Pourquoi as-tu cessé de m'accompagner ?

— Ça m'endormait.

— Foutaises. Tu te régalais et, du coup, tu culpabilisais. Sarah Mason n'a pas le droit de se faire plaisir.

— Tu racontes des âneries.

— Vraiment ? Alors dis-moi quels sont tes autres hobbies, ce qui t'intéresse, les émissions de télé que tu regardes.

— Les informations.

Quand elle trouvait le temps, précisa-t-elle en silence.

— Mais oui, bien sûr ! s'écria Jake en ricanant. Tu as lu quels bouquins, récemment ?

Bon sang, il la connaissait trop bien. C'était injuste. Autrefois, la lecture avait été son évasion ; les livres, ses objets préférés. Elle n'en avait pas ouvert un seul depuis la disparition de Lexie. Jake n'avait même pas besoin de la regarder pour savoir qu'il avait mis dans le mille.

— On oublie aussi la lecture, reprit-il, impitoyable. Tu ne fréquentes personne, tu ne vas pas au cinéma, tu n'as pas de hobby, tu ne regardes pas la télé, tu ne lis pas. Alors comment te distrais-tu ?

— Je me distrais ! protesta Sarah, sur la défensive. Je fais de l'exercice, je joue avec Sweetie-pie, je…

— Arrête, Sarah. C'est à moi que tu parles, OK ? Je te connais. Je ne t'ai pas demandé comment tu occupais ton temps en dehors de tes heures de boulot, mais comment tu te divertissais.

Là, sa flèche s'était enfoncée au cœur de la cible. Elle n'avait aucune vie sociale, en effet. Et elle n'essayait même pas de s'amuser. Il le savait aussi.

— J'ai un travail qui exige beaucoup de...

— Distraction, Sarah ! Je te parle de distraction.

Bon, cela suffisait.

— Peut-être devrais-je m'inscrire à un club de bowling ? demanda-t-elle sur un ton aigre. Ou t'imiter, en me trouvant de jolis garçons blonds à peine sevrés.

Sur ces mots, elle sortit de la Sentra et marcha à grands pas vers le perron. Dans la voiture, elle s'était un peu réchauffée grâce à la ventilation de chauffage montée à fond. Mais à la seconde où elle mit le pied dehors, la pluie fit son œuvre, la trempant en un instant.

Eh merde !

Jake lui avait emboîté le pas. Il lui cria par-dessus le crépitement de la pluie :

— Réfléchis à ça. Ce serait mieux que de vivre comme tu le fais.

— Il n'y a rien à critiquer dans la façon dont je vis.

Elle était arrivée à la porte. Elle ouvrit la porte-moustiquaire, commença à chercher sa clé, puis se rappela que c'était Jake qui l'avait. D'ailleurs, il la glissait déjà dans la serrure. Sarah tourna la poignée, et le battant s'ouvrit. Elle entra dans le vestibule ténébreux, tandis que Jake allumait le plafonnier. Comme Sweetie-pie l'accueillait avec sa frénésie habituelle, elle le caressa tout en regardant Jake autour duquel une flaque se formait sur le parquet. Elle abandonna un Sweetie-pie débordant d'amour, et partit vers la salle de bains pour y prendre des serviettes. Jake l'attendit à l'entrée du couloir. Elle revint en hâte et lui tendit sans mot dire de quoi éponger ses vêtements, avant de s'essuyer aussi pour éviter que les dégâts sur le chêne ne soient irrémédiables. Lorsqu'elle se jugea inoffensive pour son parquet, elle se rendit dans la cuisine pour laisser sortir le chien dans la cour. Elle éclaira le porche mais Sweetie-pie resta pétrifié, à l'abri, en découvrant la pluie qui tombait. Intraitable, Sarah rabattit la porte derrière lui et rentra dans la cuisine. Jake se tenait au milieu de la pièce, un drap de bain autour des épaules. Les pieds dans une petite mare, il retirait ses chaussures. Sarah l'imita, soulagée que l'eau coule sur du carrelage. Ce ne serait pas difficile à nettoyer.

— Je vais prendre une douche, annonça-t-elle, bien décidée à mettre un terme à la dispute.

Mais Jake ne l'entendait pas de cette oreille. Il la suivit jusqu'à la salle de bains.

— Tu crois que je n'étais pas sérieux, Sarah ? lança-t-il en la retenant par le bras. Tu nies l'évidence ? Mais regarde un peu cette maison !

Sarah se retourna et, d'une secousse, libéra son bras. Jake se trouvait à moins de un mètre d'elle, tellement proche qu'elle dut lever la tête pour river ses yeux aux siens. Le couloir était étroit et, lorsqu'elle recula, elle heurta immédiatement le mur blanchi à la chaux sur lequel son dos laissa une marque d'humidité.

— Écoute, si ma maison te pose un problème, rentre chez toi !

Il ne parut pas entendre. Il gesticula en indiquant la cuisine.

— Tu ne remarques donc rien ? Pas de tableaux sur les murs, pas de rideaux, pas de tapis sur les parquets, des meubles de quatre sous. C'est moche ! Et inconfortable.

— Tu critiques ma décoration ? s'écria Sarah, outrée.

— De la décoration ? Tu appelles ça de la décoration ? Mais tu n'as rien décoré du tout ! Tu t'es contentée de meubler cette baraque pour qu'elle soit vivable. Tu as acheté les trucs les moins chers que tu as pu trouver, et choisi les plus laids. Tout est marronnasse… Bon sang… même les foutues serviettes !

Il enleva rageusement celle qu'il avait autour des épaules.

— Et alors ? J'aime les tons couleur terre, rétorqua Sarah. Si ça ne te plaît pas, fais-moi un procès !

— Ah, ça, pour ce qui est d'aimer les tons couleur terre, tu les aimes ! Regarde-toi. Tu t'habilles comme une vieille. Jamais tu ne portes un vêtement de couleur gaie, ni joli, et encore moins sexy. Tout ce que tu as sur le dos est gris ou noir ou…

— On appelle ça des couleurs neutres ! Qui conviennent à mon boulot. Tu es devenu expert en habillement féminin ?

— Non. Mais la première fois que je t'ai vue, tu étais en tee-shirt rouge vif, avec une jupe en jean qui montrait tes jambes… Je me le rappelle parce que tu étais vraiment super. Et ton appartement ? Celui dans lequel tu vivais avec Lexie, tu l'as oublié ?

— Arrête. Arrête immédiatement !

— Il était jaune. Les murs étaient d'un jaune doux qui réchauffait quand on entrait. Le canapé était vieux, mais tu avais jeté dessus un tissu rouge chatoyant, et ça faisait toute la différence. C'était lumineux et confortable. Il y avait des rideaux, des tapis, des tableaux au mur, des livres sur des étagères, des photos encadrées, des fleurs sur la table et même une plante à la fenêtre de la cuisine !

— Des fleurs artificielles. Quant à la plante, elle dépérissait, répliqua Sarah dont le cœur se serrait si fort qu'elle avait l'impression qu'il allait s'arrêter de battre.

Elle respirait avec peine. Les images qui lui assaillaient l'esprit la bouleversaient.

— Peut-être, mais ce n'est pas ça l'important, Sarah. L'important, c'est que cet appartement avait l'air d'un foyer, pas d'un foutu mausolée. Et que tu t'habillais bien, que tu étais sexy. Depuis, tu as délibérément rejeté tout ce qui était susceptible de t'apporter du plaisir. Tu ne manges même pas, nom d'un chien !

— Et alors ? En quoi ça te gêne ? Pourquoi te mêles-tu de mes affaires ? cria Sarah, hors d'elle.

— Je m'en mêle… à cause de… cela.

Il la poussa contre le mur, lui passa la main autour du cou et attira son visage vers le sien.

Puis il pressa ses lèvres sur celles de Sarah.

15

Sous l'effet du choc, Sarah resta pétrifiée quelques secondes, les mains plaquées sur la poitrine de Jake comme si elle voulait le repousser. Mais elle ne le repoussa pas. À l'instant où leurs lèvres étaient entrées en contact, les siennes étaient froides. Elles se réchauffèrent vite : Jake l'embrassait avec une fièvre et une ardeur brûlantes. Sa langue tenta de se frayer un chemin à travers les lèvres entrouvertes de Sarah, et elle bloqua un cri dans sa gorge pour ne pas avoir à ouvrir plus largement la bouche. Un vertige la saisit quand elle huma le parfum de pluie qui émanait de la peau humide de Jake. Sa barbe naissante lui picotait la joue. Il s'appuyait contre elle, la clouant au mur comme un papillon sur un coussinet. Elle était prisonnière. Il était trop lourd. Impossible de s'esquiver. Et il était vraiment très fort, solide, musclé. Sa chaleur irradiait à travers ses vêtements, franchissait la barrière de ceux de Sarah, pourtant mouillés. Elle sentait distinctement tous les pleins et déliés de son corps d'homme. Et se rendit compte, incrédule, qu'il la désirait de tout son être.

Il déplaça sa main, la fit descendre vers la poitrine de Sarah, où elle s'arrêta, pour s'arrondir autour d'un sein. La paume brûlante déclencha des émotions exquises et oubliées. La main s'enhardit, caressa le sein à la pointe soudain durcie, et Sarah ne se défendit pas.

Il abandonna sa bouche quelques secondes, laissant à Sarah le loisir de reprendre son souffle. Découvrant qu'elle haletait, elle essaya de se ressaisir, de comprendre ce qui lui arrivait, d'analyser ce qui se passait en elle. Ses yeux se trouvaient au niveau des épaules de Jake. Elle releva la tête, et vit le visage si familier penché vers le sien. Lui aussi la regardait. Le temps d'un battement de cœur, l'atmosphère sembla crépiter d'électricité. Les prunelles de Jake étaient sombres, luisantes de désir. Des flammèches dansaient à l'intérieur. Un homme la tenait dans ses bras, un homme extrêmement viril qui avait envie d'elle et qu'elle avait l'impression de ne pas connaître. Et lui ? Que voyait-il dans ses yeux ? De la surprise, de l'incrédulité, et l'impression que le contrôle de sa vie lui filait entre les doigts comme du sable.

Cela n'aurait pas dû arriver. Ne pouvait être en train de se passer. Cet homme, c'était Jake, son ami, son meilleur copain.

Pas son amant.

— Rends-moi mon baiser, Sarah, chuchota-t-il d'une voix rauque que jamais Sarah ne lui avait entendue.

Il posa de nouveau sa bouche sur la sienne, fit courir une langue tentatrice sur sa lèvre inférieure, puis s'écarta de quelques centimètres et chercha encore son regard.

Elle riva ses yeux aux siens, sans ciller, paralysée par la guerre que se livraient en elle sensations de l'instant et souvenirs de ce qui avait été et menaçait de ne plus être.

— Bon sang, rends-moi mon baiser !

Le souffle de Jake caressa comme une plume ses lèvres moites. Puis il se livra avec elles à un manège ensorcelant, les effleurant, s'en éloignant, revenant, insistantes et follement sensuelles.

Sarah frissonna quand il lui pétrit doucement les seins. Un séisme grondait dans le ventre de Sarah. Elle avait perdu toute maîtrise d'elle-même, constata-t-elle avec effarement. Et elle se trahissait : les pointes dardées de ses seins, les palpitations de son cœur devaient informer Jake de l'effet qu'il lui faisait.

Sous le coup de la stupéfaction, elle écarquilla les yeux. Et Jake ne s'y trompa pas. Il sut que son désir trouvait un écho en Sarah. Il reprit sa bouche. Un baiser dévorant qui la chavira. Il y mettait tant de passion qu'on eût dit que sa vie en dépendait. Elle s'abandonna à ses ardeurs, sans pour autant répondre à ce qu'il lui avait demandé, refusant à son corps le droit de disposer de lui-même. Mais c'était tellement difficile. Elle n'avait pas eu de relations sexuelles depuis si longtemps que ce qu'elle ressentait équivalait à une révélation, comme si jamais elle n'avait fait l'amour, jamais connu le plaisir.

Jake abandonna sa bouche et lui embrassa le cou, puis la naissance de l'épaule, dans l'échancrure du chemisier. Elle frémit, et quand il le perçut, il lui murmura quelques mots incompréhensibles à l'oreille. Sa main errait sous son chemisier, sur sa peau dont la moiteur n'était plus due à la pluie mais à la transpiration. Cette main si familière, grande, aux doigts longs et agiles. Elle était revenue sur sa poitrine et s'y attardait, audacieuse et experte.

Sarah ne parvint à rester debout que grâce aux bras de Jake qui la soutenaient. Les jambes flageolantes, elle s'agrippait à son cou alors qu'elle s'était jusque-là interdit de l'étreindre, dans sa volonté de rester passive. Oui, oui, baisse les armes, se dit-elle, et laisse s'exercer la magie.

Et là encore, Jake sut. Il se fit aussitôt plus pressant, et le souffle de Sarah s'accéléra quand elle sentit son sexe tendu contre son ventre. Elle en voulait davantage, elle voulait tout ce qu'un superbe corps d'homme pouvait lui donner, elle en avait besoin, elle capitulait.

— Rends-moi mon baiser, Sarah…

Elle allait le faire, tendait déjà ses lèvres, avide que Jake glisse sa langue dans sa bouche, exacerbe les émotions qui grondaient en elle comme la lave d'un volcan avant l'éruption. Elle allait…

Son cerveau prit soudain le pas sur son corps. Il bouillonnait de pensées négatives, de souvenirs tristes, d'injonctions à ne pas trahir le passé qui, en une poignée de secondes, éteignirent le feu.

— Non ! cria-t-elle.

Puis elle détourna la tête et repoussa vivement Jake.

Quelque part dans la maison, une sonnerie grésilla, comme venue de très loin. Celle du téléphone fixe. Sarah ne bougea pas. Elle fixait Jake avec intensité, attendant que son regard glacial brise tout espoir en lui, fige son corps, fasse disparaître la lueur d'excitation dans ses prunelles sombres. Il était toujours tout près d'elle. Si elle avait changé d'avis, elle n'aurait eu qu'à tendre le bras pour que tout recommence, pour que soit immédiatement oublié ce rejet qu'elle venait de lui signifier. Il paraissait encore sous l'empire d'un désir torride. Il irradiait la virilité exacerbée. L'air autour de lui était chargé d'ondes de sensualité.

La sonnerie…

Le téléphone n'avait pas sonné depuis l'appel de Lexie ! Ou de la personne qui se faisait passer pour Lexie, qui devait connaître sa fille, savoir où elle se trouvait. Mon Dieu, il fallait répondre !

Sarah se rua vers la cuisine.

— Attends, dit Jake qui l'avait suivie.

Sa voix était toujours enrouée et vibrante de colère contenue.

— Laisse s'enclencher le répondeur, Sarah.

S'abstenir de décrocher mit Sarah au supplice. Hypnotisée, elle regardait l'appareil comme si elle avait pu voir au travers.

Et si c'était Lexie qui attendait au bout du fil ? Sa fille ne pouvait avoir cette voix d'enfant de cinq ans entendue la veille, elle n'en doutait plus, et pourtant, un espoir fou demeurait dans son cœur, amenant son esprit à nier l'évidence.

Après deux sonneries supplémentaires, le répondeur se mit en marche. Le message d'accueil se déroula, puis il y eut un déclic et le correspondant parla.

— Ici le cabinet du Dr True. Nous tenions à vous signaler que les vaccinations de Sweetie-pie doivent être renouvelées.

La main de Sarah, qui était restée suspendue au-dessus de l'appareil, prête à fondre sur le combiné, retomba. La jeune femme se détourna, une boule lui obstruant soudain la gorge. Elle se rendit compte qu'elle avait vraiment rêvé d'entendre Lexie, même la fausse Lexie. Quelle aberration ! Pourquoi avoir tenu si fort à écouter un imposteur ? Entendre quelqu'un qui ne cherchait qu'à lui faire du mal ?

Elle connaissait la réponse : parce que l'appel de la veille était le premier lien qu'elle ait eu avec sa fille depuis sept ans. Même s'il était factice, elle le vivait comme une chaîne dont les maillons brisés se ressoudaient brusquement.

Jake se tenait dans l'embrasure de la porte, la mine sinistre. Même mouillé comme un naufragé, il était sublime, et infiniment précieux : sans lui dans la maison ce soir, elle aurait été mille fois plus malheureuse et perdue qu'elle ne l'était.

Ils s'observaient et le souvenir des baisers, des caresses, planait entre eux.

Sarah chercha les mots susceptibles de réparer les dégâts.

— Jake…

Elle voulait retrouver son ami, son confident, son soutien. Le problème, c'était que l'homme qui la fixait, avec sa figure de pierre, sa bouche dure et ses yeux éteints, n'était pas celui qu'elle connaissait.

— Jake, je…

— Laisse tomber. T'embrasser était idiot, OK ? Je n'aurais pas dû faire ça. Mets cette erreur sur le compte du manque de sommeil et de quelques jours de stress.

— Mais…

Son instinct lui dictait de parler, d'aplanir la situation, d'essayer de remettre leur relation sur le plan où elle était avant l'incident, et sans perdre une seconde.

— Je te dis de laisser tomber, coupa Jake. Va prendre une douche, habille-toi, colle quelques affaires dans un sac et on s'en va. On va passer le week-end chez moi.

— Chez toi ?

Elle fronça les sourcils. Il avait tourné les talons, récupéré la serviette marron qu'il avait jetée peu avant et, accroupi, essuyait les flaques sur le sol. Ce n'était sans doute pas le moment de lui faire remarquer qu'elle avait des serpillières…

— Pourquoi, Jake ? J'ai…

— Parce que je suis fatigué ! J'ai besoin de dormir et toi aussi. Ici, ni toi ni moi ne nous reposerons : chaque fois que le téléphone sonnera, tu bondiras comme un chat sur des braises… En plus, dans ta maison, il y a tous ces souvenirs de Lexie qui te hantent.

Elle comprit ce qu'il entendait par là. Le téléphone qu'elle considérait comme un lien avec sa fille, les jouets dans la penderie, et tant d'autres choses… Il avait raison, c'était indiscutable, mais elle regimbait à l'idée de quitter cette maison où Lexie semblait presque vivante, à présent. Elle avait l'impression que le long travail mental destiné à atténuer la douleur n'avait servi à rien, que la disparition de sa fille lui faisait de nouveau aussi mal qu'au premier jour.

Jake se redressa et fit une boule de la serviette. Sarah s'aperçut qu'il se tenait à l'endroit exact où il l'avait embrassée. Un coin sombre près du couloir, trop sombre pour qu'elle pût déchiffrer l'expression de Jake.

— Tu sais…, commença-t-elle en hésitant, consciente que, désormais, tout était différent entre eux.

Face à lui, pour la première fois depuis des années, elle se sentait maladroite.

— … tu pourrais aller passer une bonne nuit de sommeil chez toi, et moi, je resterais ici. Sweetie-pie est là. Je suis en sécurité. Et puis…

Elle marqua une pause. Un souvenir venait de lui traverser l'esprit et elle s'apercevait avec incrédulité qu'il lui déplaisait.

— … tu es attendu pour partager des côtes de porc, acheva-t-elle dans un sourire forcé.

Il ne lui rendit pas son sourire. Il soutint son regard quelques instants, puis partit vers la salle de bains. Quand il en ressortit, Sarah vit ses mains vides. Il avait suspendu la serviette au porte-serviette !

— Danielle m'a largué ce matin, Sarah.

Ô mon Dieu, il avait vraiment eu une sale journée. Pas étonnant qu'elle l'ait trouvé fatigué dès qu'elle l'avait vu. Il n'était pas en petite forme à cause d'elle, songea-t-elle, soulagée, et en même temps contrariée.

— Je suis désolée, Jake, fit-elle d'un ton plus assuré maintenant qu'elle se sentait sur de la terre ferme. Tu vas bien ?

Il plissa les yeux, crispa les mâchoires puis lâcha :

— Va prendre ta douche, d'accord ?

— S'il te plaît, rentre chez toi et mets-toi au lit. Tu n'as pas à t'inquiéter pour moi.

— C'est ça. Je vais te laisser ! Sarah, peux-tu arrêter de m'emmerder et aller te doucher ?

Le trajet n'améliora pas l'humeur de Jake. Il pleuvait encore, un peu moins fort toutefois et, à 21 heures passées, la nuit était vraiment tombée. Tous les véhicules avaient leurs phares allumés. Comme chaque vendredi soir, les gens sortaient pour aller au cinéma, au restaurant, dans les centres commerciaux. Sweetie-pie, installé au beau milieu de la banquette arrière, se balançait au gré des virages. Il empestait le chien mouillé et faisait montre d'un immense intérêt pour la nourriture que Sarah tenait sur ses genoux. Jake conduisait sans mot dire, renfrogné. Les quelques tentatives de Sarah pour rompre le silence à sa sortie de la douche avaient eu pour toute réponse des monosyllabes. Le volume de la radio emplissait l'habitacle. Jake n'écoutait quasiment jamais la radio en conduisant. S'il l'avait allumée, ce soir, c'était pour bien signifier qu'il ne voulait pas parler.

— Prends la bouffe, le chien, je m'occupe du reste, dit-il brièvement, en se garant dans le parking, à l'arrière de son immeuble.

Le « reste », c'était un grand sac où s'entassaient croquettes et Kibbles'n Bits pour Sweetie-pie, ainsi que les gamelles du chien ; c'étaient aussi un petit sac de voyage et l'attaché-case dans lequel Sarah avait récupéré son téléphone. Le portable se trouvait maintenant dans la poche de l'imperméable qu'elle avait enfilé par-dessus jean et tee-shirt. La « bouffe », c'était leur dîner, qui provenait du McDonald's, où Jake s'était arrêté quelques instants. Se souvenant de la réflexion de Jake, qui prétendait qu'elle ne mangeait rien, Sarah avait ostensiblement pioché dans une barquette de frites pendant tout le trajet. Elle tenait frites et hamburgers sur ses genoux, hors de portée de Sweetie-pie. À la place de son habituelle salade, elle avait commandé un hamburger. Au temps pour Jake ! De surcroît, afin qu'il comprenne bien qu'il avait tout faux, elle arborait un tee-shirt rose fuchsia, avec une grande couronne imprimée sur le devant, et la mention « Reine des Redresseurs de Torts » en lettres rouges. Le cadeau de Noël que lui avaient offert l'an dernier les membres du bureau du procureur. Elle le portait pour la première fois, et avait dû tout retourner dans sa commode pour le trouver. Jake ne pouvait plus dire qu'elle choisissait toujours des couleurs neutres, songea-t-elle avec satisfaction.

Sweetie-pie n'aimant guère la pluie, ils purent entrer dans l'immeuble sans accomplir les multiples haltes qu'il imposait par beau temps à sa maîtresse devant chaque pierre ou brin d'herbe à son arrivée en un lieu nouveau. Évidemment, une fois à l'intérieur, il se secoua, aspergeant le hall généreusement, et dans la foulée Jake lui-même, qui fit la grimace.

— Désolée, dit Sarah dans un sourire à peine contraint.

Jake et le chien entretenaient une relation oscillant entre amour et haine, qui parvenait toujours à l'amuser, même dans les moments les plus tristes de sa vie. Jake lui décocha un regard mauvais avant d'entrer dans le bureau, qu'il éclaira. Ensuite, il traversa toutes les pièces, allumant au fur et à mesure, jusqu'à son appartement. Sarah le suivit, les yeux rivés sur son dos. De même que le bâtiment et l'agence, l'appartement avait autrefois appartenu au grand-père de Jake, qui y avait vécu après la mort de sa femme. Puis il avait intégré une résidence pour seniors, située non loin de là, après avoir vendu l'agence à son petit-fils. L'appartement avait alors été mis en location. Jusqu'à ce que le divorce de Jake lui fasse perdre sa propre maison, attribuée à son ex-épouse, qui l'avait ensuite vendue à un fort bon prix et avait déménagé à Chicago. Jake était alors venu s'installer dans l'appartement de son grand-père. Temporairement, avait-il déclaré au début. Mais il était resté. Par paresse, songeait Sarah. Son agence marchait assez bien pour qu'il loge ailleurs s'il le désirait. Sarah lui ayant demandé un jour pourquoi il s'incrustait, il avait répondu que l'appartement était confortable et bien assez vaste pour lui tout seul. Mais Sarah pensait que, comme tous les hommes, les efforts le rebutaient, et qu'il rechignait à déménager dans la mesure où rien ne le lui imposait.

— Tu es vraiment idiot, tu sais, lui dit-elle après quinze minutes de silence supplémentaire.

Ils avaient étalé les plats sur la table et dîné en regardant les informations. La télévision remplissait le même office que la radio dans la voiture. Sans parler, Jake avait dévoré avec un appétit d'ogre ses Big Mac et des monceaux de frites tout en buvant un Coca géant. Sarah, un peu nauséeuse après toute la graisse des frites avalées dans la voiture, n'avait grignoté qu'un coin de son hamburger et pignoché dans la salade. La seule idée de poser les yeux sur une frite lui donnait envie de vomir.

Il détacha son regard de l'écran et le tourna vers elle.

— Ah ouais ?

Il ne s'était pas limité à une seule syllabe. Quel progrès !

— Je ne comprends pas pourquoi tu boudes. Je ne suis pas voyante, alors il faut m'expliquer. C'est à cause de

Danielle ? Ou du baiser que tu m'as donné et qui n'a pas eu pour effet de me liquéfier dans tes bras ?

— Pffff… Je suis crevé, OK ?

Il reporta son attention sur la télévision, où un journaliste parlait d'échanges boursiers. Elle était prête à parier que n'importe quel sujet aurait été le prétexte à une attention soutenue, même la mise en boîte des sardines.

— Merde, Jake ! Tu es en rogne à cause du baiser, pas de Danielle, c'est ça ?

Il la regarda de nouveau. Cette fois, ses yeux étaient on ne peut plus éloquents : si elle avait été un moustique, il l'aurait écrasée avec enthousiasme.

— Tu as dit un seul truc vrai, Sarah : comme voyante, tu es nulle, rétorqua-t-il d'un ton sarcastique.

Elle ne se laissa pas décourager.

— Tu m'as prise par surprise, Jake ! La dernière chose à laquelle je m'attendais, c'était que tu m'embrasses. On se connaît depuis sept ans et tu ne m'avais jamais embrassée, avant.

L'expression de Jake se détendit un peu et une lueur d'amusement brilla un court instant dans ses yeux.

— Qu'est-ce que tu veux que je te dise ? Qu'il y a un début à tout ?

Elle tenait à s'exprimer clairement, à chasser toute ambiguïté entre eux. À effacer ce pli amer qu'elle lui voyait au coin de la bouche. Aussi reprit-elle aussitôt :

— Sache, en tout cas, que je ne t'ai pas rejeté dans le sens que tu imagines. C'est juste que je tiens trop à toi, comme tu tiens à moi, en tant qu'amie. Nous avons réussi à établir une relation très spéciale et je ne veux pas qu'elle soit abîmée. Encore moins la perdre.

Jake eut un reniflement de dédain.

— Quel âge on a, Sarah ? Cinq ans ? Ce que tu racontes a l'air tout droit sorti du jardin d'enfants. Il s'agissait d'un baiser, d'accord ? Un seul foutu baiser en sept années. Alors n'en fais pas tout un fromage.

— Je n'en ferai pas un si tu n'en fais pas un non plus.

— Ma belle, dans ta vie, un baiser c'est peut-être un grand événement, mais dans la mienne...

Il n'acheva pas sa phrase, haussa les épaules, et Sarah comprit : au cours des sept années écoulées, il avait donné et reçu des milliers de baisers. Sarah n'avait qu'à essayer de passer mentalement en revue sa kyrielle de petites amies pour perdre le compte. Et pour s'apercevoir, exactement comme quand elle avait songé à Danielle un peu plus tôt, qu'elle n'appréciait pas que Jake eût une vie... très privée.

— Bien, voilà qui arrange tout, lâcha-t-elle d'un ton acerbe.

— Hé, tu ne serais pas jalouse, maintenant, par hasard ?

— Non !

— Je demandais, c'est tout.

Il eut encore un de ces haussements d'épaules qui l'agaçaient prodigieusement, puisa dans sa part de frites vu qu'il avait fini la sienne, avala son Coca jusqu'à la dernière goutte et se tourna de nouveau vers la télévision. Tout en l'observant, Sarah frémissait de colère, mais elle se calma et soupira discrètement. Quoi qu'il prétende, il était toujours furieux et bien plus profondément affecté par ce qui s'était passé entre eux qu'il ne voulait l'avouer.

Il fallait oser une tentative pour arrondir les angles, décida-t-elle. Encore une.

— Jake, si quelqu'un a fait une bêtise, c'est moi, pas toi. Ne te ronge pas les sangs parce que je n'ai pas… répondu. Comprends-moi : je ne me sens pas bien à l'idée de… de coucher avec quelqu'un. Même avec toi, ça m'est impossible.

Tentative d'une honnêteté absolue, qui n'aboutit à rien, hélas. La confiance, la franchise qui avaient existé entre eux semblaient bien mortes et enterrées. Au temps pour ses espoirs, songea Sarah, le cœur serré. Néanmoins, elle avait réussi à capter l'attention de Jake. Il la fixait avec des yeux étrécis.

— Je sais tout ça, Sarah. Tu te rappelles cette conversation qu'on a eue, où je t'ai dit que tu t'interdisais tout ce qui pouvait t'apporter du plaisir ? Eh bien, voilà encore une preuve de ce que j'avançais. Et pour ta gouverne, apprends qu'embrasser n'est pas coucher.

Sarah préféra ne pas relever la dernière remarque.

— Le fait que je ne me sois pas déshabillée pour sauter dans le lit avec toi ne signifie pas que je m'interdis le plaisir ! Pour ta gouverne, je l'ai déjà connu.

— Si tu continues à te répéter ça, tôt ou tard, tu finiras par y croire.

Il se leva.

— Bon, fin de la discussion. Je vais prendre une douche.

Sarah frissonnait encore quand il s'éloigna. Jake ne laissait jamais d'effets personnels chez elle et ses propres vêtements étaient, bien sûr, trop petits pour l'imposante carrure de Jake. Il portait donc toujours son pantalon et son tee-shirt mouillés, et même s'ils avaient sans doute commencé à sécher sur lui, il devait s'y sentir mal. Voilà qui justifiait ce soudain besoin de passer sous la douche, songea-t-elle.

Oui, et il faisait quarante degrés en Alaska…

Tout ce qu'il avait voulu, c'était avoir le dernier mot.

— Jake, admets que tu as tort ! lui cria-t-elle alors qu'il franchissait le seuil.

Il se retourna.

— Joli tee-shirt. Tu l'as sorti du sac antimite exprès pour moi ? répliqua-t-il en riant avant de disparaître.

La chambre de Jake occupait, avec un dressing-room et une salle de bains, tout le fond de l'appartement. Le salon, la salle à manger et la cuisine se trouvaient dans la partie centrale. Ensuite, il y avait une chambre d'ami que jouxtait une salle d'eau, et un petit bureau. Le décorateur qui avait agencé les locaux de l'agence à l'étage inférieur avait également conçu la partie habitation. Tout était design, très masculin, dans des tons de gris et de noir brisés par du rouge. Et ici, les tapis ne manquaient pas, ni les tableaux et les rideaux.

Mais aux yeux de Sarah, le résultat, pas plus que la manière de procéder, n'était satisfaisant. Le décorateur avait apposé sa patte sur le moindre détail après avoir, pure formalité, demandé son avis à Jake, ce qu'elle, une femme, n'aurait pas supporté. Mais de toute façon, elle n'avait pas de temps à consacrer à ce genre de futilité, ce qui expliquait le côté spartiate de sa villa. Elle était vraiment très occupée. Jake ne pouvait-il comprendre cela au lieu de l'accuser de se priver volontairement de tout plaisir ?

Les baisers et ce qu'ils avaient déclenché en elle lui revinrent en tête. Mon Dieu, comme elle avait eu faim de cet homme… Mais tandis que son corps hurlait ses besoins, son esprit l'avait fait taire.

Elle avait bel et bien rejeté toute idée de prendre du plaisir. Que devait-elle en déduire ?

Probablement rien qu'elle eût envie de cogiter maintenant. Peut-être par peur de devoir reconnaître que Jake avait raison ?

D'humeur soudain très maussade, elle donna à Sweetie-pie les restes de son hamburger et les quelques frites oubliées par Jake. Le chien était aussi mal avisé que Jake dans ses goûts alimentaires. Elle grignota encore quelques feuilles de salade, puis décida que, Jake n'étant pas là, elle n'avait plus à lui prouver qu'elle avait bon appétit. La salade finit donc dans la poubelle.

C'était faux de prétendre qu'elle ne mangeait rien, songea-t-elle avec colère. Ces frites croquées en voiture lui détraquaient l'estomac, voilà tout. Et le sexe… Elles étaient fausses aussi, ces accusations selon lesquelles elle prohibait toute jouissance. Simplement, elle n'était pas certaine d'avoir envie de prendre un amant, ni aujourd'hui, ni plus tard. En tout cas, pour ce qui était d'aujourd'hui, c'était sûr. Et si amant il y avait un jour, ce ne serait pas Jake. Leur amitié était trop précieuse pour être gâchée par un instant d'égarement.

Le baiser de Jake l'avait prise au dépourvu. Peut-être que si elle l'avait anticipé, l'événement aurait eu une conclusion différente.

Elle gagna le canapé et s'y installa avec un soupir de bonheur. Il était tellement confortable… Vaste, profond, bien rembourré, tendu de daim anthracite, jonché de coussins rouges. Elle prit la télécommande et alluma le téléviseur qui, évidemment, était immense ; l'écran plasma, fixé au mur, était ce qui se faisait de mieux dans le domaine. Ce qui n'encourageait pas pour autant sa concentration : elle était incapable d'assimiler la moindre image ni de capter le moindre mot que diffusait le superbe poste.

Oh, et puis zut ! L'humeur rogue de Jake, ses baisers et la vilaine tournure qu'avait brutalement prise leur relation… Tant pis. Ce qui importait, c'était de revenir à l'inconnu qui avait tracé « eeyore » sur la vitre.

Jake avait-il raison de supposer que Lexie avait pu donner le code à quelqu'un, et que ce code aurait été noté dans le dossier ? Jake détenait une copie de l'intégralité du dossier en question. Les rapports de la police, du FBI, de ses propres investigations, des photos, des enregistrements. Tout, excepté cet élément nouveau, le mot « eeyore » écrit sur la vitre de la Sentra. Sarah s'était si souvent plongée dans cette masse de documents qu'elle en connaissait le contenu presque par cœur. Mais… et si elle avait laissé passer un détail ?

Jake conservait les dossiers dans un bureau, juste en dessous du salon. Une salle d'archives qui avait été autrefois une chambre.

Le seul moyen de savoir si « eeyore » était mentionné quelque part, c'était d'aller le vérifier.

En un éclair, Sarah fut debout, abandonnant la télécommande sur le canapé. Elle courut vers l'escalier sans même permettre à son cerveau d'analyser l'initiative qu'elle venait de prendre. Les griffes de Sweetie-pie cliquetèrent sur les marches, à l'aller comme au retour, lorsqu'elle remonta, les bras chargés de chemises cartonnées. Quatre allers-retours s'imposaient tant le dossier était volumineux. Mais elle n'apporterait pas tout de suite l'intégralité des chemises cartonnées. Elle étudierait d'abord ce qu'elle rapportait de son premier voyage. Mieux valait procéder méthodiquement.

Elle posait sa cargaison sur la table de la salle à manger, déterminée à en lire chaque ligne, quand Jake réapparut.

— Qu'est-ce que tu fais ? demanda-t-il en se figeant sur le seuil.

— Je vais passer en revue le dossier de Lexie pour voir si « eeyore » est dedans.

— Tu sais, je pourrais mettre quelques personnes là-dessus demain. Ce sera plus vite fait que si tu t'en charges.

Sarah leva les yeux sur lui. Pieds nus, il s'avança vers elle, cheveux ébouriffés et encore humides, une ombre de barbe sur les joues et le menton, les yeux cernés. Un tee-shirt délavé moulait ses larges épaules et sa poitrine puissante. Un jean mettait en valeur ses muscles d'athlète. Cela faisait des lustres que Sarah ne voyait en Jake qu'un ami, son meilleur ami. Aujourd'hui, elle avait l'impression de le découvrir pour la première fois, et devait accepter l'évidence : il était un homme extrêmement séduisant.

Et très sensuel.

Cette pensée, pourtant, la dérangeait. Bon sang, c'était la faute de ce maudit baiser !

Il avait bouleversé la donne. Autrefois, Jake et elle étaient comme frère et sœur, et voilà qu'un élément perturbant était venu se glisser dans la mécanique bien huilée. Un malaise, une légère tension, des ondes inhabituelles flottaient dans l'air.

Elle n'avait pas le temps d'y réfléchir !

— Ils ont dû laisser passer quelque chose, Jake, dit-elle en s'asseyant.

Elle ouvrit un dossier. Aussitôt, le tract « Disparue », qu'avec des centaines de volontaires elle avait diffusé dans Beaufort, capta son attention. La photo de sa fille fit monter des larmes à ses yeux, brouillant sa vision.

— Bon sang, Sarah…, murmura Jake quand il se rendit compte de son émotion.

Il s'approcha d'elle.

Tiens bon, s'intima Sarah. Avec succès. Elle réussit à lever sur Jake des yeux secs à la seconde où il retournait le tract, masquant la photo. Sarah baissa de nouveau la tête et fit défiler les photos du parc. Il y en avait six par page. Elle s'obligea à respirer en sourdine afin que Jake ne perçoive pas les sanglots qui grondaient dans sa poitrine. Ah, le pavillon… Puis les allées, les pelouses, les trottoirs, la promenade, la plage… Tous les clichés avaient été pris plusieurs heures après la disparition de Lexie. Ils ne présentaient donc guère d'intérêt.

— Tu sais que tout ça n'a rien à voir avec Lexie, n'est-ce pas ? demanda Jake.

Il se tenait debout à côté d'elle, mais elle ne chercha pas son regard. Elle ne voulait pas voir la pitié dans ses prunelles couleur de nuit, ni lui laisser découvrir la douleur dans les siennes.

— Il se passe un sale truc, poursuivit Jake, mais Lexie n'est pas le pivot de cette histoire. Son enlèvement est juste une arme qu'emploie quelqu'un pour t'atteindre.

— Qui ? demanda Sarah en tournant une autre page. Et pourquoi ?

— Aucune idée. Mais je suis sûr que le fantôme de ta fille, ou son esprit, n'essaie pas d'entrer en contact avec toi. Parce que je sais que tu as envisagé cela, Sarah. Nous parlons d'une personne bien vivante qui t'en veut. Qui t'a peut-être tiré dessus et, dans ce cas, cherche sans doute encore la bonne occasion pour te tuer. Qui se sert de ton malheur pour arriver à ses fins. Quelqu'un qui te hait ou qui a quelque chose à gagner dans l'affaire. Un type que tu veux inculper, comme Helitzer. Ou dont tu as obtenu la condamnation. Ou alors, quelqu'un à qui Madame le Procureur en a fait voir de toutes les couleurs.

Il s'interrompit, tandis qu'un sourire se dessinait sur son visage.

— Hé, maintenant que j'y pense, tu comptes pas mal d'ennemis, même dans le passé.

— Oh, merci !

Le sourire s'effaça, remplacé par une expression désabusée. Il se pencha et Sarah perçut l'impression de force qui se dégageait de lui. Il ne la toucha pas, gardant ses mains agrippées au dossier de la chaise.

— Accorde-toi une pause, Sarah. Même si tu laisses tomber tout ça jusqu'à demain matin, ça ne changera rien.

L'intonation de Jake était devenue douce, presque tentatrice et, pendant quelques instants, Sarah fut effectivement tentée. Oui, oublier, ne fût-ce que le temps d'une soirée… Il lui suffisait de détourner ses pensées, de se relaxer avec Jake, de regarder la télévision, ce qu'ils n'avaient pas fait ensemble depuis une éternité.

Mais elle en était incapable. Ses interrogations, ses hypothèses, ses raisonnements viraient à l'obsession.

Elle partageait l'avis de Jake sur ce qu'il se passait, jugeait logique sa thèse de l'inconnu qui se servait de sa fille pour se venger. Bien. Et alors ? Elle demeurait persuadée que la clé du mystère concernant Lexie était derrière tout cela. Par conséquent, chaque seconde qu'elle ne consacrerait pas à des recherches, elle la vivrait comme du temps perdu.

— Jake, personne n'était au courant, pour « eeyore ». J'en suis sûre à quatre-vingt-dix-neuf pour cent. Toutefois, si je découvre « eeyore » écrit dans le dossier, alors je saurai que tu avais raison et je laisserai tomber. Mais si je ne vois le mot nulle part…

Elle n'acheva pas. Elle était trop pressée de reprendre la mission qu'elle s'était assignée. Le rapport qu'elle tenait maintenant était l'interrogatoire d'un témoin qui s'était trouvé dans le parc avec Lexie. Elle soupira quand elle se rendit compte qu'elle ne pouvait pas se contenter de survoler les feuillets. Il fallait qu'elle les lise tous attentivement. Alors elle se concentra et commença sa lecture à la première ligne.

Jake s'installa à la table en face d'elle, prit une chemise et l'ouvrit. Il la suivait dans ses projets, ainsi qu'il l'avait toujours fait, songea Sarah, le cœur soudain plus léger. Quel bonheur de constater qu'en dépit des événements récents, rien n'avait changé entre eux, qu'il demeurait son protecteur, qu'il lui conservait son indéfectible amitié.

Deux heures plus tard, ils étaient toujours plongés dans le dossier. Ils avaient à plusieurs reprises débattu d'un point ou d'un autre, envisagé nombre de possibilités, mais sans résultat concluant. Rien de neuf ne sortait de cette scrupuleuse lecture.

— Ça suffit pour ce soir, lança Jake tout à coup.

Il referma la chemise qu'il avait entre les mains. Puis, fermement, il rabattit aussi celle dont Sarah étudiait le contenu.

Elle aurait aimé protester, mais les lettres alignées sur le feuillet restèrent imprégnées sur sa rétine après que Jake eut ôté la chemise cartonnée. Une bonne indication : elle n'en pouvait plus. Il était vraiment temps d'arrêter.

Tristement, elle regarda la pile de chemises posée sur la table. Ils n'en avaient lu que la moitié. Et il en restait quatre fois plus aux archives de l'agence, un étage en dessous. Cette pensée lui fit ployer les épaules. Ce qu'elle avait entrepris risquait de durer une éternité, et sans garantie de succès.

— Au lit, annonça Jake avec autorité en se mettant debout.

Les yeux de Sarah allèrent d'eux-mêmes vers ceux de Jake. Les deux mots prononcés par Jake, hier encore, auraient été anodins. Mais désormais ils avaient changé de connotation.

Il fallait vraiment qu'elle soit à bout de forces pour faire de ces associations d'idées, songea Sarah. Sans, toutefois, réussir à chasser le souvenir qui l'assaillait soudain, celui des mains de Jake sur ses seins, de la réponse enfiévrée de son corps à leurs caresses.

En voyant s'assombrir son regard, se crisper ses lèvres, elle comprit qu'il percevait ses pensées. Il la connaissait si bien…

— Il est presque minuit et je suis crevé, Sarah.

Elle se leva, ne s'étonna pas que sa tête tourne un peu ni que ses jambes soient flageolantes. Jake enfouit ses mains dans les poches de son jean, puis, tout en se balançant d'avant en arrière sur ses talons, demanda :

— Alors ? Tu dors avec moi ?

16

Pendant quelques instants, Sarah se borna à le fixer par-dessus la table, interdite. La nuit précédente, elle avait dormi dans ses bras. Mais tout était différent, ce soir…

Lentement, un sourire se dessina sur les lèvres de Jake, un de ces sourires charmeurs et coquins qu'il ne lui avait pas décochés depuis longtemps.

— Je lis sur ta figure que la réponse est négative, dit-il.

Elle se rendit compte qu'il venait de la taquiner. Il retrouvait son goût de la plaisanterie. Tout allait s'arranger. D'ailleurs, il ne semblait plus du tout lui en vouloir.

Sweetie-pie, qui jusque-là dormait à ses pieds, se leva lui aussi, s'étira, puis la regarda d'un air interrogateur.

— Tu veux sortir, mon toutou ?

La très éloquente mine du chien lui répondit oui.

— Jake, il faut que je le descende.

Elle attrapa la laisse posée sur la table basse. Sweetie-pie, qui connaissait toute la procédure, vint docilement se caler contre son genou pour qu'elle accroche le mousqueton à l'anneau de son collier.

— Je m'en occupe, dit Jake.

— Toi ? fit Sarah, ébahie, alors que Jake lui prenait la laisse des mains et attachait le chien.

— Tu vois un autre abruti suicidaire dans le coin ?

Elle éclata de rire.

— Tu ferais vraiment ça pour moi, Jake ?

— Il n'y a rien que je ne ferais pour toi, repartit-il d'un ton sec, toute jovialité envolée.

Il baissa les yeux vers Sweetie-pie, qui s'appuyait contre le mollet de Sarah. Le chien le regarda en retour et retroussa les babines sur un grondement. Pas un grognement féroce, mais on n'en était pas loin. Jake pointa l'index vers l'énorme gueule noire aux dents d'un blanc éclatant.

— Je dois reconnaître que ça, c'est de nature à me faire réfléchir quand même.

— Je t'accompagne.

— Non. Tu ne bouges pas, juste au cas où le type qui veut te liquider se baladerait dans le quartier.

— Oh… Tu… tu crois que c'est possible ?

— Sais pas. Mais si tueur il y a et s'il veut aller au bout de son idée, il faut qu'il te suive. Je me trompe peut-être sur toute la ligne, mais dans le doute, je ne veux pas prendre de risque.

Il se dirigea vers la porte, mais soudain, il se bloqua sur place, la laisse tendue à bloc : Sweetie-pie refusait de bouger d'un pouce.

— Si le tueur existe bien, alors tu lui as quasiment donné une invitation sur bristol, Sarah, quand tu es allée seule dans le parc. Que tu sois toujours en vie est à mon sens un bon signe. D'un autre côté, même les tireurs d'élite ont peur de louper leur cible quand il pleut des cordes… alors ils attendent un changement de météo.

— Oh, tais-toi, Jake.

Un sourire moqueur passa fugacement sur les lèvres de Jake. Il baissa de nouveau les yeux vers le monolithe noir, à l'autre bout de la laisse.

— Allez, viens, Sweetie.

Le chien fixa sa maîtresse, puis l'indésirable mâle qui prétendait aller le promener, avant de se résoudre avec répugnance à remuer ses cinquante kilos. Jake put poursuivre sa progression vers la porte en soupirant.

Une pensée traversa l'esprit de Sarah.

— Tu crois qu'il m'a suivie jusqu'ici ?

L'idée que celui qui voulait sa mort puisse maintenant la guetter dans la rue, qu'il l'ait filée discrètement où qu'elle soit allée aujourd'hui, lui fit froid dans le dos. Comment n'avait-elle pas songé qu'il la guettait, au cours de ses pérégrinations de la journée ? Mon Dieu, elle était vraiment idiote.

— Je l'espère bien, répondit Jake, une main sur la poignée de la porte. J'ai placé quelques gardes dehors. Ils surveillent l'immeuble. S'il vient, nous l'aurons.

Il tira le battant, regarda le chien qui regardait sa maîtresse d'un air désespéré, puis revint à Sarah.

— Tu as bien les consignes en tête, hein ? Tu ne bouges pas jusqu'à ce que je revienne.

Sarah acquiesça d'un hochement de tête. Sweetie-pie dut sentir sa tension, car il montra encore plus largement ses superbes crocs.

— Très bien, Sarah. À toi, maintenant, joli toutou. Viens, mon bébé, on va faire pot-pot.

Sarah ne put s'empêcher de rire : Jake avait adopté une voix de fausset, la même que celle de Jack Nicholson dans *The Shining*. Sweetie-pie lança à Jake un coup d'œil vibrant de pure exécration, puis condescendit à se laisser emmener.

L'absence de Sweetie-pie et de son maître de substitution n'excéda pas quinze minutes. Tendue à cran, Sarah bondit du canapé quand ils rentrèrent. Manifestement, il pleuvait toujours : les épaules et le buste de Jake étaient secs, mais pas son jean ni ses chaussures. Il avait dû prendre un parapluie. Le pelage de Sweetie-pie luisait et sentait le mouillé, mais il ne se secoua pas. Sarah supposa qu'il l'avait fait en bas, et de nouveau dans le hall de réception de l'agence.

— Alors ? Quelque chose ? demanda-t-elle pendant que Jake détachait la laisse de Sweetie-pie.

Elle se chargea de lui enlever son collier, et lui caressa la tête tout en l'amenant à la cuisine où l'attendaient ses croquettes et son bol d'eau. Jake secoua la tête.

— Non, rien. Mais la garde sera maintenue toute la nuit. En plus, j'ai branché les alarmes. Et tu auras Cujo dans ta chambre. Tu pourras dormir comme un bébé…

Il sourit en ajoutant :

— … même sans moi.

Il plaisantait de nouveau. Leur relation était vraiment revenue à la normale.

— Tu es le meilleur, Jake.

— Attention à ce que tu dis, je pourrais vouloir te prouver que tu as raison… Au lit, s'entend.

Son intonation était à présent dénuée de gaieté. Il alla récupérer la télécommande sur le canapé et arrêta la télévision. Sarah se retira dans la chambre d'ami sans ajouter un mot. La bonne humeur de Jake avait été de courte durée.

Le lit double dans lequel elle se glissa était confortable, la chambre agréable, la vieille chemise de nuit bleu pâle avec un chaton endormi sur le devant, douce et familière, la respiration régulière de Sweetie-pie sous le lit, réconfortante, le bruit de la pluie sur les vitres, apaisant. Que l'alarme soit branchée et Jake dans la maison achevait de la rassurer. En cas d'ennuis, il lui suffirait de prononcer le nom de Jake pour qu'il arrive. Un appel, une plainte ou n'importe quel autre son, même le plus ténu, le feraient débouler dans la chambre à la seconde.

Sarah s'endormit. Le sommeil vint avec son cortège de rêves. La plupart du temps, elle ne se les rappelait pas. Parfois, elle se réveillait en éprouvant un sentiment de bien-être, et elle pensait aussitôt que Lexie était venue lui rendre visite en songe. Il lui arrivait aussi d'émerger du sommeil en pleurs, et elle croyait alors avoir revécu la disparition de sa fille.

Cette nuit, ce fut un cri qui la réveilla. Son propre cri. Elle resta immobile sur le dos, les poings serrés sur les couvertures, les yeux fixés au plafond. Elle respirait à petits coups, son pouls battait trop vite. Qu'est-ce qui l'avait arrachée à son profond sommeil ? Quelque chose de triste ou d'effrayant, puisqu'elle avait crié. Jake allait surgir. Elle écoutait, guettant son pas rapide dans le couloir. Il allait arriver, oui, se dit-elle. Et son pouls, son souffle se calmèrent. Il faisait noir dans la chambre. Le silence régnait. Jake n'arrivait pas. Sweetie-pie continuait à dormir paisiblement. Sarah comprit soudain qu'elle n'avait crié que dans un cauchemar. Puis elle se souvint. Une sorte de cyclope la poursuivait. Elle s'était retournée pour le regarder en face et…

L'objectif d'une caméra vidéo ! C'était cela, l'œil unique. Un homme la filmait avec une caméra vidéo, dans le parc, peu après la disparition de Lexie, alors que, au bord de l'hystérie, elle nourrissait encore quelque espoir de retrouver sa fille. Un groupe de majorettes en tenue rouge et blanc venait d'exécuter son numéro derrière elle. La police avait récupéré les dizaines de films pris ce jour-là par les gens présents, et visionné toutes les bandes. Un appel avait été lancé à la télévision pour demander à ceux qui avaient des images vidéo du festival de les confier aux enquêteurs, et les films étaient arrivés en masse. Sarah les avait tous regardés, en quête du moindre indice, sans résultat.

Aucune bande ne les montrait, Lexie et elle. Pourtant, les vidéos amateurs ne manquaient pas devant le groupe de majorettes. Ce film-là, elle aurait dû le voir puisqu'un homme tenait une caméra – elle se le rappelait très nettement, à présent. Or la vidéo ne faisait pas partie du lot. Bizarre. À moins que, vu le nombre de bandes, celle-là ne lui ait échappé ? L'aurait-elle vue et oubliée ? Après tout, sept ans s'étaient écoulés, et à l'époque elle ne cherchait pas à se repérer, sur les images, devant un groupe de majorettes. De plus, sa mémoire ne lui restituait le souvenir de l'homme à la caméra que depuis peu. Depuis qu'elle était allée dans le parc, hier en fin d'après-midi.

Le cauchemar avait encore rafraîchi ses souvenirs et, tout à coup, il lui semblait que l'homme s'était anormalement intéressé à elle. Son subconscient avait enregistré ce détail car il était troublant. Et inquiétant, puisqu'elle venait de se réveiller en nage et en larmes.

La question qui lui tournait dans la tête était : pourquoi cet homme l'avait-il filmée, elle, et non les majorettes ? Mon Dieu… après avoir emmené Lexie, avait-il voulu immortaliser les réactions de sa mère ?

Probablement pas. C'était une hypothèse tirée par les cheveux. Son imagination lui jouait des tours, comme souvent depuis la perte de sa fille. Mais elle revoyait l'homme : entre deux âges, solidement bâti, bouche pincée sous une épaisse moustache noire. Le viseur de la caméra masquait le reste de son visage.

Elle se concentra. Aucun autre détail ne lui revint. Toutefois, elle avait progressé. Si cet homme avait un rapport avec la disparition de Lexie, elle tenait là un début de piste. Bien mince, imprécis, mais elle était prête à se raccrocher à n'importe quoi. D'autant que, jusqu'ici, elle n'avait rien eu d'aussi consistant. Consistant… Un bien grand mot pour un si minuscule indice, mais, si petit fût-il, peut-être ferait-il toute la différence…

Ne pas s'emballer, s'ordonna-t-elle. Rester raisonnable. Pas de fol espoir. D'abord, fouiller parmi les vidéos pour vérifier si elle avait laissé passer celle-là, persuadée qu'il n'y apparaissait que les majorettes.

Elle sortit du lit et gagna le salon à pas de loup. L'horloge digitale du téléviseur indiquait 3 h 16. Elle n'avait dormi que trois heures mais se sentait débordante d'énergie. Avoir un but ou une espérance possédait ce pouvoir magique : ils galvanisaient.

Les bandes se trouvaient dans les bureaux de Jake à l'étage inférieur. Elle ne se rendormirait pas tant qu'elle ne les aurait pas vues. Par chance, à la différence des dossiers, chacune portait une référence précise. Inutile, donc, de les faire toutes défiler. Une étiquette mentionnait le nom de la personne qui avait filmé, l'heure du début de l'enregistrement et le lieu montré.

Sarah se déplaça en silence et put ainsi constater avec dépit que, contrairement à ce qu'elle avait cru, un frottement d'orteil sur le parquet ne suffisait pas à faire jaillir Jake de son lit pour voler à son secours.

Elle descendit au premier étage et fouilla dans le stock de vidéos. Lorsqu'elle eut terminé, elle tenait huit bandes susceptibles de l'intéresser. Elle éteignit le plafonnier et remonta au second, posa les cassettes sur la table du salon et s'accorda quelques instants pour reprendre sa respiration. Les ronflements de Jake rivalisaient avec ceux de Sweetie-pie. Elle marcha sans bruit jusqu'à la chambre de Jake. Il avait laissé sa porte grande ouverte, probablement pour l'entendre si elle avait besoin de lui. Une précaution superflue, songea-t-elle en l'écoutant ronfler comme un ours dans sa tanière. Lentement et toujours en silence, elle tira le battant, le ferma puis revint dans le salon, alluma la lampe près du canapé et choisit la vidéo la plus courte : la durée des cassettes s'échelonnait entre sept et soixante minutes.

Ce fut alors qu'elle fit une découverte épouvantable : sur le téléviseur dernier cri hors de prix, on ne pouvait passer que des DVD.

Non, non… Où était sa bonne vieille télé avec son magnétoscope à l'ancienne ? L'idée de jeter toutes les vidéos dans un sac, de prendre Sweetie-pie et de rentrer chez elle lui traversa l'esprit. Elle l'abandonna tout de suite. Jake avait déclaré que le tueur l'épiait peut-être dans la nuit. Même si elle jugeait de la première importance de regarder cette vidéo, elle n'allait pas être assez stupide pour sortir seule à cette heure-ci. Et puis, il lui semblait bien que Dorothy, dans la salle de repos où elle se retirait pour déjeuner devant sa série préférée, avait un petit téléviseur avec magnétoscope intégré.

Elle ramassa les cassettes et redescendit à l'étage inférieur.

La salle de repos était adjacente à celle des archives et de petites dimensions. Dorothy en étant l'unique utilisatrice, le décorateur n'y avait pas sévi. Sur une cloison étaient accrochés des placards de cuisine et un comptoir sur lequel se trouvait le téléviseur. À côté, un réfrigérateur, un évier et un four à micro-ondes. Le bleu dominait dans la pièce : murs peints d'un bleu doux, canapé fleuri à dominante azur, surmonté d'un miroir en forme de coquillage, faisant face aux placards. À l'autre bout de la pièce, une table de jeu et quatre chaises étaient installées, de sorte que Dorothy puisse prendre ses repas tranquillement, avec tous ceux qui voulaient lui tenir compagnie. Des rideaux d'un bleu outremer masquaient une petite fenêtre.

Sarah inséra la cassette dans le magnétoscope et baissa le son au maximum pour ne pas réveiller Jake, même si, désormais, elle doutait qu'un volume inférieur à celui d'une bombe puisse le sortir du sommeil. Puis, s'asseyant sur le canapé, elle pressa la touche « on » de la télécommande.

Deux garçonnets qui jouaient au ballon apparurent. On distinguait le pavillon au fond. Les enfants étant pris dans leur intégralité, celui qui filmait avait dû s'accroupir : derrière les enfants, on ne voyait que la partie inférieure des personnes, des pieds à la taille. La deuxième vidéo montrait un chien courant après un Frisbee sur l'allée qui menait du pavillon à la plage. Parmi les gens en arrière-plan, personne ne retint l'attention de Sarah, mais elle décida de faire des arrêts sur image plus tard, afin d'examiner les visages un à un. Peut-être l'homme qui l'avait filmée se trouvait-il à ce moment-là avec eux.

La troisième vidéo avait été prise à l'intérieur du pavillon par un parent d'Andrew, ce même Andrew qui jouait dans l'équipe de base-ball de Lexie. Le garçonnet était le seul et unique sujet du film. Pourtant, Sarah avait passé et repassé cette bande une douzaine de fois après la disparition de sa fille, car la caméra avait brièvement capté Lexie. Plus précisément, sa queue de cheval couleur cuivre attachée par un ruban bleu, que l'on distinguait l'espace d'une nanoseconde dans un angle de l'image. Sachant ce qu'elle allait avoir sous les yeux, Sarah fit défiler la bande en accéléré pour éviter l'instant, mais elle ne fut pas assez rapide et la queue de cheval fut là, le temps d'un battement de cœur. Sarah déglutit avec peine.

Elle remplaça cette vidéo qui lui causait tant de souffrance par une autre et s'adossa au canapé au moment où, à l'image, une jeune femme qui mangeait un hot-dog saluait le cameraman.

— Au nom du Ciel, Sarah, il est 4 heures du matin !

Jake était arrivé dans un silence absolu. Sarah bondit. Cheveux en broussaille, yeux injectés de sang, en jean et torse nu, il se dressait dans l'encadrement de la porte que ses larges épaules touchaient presque de part et d'autre. Depuis quand Sarah ne l'avait-elle pas vu sans chemise ? Une éternité. Sur sa poitrine, sa toison noire dessinait un triangle bien net. Incroyable qu'il ait si belle allure, étant donné son régime alimentaire.

Bon, le génie était sorti de la bouteille, et il n'entendait visiblement pas y rentrer : il lui plaisait, songea Sarah, inutile de se voiler plus longtemps la face. Le seul mot qui lui vint à l'esprit tandis qu'elle regardait Jake était « sexy ». Il n'était plus Jake-le-copain, celui sur lequel elle s'appuyait, le compagnon des bons et des mauvais jours, qui répondait toujours présent. Elle ne parvenait plus à le cantonner dans ce rôle, d'autant qu'il aspirait à en tenir un autre et, mon Dieu, elle commençait à avoir vraiment envie qu'il occupe cet emploi.

Pendant des années, il avait représenté ce qui, pour elle, se rapprochait le plus d'un parent, d'un membre de sa famille perdue. L'idée que jamais elle ne l'avait considéré autrement et que c'était absurde la frappait ce soir de plein fouet. Comment avait-elle pu ignorer son sex-appeal ?

Il avait raison. Depuis qu'elle avait perdu Lexie, la douleur l'avait rendue aveugle et sourde au monde qui l'entourait. Elle s'était volontairement coupée de la vie.

Elle comprit que, toute à ses réflexions, en proie à un séisme intérieur, elle posait sur lui un regard vague, dérouté, qui trahissait un immense trouble, car il s'intercala entre le téléviseur et elle, croisa les bras sur sa poitrine et lança sur un ton sévère :

— Tu es complètement malade, Sarah !

— Quoi ? Qu'est-ce qu'il y a ? Je regarde juste…

— Je sais ce que tu regardes ! Tu crois que je n'ai pas assez visionné ces cassettes pour ne pas les reconnaître quand je les ai devant moi ?

Il laissa échapper un long soupir exaspéré puis enchaîna :

— Peux-tu me dire pourquoi, toi, tu les regardes de nouveau ?

Sarah inclina la tête sur le côté : Jake lui cachait la moitié de l'écran. La jeune femme avait avalé son hot-dog et envoyait des baisers à la caméra.

— Je me suis souvenu de quelque chose, Jake.

Il tourna le bouton du téléviseur avec une fermeté empreinte de rage. Bon. Ce n'était pas le moment de remettre sur le tapis le sujet « Jake-avait-raison-Sarah-refuse-tout-plaisir ». En revanche, il fallait lui parler de l'homme qui la filmait, convaincre Jake qu'il y avait peut-être là une piste à suivre.

— Jake, peu de temps après la disparition de Lexie, au parc, alors que je courais dans tous les sens, un homme me prenait en vidéo. Des majorettes exécutaient un numéro derrière moi, mais c'était sur moi qu'était fixé son objectif. J'en suis quasiment sûre. Alors je voulais savoir si la police avait bien récupéré ce film-là. Parce que sinon…

— T'ai-je déjà précisé qu'il était 4 heures du matin ? coupa Jake. Tu ne t'es pas mise au lit avant minuit, et maintenant tu es là !

— Je ne suis pas fatiguée. Écoute-moi, Jake, je…

— Moi, je suis crevé. Tu n'as pas pensé à ça, hein ? Je suis tellement épuisé que je vois double !

— Remonte te coucher. Je veux simplement m'assurer que…

— Tu devrais être vannée ! Bon sang, si tu continues comme ça, tu vas finir par te tuer.

— Je ne suis pas une petite chose fragile. Je…

— Ah bon ? Est-ce que tu t'es regardée dans une glace récemment ? rétorqua Jake avec dureté, en l'entraînant vers le grand miroir accroché au-dessus du canapé.

Les mains sur ses épaules, il la fit pivoter de manière qu'elle voie son reflet. Derrière elle, le visage de Jake se trouvait plongé dans une semi-pénombre, tandis que le sien était éclairé par le faisceau lumineux de la lampe posée sur la table basse, ce qui, de l'avis de Sarah, expliquait cette lividité, ces yeux cernés de noir sur la figure qu'elle voyait dans la glace. Ses cheveux en désordre masquaient partiellement la blessure. D'accord, elle était très pâle et, il fallait bien l'admettre, le manque de sommeil devait être en cause. Quant à ses pommettes trop saillantes, eh bien, nul doute que se nourrir n'avait pas fait partie de ses priorités ces derniers temps. Maintenant qu'elle y pensait, elle n'avait pris ni petit déjeuner ni déjeuner la veille.

Jake marquait un point. Elle semblait bel et bien fragile. Mais elle n'allait pas le reconnaître. Pas question de lui donner des munitions.

Elle releva fièrement le menton.

— Et alors ?

Leurs yeux se croisèrent dans le miroir. Les mains de Jake affermirent leur prise. Bronzées, grandes, très masculines, elles accentuaient l'étroitesse de ses épaules. Il se tenait si près d'elle qu'elle sentait sa chaleur, qui irradiait délicieusement vers son dos. Une chaleur troublante, excitante. Et bien trop plaisante à un moment qu'elle souhaitait dévolu à ses recherches. Elle ne voulait rien qui la détourne de son objectif : passer en revue les vidéos. Mais elle se savait nue sous la chemise de nuit, et son corps se souvenait des caresses reçues quelques heures plus tôt. Elle exigea de ses sens qu'ils se rendorment, se libéra de l'étreinte des mains de Jake et se tourna vers lui, bras croisés sur les seins. Puis elle riva au sien un regard empreint de défi.

— Tu cours après des chimères, Sarah. Si tu continues de cette façon, tu vas t'effondrer. Ça servira à quoi, à qui, hein ? Pour Lexie, à rien.

Elle n'avait pas songé à cela.

— Jake, j'ai l'impression d'être plus près de la clé du mystère que je ne l'ai jamais été. En rêve, j'ai vu cet homme à la caméra et je me suis rappelée qu'il se trouvait bien dans le parc. Je me souviens aussi de quelques éléments de son visage. Si je le revoyais sur la vidéo, je pourrais faire de lui une description plus précise. C'est pour ça que j'ai besoin de regarder ces films. Si celui dont je parle n'est pas dans le lot…

— … il n'y sera toujours pas demain. Allez, viens, Sarah. Tu n'as peut-être pas besoin de sommeil, mais moi, si. Or si tu restes ici, je ne pourrai pas fermer l'œil.

Il essayait de la culpabiliser et elle résistait de toutes ses forces mentales. Il le perçut car il la prit par la main et l'entraîna vers le couloir, éteignant la lampe du salon au passage.

— Les bandes…

— Fais-moi confiance, Sarah, elles ne s'envoleront pas.

La lumière de la chambre de Jake, qui s'échappait par la porte ouverte, baignait l'escalier d'une chiche clarté. Les recoins, le palier et le fond du couloir de l'étage supérieur restaient ténébreux. Il gravit les marches, Sarah à sa suite. Il la tractait comme un pêcheur remonte de l'eau une prise de poids. Une fois arrivé à l'étage, il lâcha sa main et lui montra sa chambre.

En dépit de tous ses efforts, Sarah était à présent rongée par la culpabilité. Elle se résigna quand même à regagner son lit, consciente d'être trop tendue pour retrouver le sommeil. Mais Jake, lui, n'aurait pas ce problème. Alors, au lieu de visionner les bandes, elle allait s'allonger et fixer le plafond. Elle ne bougerait plus. Du moins pas tant qu'elle ne serait pas certaine que Jake s'était rendormi.

— Je suis désolée de t'avoir réveillé, dit-elle sincèrement.

Il venait de tourner la clé de la porte d'accès à l'étage inférieur. Elle bâilla ostensiblement, puis entra dans la chambre et éteignit la lampe de chevet.

— Tu as raison, je suis fatiguée. À demain matin, OK ?

— Attends. Peux-tu me répéter ça ?

Sa silhouette se précisa lorsqu'il passa dans la lumière provenant de sa propre chambre.

— Quoi ? Que je suis fatiguée ?

Elle cherchait à tâtons l'interrupteur de la lampe de chevet.

— Non, je parlais de ton aveu. Ce « Tu as raison »… Je n'ai pas l'impression que tu m'aies jamais dit ça.

— Oh…

De nouveau, il était proche d'elle, trop proche. Ses yeux noirs frangés de longs cils couleur de jais, sa barbe naissante qui ombrait son menton et ses joues, son cou puissant, ses épaules nues d'athlète dignes de la statuaire grecque, son buste et sa toison en triangle, qui s'affinait si joliment à la taille, avec en dessous les hanches étroites, puis les longues jambes de sprinter… Mon Dieu, comme elle aimait ce qu'elle voyait… Comme elle aimait Jake, cet être aussi familier que son propre reflet et qui, soudain, lui était devenu presque étranger… Un étranger qu'elle brûlait de connaître.

Elle sentait en elle les prémices de l'attirance sexuelle. Ses émois, si longtemps bridés et anesthésiés qu'elle en avait oublié les manifestations, resurgissaient. À cause d'un baiser.

Le moment était mal choisi pour renoncer à sa maîtrise de soi, songea-t-elle. Pourtant, les battements de son cœur s'accélérèrent lorsque Jake se rapprocha encore. Elle se figea, dans l'attente de ce qui allait suivre. Elle n'avait pas réussi à presser l'interrupteur de la lampe de chevet et, ainsi plongée dans l'obscurité, elle craignait de se retrouver dans une situation intenable tant que les emballements de son corps ne seraient pas disciplinés.

— Eh bien ? fit Jake.

— Eh bien, oui, tu avais raison.

Elle se rendit compte que, sous l'effet de la tension nerveuse, elle avait prononcé ces quelques mots d'un ton mordant. Elle soupira. Il fallait se rendre à l'évidence, elle venait de perdre son combat contre elle-même. Le problème, dans leur histoire, c'était qu'ils avaient toujours fait montre d'une honnêteté absolue l'un vis-à-vis de l'autre. Dissimuler était exclu.

— Sur quel point avais-je raison, Sarah ?

— Ce que tu m'as reproché quand on s'est disputés. Que… que je refusais tout plaisir.

— Effectivement. Tu travailles tout le temps, tu ne dors pas, tu…

— Stop ! J'ai déjà reçu le message. Mais… puis-je te demander quelque chose ?

— Oh, là ! Pourquoi ai-je l'impression qu'il s'agit d'une requête lourde de conséquences ?

Sarah ne releva pas. Tant qu'elle en avait le courage, elle préférait poursuivre.

— Pourquoi m'as-tu embrassée ? Et ne me réponds pas que c'est à cause de la journée stressante que tu venais de passer. Je veux la vérité.

— Ma jolie, tu ne supporteras pas la vérité.

Il avait prononcé ces mots avec désinvolture, espérant probablement qu'elle abandonnerait le sujet. Mais elle n'en avait pas l'intention.

— Je veux savoir pourquoi tu m'as embrassée, Jake. Je dois le savoir.

Un ange passa. Jake souriait à demi. Puis il fit un geste qui surprit Sarah : il lui prit les mains, les porta à ses lèvres et les baisa. C'était si romantique qu'elle en resta interdite. Jake était donc capable d'agir avec cette délicatesse ? Apparemment oui, et cette découverte affolait son cœur. La bouleversait de la tête aux pieds. Plus encore, sans doute, qu'un baiser torride sur la bouche.

Elle chercha son regard. Il brillait de tous ses feux, comme quelques heures plus tôt, lorsqu'il s'était pressé contre elle avec une ardeur qui ne laissait aucune place au doute.

— Vois-tu, Sarah, ce qu'il y a, c'est que j'en ai marre que nous soyons les meilleurs amis du monde.

17

— Rassure-moi, Jake, ça ne signifie pas que tu me trouves vraiment pénible, si ?

Elle s'efforçait de maintenir la conversation sur un mode léger, alors qu'en réalité, un nœud se formait dans son estomac.

— Mais si. Tu me rends dingue.

— Pourrais-tu te montrer un peu plus précis ? Je te rends dingue comment ? Je t'empêche de dormir, c'est ça ? Ou bien parles-tu de quelque chose de plus grave ?

— Les deux. Mais le plus important, c'est que… je suis dingue de toi.

Il avait laissé retomber les mains de Sarah mais sans les lâcher. Il les tenait maintenant à hauteur de ses hanches.

Éperdue, Sarah s'interrogeait : était-ce à elle que s'adressait cette déclaration ? C'était trop agréable, trop ensorcelant. Ce n'était pas possible. Sarah Mason ne pouvait recevoir un tel aveu.

Un peu effrayée, comme une grand-mère chaussant des patins à roulettes pour la première fois depuis des décennies, elle choisit l'approche prudente. De peur de glisser et de tomber.

— Redis-moi ça, Jake.

— Tu as besoin que je te fasse un dessin ? Bon, alors on y va. Je veux que notre relation prenne une nouvelle direction. Je veux t'inviter à dîner, au cinéma, sur mon bateau, en vacances. Et, puisque nous avons décidé d'être francs, je veux faire l'amour avec toi. Voilà ce que je veux. L'ennui, c'est que tu n'es même pas fichue de me rendre un baiser.

Incapable de se dominer, Sarah sentit son souffle s'accélérer. De l'électricité semblait tout à coup crépiter dans l'air.

— Ça peut s'arranger, murmura-t-elle.

Elle soutenait son regard. Elle eut l'impression d'y voir passer des flammèches.

— Vraiment, Sarah ?

— Oui.

Leurs corps ne se touchaient pas. Jake ne se rapprocha pas. Il baissa la tête et effleura les lèvres de Sarah. Rien d'insistant, ni même de sensuel dans ce baiser. Tout juste des ailes de papillon frôlant sa bouche.

Elle frissonna, la gorge brusquement sèche. Puis la chaleur qui jusque-là se cantonnait à son ventre se répandit dans tout son corps, tel un raz-de-marée bouillant. Elle se crut sur le point de fondre. Les yeux toujours ouverts, elle fixait Jake, et ce qu'elle vit dans les prunelles couleur de nuit lui donna un léger vertige. Elles luisaient de désir, de faim d'elle. Mais elle y lut aussi de la vulnérabilité, de l'anxiété. Et cela l'attendrit jusqu'aux larmes. Jake le surhomme, dur et fiable, celui qui avait toujours réponse à tout dans l'instant, dont le sang-froid semblait à toute épreuve, était vulnérable à cause d'elle. Cette découverte acheva de briser le dernier lien qui la retenait encore dans sa prison de chagrin.

Elle ferma les yeux, avança d'un pas et se nicha contre lui, pressant ses seins contre son torse nu, insinuant une jambe entre ses cuisses si solides. Dans la seconde, ses seins se durcirent. Quelque chose, tout au fond d'elle, céda. Le barrage, déjà fissuré, venait de se rompre, libérant les flots de désir contenus depuis tant d'années.

Elle glissa la langue entre les lèvres de Jake et fouilla sa bouche avec ardeur.

Pendant un instant, où le temps parut suspendu, il demeura pétrifié, comme s'il avait du mal à croire ce qui arrivait. Puis il murmura quelques mots inaudibles, ferma ses bras autour d'elle et l'étreignit avec ferveur, l'obligeant à creuser les reins, à se hisser sur la pointe des pieds. Leurs corps s'adaptaient l'un à l'autre comme de la pâte dans un moule, se fondaient en une entité idéale. Il lui rendit son baiser avec tant de ferveur qu'elle sentit la tête lui tourner.

Elle aimait la façon dont il l'embrassait. Elle voulait le lui dire mais n'en avait pas la force, se contentant de le penser, convaincue que leur osmose était si totale qu'il pouvait lire dans son esprit. Elle était bouleversée jusque dans les profondeurs les plus intimes de son être. Les lèvres de Jake étaient de feu et Sarah ne demandait qu'à se laisser embraser. Sa langue exigeante dévorait sa bouche, avec ardeur, curiosité, sensualité. Il l'étreignait tout en caressant son dos et la chaleur de ses paumes transperçait l'étoffe fine de la chemise de nuit. Leurs deux cœurs battaient au même rythme effréné, le souffle de Jake se confondait avec le sien, et Sarah ne parvenait plus à faire la distinction entre son propre pouls, sa propre respiration hachée et ceux de Jake.

Jake…

Oui, c'était Jake qui l'embrassait avec une passion dévorante, qui maintenant s'enhardissait, soulevait la chemise, explorait ce corps qu'aucun homme n'avait touché depuis si longtemps. Il se montrait avide, un peu maladroit, trop pressé, mais qu'importait ? La même urgence l'habitait, elle. Un besoin similaire d'aller au bout de ce qu'ils avaient commencé. Ils n'étaient plus amis mais amants. Presque amants. Encore quelques minutes et le point de non-retour serait atteint. Sans regret, mais avec une pointe de peur face à la situation nouvelle et inconnue qu'ils étaient en train de créer.

Jamais elle n'aurait imaginé que son vieux copain pût se muer en fougueux amant. Oh, il avait fait l'amour à bien des femmes. Mais à elle… Qu'il en eût envie, dans l'esprit de Sarah, relevait du sortilège.

Il venait d'abandonner sa bouche pour se consacrer à son cou, mordillant au passage le lobe de son oreille, ce qui déclencha une série de frissons le long de son échine. Jake savait la stimuler à un point inimaginable, inconcevable, au regard de ce qu'il avait été pour elle durant les sept années passées. Dire qu'elle ne s'était jamais attardée sur son charme physique… Les autres femmes devaient flasher principalement sur sa beauté. Elle, elle n'avait vu que celle de son âme. Quel aveuglement ! Mais les yeux soudain dessillés, elle rattrapait le temps perdu.

Elle sentit les doigts de Jake s'aventurer sur son mont de Vénus puis plus bas, où il caressa longuement l'intérieur de ses cuisses avant de pousser un long soupir extasié et d'oser s'insinuer dans son sexe qu'elle savait moite. Elle se mit à trembler puis geignit.

— Jake..., chuchota-t-elle entre deux accès de délicieuse fébrilité, nous sommes peut-être en train de gâcher une sacrée amitié...

Ses doigts jouèrent encore un long moment en elle, puis il répondit :

— Je suis prêt à prendre le risque.

Il se livrait à des caresses qui la rendaient folle de plaisir. Elle dut se mordre la lèvre pour ne pas crier. Toujours égal à lui-même, Jake... Elle pouvait compter sur lui dans toutes les situations. Il ne la décevait jamais. Mais là... Ô mon Dieu, il allait au-delà de ce que, dans ses rêves les plus fous, elle avait imaginé, persuadée qu'aucun homme ne lui ferait connaître un plaisir aussi étourdissant. Elle aurait pu le repousser, là, maintenant, plier face à l'embryon de peur qui ne demandait qu'à se développer, mais elle l'anéantit en un éclair.

— Moi aussi, je prends le risque, Jake.

Il la regarda, lui sourit si tendrement qu'elle en eut les larmes aux yeux, puis la serra contre lui avec une force décuplée. Encore un long baiser, langoureux et exalté à la fois, puis un pas de deux chaloupé – car ils ne se résolvaient pas à séparer leurs corps du moindre centimètre – à travers la chambre jusqu'au lit. Ils tombèrent ensemble dans les draps, roulèrent l'un par-dessus l'autre, s'octroyant de courtes pauses, le temps de se caresser mutuellement, dc goûter à petits coups de langue la moindre parcelle de leur peau. Sarah avait l'impression qu'une chaleur caniculaire régnait dans la pièce. Elle transpirait, Jake aussi, et elle se délectait du goût salé de sa sueur d'homme, s'enivrait de son parfum musqué. Aucun alcool n'aurait pu la griser à ce point. La tête légère, le corps lourd de sensations, elle gémissait. Jake releva soudain la tête et s'exclama :

— Ô mon Dieu, Sarah…

Le cri la ramena un bref instant à la réalité, l'arracha à l'univers d'extase dans lequel elle baignait. Jake… Son ami… Si elle couchait avec lui, plus rien ne serait jamais pareil entre eux. Sa vie en serait chamboulée et… Au diable les craintes ! Oui, ils allaient faire l'amour. Et ensuite… ensuite, eh bien elle s'adapterait.

— Et si tu enlevais ça ? demanda Jake en attrapant le devant de la chemise.

En un clin d'œil, il la fit passer par-dessus la tête de Sarah et la jeta au milieu de la chambre. Puis il s'écarta et se figea. Seuls ses yeux d'obsidienne bougeaient, suivant les courbes du corps nu qu'ils découvraient. Sarah ne chercha pas à tirer le drap sur elle, n'éprouva aucune inhibition. Mais tout de même un peu de frustration : elle voulait, elle aussi, voir Jake nu.

Habilement, elle déboutonna le jean, dont il acheva de se défaire. Ébahie, elle s'aperçut que, dans sa hâte à venir la chercher dans la salle de repos, il avait oublié d'enfiler un caleçon. Il s'offrit donc en un éclair dans toute sa splendeur d'homme à son regard émerveillé. Quelle puissance, quelle virilité… Ni les années ni la mauvaise alimentation n'avaient eu de prise sur lui. L'épaisseur gagnée par son torse et ses jambes au fil du temps était faite de muscles. Éblouie, elle le fit basculer sur le dos, se plaça au-dessus de lui et entreprit de le caresser, le mordillant parfois, du cou aux doigts de pied. Puis elle remonta, s'attarda sur son sexe tendu, écoutant avec émotion les râles qu'il émettait. La douceur de la peau rivalisait avec celle de la toison qui descendait en une fine ligne sombre du nombril au bas-ventre. Parfait. Jake était tout bonnement la perfection incarnée. Et dire qu'elle n'en prenait conscience que maintenant… Mais comment avait-elle pu vivre sans s'en rendre compte, sans le plaisir qu'il lui prodiguait avec tant de science et de passion ?

Elle pesa sur lui, prit sa bouche et la dévora. Lorsqu'elle s'écarta pour recouvrer son souffle, il murmura :

— Je pense à ça depuis des mois, Sarah.

— Des… mois ?

— Des années, peut-être. Non. Depuis le début, je crois. J'ai même l'impression de n'avoir attendu que toi.

À son tour, il la fit rouler, se plaça en appui sur ses bras tendus, et lentement, vint en elle. Il eut un gémissement rauque à l'instant où il ne douta plus qu'elle était prête pour lui, que son sexe enveloppait le sien et que, tout à coup, ils ne faisaient plus qu'un.

Sarah crut voir des étoiles lorsqu'il se mit à bouger. Elle cala ses va-et-vient sur le rythme des siens. Les ongles enfoncés dans le dos de Jake, elle poussait des râles de bonheur. Des vagues de plaisir pur montaient en elle, laissant dans leur sillage des sensations confinant au sortilège. Son corps vivait, vibrait, en demandait davantage… Et il obtint son dû : un geyser explosa soudain dans tout son être, déclenchant une jouissance d'une si délicieuse violence qu'elle crut mourir. Elle avait atteint le paradis et, flottant hors du temps, elle oublia tout. Les chagrins, les regrets, les soucis s'effacèrent. C'était donc cela, l'extase, songea-t-elle un long moment plus tard, lorsque commença le reflux. Elle entendait Jake murmurer son nom mais elle avait tout à coup tellement sommeil... Repue, épuisée, elle n'aspirait qu'à s'endormir entre ses bras. Jake avait répété « Sarah... Sarah... » pendant qu'il montait lui aussi vers le nirvana... Et maintenant, il pesait sur elle, encore en elle, et continuait à prononcer dans un souffle ces deux syllabes d'une voix enrouée.

Enfin, il se retira, bascula sur le côté et remonta les draps sur elle, quand il se rendit compte qu'elle transpirait et que l'air froid du climatiseur était trop vif. Il se leva, alla éteindre l'appareil puis revint dans le lit et se blottit, tout contre Sarah, sous les couvertures.

— Je t'ai manqué, pendant ma courte absence ? demanda-t-il en souriant.

— Mmm..., murmura-t-elle en l'embrassant, une façon de lui répondre que oui, que ces quelques secondes, elle les avait vécues comme un déchirement.

Jake sentait si bon, après l'amour. Par tous les pores de sa peau s'exhalait un parfum qui lui faisait l'effet d'un aphrodisiaque. Mais il y avait autre chose. Elle posait sur son corps si familier un regard neuf. À ses yeux, il était désormais infiniment sexy. Une mine de luxure qu'elle entendait bien exploiter jusqu'à l'épuisement. Allongée contre lui, une jambe passée pardessus ses cuisses, elle songea que, dans le passé, elle avait déjà dormi dans cette position avec lui. En toute innocence. Ce soir, ils étaient nus, et l'intimité de leur posture prenait une tout autre connotation. Le sexe était entre eux, en eux. Plus jamais ils ne seraient des amis.

Cette idée la terrifia. Jake était volage. La fidélité, il la réservait à ses amis, pas à ses maîtresses. Ô mon Dieu, elle allait le perdre !

— Et maintenant ? s'enquit-elle d'une voix tremblant de peur.

Ses mains, posées sur la poitrine de Jake, se crispèrent. Elle recula la tête de façon à voir son expression. Son visage lui paraissait soudain étranger.

— Eh bien… je ne sais pas. Tu pourrais peut-être te placer sur moi et…

— Qu… quoi ?

Pendant un instant, Sarah fut désarçonnée. Elle cilla, puis se rendit compte que son sourire, qu'elle lui avait si souvent vu sans être consciente de sa sensualité, signifiait qu'il la taquinait. Comme avant. Sur ce plan-là, au moins, rien de nouveau sous le soleil.

— Jake, je ne plaisantais pas.

— Moi non plus.

Et pour le lui prouver, il l'attrapa par la taille, la souleva et la posa sur lui, le corps plaqué le long du sien, leurs jambes emmêlées.

Oui, il était sérieux, Sarah le comprit aussitôt et, en dépit des terribles craintes qui la tenaillaient, elle goûtait ce nouveau jeu sexuel.

Néanmoins, elle insista.

— Jake, ce que je voulais savoir, c'était ce qui allait se passer maintenant.

Il ne répondit pas, mais ses mains lui positionnèrent stratégiquement les hanches sur son sexe à la vigueur renouvelée.

— Je sais ce que tu cherches à savoir, Sarah, dit-il entre deux soupirs, mais pourrions-nous remettre cette discussion à demain ? Je suis fatigué.

Fatigué, lui ? Seigneur, quel mensonge ! Il vibrait d'excitation… Il se livrait à des caresses qui, comme Sarah le constata une fois de plus, lui faisaient perdre la tête, effaçant les questions, les doutes, les peurs.

— Je te croyais fatigué, fit-elle après un temps où se succédèrent halètements et petits cris de bonheur.

Elle bougeait avec volupté, se gorgeant des effets aphrodisiaques que produisait sur son cerveau le sexe de Jake en elle.

— Je ne suis pas si épuisé que ça, susurra-t-il en lui mordillant l'oreille.

Les flots de plaisir déferlèrent de nouveau sur Sarah. Elle en émergea en nage, le pouls en déroute, grisée. Et revint aussitôt à la charge : la discussion, la vraie, elle acceptait de la reporter au lendemain, mais il y avait tout de même des points à évoquer dans l'immédiat.

— Jake, pour info, plus de bimbos, hein !

— Elles n'étaient là que pour me faire passer le temps. En attendant.

— En attendant quoi ?

— Toi.

Il prit sa bouche pour l'enivrer encore d'un baiser torride mais, soupçonna-t-elle, surtout pour l'empêcher de répondre. Le problème, c'était que ce baiser la chavira si violemment qu'elle en oublia les mots qu'elle voulait prononcer. De longues minutes plus tard, quand, enfin rassasiés, ils s'effondrèrent, à bout de forces, Sarah ferma les yeux et s'endormit comme une masse.

Jake se réveilla à 9 heures, très tard pour lui. Mais après avoir jeté un coup d'œil à la pendulette, il comprit les raisons de cette petite grasse matinée : il avait à peine dormi trois heures. Une lumière grise filtrait à travers les rideaux épais, conçus pour bloquer les rayons du soleil. Il en conclut qu'il faisait beau dehors. Par chance, on était samedi. Son emploi du temps était donc facile à aménager. En fait, songea-t-il en regardant Sarah lovée contre lui en cuillère, il était étonné de s'être réveillé. Depuis des jours qu'il ne dormait pratiquement pas, il aurait dû être anéanti. Curieusement, pourtant, il ne l'était pas. Il se sentait en excellente forme, plein d'énergie, comme un gosse le matin de Noël, qui se serait levé tout joyeux, le cœur gonflé d'entrain et en paix avec l'univers. Il était heureux, à la manière d'un homme qui a enfin tout ce qu'il désire, et ce « tout » se résumait en un seul nom.

Sarah.

Il l'avait attendue des années, rongeant son frein, comblant le vide avec des bimbos. Il avait fallu qu'elle lui en fasse la remarque pour qu'il se rende compte qu'il collectionnait les blondes à défaut d'avoir la brune tant convoitée. Oui, il avait fallu la réflexion de Sarah pour lui ouvrir les yeux. Désormais, il y voyait clair, et n'était pas sûr que cette prise de conscience soit bonne pour lui.

Quelque peu troublé, il dut se rendre à l'évidence : il était amoureux. Fou amoureux. Mais… et Sarah ? L'était-elle de lui ?

D'accord, elle avait fait l'amour avec lui mais, par expérience, il savait ces ébats fougueux sans grande signification ni conséquence. Sarah avait des problèmes. De gros problèmes, qu'ils allaient devoir gérer ensemble.

Si elle lui en laissait la possibilité, il mettrait tout en œuvre pour l'aider à reléguer le passé à sa place : derrière. Désormais, tout ce qui affecterait la jeune femme le concernerait aussi. Ce qui, à mieux y réfléchir, ne changerait pas grand-chose à la relation qui s'était instaurée entre eux depuis qu'il connaissait Sarah. À compter du premier jour, il avait fait siens tous ses soucis, ses chagrins et ses difficultés.

De nouveau, il la regarda. Elle s'était tournée et reposait maintenant sur le dos, les genoux ramenés contre le buste, la tête sur son bras qu'il n'osait bouger pour ne pas la déranger. Il ressentit une profonde émotion. Le drap s'était moulé autour de son corps. En se redressant pour voir la pendulette, il l'avait tiré, découvrant dans son mouvement le dos de la jeune femme. Il en dévorait des yeux l'harmonieux dessin. Les épaules lisses à la peau opaline, la taille fine, les hanches à l'arrondi parfait, les longues jambes et les fesses rebondies… Son cœur faillit s'arrêter de battre. Des images érotiques de la nuit écoulée surgirent dans son esprit. Il se surprit à passer dans sa tête son film porno privé et se sentit presque rougir.

Il se rappela la douceur, la saveur de sa peau, sa texture incroyablement soyeuse, entendit les petits cris qu'elle avait poussés, se souvint du plaisir ressenti… et se découvrit une nouvelle fois en érection.

Le parfum léger du shampooing à base de fleurs qu'utilisait la jeune femme monta dans ses narines. La chaleur qui émanait du corps assoupi le transperça aussi sûrement que si une paume brûlante l'avait caressé. Le souffle régulier de Sarah jouait aussi sur ses nerfs, les stimulant à la manière d'un tison ardent.

Bien sûr, il était toujours possible que ces sensations ne soient que le résultat d'un phénomène purement physiologique – il avait des fourmis dans le bras qui était resté coincé sous la tête de Sarah… Mais il n'en croyait rien. Elle était nue, dans son lit, et il avait envie d'elle. Sans oser lui faire des avances. Parce que cette femme qui l'excitait, c'était Sarah et pas une autre. Et il savait à quel point elle avait besoin de sommeil.

Il tenait à ce que Sarah ait tout ce dont elle avait besoin.

Il venait de décider de se lever en catimini et de la laisser dormir quand il perçut un grattement de l'autre côté de la porte fermée. Il jeta un coup d'œil mauvais en direction du battant. Sweetie-pie se manifestait ! Évidemment. Il n'avait pas oublié l'intrusion du chien dans la chambre d'ami de Sarah et le réveil en fanfare que lui avaient valu ses reniflements indiscrets. Le chien voulait sortir, il l'aurait parié à dix contre un. Il se demandait pourquoi il s'était réveillé ? Il avait la réponse. Les grattements du monstre s'étaient chargés de l'arracher à une bienheureuse léthargie.

Pas question de réveiller Sarah pour cela, se dit-il. Il jura entre ses dents, se déplaça au ralenti dans le lit, roula jusqu'à la ruelle après avoir dégagé son bras et se mit debout. Après cela, il remonta les draps sur Sarah, récupéra ses vêtements éparpillés sur le sol et les enfila. Pieds nus, il marcha vers la porte. Les grattements de Sweetie-pie s'amplifièrent lorsqu'il tourna doucement la poignée. Sarah n'entendit rien.

Elle était sienne, songea-t-il, la poitrine gonflée de bonheur. Et il se sentit aussitôt prêt à se jeter dans la gueule du loup qui attendait de l'autre côté de la porte, puisque ce monstre était indissociable de sa bien-aimée Sarah. Il fallait prendre tout le lot. Sweetie-pie était le bébé chéri de la femme désormais sienne, OK, mais comment saluer cet animal méchant comme une teigne ? En lui lançant : « Hello, beau-chien » ? Pardi, accepter que cette bête entre dans sa vie prouvait à quel point il était fou de Sarah ! Ou bien fou tout court.

Au lieu d'emprunter l'issue arrière de l'appartement, un escalier de secours accroché à la façade et dont il ne se servait qu'en cas d'urgence, par exemple quand il voulait s'éclipser en douce, il traversa toutes les pièces et se trouva devant Dorothy, fidèle au poste, assise à son bureau. Elle avait déconnecté l'alarme. Rien ne l'obligeait à venir travailler le samedi mais elle était là, devant son ordinateur, et des ondes hostiles émanaient de toute sa personne.

Dorothy n'était pas seule. Grand-pa' était là aussi, debout devant la baie, tourné vers le ciel clair. Le soleil brillait, il devait faire sacrément chaud.

— … pas de ma faute, disait grand-pa' d'un ton plaintif quand Jake entra.

— 'jour, lança Jake au passage.

Ignorant la capacité de rétention de Sweetie-pie, et ne désirant pas la connaître, il préférait le sortir le plus vite possible. En sus, il ne tenait pas à se retrouver au milieu du psychodrame qui se jouait manifestement entre son grand-père et Dorothy. Il avait sa dose personnelle de problèmes. Y ajouter ceux de sa secrétaire et de grand-pa', non, merci.

— Salut, Hoss !

La vivacité avec laquelle grand-pa' se tourna vers lui alerta Jake. La vieille canaille avait tout d'un coupable.

— Sarah a passé la nuit ici ?

La question était innocente. Son amitié avec Sarah était si ancienne, ils avaient si souvent dormi sous le même toit que ni grand-pa' ni Dorothy ne soupçonnaient quoi que ce soit. Mais vu les circonstances, Jake tressaillit légèrement. Et songea qu'il allait devoir envisager de déménager.

— Oui.

Il était pressé de descendre Sweetie-pie, mais l'attitude de son grand-père l'intriguait. Sa mine aussi. Il était la culpabilité incarnée. Que se passait-il ? Jake revint sur ses pas et regarda plus attentivement la baie. L'un des vantaux était ouvert. Comme si grand-pa' avait été sur le point de gagner la terrasse à l'instant où Jake avait surgi avec le chien.

Quelque chose avait retenu grand-pa' dans le bureau.

Oh oui ! Un énorme alligator !

Sweetie-pie le découvrit en même temps que lui, se mit à pousser des aboiements à ameuter tout le quartier, et fonça vers la baie comme un forcené, arrachant la laisse de la main de Jake.

— Merde ! Ferme la porte ! hurla Jake à son grand-père.

Trop tard.

Sweetie-pie déboula sur la terrasse, animé d'une aveugle fureur suicidaire, rugissant et bavant.

Jake n'eut que le temps de songer que son « beau-chien » allait finir en hamburger !

18

Jake imagina en une fraction de seconde la réaction de Sarah si son chéri subissait le sort du caniche. Rassemblant tout son courage en un éclair, il fonça à la rescousse.

— Sweetie-pie, non !

Par chance, l'alligator n'avait pas la détente rapide. L'énorme créature hystérique et vibrante de rage meurtrière qui atterrit à quelques centimètres de sa gueule le prit par surprise. Ses yeux dorés et globuleux cillèrent, comme s'il cherchait à accommoder sa vision. Jake comprit qu'il avait jusque-là focalisé son attention sur les guimauves disséminées sur le plancher de la terrasse. Un sachet de plastique déchiré et presque vide traînait au bord de la table. Jake se rappela que, la veille, il l'avait ressorti de sa poche et posé là, ce qui expliquait la présence du saurien sur la terrasse. La bête était si énorme que les deux mètres cinquante de long que l'on voyait d'elle sur le plancher ne correspondaient qu'à une partie de son corps. Le reste, c'est-à-dire sa queue qui mesurait un bon mètre, disparaissait derrière, sur les marches d'accès au ponton.

Jake déglutit devant l'envergure du ventre rebondi, teinté en marron par les eaux boueuses. D'un seul coup de mâchoires – des mâchoires d'animal préhistorique –, Sweetie-pie finirait dans les profondeurs de cette poche gigantesque. Or l'alligator, à juste titre dans la mesure où cet idiot de chien le harcelait en lui aboyant droit dans le nez, commençait à se dire que, oui, il y en avait assez et que de la viande bien fraîche, ce serait peut-être mieux que des guimauves. Glacé de peur, Jake posa un pied au milieu des sucreries, attrapa le bout de la laisse en se traitant de fou parce que, ce faisant, il approchait trop sa main de la gueule hérissée de dents jaunes et essaya de tracter Sweetie-pie en arrière.

L'alligator fondit sur le chien à cet instant-là.

Sweetie-pie poussa un jappement, tourna sur lui-même et recula d'un bond aussi prestement que s'il avait été monté sur ressorts. La laisse à la main, halant le chien à la manière d'un pêcheur au gros qui remonte un thon, Jake réussit à ramener sa prise vers la baie. Il rentra dans le bureau, passa entre Dorothy et grand-pa' qui le regardaient avec des yeux écarquillés et bouche bée, tira de toutes ses forces sur la laisse, faillit perdre l'équilibre tant Sweetie-pie résistait… et ne ramena qu'un collier. Un collier dont le chien était arrivé à sortir et qui était revenu à la vitesse d'un boomerang sur la joue de Jake après que la laisse, tendue à craquer, eut perdu sa charge.

Sweetie-pie repartit à l'attaque sur la terrasse et l'alligator releva le défi.

— Viens ici ! Viens ici, Sweetie-pie ! hurla Jake.

Le chien ne semblait même pas l'entendre. Cet imbécile n'avait aucun instinct de préservation car il continuait à attiser l'alligator. La terrasse n'était pas immense. Le chien disposait donc d'une marge de manœuvre limitée. Il sautait autour de l'ennemi comme un kangourou, aboyait à rendre sourd un régiment, rugissait, mordait là où il trouvait une possibilité de prise. Il faisait tellement de bruit que la terreur délogea toute la bande de goélands qui avait élu domicile dans les grands chênes au fond de la cour et couvrit le grondement du moteur d'un hors-bord qui passait. L'alligator, dressé sur ses pattes torses, le pourchassait, renversant les chaises, ébranlant le plateau en verre de la table en se glissant dessous. Manifestement, Sweetie-pie n'allait pas tarder à se transformer en sushi.

Et Sarah en serait désespérée.

— Merde..., grommela Jake avant d'oser la seule action qui lui vînt à l'esprit.

Il retrouva les réflexes de l'excellent deuxième ligne qu'il avait été dans le temps : il se précipita sur le chien, le ceintura, avec l'impression de s'être mué en clone de King Kong, et fit bouclier de son corps entre Sweetie-pie et l'alligator.

— Ô Seigneur, Jake, bouge ! cria grand-pa' d'une voix suraiguë.

— Fiche le camp... Mais fiche le camp ! piailla en écho Dorothy qui avait eu le bon sens d'aller chercher un balai avec lequel elle essayait de chasser l'alligator.

Le chien dans ses bras, Jake enjamba la balustrade et atterrit deux mètres plus bas sur la pelouse, par bonheur bien grasse et spongieuse. N'empêche, le choc fut rude pour Jake qui, sonné, resta quelques instants immobile, avec l'impression d'être couché à plat ventre sur un rocher, jusqu'à ce que ledit rocher s'agite comme un diable. Il découvrit alors qu'il était tombé sur Sweetie-pie.

— File, file ! Mais file ! entendit-il.

Là-haut, sur la terrasse, Dorothy continuait à jouer du balai.

— Hoss ! Tu es OK, en bas ? demanda grand-pa' à tue-tête.

Jake prenait sa respiration pour répondre quand il sentit un mouvement sur sa gauche. Il se tourna et se retrouva nez à nez avec Sweetie-pie. Pendant quelques secondes, ils demeurèrent figés, prunelles noires contre prunelles noires, comme hypnotisés. Sweetie-pie se ressaisit le premier. Il retroussa les babines, mais pas pour sourire.

— Gentil, Sweetie-pie, gentil..., dit Jake, priant pour ne pas être amputé de son appendice nasal.

En toile de fond, il distinguait la silhouette de Dorothy-la-redoutable qui descendait l'escalier, étrangement agile dans ses chaussures pour pieds sensibles, en robe vert menthe, les cheveux attachés en un chignon à l'ancienne, frappant les marches à coups de balai pour en chasser l'alligator. Et la bête fuyait devant elle, impressionnée par tant de détermination ! Elle se dirigeait vers l'eau sans demander son reste.

Sweetie-pie dut sentir que sa proie s'en allait car il tourna la tête dans sa direction. Il se débrouilla alors pour se débarrasser de Jake et fila vers le gibier qui s'enfuyait. Démarche mal assurée, aboiements de fausset plutôt que profonds rugissements, mais l'air guilleret quand même : il avait gagné la bataille. L'alligator se laissa glisser dans l'eau et disparut. Sweetie-pie, planté au ras du ponton, aboya de nouveau, célébrant son triomphe.

— Mais je t'en prie, ne te gêne pas, marmonna Jake.

— Alors ça, mec, c'était quelque chose ! s'exclama Austin, que Jake découvrit tout à coup penché sur lui.

Ses longs cheveux blonds voilaient son visage.

Le jeune homme était grand, mince, plutôt beau gosse. Il portait un short de toile baggy, et un polo orange. Dans la mesure où Jake l'avait chargé, ainsi qu'un collègue, de surveiller la maison au cas où le pervers aurait tenté d'approcher Sarah, sa présence n'avait rien de surprenant. Sauf que sa chemise était trop voyante pour quelqu'un qui était supposé assurer une garde discrète et était censé rester dans une voiture garée devant la maison.

— Vous êtes OK ?

Cette fois, c'était la voix de Dave Menucchi. Son poste à lui était à l'arrière de l'immeuble, d'où il ne devait pas quitter des yeux le ponton et le bateau de Jake. Bien qu'il eût quinze ans de moins que grand-pa', il ne s'habillait pas comme lui d'un jean et d'un tee-shirt de marin à l'emblème du Herman's Crab Shack, mais d'un très classique pantalon brun et d'une chemise écossaise à manches courtes. Il avait un air débonnaire : visage rond quasiment sans rides, épaisse chevelure grise, et ventre de père Noël dont il endossait lors des fêtes le costume rouge pour le magasin Macy's.

— Ouais, ça va, assura Jake, même si sa respiration n'était pas encore tout à fait normale.

Grand-pa' s'approchait, ainsi que Dorothy, toujours munie de son balai. Quelques curieux aussi. Sans doute des patients de Big Jim, songea Jake à la vue d'un homme arborant autour du cou une serviette blanche, et d'un autre qui tenait dans la main un magazine. Les gens s'étaient groupés à l'angle du parking, d'où ils avaient un point de vue idéal sur le spectacle, dont Jake était désormais le seul acteur. Ils le regardaient, un peu nerveux. Se refusant à avoir l'air d'une poule mouillée, Jake se releva. Plus exactement, il tenta de se relever. La dernière fois qu'il avait fait un placage, il n'était qu'un gosse. À trente-neuf ans, il découvrait que se remettre debout après un tel choc n'était pas une mince affaire. Il dut prendre d'abord appui sur les mains et les genoux avant de se redresser, puis retint à grand-peine une grimace quand il étira sa colonne vertébrale.

Il s'examina. Les parties de son corps qui n'étaient pas couvertes d'herbe étaient maculées de boue.

Près de l'eau, Sweetie-pie n'aboyait plus. Il marqua son mépris pour ce couard d'alligator en levant la patte sur un rocher.

Grand-pa' et Dorothy l'attrapèrent au même moment. Dorothy semblait furieuse, tandis que grand-pa' souriait d'une oreille à l'autre.

— Hoss, faut qu'on discute, lança grand-pa' à Jake.

Maintenant que son petit-fils s'était sorti indemne de la bagarre, il trouvait le show Jake-Gator hilarant.

— C'est dingue, ce que tu as fait, Hoss. Si Molly avait été un peu plus rapide, tu porterais en ce moment le nom de Jake-n'a-qu'une-patte !

— Oh que oui, on va discuter ! Plus question que tu files à bouffer à ces maudits gators !

La réflexion fit perdre toute retenue à grand-pa'. Il éclata de rire, puis leva la main en signe de paix quand il vit le regard de Jake.

— OK. Mais, bon sang, qui aurait pu prévoir ça, hein ? Après tout, c'est toi qui as laissé le sac de guimauves sur la terrasse.

— Mon Dieu, mais comment pouvez-vous être si joyeux ? s'exclama Dorothy, outrée. Votre petit-fils aurait pu être gravement blessé… Et tout ça à cause de vous et de vos idioties !

— Moi ? S'il y a quelqu'un à blâmer, c'est le clebs de Sarah ! Comment il s'appelle, déjà ? Koochie-koo ? Je vais vous dire : le plus drôle, c'est que Jake déteste les chiens !

Grand-pa' acheva sa tirade sur un rire évoquant un hennissement. Jake nota amèrement que seule Dorothy semblait s'inquiéter pour lui. Austin et Dave se retenaient à grand-peine de pouffer. Mais comme ils ne faisaient pas partie de la famille, et que Jake pouvait les virer sans autre forme de procès, ils s'obligeaient à se contenir.

Il s'aperçut soudain qu'il tenait toujours la laisse de Sweetie-pie, lequel effectuait des allers-retours le long du ponton, espérant que l'alligator reviendrait pour le deuxième round.

— Qu'il aille au diable, s'écria Jake, écœuré, en serrant la laisse.

Mais il savait qu'il n'avait pas le choix : il fallait récupérer le chien et l'attacher. Non sans jeter un regard mauvais à ses employés et aux badauds, il traversa la pelouse en se forçant à ne pas boiter.

— Ici, Sweetie-pie. Au pied.

Le chien se moquait de l'ordre comme d'une guigne. Jake procéda mentalement à une équation : Sarah aimait le foutu animal, qui était par ailleurs plus sensible aux intonations féminines que masculines. Faisant fi de tout honneur viril, il alla chercher dans les aigus et répéta d'une voix de soprano :

— Ici, Sweetie-pie !

Il s'interdit de se laisser entamer par les éclats de rire qui jaillirent derrière lui. Pas question de voir endommager définitivement son estime de soi.

Le temps qu'il attrape Sweetie-pie, lui passe le collier autour du cou et réussisse à le ramener vers la maison, une bonne heure s'était écoulée. L'alligator n'était plus en vue et la cour était vide de tout occupant, à l'exception d'un corbeau qui picorait dans la pelouse. Sweetie-pie voulait continuer à renifler à droite et à gauche, spécialement le ponton et l'escalier où s'était montré l'ennemi, y abandonnant une odeur rémanente. Mais Jake n'était pas d'humeur à le lâcher dans la nature et il le contraignit donc à rentrer. Il trouva grand-pa' assis sur la chaise de Dorothy, le dos tourné à l'ordinateur dont il ne savait pas se servir, les mains coincées dans sa ceinture, une expression méditative sur la figure.

— Eh bien ? cria Jake.

— Ils sont partis déjeuner.

— Qui ?

— Dorothy et ce… ce Dave.

— Et alors ?

Sweetie-pie tirait désespérément sur la laisse. Il voulait aller retrouver Sarah. Pour une fois, songea Jake, le chien et lui partageaient le même projet.

— Ils ne m'ont pas invité, maugréa grand-pa'.

— Et alors ? répéta Jake d'un ton excédé.

— Je crois qu'elle lui plaît. À mon avis, il veut sortir avec elle.

— Et ?

— Et… et…

La voix de grand-pa' traîna, puis mourut. Il fronçait les sourcils. Manifestement, cela ne lui faisait pas plaisir.

— Et… rien, acheva-t-il.

— Attends, que je comprenne : ça t'embête qu'elle soit allée déjeuner avec Dave parce que tu aurais voulu l'inviter.

— Moi ? Inviter Dorothy ?

Grand-pa' paraissait stupéfait.

— Oui. Pourquoi pas ?

— Mais… D'abord, elle est trop vieille pour moi.

— Elle a dix ans de moins que toi ! Tu as quatre-vingt-six ans, tu te rappelles ?

— Qu'est-ce que tu me chantes, là ?

Cette conversation fatiguait Jake. Il était sale, tenait un énorme chien hostile en laisse et Sarah l'attendait dans son lit au premier étage. Avec un peu de chance, il pourrait remonter, prendre une douche avant qu'elle se réveille et se glisser sous les draps à côté d'elle.

— Grand-pa', je suis sérieux. Dorothy et toi, vous jouez au chat et à la souris depuis des années, et peut-être qu'elle en a marre. Peut-être qu'elle a décidé de regarder ailleurs. Vers Dave, par exemple.

— Pfff… Elle est en rogne après moi depuis que j'ai acheté la moto. Elle dit que je devrais grandir.

— Et si tu lui proposais de faire un tour sur cette fichue moto ?

— Quoi ? À Dorothy ?

Jake haussa les épaules.

— Pourquoi pas ? Le pire qu'elle puisse te répondre, c'est « non ».

Rompant là, Jake tira Sweetie-pie et se dirigea vers l'escalier. Il s'arrêta au bas de la première marche et se retourna.

— Grand-pa', tu sais, ce mot qui a été écrit sur la vitre de la voiture de Sarah, hier. « Eeyore »

Jake avait raconté à son grand-père ce qui s'était passé.

— Ouais ?

— C'était un code entre Lexie et sa mère. D'après Sarah, personne ne le connaissait à part elles deux. Je veux que tu mettes des gens sur le dossier, pour voir s'il apparaît quelque part. S'ils trouvent quoi que ce soit s'y rapportant, qu'ils m'en informent immédiatement.

— On a le dossier complet ?

— Oui, hormis quelques chemises que Sarah a prises hier. Je les redescendrai dans un moment. Dis à Austin de lire tout ce qu'on a aux archives, et d'être très attentif. Je ne pense pas qu'il mette le doigt sur quoi que ce soit, mais on ne sait jamais. Tu demandes aussi à tous les autres de s'y coller, OK ? Aujourd'hui, on les paiera à l'heure.

— Entendu.

— Quand Dorothy reviendra, qu'elle me contacte. J'aimerais qu'elle examine les fichiers de quelques personnes.

Brian McIntyre par exemple, ainsi que les flics impliqués dans l'affaire Stumbo. Mitchell Helitzer et ses associés. En résumé, tous ceux qui auraient trouvé un intérêt à ce que Sarah meure, ou qui auraient pu souhaiter la mettre dans l'incapacité d'exercer sa fonction de procureur pendant un certain laps de temps.

— Je te ferai passer une liste de noms. Il faut savoir où étaient ces gens hier après-midi. Que l'historique de ceux qui n'auraient pas d'alibi à l'heure où « eeyore » a été écrit sur la vitre soit passé au peigne fin.

— Compris. Dis-moi, Hoss, tu as oublié qu'on doit analyser cette histoire de fuites informatiques pour Beta Corporation d'ici à lundi ? C'est pour ça que Dorothy et moi, on est venus ce matin. On allait s'y plonger. Charlie est à l'extérieur, en train d'interroger les derniers témoins pour le procès Kane : le bureau du procureur a lui aussi besoin des rapports lundi. Si en plus on s'occupe de ce truc écrit sur la vitre, on va être à court de temps.

Jake laissa échapper un soupir. Ce mois-ci, les heures supplémentaires de ses employés allaient lui coûter cher.

— Oui, je sais, et j'espère qu'on arrivera à tout mener de front, et dans les délais. Mais Sarah est prioritaire. J'ai un mauvais pressentiment. Je n'aime pas ce qui s'est produit hier.

— À propos de gens qui jouent au chat et à la souris, Hoss…

Grand-pa' ne poursuivit pas. C'eût été superflu. Depuis des années, il répétait à son petit-fils qu'il devait se rapprocher de Sarah. Jake ne l'écoutait pas, mais maintenant, il se disait que le vieux renard avait parfois raison.

Toutefois, il ne l'avouerait pas dans l'immédiat. Il attendrait que Sarah et lui aient trouvé leurs marques dans la nouvelle orientation qu'avait prise leur relation.

— Ce sont mes oignons, rétorqua-t-il pour couper court à tout conseil.

Puis, d'un claquement de langue, il ordonna à Sweetie-pie, qui s'était affalé à ses pieds, de se remettre en mouvement. Le chien se releva.

— Ouais, ouais, c'est ça, lança grand-pa' qui avait entendu Jake le rembarrer depuis qu'il avait quinze ans, tu feras ce que tu voudras, tu ne m'écouteras jamais !

Jake s'abstint de répondre.

— Je prends une douche, je me change et je reviens.

Au temps pour son rêve de se couler dans le lit auprès de Sarah. Trop de travail l'attendait ce matin. Bon, il aurait peut-être le loisir de lui faire une petite gâterie, mais pas davantage.

— Transmets mon bonjour à Sarah, Hoss.

Jake tourna le dos à son grand-père qui attrapait le téléphone et commençait à appuyer sur des touches. Il entama la montée de l'escalier en tirant de force Sweetie-pie, qui voulait voir sa maîtresse, mais pas en laisse, et surtout pas traîné par l'intrus.

Quelques minutes plus tard, il entrait dans son appartement en silence. Il vit aussitôt les rideaux tirés, le soleil qui entrait à flots, et huma un délicieux arôme de café. Sarah était levée. « Me voilà de retour à la maison », faillit-il lancer en détachant le chien. Une phrase qui, jamais, ne lui était venue à l'esprit auparavant. Sans doute parce que, jusque-là, il n'avait pas considéré son appartement comme un foyer, mais comme un endroit où il séjournait de temps à autre. Ni à l'époque de son mariage, ni ensuite, il ne s'était senti chez lui quelque part. Et voilà que tout à coup, il avait cette impression-là. Alors que le chien passait devant lui pour se rendre à la cuisine, il considéra les implications de ce nouvel état de fait. Sarah en était à l'origine, bien sûr. D'ordinaire, ses bimbos s'esquivaient le matin. Si d'aventure l'une d'elles s'attardait, il se rongeait les ongles d'énervement jusqu'à ce qu'elle ait enfin pris la porte. Depuis belle lurette, il se savait mauvais compagnon post-coïtal.

Or tout avait changé. Avec Sarah, il serait ce compagnon-là, et même un compagnon de tous les instants. Le sexe ne tiendrait pas le rôle de pivot.

Supposant Sarah dans la cuisine, il suivit Sweetie-pie. Son cœur battait la chamade, trop vite pour un homme de trente-neuf ans qui avait depuis longtemps cessé de noter sur ses tablettes le nom de ses conquêtes.

La merveilleuse sensation éprouvée les matins de Noël était de retour.

À l'instant où il arrivait à la porte de la cuisine, Sarah sortit de la chambre. Il s'immobilisa. Elle ne l'avait pas vu. Il put donc l'observer en toute quiétude. Douchée de frais, elle portait un tee-shirt noir qui mettait en valeur les fières rondeurs de ses seins, un jean blanc qui moulait ses hanches et soulignait la finesse de ses longues jambes. Un rayon de soleil touchait sa chevelure qui luisait comme le plumage d'un merle autour de son visage à l'ovale délicat. De légers cernes marquaient ses yeux. Il n'était que 10 h 30, relativement tôt. Si elle venait de se lever, elle n'avait pas eu son compte de sommeil. Sa bouche pulpeuse semblait gonflée d'un excès de baisers. Une pensée qui déclencha son désir. Mon Dieu qu'elle était belle, élégante, sexy. Et sienne !

Le genre de femme que l'on gardait.

Oh, non, il ne la laisserait pas partir, celle-là, songeait-il lorsqu'elle prit conscience de sa présence et se tourna vers lui.

— Salut, fit-il en lui souriant, ému par le regard d'azur qu'elle posait sur lui.

— Salut.

Elle lui sourit en retour, mais il s'agissait d'un sourire forcé qui s'effaça dans la seconde. Elle lui avait poliment rendu son bonjour, sans enthousiasme, ni chaleur. Elle marcha vers la cuisine et, au passage, Jake admira le spectacle de ses fesses rebondies ondulant à chaque pas.

Bon. Elle n'allait pas se jeter fougueusement dans ses bras. Mais il saurait s'en accommoder.

— Pendant que tu étais en bas, j'ai regardé le reste des vidéos, Jake. Celle que je cherche n'est pas dans le lot. Je vais demander à Sue Turner, tu sais, la fille qui réalise les portraits-robots pour la police, de me faire un croquis du type qui me filmait. Ça n'apportera sans doute pas grand-chose, dans la mesure où je ne me souviens que d'un type costaud avec une moustache et une caméra devant la figure, mais…

— … mais si, ça pourrait servir.

— C'est ce que j'espère.

Jake était devant la table couverte de piles de dossiers. Les rideaux écartés laissaient pénétrer une lumière dorée qui illuminait tout. Sarah contourna la table, comme si elle tenait à ce qu'un obstacle se dresse entre Jake et elle. Se penchant, elle ramassa un objet assez volumineux. Le plateau lui masquait partiellement la vue, de sorte que Jake ne put déterminer ce que c'était. Mais lorsque Sarah se redressa, il sut. Son sac de voyage ! Et elle marchait, oui, mais vers l'escalier, pas vers la cuisine.

— Où vas-tu ? demanda-t-il, un peu furieux, déçu et, il devait bien se l'avouer, blessé.

Elle lui lança un coup d'œil froid, où ne subsistait aucune trace de la romance de la nuit. Jake ne s'était jamais considéré comme fin psychologue, mais là, il était sûr d'analyser correctement l'état d'esprit de Sarah : elle était loin d'être folle amoureuse de lui.

— Dehors, répondit-elle laconiquement.

Elle posa la main sur la poignée mais ne la tourna pas tout de suite.

— Dehors ? répéta Jake, éberlué.

Il ne s'était pas attendu à des fleurs et des cœurs tracés au rouge à lèvres sur les miroirs, mais tout de même ! Quoique, à y mieux réfléchir, si, il avait songé aux fleurs et aux cœurs. La distance glaciale que mettait Sarah entre eux commençait à le contaminer.

Elle comprit que des explications s'imposaient.

— Duncan a appelé. Les avocats du cabinet de Pat Letts ont notifié au bureau hier qu'ils allaient demander un ajournement pour Helitzer lundi. Ils vont aussi déposer une motion pour que soient annulées les dépositions que Helitzer a faites à la police hors de la présence d'un avocat. Je vais déjeuner avec Duncan. Il faut qu'on trouve une parade et qu'on discute de la stratégie à adopter. Ah oui, Duncan a dit aussi que le médecin légiste a restitué le corps de Mary hier soir. Les funérailles auront lieu demain après-midi.

— Tu plaisantes, là, hein ?

— Non, bien sûr que non, Jake. 16 heures, à l'église Notre-Dame des Douleurs sur Hudson Street.

Elle le détailla, ce qu'elle n'avait pas pris la peine de faire jusque-là, et fronça les sourcils.

— Que t'est-il arrivé ? Tu es couvert de boue.

— Je suis tombé dans le jardin.

Il n'était pas d'humeur à raconter toute l'histoire. Il ne lui apprendrait pas qu'il avait évité à son chien de finir en sandwich pour alligator.

— Ah, bon, fit-elle d'un ton indifférent.

Puis elle tourna la poignée et tira la porte.

— Attends, Sarah.

En trois enjambées il fut près d'elle. Elle avait une expression fermée qu'il ne lui avait jamais vue auparavant. D'une poussée, il referma la porte. Elle laissa retomber sa main. Il lui enserra le poignet et trouva sa peau froide, ses os fragiles. Il sentait son pouls trop rapide sous ses doigts. Il était si proche d'elle maintenant qu'elle devait lever la tête pour croiser son regard. Si proche que le doux parfum de son shampooing le grisait.

— Tu n'es pas sérieuse quand tu m'annonces que tu vas déjeuner avec Duncan, n'est-ce pas ?

— Pourquoi ? Cela te pose un problème ?

Jake soupira.

— Eh bien… oui, admit-il, étonné d'être vraiment, mais alors vraiment, très contrarié. Cela me pose même plusieurs problèmes. Je commence avec le plus gros : tu te rappelles qu'hier nous avons envisagé que quelqu'un soit embusqué, déterminé à te tuer ?

— Je retrouve Duncan au Macaroni Grill. Je vois mal comment on pourrait me tirer dessus là-bas.

Exact, concéda Jake à contrecœur. N'empêche, il n'aimait toujours pas cette idée. Pour des raisons personnelles entre autres. Mais il aurait préféré se laisser dévorer tout cru par un alligator plutôt que de reconnaître qu'il était jaloux de Ken Duncan.

— Tu as déjà pensé que Duncan pouvait être derrière tout ça, Sarah ?

L'étonnement puis le scepticisme se peignirent sur les traits de la jeune femme.

— Non, ça ne m'a pas traversé l'esprit.

— Dommage, parce qu'il faudrait que tu y songes. Il a quelque chose à gagner, si tu meurs. Il récupérerait le procès Helitzer. D'un coup, il monterait jusqu'en haut de l'échelle. Une jolie promotion, non ? Il serait peut-être même nommé à ta place comme procureur adjoint.

— Tu es ridicule.

— Vraiment ? J'ai réfléchi à cette hypothèse. Rien dans la vie n'est dû au hasard, pas plus ce qui t'est arrivé ces jours derniers que quoi que ce soit d'autre. La personne qui t'en veut a un profit à retirer de ta disparition. Bon, d'accord, peut-être pas Duncan, mais on ne peut pas l'exclure. Le tueur potentiel est quelqu'un à qui tu n'as pas du tout songé. Tant que nous ne l'aurons pas identifié, il faut que tu restes à l'abri.

— Qu'envisages-tu pour moi ? De m'enfermer dans une prison virtuelle ?

— Ce serait mieux que dans une tombe au cimetière.

— Alors que suggères-tu ? Que je me terre dans ton appartement jusqu'à ce que le tireur ait été démasqué ? Tu comptes m'accompagner où que j'aille ? Ça ne marchera pas, Jake. Ce serait aussi mauvais pour moi que pour toi. J'apprécie tous tes efforts pour m'aider, je suis heureuse que tu te sois occupé de moi, mais il est temps que je reprenne ma vie en main. Alors en premier lieu, je vais aller déjeuner avec Duncan, et ensuite je repasserai ici récupérer Sweetie-pie, si tu veux bien le garder un moment. À mon retour, je plancherai de nouveau sur le dossier de Lexie, et ensuite, je rentrerai chez moi. Ce soir, je dormirai dans mon lit, seule, exactement comme je le fais depuis des années. Et demain, j'assisterai aux funérailles de Mary. Lundi, j'irai au bureau. S'il arrive quoi que ce soit que je ne puisse assumer, je t'appellerai à la rescousse.

Derrière les phrases de Sarah, il y avait un « adieu » qu'entendait clairement Jake. Jamais il n'aurait imaginé qu'elle puisse lui parler aussi froidement, qu'elle s'écarte de lui sans transition, le fuie brutalement. C'était incompréhensible et il n'appréciait pas du tout. Un euphémisme. En fait, il était malheureux comme les pierres.

— Qui c'est qui est idiot, maintenant, à ton avis ? demanda-t-il à voix basse.

— Je ne comprends pas ta question.

Elle dégagea son poignet. Il la connaissait assez pour être convaincu qu'elle lui mentait, qu'elle savait exactement ce qu'il lui demandait. Et il entendait bien enfoncer le clou, même si elle persistait à jouer les autistes.

— Je te parle de la nuit dernière, Sarah. De toi et moi. Au lit ensemble. Nus. En train de faire l'amour.

Il prit un malin plaisir à voir ses joues s'empourprer.

— Tu n'as pas saisi, alors ? lui lança-t-elle en lui décochant un regard trop brillant. Ce qui s'est passé est l'une des raisons qui font que je ne peux pas rester. C'était une erreur, OK ? Une très grosse erreur. Je n'aurais jamais dû permettre que cela arrive. Je t'avais prévenu que ça ficherait en l'air notre amitié, et c'est le cas.

Il s'était douté qu'elle allait lui opposer ce genre d'argument. Mais l'entendre le secouait quand même. Il se mit à rire, d'un rire laid, qui sonnait faux.

— Oh, si, j'ai saisi, Sarah. De A à Z. C'est comme la pêche. Tu aimais trop ça, alors tu as abandonné. Sarah n'a pas droit au plaisir. Jamais.

— Va au diable ! lui rétorqua-t-elle, ses yeux lançant à présent des éclairs.

Elle le poussa, ouvrit la porte à la volée puis dévala l'escalier. Jake dut solliciter toute sa volonté pour ne pas lui courir après. Il se retint aussi de proférer le chapelet d'injures qui lui montait aux lèvres ou de donner des coups de pied dans la porte, bref tout ce qui lui aurait permis d'évacuer l'émotion qui le bouleversait alors qu'il entendait décroître le bruit des talons de Sarah.

La porte d'entrée claqua. Elle était vraiment partie. Il se pencha légèrement en avant. Il se sentait aussi mal que si on l'avait frappé au plexus.

Adieu, la jolie humeur des matins de Noël, songea-t-il. Il venait de se faire méchamment larguer !

Il descendit à l'étage inférieur, calmement, et décocha à grand-pa', qui l'accueillait en souriant mais les sourcils en accent circonflexe et l'air interrogateur, le regard qui d'ordinaire l'amenait à ravaler ses mots. Puis, comme Charlie venait d'apparaître, il lui demanda de prendre Sarah en filature, et de le prévenir si le moindre fait suspect se produisait. Ensuite, il regagna son appartement, se doucha, enfila des vêtements propres et partit à la recherche de Brian McIntyre, auquel il tenait à délivrer personnellement un message sans ambiguïté : « Approchez de nouveau Sarah à moins d'un kilomètre et je vous garantis que vous le regretterez jusqu'à la fin de vos jours. »

Des centaines de personnes assistaient aux funérailles de Mary. La petite église contenait à peine les membres de la famille, parents, amis, voisins, connaissances et simples curieux attirés par la publicité faite autour de l'événement et le tragique de cette mort. Les bancs étaient noirs de monde. Des gens étaient agglutinés dans les allées latérales, d'autres alignés au fond de la nef. C'était une cérémonie catholique, avec encens, cierges, cantiques et prières. Sarah s'assit avec des inconnus sur un banc à l'arrière, trop loin pour entendre les paroles du prêtre. En esprit, elle ne cessait de voir le regard suppliant de Mary lorsque leurs yeux s'étaient croisés quelques instants avant sa mort. Ensuite, il y avait eu l'explosion de sang, de chairs et d'os éclatés.

Il n'y avait rien à faire pour l'aider, se répéta-t-elle. Mais cette certitude ne la réconfortait pas. Sa gorge restait serrée, une boule de tension lui bloquait toujours l'estomac.

À la fin du service, après que le cercueil chargé de fleurs eut été sorti de l'église, que les filles et petits-enfants en pleurs eurent rejoint les limousines qui allaient suivre le corbillard au cimetière, Sarah se leva et tenta de se faufiler à son tour vers la sortie. Dans la nef embouteillée, elle fit des haltes pour échanger quelques mots avec les personnes de sa connaissance, une poignée de policiers qui enquêtaient sur le hold-up sanglant, un avocat du Bureau des Victimes et une femme de son propre voisinage. Elle s'apprêtait à passer sous la haute voûte du porche, où elle retrouverait la touffeur extérieure et l'herbe brûlée par la chaleur sur le parvis, puis, de là, à gagner le parking, quand on lui toucha le bras.

— Madame Mason ?

La voix avait un léger accent hispanique. Sarah découvrit une petite femme rondelette d'une quarantaine d'années, au teint mat et aux grands yeux sombres et humides. Vêtue d'une robe noire à manches courtes, les cheveux couleur de jais ramassés en chignon sur le sommet de son crâne, la figure mouillée de larmes, elle portait dans ses bras une toute petite fille que Sarah crut reconnaître.

— Oui ?

La fillette et un autre jeune enfant accroché à elle facilitèrent l'identification de la femme.

— Je suis Rosa Barillas, et je tenais à vous remercier d'avoir sauvé la vie de ma fille Angie.

— Je vous en prie, répondit Sarah, sans préciser qu'elle avait sauvé Angela instinctivement mais aussi parce qu'elle avait eu, autrefois, une fille.

Elle sourit à Rosa, puis aux enfants : les deux garçons, Rafael et Sergio, Lizbeth, le bébé, et Angie, qui s'était rapprochée entre-temps. Le mouvement de la foule les porta au-delà du porche, sur les marches. Une équipe de télévision s'était placée là. Sarah comprit que les funérailles de Mary feraient la une des informations du soir. Incongru, un éclatant soleil illuminait la scène, se reflétant sur les toits des voitures, les lentilles des objectifs et les bijoux des gens. Il scintilla sur les cheveux blonds de la journaliste Hayley Winston. Autour de l'équipe, le flux de la foule se scindait en deux flots comme la mer Rouge, puis déferlait vers le parking bondé, où quelques véhicules roulaient déjà en direction de la sortie.

— Angie voudrait vous donner quelque chose, madame Mason.

Rosa ouvrit son sac, fouilla à l'intérieur puis en extirpa un petit paquet de la taille d'un jeu de cartes, qu'elle remit à Angie.

— Allez, vas-y, intima Rosa à la fillette.

Angie passa devant sa mère, récupéra le paquet et le tendit timidement à Sarah en disant :

— Merci, madame.

De simples mots, mais le résultat d'une bonne et ferme éducation de la part de Rosa. Sur le visage d'Angie comme sur celui de sa mère séchaient des larmes.

— Merci à toi, répondit Sarah en prenant le paquet.

Il était extrêmement léger et Sarah dut se pencher pour le protéger du vent et l'empêcher de s'envoler pendant qu'elle l'ouvrait. Soigneusement, elle décolla le ruban adhésif, déplia le papier d'emballage et découvrit un ravissant petit ange fait au crochet avec du fil d'argent.

— C'est parce que vous avez été un ange, ce soir-là, expliqua Rosa.

— C'est très beau, dit Sarah en admirant l'exquise figure nichée dans le creux de sa main. Je le garderai précieusement, Angie.

— On l'a ! Ça, ça vaut de l'or ! déclara une voix d'homme parmi les membres de l'équipe de télévision.

Celui qui venait de parler avait quasiment chuchoté, mais Sarah avait entendu. Elle se retourna tout d'une pièce. Le cameraman de Hayley Winston dardait son objectif sur la main de Sarah, qui regarda la journaliste et son technicien d'un air stupéfait et choqué.

Hayley Winston s'approcha et brandit son micro sous le nez d'Angie avant que Sarah ait eu le temps de réagir.

— Ton amie Mary va te manquer ?

— J'aimerais qu'elle soit pas morte. J'aimerais qu'elle soit toujours là, murmura la fillette avant d'éclater en sanglots.

Puis elle s'enfuit en courant. Rosa s'excusa d'un coup d'œil navré auprès de Sarah, avant de suivre sa fille, les autres enfants sur ses talons.

Sarah marcha droit vers Winston, indignée, mais la journaliste et son équipe s'éloignaient déjà. Tout en se déplaçant, le cameraman filmait maintenant sa patronne.

— ... et nous avons enregistré la touche finale si émouvante de l'enterrement de Mary-Jo White, un petit ange offert par la petite Angela Barillas à la femme qui lui a sauvé la vie, Sarah Mason, procureur adjoint du comté de Beaufort.

Sarah se sentit incapable d'en entendre davantage. Les doigts serrés autour de son ange, elle tourna le dos aux gens de la télévision et alla rejoindre la famille Barillas, qui s'entassait dans une vieille fourgonnette.

— Madame Barillas ! appela-t-elle à l'instant où Rosa se mettait au volant.

La portière à glissière coulissa et la petite troupe d'enfants disparut à la vue de Sarah. Rosa tourna la tête alors qu'elle avait déjà la main sur la poignée de la portière.

— J'aimerais que nous restions en contact, madame Barillas. Si vous, ou vos enfants, avez besoin de quoi que ce soit, appelez-moi, dit Sarah en tendant l'une de ses cartes professionnelles.

Rosa baissa les yeux sur la carte.

— Merci, madame Mason.

— Maman ! On meurt de chaleur, là-dedans, geignit l'un des enfants, Sergio, d'après Sarah.

Tous les autres se plaignirent aussitôt de concert. Rafael, assis sur le siège du passager, agita la main devant son visage comme un éventail.

— Je dois y aller, madame Mason.

Sarah hocha la tête, recula, et Rosa fit démarrer la fourgonnette, ce qui enclencha la climatisation. Sarah partit vers le fond du parking où elle avait garé la Sentra, qui l'attendait sous le soleil de plomb. Elle débloqua les portières, s'assit et grimaça quand ses jambes nues entrèrent en contact avec le skaï brûlant du siège. Puis elle posa avec précaution le petit ange à côté d'elle et abaissa toutes les vitres pour laisser s'échapper l'air bouillant, le temps que la climatisation fasse son office. Quelques instants plus tard, elle aperçut la fin du convoi funèbre qui se dirigeait vers le cimetière. Son portable sonna au même moment. Elle l'attrapa et tenta de lire le numéro affiché. Comme le soleil l'en empêchait, elle inclina l'appareil et, enfin, distingua les chiffres. Son propre numéro ! Bizarre. Quelqu'un appelait son portable de chez elle.

Elle appuya sur la touche « on ».

— Allô ?

— Je veux rentrer à la maison, maman… Je veux que tu me chantes ma berceuse… S'il te plaît, maman… S'il te plaît…

Un silence, puis les plaintives notes de « Quand tu rêves sur une étoile… » résonnèrent.

19

— Jake, Jake ! Il s'est passé quelque chose !

La voix fébrile d'Austin venait de s'élever dans le portable et l'écho en persistait dans les tympans de Jake alors qu'il roulait à tombeau ouvert vers la maison de Sarah, au mépris des limitations de vitesse et des règles les plus élémentaires du code de la route.

Austin avait suivi discrètement Sarah à l'enterrement, ne l'avait pas quittée des yeux une seconde, jusqu'à ce que soudain sa Sentra, qui venait de sortir du parking de l'église, accélère comme si elle avait le diable aux trousses. Austin avait réussi à rester dans ses roues sans que Sarah le remarque. Encore que cela ne relevât pas de la performance : la capacité d'observation de Sarah n'était pas à son zénith puisque Jake lui-même était allé à l'église, où il s'était assis au dernier rang sans que Sarah le voie. Il avait demandé à Austin d'attendre dans sa voiture, parquée à l'entrée du parking. Une excellente initiative, qui s'était imposée quand Jake n'avait eu d'autre choix que de se garer au fin fond de l'aire de stationnement. Sarah avait donc démarré bien avant lui, mais Austin était là, prêt à la reprendre immédiatement en filature. Quand Jake entra enfin dans l'allée de la petite maison, Austin lui fit signe de la main, assis au volant de son Rav 4 vert arrêté un peu plus loin, le long du trottoir. Jake sortit de l'Acura, lui adressa un signe de tête, puis remonta l'allée en quelques enjambées et gravit d'un bond les marches du perron. Il inséra sa clé dans la serrure et comprit aussitôt que c'était inutile : en plus de n'être pas verrouillée, la porte était entrebâillée. Elle s'ouvrit en grand quand il la poussa.

Mauvais signe, ça, songea-t-il.

Il sortit son Glock de sa ceinture et entra.

— Sarah ?

L'adrénaline pulsant follement dans ses veines, son arme pointée vers le sol mais prête à être relevée en une nanoseconde, il traversa le vestibule à grands pas. Sweetie-pie sortit, les pattes un peu raides, du couloir conduisant aux chambres et l'accueillit avec un grognement. Supposant que le chien se trouvait un instant auparavant avec Sarah, Jake passa devant lui en murmurant :

— Gentil chien-chien.

Il s'était attendu à avoir quatre crocs plantés dans le mollet, mais non. Manifestement, ses rapports avec le monstre s'amélioraient.

La porte de la chambre de Sarah était ouverte. Jake n'était pas arrivé devant que, déjà, il entendait l'entêtante mélodie que jouait la boîte à musique « Quand tu rêves sur une étoile… »

— Sarah ?

Tous ses muscles étaient bandés. Il était prêt pour l'action. Il ignorait ce qu'il allait trouver, mais lorsqu'il découvrit la jeune femme dans sa robe noire agenouillée sur le parquet, tête basse, fixant la licorne et les autres jouets de nouveau éparpillés, il fut soulagé. Au moins, Sarah ne semblait pas blessée.

Puis il se rendit compte qu'elle tremblait de tout son corps et qu'elle tenait la licorne musicale d'une main aussi frissonnante qu'une feuille dans le vent. Cette vision lui brisa le cœur.

— Mon Dieu, Sarah…

Il rengaina son Glock et s'approcha.

Sarah leva les yeux sur lui et prit conscience qu'en cet instant, il n'y avait personne au monde qu'elle eût davantage envie d'avoir auprès d'elle que Jake. Depuis son départ de l'appartement, elle ne l'avait pas revu, ni entendu, et s'était résignée à vivre avec cette nouvelle souffrance, qui s'ajoutait à celles qui rongeaient déjà son existence. Pour elle, la douleur était une émotion familière, elle avait appris à s'y adapter, l'avait apprivoisée, se répétant qu'elle saurait intégrer celles qui viendraient encore. Mais maintenant, elle comprenait qu'elle avait besoin de Jake, le voulait auprès d'elle, refusait un futur dont il ne ferait pas partie. Et que, malgré le désespoir qui la dévastait en ce moment, elle était heureuse qu'il soit là.

— Elle m'a rappelée, Jake.

Sa voix dominait à peine les notes grelottantes qui s'échappaient de la licorne. Jake s'accroupit.

— Sur mon portable. D'ici. De la maison. Elle a dit qu'elle voulait rentrer, qu'elle voulait que je lui chante sa berceuse, et puis j'ai entendu ça…

Elle toucha la licorne. Après tant d'années, la peluche était toujours aussi caressante sous les doigts.

— Lexie adorait cette chanson. Nous la chantions tous les soirs, acheva Sarah, dont la voix se fêla sur la dernière syllabe.

— Sarah…

Jake lui retira la licorne des mains, la posa doucement sur le sol, debout, et la musique s'arrêta. Sarah garda les yeux rivés sur le jouet. Elle avait l'impression que son sang s'était mué en glace. Lexie avait reçu cette licorne pour Noël, le dernier Noël avant sa disparition. Ensuite, toutes les nuits, elle l'avait prise au lit avec elle et, en trio avec le jouet et sa mère, elle avait chanté la mélodie. Ensuite, Sarah posait la licorne sur la table de nuit pour qu'elle veille sur Lexie pendant son sommeil.

Seigneur, que ce souvenir faisait mal…

Jake lui parlait. Elle dut fournir un prodigieux effort pour capter les mots qu'il prononçait.

— Tu sais qu'il y a quelqu'un derrière tout ça, quelqu'un qui veut te démolir. Faute d'avoir réussi à te tuer, une personne essaie de t'anéantir d'une autre façon, en te rendant folle de chagrin. Cette personne a trouvé le meilleur moyen de se débarrasser de toi, Sarah. C'est cela la vérité. Lexie n'est qu'un outil entre les mains d'un pervers.

La logique de Jake atteignit le cerveau de Sarah. Il avait raison, elle le savait, et elle ne devait pas craquer. Mais…

— Comment peut-il être au courant de nos habitudes ? Cette berceuse, Jake, c'est comme « eeyore ». Quelqu'un a appris… Et je ne comprends pas.

Le samedi après-midi, après avoir déjeuné avec Duncan, elle était revenue au bureau de Jake. Il n'était pas là, mais grand-pa', Dorothy et Austin, si. Plongés dans le dossier de Lexie, scrutant chaque ligne des rapports, en quête d'une mention de « eeyore ». Elle s'était jointe à eux et ils avaient fini par lire l'intégralité du dossier, sans rien trouver. Mais, comme grand-pa' l'avait souligné, et en cela il faisait écho à l'avis de Jake, peut-être existait-il d'autres dossiers dans les agences qui avaient enquêté sur la disparition de Lexie. Au FBI, par exemple, ou dans les locaux de la police de Beaufort. À l'Office des enfants disparus. Tous ces organismes détenaient peut-être des éléments que n'avait pas Jake en sa possession, des rapports où apparaissait « eeyore ». Ce n'était pas parce qu'ils ne l'avaient lu nulle part que ce mot n'était pas consigné dans un autre fichier, ailleurs, avait répété grand-pa'.

Sarah, cependant, n'était pas convaincue que ce fût le cas.

— Je ne sais pas, Sarah, répondit Jake d'une voix chargée de compassion, il est indéniable que quelqu'un est au courant, et nous allons découvrir qui, je te le promets. On va remuer ciel et terre pour ça.

— C'était bien la voix de Lexie, Jake. Je sais que c'est impossible, mais c'était sa voix. Sa petite voix de fillette de cinq ans.

Sarah se sentit soudain perdre pied. Elle se mit à sangloter, mais les larmes ne coulèrent pas. Elle les bloqua et s'abandonna contre Jake, qui referma ses bras autour d'elle et la serra très fort. Elle éprouva aussitôt un léger mieux, une sensation de réconfort. Jamais elle ne le quitterait, jamais elle ne le laisserait partir, songea-t-elle en s'accrochant à son cou comme une naufragée. Non, elle ne pleurerait pas. Jake ne se trompait pas, un sadique la torturait délibérément et, si elle tombait dans le panneau, il aurait gagné. Or de cela, il n'était pas question.

Mais dans l'immédiat, il avait réussi à la bouleverser jusqu'au fond de l'âme. Impossible d'arrêter de trembler, de calmer ses battements de cœur, de respirer autrement qu'en haletant.

Jake prononçait son prénom, lui répétait que tout rentrerait dans l'ordre dans quelques instants. Elle devinait plus qu'elle ne les entendait les petits mots qu'il lui murmurait, mais seul lui importait le son de sa voix, si rassurant, aux intonations empreintes de tendresse.

— Il faut que j'appelle la police, dit-elle enfin.

— Je m'en occupe. Je vais le faire de mon portable : si quelqu'un s'est servi de l'un de tes téléphones fixes, il doit y avoir des empreintes dessus.

Un petit espoir, songea Sarah. Des empreintes conduiraient peut-être à l'identification du coupable. Comme Jake se levait, elle l'imita. Mais elle resta un long moment dans ses bras, puisant sa force dans la sienne, absorbant la chaleur de son corps comme un buvard, et s'exhortant à cesser de trembler.

Elle finit par y parvenir. Les dents serrées, les épaules carrées, elle s'écarta de Jake et se rendit dans le salon où elle se laissa tomber sur le canapé avant que ses jambes ne la trahissent. Jake s'immobilisa à l'entrée de la pièce afin qu'elle puisse le voir et sortit son portable. Il portait un costume sombre, une cravate et une chemise blanche, remarqua-t-elle, se demandant où il avait bien pu se rendre pour s'être habillé ainsi.

Quelques minutes après le coup de fil de Jake, deux agents en uniforme arrivèrent. Sexton et Kelso débarquèrent à leur tour, car Sarah avait insisté pour qu'ils restent attachés à l'enquête. C'étaient des professionnels qui faisaient bien leur travail et ni l'un ni l'autre ne lui en voulaient pour l'affaire Stumbo. Ou alors, ils cachaient bien leur rancœur.

Il était 20 heures lorsqu'ils repartirent. Sarah regagna le canapé, Sweetie-pie à ses pieds. Elle n'avait pas voulu assister au relevé d'empreintes sur les jouets de Lexie, ni sur les téléphones, les portes et les surfaces où les policiers pensaient que l'intrus avait pu poser les doigts. Elle avait en revanche donné son témoignage, les avait laissés discuter avec Jake, qui confirma qu'il était le seul à avoir la clé de la maison en dehors de Sarah, puis ils quadrillèrent le quartier, en quête d'éventuels témoins, n'en trouvèrent aucun et revinrent en secouant la tête d'un air dubitatif. Sarah déchiffra très bien leur expression : on n'avait rien pris, il n'y avait pas de traces d'effraction, et la maison, sa propriétaire et ses possessions étaient intacts... Ce qui s'était passé ici ce soir allait aboutir droit dans le casier des crimes mineurs non prioritaires.

Jake les raccompagna à leurs voitures puis, de retour dans le salon, il s'approcha de Sarah, qu'il trouva prostrée sur le canapé.

— On va chez moi. Pas question que je te laisse là. Si une personne est entrée malgré la présence de Sweetie-pie et s'est servie de ton téléphone, elle peut remettre ça. Tu n'es pas en sécurité.

Sarah acquiesça d'un hochement de tête et, lorsqu'il lui tendit la main, elle la prit et se leva. Il avait raison, bien sûr. La nuit dernière, elle avait cru vivre un cauchemar, seule dans la maison avec Sweetie-pie. Elle avait eu l'impression de voir Lexie partout, et l'idée que quelqu'un était dehors, dans le noir, attendant qu'elle s'endorme pour s'introduire chez elle, l'avait hantée. Incapable de trouver le sommeil dans son lit ni dans celui de la chambre d'ami, elle avait emporté son oreiller et une couverture pour se coucher sur le canapé. Elle avait fini par s'endormir devant la télévision. Elle n'avait pas la moindre envie de revivre ces moments affreux. Surtout pas après ce qui venait d'arriver.

Celui qui la harcelait marquait des points : désormais, elle ne se sentait plus en sûreté dans sa propre maison.

— Les empreintes qu'ils ont relevées, quand sauront-ils à qui elles appartiennent ?

— Ça prendra un moment. Je vais parler à deux ou trois personnes pour essayer d'accélérer les choses.

Sarah croisa le regard de Jake et y lut ce qu'il n'osait exprimer à voix haute.

— Tu penses que celui qui monte une telle mise en scène n'est pas assez stupide pour laisser des empreintes, n'est-ce pas ?

— Oui. Mais on ne sait jamais.

— D'après toi, ce n'est pas Lexie qui m'a parlé au téléphone. C'est impossible.

Elle était affirmative alors que dans son cœur le fol espoir refusait de s'éteindre.

— Je ne vois pas comment cela aurait pu être Lexie, Sarah.

— Non, ce n'est pas Lexie.

Elle soupira.

— Bon. Je vais réunir deux ou trois affaires.

Elle venait de se souvenir qu'elle travaillait le lendemain, et que, nonobstant le bouleversement que subissait sa vie, elle devait continuer à vivre comme si de rien n'était.

Jake l'attendit pendant qu'elle remplissait son sac de voyage, puis le porta jusqu'à sa voiture. Sarah le suivit, Sweetie-pie en laisse. Quand il ouvrit la portière arrière de l'Acura pour le chien, elle hésita.

— J'aurai besoin de ma voiture, demain.

— Oh. Tu te sens en état de conduire, là, maintenant ?

— Oui.

— OK. Allons-y.

Le trajet jusqu'à l'appartement de Jake était court mais, à leur arrivée, le soleil avait disparu derrière l'horizon, laissant derrière lui un halo orange et pourpre. À l'arrière de l'immeuble, l'eau s'étalait sous un ciel indigo. Des grenouilles coassaient en chœur. Les moustiques étaient déjà sortis en force et les lucioles clignotaient comme de minuscules illuminations de Noël. La touffeur de la journée était remplacée par une chaleur lourde de nuit d'été. Sarah récupéra le petit ange qu'elle avait posé sur le siège du passager et le rangea avec soin dans la pochette noire qui allait remplacer celle que gardait la police depuis le hold-up. Puis elle fit descendre Sweetie-pie et s'immobilisa, écoutant bruisser les myriades d'insectes et les bruits d'éclaboussures en provenance du bras d'eau.

— J'ai commandé une pizza, annonça Jake en la rejoignant.

Sarah le regarda d'un air de reproche. Il lui renvoya un sourire dénué de tout remords, avec son expression typique du Jake-friand-de-junk-food et Sarah sut qu'aucun nuage noir n'assombrirait leurs rapports.

— Ce qui m'enquiquine vraiment, c'est ce foutu clebs, dit-il en suivant Sarah et le chien vers l'escalier. Comment se fait-il que quelqu'un ait pu s'introduire chez toi à deux reprises alors qu'il était là ? Est-ce une personne qu'il connaît ou aime bien ? Son véto, son toiletteur, un livreur de pizza ?

Sarah n'eut pas besoin de longues supputations.

— Non. Il n'y a pas une seule personne qu'il aime au point de la laisser entrer.

— Alors pourquoi n'a-t-il pas mis l'intrus en pièces ?

Jake réfléchissait à haute voix. Comme elle en était consciente, Sarah ne répondit pas. Ils entrèrent dans l'appartement. Jake posa sur la table basse quelque chose qu'il venait d'extirper de l'intérieur de sa veste. Sarah écarquilla les yeux en se rendant compte qu'il s'agissait d'un pistolet. Pour la protéger, songea-t-elle. Quand il rangea l'arme dans le tiroir de la table, elle prit la mesure du danger qui la menaçait. Totalement focalisée sur cette nouvelle piste qui avait des chances de la mener à Lexie, elle en avait presque oublié sa propre situation.

— Où es-tu allé, cet après-midi ? s'enquit-elle quelques minutes plus tard.

Il avait tiré les rideaux. Elle s'était installée sur le canapé et fixait la veste de costume et la cravate. Sweetiepie faisait un petit somme à côté de la table. Encore faible, toujours sous le choc, l'estomac douloureux, Sarah ne pouvait cependant s'empêcher de ressentir du désir pour Jake. Ce qui la troublait profondément. C'était Jake, là, devant elle, son meilleur ami mais aussi son amant. L'atmosphère entre eux avait changé. Elle devait poser un regard neuf sur lui et n'arrivait pas encore à s'y habituer. La chemise blanche mettait en valeur ses larges épaules et elle ne pouvait se garder d'admirer son allure d'athlète. Quarante-huit heures plus tôt, elle n'aurait pas détaillé Jake avec une telle convoitise. Elle ne se serait pas non plus sentie vaguement gênée de passer la nuit chez lui.

Si Jake ressentait le même trouble, il n'en montrait rien. Il accrocha veste et cravate au dossier d'une chaise puis se tourna vers elle.

— Enterrement.

Sarah cilla sous l'effet de la surprise.

— Un… enterrement ? Celui de Mary ?

Jake hocha la tête tout en déboutonnant ses poignets de chemise, avant de rouler les manches jusqu'au coude. De nouveau, un accès de désir perturba Sarah. La vision de ses avant-bras bronzés, de ses mains viriles aux longs doigts déclencha des picotements dans son ventre.

Jamais elle n'aurait dû éprouver ces sensations. Il n'y avait pas de place dans sa vie pour un petit ami, un amant. Mais il y en avait pour Jake. Elle avait besoin de Jake. En deux jours à peine, elle avait découvert à quel point. Après avoir quitté son appartement et s'être dit qu'elle ne le reverrait plus, elle avait ressenti un manque douloureux, un terrible vide. Il lui suffisait maintenant de balayer toute la partie sexuelle de leur relation, d'oublier cette nuit torride, et de repartir de zéro : ils allaient redevenir des amis, des amis très proches.

— Je ne t'ai pas aperçu, à l'église, répliqua-t-elle, déterminée à chasser de ses pensées tout ce qui n'entrait pas dans le cadre strict de l'amitié.

— J'étais pourtant là.

Sarah se rappela alors un détail. Elle s'était fait une remarque, à son retour chez elle : Jake était arrivé avec un timing parfait. Évidemment. Il l'avait suivie. Mais il fallait qu'elle en ait le cœur net.

— Comment as-tu su qu'il s'était passé quelque chose ?

Comment avait-il pu deviner à quel point elle avait besoin de lui ? aurait-elle pu ajouter. Mais cela eût remis la discussion sur un terrain glissant.

Il eut un air un peu honteux, et Sarah sut.

— J'étais sous surveillance ! s'exclama-t-elle sur un ton indigné.

Une indignation un peu feinte : elle avait été trop heureuse et reconnaissante qu'il vienne la rejoindre. Mais tout de même…

— C'était Austin qui te suivait. Il m'a appelé.

Oh, bon sang ! Elle avait donc passé une nuit épouvantable, les nerfs à fleur de peau, prête à bondir au moindre son anormal… alors qu'elle était sous protection ! Comment avait-elle pu ne pas y penser ? Elle connaissait suffisamment Jake pour se douter qu'il ne l'avait pas laissée tomber.

— Qui a surveillé ma maison la nuit dernière ?

Une lueur dans les yeux de Jake trahissait une envie de mentir. Le regard de Sarah l'en dissuada.

— Moi. J'étais derrière. Heureusement que tu as cette palissade, sinon tes voisins m'auraient remarqué et auraient appelé les flics. Dave était sur la façade avant.

Sarah n'eut pas le temps d'ouvrir la bouche : on sonnait à la porte. Jake descendit ouvrir.

Sauvé par la pizza, se dit-elle. De toute façon, à quoi bon insister ? Alors même qu'ils étaient en froid, et qu'elle était responsable de cette distance, Jake avait continué à la protéger. Mieux valait tirer un trait sur le sujet et le laisser faire.

Peu après, il ne restait quasiment rien de la pizza, à laquelle, bien entendu, Sarah avait à peine touché. Elle n'avait pas d'appétit, et ce n'était pas cette galette dégoulinante qui allait le lui ramener. Sans compter qu'elle tombait d'épuisement. Les coudes sur la table, le menton dans les mains, elle s'efforçait de tenir sur sa chaise. Aller au lit ne servirait à rien : elle savait qu'elle ne trouverait pas le sommeil. Les monstres la guettaient, prêts à surgir en rêve si elle s'assoupissait.

— Je vais sortir le chien, Sarah. Va te coucher.

Il ramassa les reliefs du dîner, les rassembla dans le carton de la pizza et jeta un coup d'œil à la part quasiment intacte de Sarah dans son assiette.

— Il faut que tu manges davantage !

— Je sais.

Il appela Sweetie-pie. Le chien le regarda puis se mit debout avec un peu de peine. Sarah songea qu'elle n'ignorait rien du fonctionnement mental de Jake. Il n'avait pas plus qu'elle oublié leur folle nuit d'amour. Ces moments magiques planaient entre eux. Tous deux faisaient comme si rien ne s'était passé, mais aucun ne parvenait pas à en effacer le souvenir. Le seul exorcisme possible consistait à prendre le taureau par les cornes, à mettre l'histoire sur le tapis et en discuter franchement.

— Jake ?

— Mmm ?

Il posa par terre le carton plein de croûtes de pizza et Sweetie-pie engloutit le tout sans scrupules, alors que son régime n'incluait pas ce genre d'aliment. Sans aucune culpabilité, Jake leva les yeux sur Sarah, attendant qu'elle poursuive.

D'accord. Il fallait se jeter à l'eau, se dit-elle. Inutile de jouer les timides avec Jake.

— Merci de n'avoir pas…

Elle s'interrompit : quels mots employer ? Quel euphémisme adoucirait la déclaration qu'elle s'apprêtait à formuler ?

— … laissé ce qui est arrivé perturber notre amitié.

— Ce qui est arrivé ?

Et zut. Il ne comptait pas lui faciliter la tâche.

— Oui.

— Attends, Sarah. On a couché ensemble. Est-ce de ça que tu essaies de parler ?

Au temps pour la délicatesse…

— Oui, Jake.

— Oh, d'accord. Je voulais juste en être sûr. Tout le plaisir était pour moi, Sarah. Merci.

Sarah garda le silence quelques instants avant de lâcher, sans agressivité :

— Salaud.

Il lui sourit. Il se payait sa tête, évidemment. Et c'était parfait. Comme avant. La tension qui habitait Sarah disparut. Elle avait surmonté l'épreuve, Jake aussi, et maintenant, tout redevenait normal, à l'exception de ce harcèlement qu'un sadique lui faisait subir. Mais cette épreuve-là aussi, elle saurait la surmonter. Ce qui ne tue pas rend plus fort.

— Va te coucher, Sarah, répéta Jake en tirant le chien vers la porte.

Elle gagna la chambre, se mit au lit et passa une nuit sans cauchemars. À son réveil, elle se dit qu'ils étaient probablement venus hanter son esprit mais qu'elle ne se les rappelait pas. Une vraie bénédiction, qui était peut-être le fait du petit ange. Elle l'avait posé sur la table de nuit et, une fois la lampe de chevet éteinte, il avait scintillé un bref instant. Elle s'était endormie, les yeux posés sur lui.

Son ange gardien, qui avait tenu les mauvais rêves à distance.

20

— Grand-pa', Lexie a disparu il y a sept ans. À ton avis, pourquoi tout ça arrive-t-il maintenant ? Il doit y avoir une raison.

Il était 7 h 30. Jake, Sweetie-pie au bout de sa laisse, rentrait de ce qu'il commençait à considérer comme sa balade imposée, quand son grand-père avait déboulé sur sa Harley ronflante. Jake avait sursauté en voyant l'engin. Il se rappelait brusquement que, en ce lundi matin, alors que son planning de la journée était bien établi dans sa tête, il n'avait pas sa voiture. Grand-pa' lui avait alors offert de le conduire chez Sarah pour y récupérer son véhicule. Sweetie-pie ramené au bercail, Jake était donc monté sur la moto et grand-pa' l'avait gratifié d'une course à un train d'enfer. Jake s'était juré de ne jamais plus s'asseoir sur une Harley pilotée par son grand-père.

Il rentrait maintenant dans l'immeuble avec le vieil homme tout fringant et venait de l'informer du coup de fil de la prétendue Lexie reçu la veille par Sarah.

— Elle a eu cette promotion, remarqua grand-pa', dont le tee-shirt du jour était à la gloire du dernier concert des Stones, celui qui exhibait les grosses lèvres écarlates et la grande langue pendante.

S'il l'on y ajoutait le jean, le crâne chauve luisant, grand-pa' était encore une fois un type très *in*.

— C'était il y a trois mois, observa Jake en refermant soigneusement la porte.

Depuis la fameuse rencontre entre Sweetie-pie et Molly, il ne promenait le chien que devant l'immeuble, jamais derrière.

— J'ai posé la question à Sarah, et elle ne voit rien de spécial qui ait pu faire péter les plombs à quelqu'un.

Le problème d'une discussion avec Sarah, c'était qu'ils abordaient le sujet sous un angle différent. Jake voulait trouver celui qui cherchait à la tuer ou à lui nuire, tandis qu'elle ne pensait qu'à découvrir une piste qui la conduirait au kidnappeur de Lexie. Chacun suivait son chemin de pensée, des chemins qui ne se croisaient que rarement. Dans l'esprit de Jake, il était tout à fait possible que celui qui harcelait Sarah n'ait rien à voir avec l'enlèvement de la fillette, mais se serve de ce drame pour la déstabiliser. Aux yeux de Sarah, en revanche, tous ces événements menaient à Lexie.

— Pas de méchante prise de bec avec quiconque ou quelque chose dans ce genre ? demanda grand-pa'.

— Non. Enfin, rien dont elle se souvienne.

Ils étaient parvenus à l'escalier du bureau. Ils montèrent à la réception, et là, grand-pa' se laissa tomber dans le fauteuil de Dorothy. Jake, Sweetie-pie solidement maintenu, alla vérifier que la baie coulissante était bien verrouillée. Oui, elle l'était, et aucun alligator ne bronzait sur la terrasse. Dans le ciel d'un bleu pur, le soleil matinal qui surplombait le bras d'eau était aussi rond et jaune qu'un œuf sur le plat. Il faisait déjà très chaud et une journée caniculaire s'annonçait. L'humidité rendait l'air poisseux. Un matin d'août typique, donc, à cette exception près que, quelque part, se trouvait un inconnu qui harcelait Sarah, la torturait psychologiquement, et la traquait peut-être pour la tuer.

Cet inconnu, Jake s'était juré de lui mettre la main dessus, dût-il y consacrer toute son existence.

— Et si on avait tout faux en fouillant le passé ? dit grand-pa' d'un air pensif en se balançant dans le fauteuil. Si le problème n'était pas encore là mais sur le point de survenir ? Un truc dont le fumier ne voudrait pas que Sarah se mêle ? Pour qu'elle ne puisse pas agir, par exemple ?

— J'y ai pensé. Et j'ai cherché. Ce qui complique tout, c'est qu'elle a pas mal d'affaires délicates sur le feu, en ce moment. Le procès Helitzer, l'accusation de viol à l'encontre des deux flics, deux voleurs de banque qu'elle va envoyer devant le jury, un gros trafiquant de drogue auquel elle a refusé un deal, une prof accusée d'avoir couché avec l'un de ses élèves mineur et… Bon sang, la liste est longue. En plus, il y a l'Association des Femmes contre le Viol, qu'elle aide bénévolement et qui s'est fait un paquet d'ennemis. Ajoutons à ça les gens avec qui elle bosse. Qui sait, l'un d'eux veut peut-être prendre sa place, ou se débarrasser d'elle pour une raison X. On peut aussi imaginer un voisin teigneux… Les possibilités sont infinies. C'est comme chercher une aiguille dans une botte de foin.

— En tout cas, celui qui tire les ficelles sait parfaitement frapper là où ça fait mal. Lexie lui sert d'arme. Et cette manière d'agir devrait nous permettre de raccourcir la liste. L'enlèvement remonte à sept ans. Parmi les gens qu'on vient d'évoquer, il y en a un certain nombre qui ignorent qu'elle avait une gosse.

— Non, je ne crois pas que ça fasse de différence. Il y a eu une publicité dingue autour de cette histoire. Même maintenant, c'est facile de tout savoir. Il suffit d'aller sur Google, de taper Sarah Mason et tout y est. Il ne manque pas un détail.

— Google ? fit grand-pa' avec l'air de quelqu'un pour qui Internet est aussi mystérieux que l'Atlantide. Qu'est-ce que c'est que ça, Google ? Mon Dieu, mais dans quel monde vivons-nous si en frappant un nom sur un clavier, on a…

Grand-pa' s'interrompit : des pas claquaient dans l'escalier. Il dirigea son regard vers le palier, et Jake fit de même. Sweetie-pie, qui, couché à plat ventre, fixait avec convoitise la terrasse à travers la baie, tourna la tête puis se mit sur ses pattes. Quelques instants plus tard, Sarah apparaissait. Elle portait un tailleur anthracite à jupe ample, une blouse blanche en soie et des mocassins. Une tenue que Jake estimait tellement peu sexy qu'il s'abstint de tout commentaire. Manifestement, elle était pressée : elle fonçait vers la porte.

Bien qu'elle eût dormi profondément cette nuit, ce que savait Jake pour être allé à plusieurs reprises s'en assurer, elle était encore pâle, semblait fatiguée et avait un regard que Jake qualifiait à part lui de « hanté ».

Cependant, à ses yeux, elle était toujours merveilleusement belle, et il sentit son pouls s'emballer.

Il se traita d'idiot, comme il avait toujours traité d'idiots les hommes qui s'accrochaient à des femmes qui ne voulaient pas d'eux. Au fil des années, dans son travail, il en avait rencontré beaucoup, de ces pauvres types toujours amoureux de leur femme alors qu'elle demandait le divorce. Ou d'autres encore, incapables de se faire à l'idée que leur chérie n'en avait qu'après leur argent, ou alors avait un amant. Ils perdaient la tête à force de chercher à récupérer celle qui les fuyait. Ce qu'il aurait aimé leur dire à tous, c'était que la mer regorgeait de poissons, qu'ils avaient tout intérêt à laisser tomber et à reprendre la pêche de zéro.

Maintenant, il se sentait comme eux. D'accord, la mer regorgeait de poissons, mais il n'y en avait qu'un seul qu'il eût envie de pêcher. Sarah était le sien, songea-t-il alors qu'arrêtée sur le seuil, elle le regardait. Et pas question de simple amitié.

Hélas, c'était tout ce qu'elle désirait lui offrir.

— Merci d'avoir sorti Sweetie-pie, Jake.

— Pas de problème.

Il baissa les yeux vers le chien, qui fixait Sarah d'un air énamouré et plein d'espoir. Mieux valait, avait décidé Jake, qu'elle n'aille pas promener Sweetie-pie, dans la mesure où le tueur attendait peut-être le moment propice, dissimulé dans une porte cochère. Les jours passant sans que rien se produise, la menace pouvait paraître atténuée, mais le risque demeurait tout de même assez important pour que Jake se refuse à le prendre. Résultat, Sweetie-pie et lui étaient destinés à devenir potes.

— Je crois qu'on s'entend bien maintenant, tous les deux. Il ne m'a même pas grogné à la figure une seule fois.

— Je t'avais assuré qu'il t'aimait, fit Sarah en souriant. Oh, je ne vous ai pas dit bonjour, grand-pa'.

— 'jour, Sarah. Où allez-vous de si bon matin ?

— Au boulot, répondit-elle en fixant Jake.

Son attitude montrait clairement qu'elle était bien décidée à ne pas se laisser abattre, et il ne l'admira que davantage pour son courage.

— Vous avez fini les interrogatoires des témoins pour l'affaire Helitzer ?

— Ouais, dit Jake. Rien d'intéressant. Charlie passera nous donner les rapports dans la matinée.

— Bien. Et toi ? Je te reverrai dans la journée ?

— Probablement.

Il faillit ajouter qu'une harde de chevaux emballés en travers de son chemin ne l'empêcherait pas d'aller la retrouver.

— Sarah, à part au palais et à ton bureau, tu n'iras nulle part, n'est-ce pas ? Pas de saut chez toi ni rien de ce genre, hein ?

— Promis.

Ils avaient déjà discuté de la meilleure conduite à adopter pour ne pas prendre de risque tant que le mystère ne serait pas élucidé. Bien qu'il eût assuré y avoir renoncé, Jake avait évidemment affecté l'un de ses employés à sa surveillance.

— Bon, il faut que j'y aille, Jake. À plus tard.

— D'accord.

— Bye, grand-pa'.

— Bye, Sarah.

Elle fit quelques pas puis se retourna vers Jake.

— Au fait, qui va me coller au train aujourd'hui ?

Difficile de la duper, songea Jake. Elle savait trop bien comment il fonctionnait.

— Ce matin, c'est Charlie, répondit-il en se contraignant à sourire. De toute façon, il fallait qu'il aille au bureau du procureur.

— Préviens-le que je m'arrêterai sans doute en route pour prendre un café : tu n'en as plus.

Et elle partit. Quelques instants plus tard, Jake entendit la porte d'entrée se refermer. Il ne se rendit compte qu'il souriait encore bêtement qu'en croisant le regard complice de son grand-père.

— Quoi ? Qu'est-ce qu'il y a ? lança-t-il en reprenant un air sérieux.

— Rien. Enfin rien de neuf. Bon sang, Hoss, j'ai pigé que tu étais amoureux d'elle quand tu t'es jeté sur Molly. C'est pour Sarah que tu as fait cette connerie.

— Je n'ai pas..., commençait Jake quand Dorothy entra.

Il s'interrompit. Sa secrétaire, tout de jaune estival vêtue, le salua d'un hochement de tête, jeta un coup d'œil réprobateur à Sweetie-pie et ignora ostensiblement grand-pa', qui quitta précipitamment son fauteuil.

— Je viens de voir Sarah, dit-elle en posant son sac sur le bureau.

Elle lissa sa jupe avant de s'asseoir dans le siège abandonné par grand-pa', puis reprit :

— Cette pauvre petite a l'air d'une déterrée. Elle a besoin de vacances. Elle sait que Charlie la suit ? J'imagine que oui parce qu'elle lui a fait bonjour de la main.

— Oui, elle le sait, lui confirma Jake.

— Je crois que Hoss n'est pas très doué pour agir en douce, commenta grand-pa'.

Jake s'apprêtait à rétorquer mais Dorothy le prit de vitesse.

— À propos d'agir en douce, remarqua-t-elle d'un ton sec en regardant grand-pa', j'aimerais bien que vous m'appreniez depuis quand l'agence a dans ses statuts une clause interdisant aux employés de se fréquenter. Parce que ça fait quarante ans que je travaille ici et quand Dave m'a informée de cette clause, je suis restée bouche bée : c'était la première fois que j'en entendais parler.

Grand-pa' parut fort mal à l'aise. Il glissa un regard en coulisse vers Jake, qui n'eut aucun mal à l'interpréter : il ne l'avait que trop souvent vu. Il signifiait « aide-moi à sauver mes billes, fiston ».

— Ce ne sont pas mes oignons, déclara Jake en levant la main. Ça ne regarde que…

La sonnerie de son portable l'arrêta avant qu'il ait eu le temps de lancer « grand-pa' ». Il sortit l'appareil de sa poche, lut le numéro affiché et fronça les sourcils.

— Allô ?

— Ici… Euh… Doris Linker… Euh… la sœur de Maurice Johnson. Vous vous souvenez que vous avez proposé de nous donner mille dollars si on vous appelait dès que Maurice se réveillerait ? Eh bien, ça y est, il est réveillé.

— Expliquez-moi donc cela, maître Letts : vous avez eu près d'un an pour préparer ce procès. Me Mason a eu combien de temps ? Trois, quatre mois ? Or elle est prête, et vous, vous prétendez ne pas l'être ?

Sarah cacha sa satisfaction lorsque le juge Schwartzman fit part de son mécontentement à Pat Letts. Aujourd'hui, l'avocate arborait un tailleur rose bonbon si accrocheur que Sarah en ressentait une pointe d'envie. Par bonheur, le tailleur n'avait apparemment pas obtenu l'effet escompté sur le juge. À moins que la présence de deux journalistes au fond de la salle n'ait joué sur les hormones de Schwartzman le rôle d'antidote. Quoi qu'il en soit, pour l'avocate de la défense, les choses ne se déroulaient pas comme prévu. Un instant, elle parut déstabilisée, mais elle se ressaisit promptement avec un admirable sang-froid.

— Le cas est si complexe, Votre Honneur, que…

— Je ne veux pas entendre cet argument, maître Letts. Pensez-vous avoir affaire à un magistrat débutant qui ne saurait pas reconnaître une manœuvre destinée à retarder un procès quand il en voit une ?

Sarah s'empêcha de sourire et Letts arrêta de jouer les pauvres femmes navrées. Le juge se pencha et fixa sur elles ses yeux bleus par-dessus ses lunettes.

— Je tiens à ce que vous vous rappeliez bien toutes les deux que les plaidoiries commencent mercredi prochain. Il n'y aura plus d'ajournement, compris ?

Il donna un coup de marteau, puis il se leva et quitta l'estrade, sa robe noire voletant autour de lui à chacun de ses pas. L'air qu'il déplaçait fit frémir le drapeau américain et celui de la Caroline du Sud accrochés au mur. L'huissier s'approcha du greffier et un murmure général s'éleva dans le prétoire : l'heure du déjeuner avait sonné. Sarah poussa un discret soupir de soulagement. Elle n'était pas en très grande forme aujourd'hui. Se concentrer exigeait d'elle un gros effort. Le coup de téléphone de Lexie, ou de Dieu seul savait qui, l'avait démolie. La voix de sa fille l'obsédait. Mais elle ne se laisserait pas abattre. Elle lutterait de son mieux. Elle était ici pour faire son job, défendre les victimes qu'elle était payée pour représenter. Sans doute n'y parviendrait-elle qu'avec difficulté, mais pour l'instant, elle y arrivait, et c'était l'essentiel.

— Vieux couillon, marmonna Letts alors que Sarah et elle rangeaient leurs affaires.

Ce n'était pas très professionnel de la part de Letts, mais cet écart de langage était peut-être un signe de réchauffement dans leurs relations, songea Sarah. Quoique, non. Letts venait d'attraper sa sacoche et s'en allait sans jeter un regard ni dire au revoir. Une jeune assistante que Sarah ne connaissait pas lui courut après. Mitchell Helitzer ne s'était pas montré, Dieu merci.

— C'était étonnamment facile, commenta Duncan à voix basse en s'approchant de Sarah.

Dans la mesure où il devait être son avocat-conseil lors du procès, sa présence aujourd'hui était justifiée. Toutefois, le bureau du procureur croulant sous les affaires, il était habituellement de mise qu'un seul avocat de l'accusation assiste aux débats mineurs comme ceux de ce matin. L'apparition de Duncan deux minutes après le début de l'audience avait étonné Sarah.

— Que fais-tu ici, Duncan ?

Il la suivait en direction du hall, à travers le prétoire vide. Les journalistes, comme le public, étaient déjà partis.

— Morrison m'a dit de venir. Je ne sais pas pourquoi. Pose-lui la question.

Sarah en avait bien l'intention. Et immédiatement, en plus. Le lundi après-midi, les magistrats se réunissaient au palais. Morrison devait être parmi eux.

Elle poussa l'un des doubles vantaux de la porte, Duncan poussa l'autre.

Letts était appuyée contre le soubassement de bois de l'un des murs près de l'escalier. Elle parlait dans son portable. La marée humaine qui les séparait n'empêcha pas Sarah de la voir : son tailleur rose bonbon ressortait sur la grisaille générale comme un rubis sur un tas de gravier. Sarah supposa qu'elle rapportait à l'un des avocats de son étude, voire à Helitzer lui-même, les résultats de l'audience.

— Tu veux qu'on aille grignoter un petit truc, Sarah ? demanda Duncan alors qu'ils descendaient l'escalier.

Il lui souriait. De fines rides de malice plissaient ses yeux clairs. Il était charmant, très juvénile, et Sarah savait que bien des femmes devaient le trouver séduisant. Elle l'appréciait en tant que collègue, et le déjeuner partagé avec lui samedi s'était révélé agréable, amical et productif sur le plan du travail. Néanmoins, il y avait dans son attitude envers elle quelque chose qui, d'après Sarah, donnait raison à Jake. Peut-être son intérêt pour elle allait-il au-delà du domaine professionnel, et il était hors de question qu'elle l'encourage dans cette voie.

Ainsi qu'elle l'avait affirmé précédemment, elle ne sortait avec personne.

— Merci, Duncan, mais il faut que je bosse.

Ce qui était exact. Il hocha la tête et n'insista pas. Arrivée au rez-de-chaussée après être passée sous le détecteur de métaux, Sarah quitta Duncan en agitant la main et se rendit aux toilettes. Elle finissait de se sécher les mains tout en se dirigeant vers la sortie quand Letts entra, la bousculant presque. Elle s'arrêta net et regarda Sarah bien en face.

— Vous savez que mon client est innocent, Mason. Et je serai ravie de vous le prouver devant la cour.

— Le problème, c'est que je ne partage pas votre opinion. Je pense que votre client est coupable jusqu'à la moelle, et je serai ravie de lui clouer le cul au mur.

Sur ces mots, elle poussa légèrement Letts et sortit.

— J'adore quand tu dis des gros mots comme ça, lui souffla Jake à l'oreille au moment où elle revenait dans la salle des pas perdus.

Manifestement, il avait entendu la dernière phrase de son échange avec Letts.

— À qui viens-tu de t'en prendre ? continua-t-il, tout sourires.

Sarah le lui apprit, puis elle demanda :

— Que fais-tu là ?

— Je suis venu t'inviter à déjeuner. Tu es libre ?

Pour Jake ? Bien sûr, quelle question !

— Oui, mais je n'ai que quarante-cinq minutes.

— Une éternité, donc.

Il lui prit le bras. Il portait une veste d'été légère de couleur beige, un pantalon bleu marine, une cravate dans les mêmes tons sur une chemise blanche. Le simple fait de poser les yeux sur lui dissipa une bonne partie de la tension nerveuse de Sarah.

— Alors ? Mcdo's ? Arby's ? Choisis.

Sarah fit la grimace.

Ils optèrent pour Marco's, le delicatessen de l'autre côté de la rue. Sarah commanda une soupe de poulet aux vermicelles et Jake un pain de viande avec supplément de fromage et de frites. Décidément, il était fidèle aux pires principes nutritionnels.

— Le soir du hold-up, ils te suivaient, annonça-t-il, une fois qu'ils furent assis à une petite table d'angle.

Marco's était très fréquenté par les gens qui travaillaient au palais de justice et la salle était bondée. Sarah avait déjà salué de loin plusieurs personnes de sa connaissance. Jake aussi. Puis il avait lâché sa bombe.

— Maurice Johnson et Donald Coomer te suivaient, enchaîna-t-il. Ils sont venus jusque chez toi, t'ont vue ressortir et t'ont filé le train jusqu'au Quick-Pik. C'est à ce moment-là qu'ils ont eu l'idée du vol. Une fois qu'ils t'ont vue à l'intérieur. Apparemment, la petite amie du frère de Johnson travaillait là, et leur avait dit qu'il y avait toujours plein de cash dans la caisse.

— Quoi ?

La cuillère en l'air, Sarah le dévisagea, ébahie.

— Qui t'a raconté ça, Jake ?

— Maurice Johnson lui-même. Il est conscient et il parle. Du moins, il l'était quand j'ai quitté l'hôpital.

Sarah prit une cuillerée de soupe, la porta à sa bouche, arrêta son mouvement et la vida dans le bol. Tant de questions se bousculaient dans sa tête qu'elle ne savait laquelle poser en premier.

— Comment as-tu appris qu'il était sorti du coma ?

— J'avais demandé à sa famille de me joindre dès qu'il se réveillerait et pourrait parler avec lucidité, car je tenais à être la première personne à l'entendre. Je leur ai promis que, s'ils m'appelaient à la seconde où il aurait ouvert les yeux, je leur filerais mille dollars. Et ils m'ont contacté ce matin.

— Est-ce que c'est légal ?

Sarah fixait Jake en déchiquetant sa serviette en papier sans même s'en rendre compte.

— Je suis sûre que ça va à l'encontre de toute éthique, poursuivit-elle.

— Hé, je suis détective privé, pas avocat. Les règles d'éthique de ta profession ne s'appliquent pas à la mienne.

L'appétit de Jake n'était en rien affecté par les retombées de sa bombe. Il se prépara une énorme bouchée de pâté à la viande, la mâcha, l'avala sans problème.

— Mon principe numéro un, c'est de prendre tout ce qui est bon pour réussir ma mission.

— Quelle mission ? demanda Sarah qui s'interrogeait toujours sur les implications de ce qu'elle venait d'apprendre.

— Te protéger. Trouver qui t'a tiré dessus et pourquoi. Découvrir qui passe ces saloperies de coups de fil, et à qui tout ça est relié. Parce que je commence à être vraiment persuadé qu'il y a un lien entre tous les événements des derniers jours.

— D'après toi, le coup de feu a un rapport avec les appels téléphoniques ?

Elle avait totalement oublié sa soupe, qu'elle regardait sans la voir.

— Mange, Sarah.

Il attendit qu'elle ait repris sa cuillère pour continuer.

— D'après Johnson, c'était l'idée de Coomer d'aller chez toi. Bon, OK, il pourrait mentir pour sauver ses fesses. Mais il dit qu'il ne sait pas pourquoi Coomer a voulu faire ça, qu'ils sont arrivés à l'instant où tu montais dans ta voiture et qu'ils t'ont suivie jusqu'au Quick-Pik. Ils sont restés assis quelques minutes dans leur bagnole, à surveiller ce qui se passait à travers la vitrine, et c'est à ce moment-là que Coomer a pensé au hold-up.

— Mais au départ, ils me suivaient ? demanda Sarah en frissonnant au fur et à mesure que des images défilaient dans son esprit : Squelette la coinçant contre les congélateurs, Duke menaçant Mary puis lui tirant dessus, Angie jaillissant avec force hurlements de sa cachette, sa fuite éperdue en traînant la fillette, l'impact de la balle sur son crâne…

— Johnson prétend ne rien savoir. Selon lui, il accompagnait simplement Coomer.

— Alors que s'est-il passé, selon toi ?

Les yeux de Jake se rivèrent aux siens. Ils étaient sombres, sérieux, durs. Les yeux de l'agent du FBI qu'il avait été.

— Je pense que quelqu'un les a soit embauchés, soit contraints par le biais d'un chantage. Ils devaient t'effrayer. Peut-être te faire du mal physiquement, ou même te tuer. En allant au Quick-Pik, ce qui n'était pas prévu, tu les as amenés à changer leur plan. Quand ils se sont arrêtés devant le magasin, l'idée leur est venue de mettre ça à profit et, à partir de là, la situation a dégénéré. Mais depuis le début, ils n'étaient que deux.

— Jake, est-ce que Mary a été tuée à cause de moi ?

— Mary a été tuée parce qu'elle se trouvait au mauvais endroit au mauvais moment, Sarah. Elle a eu la malchance d'avoir devant elle deux sales cons doublés de voyous violents.

Qui, eux, étaient entrés dans le magasin à cause d'elle, songea Sarah, un goût de bile dans la bouche. In petto, elle demanda pardon à Mary, espérant que la pauvre femme l'entendait de là où elle était désormais.

— Si ce n'est ni Coomer ni Johnson, qui, à ton avis, m'a tiré dessus, Jake ?

— Ah, ça, c'est la question à un million de dollars. Je n'en sais rien, mais je te garantis que je vais le découvrir.

Le silence s'installa entre eux pendant un moment. Remarquant le regard critique que Jake posait sur son bol plein, Sarah y plongea de nouveau sa cuillère. Elle ne pouvait rien avaler. Mais elle espérait donner le change en remuant un peu le bouillon.

— Comment relier tout cela aux coups de fil ?

— J'en suis encore à passer en revue toutes les possibilités, mais la plus vraisemblable, c'est que le scénario mis sur pied avec les services des deux voyous a foiré, alors l'instigateur de l'opération, devant l'échec, est devenu un peu plus créatif. C'est-à-dire qu'il s'est servi d'une fillette qui avait la voix de Lexie. Il l'a fait parler de manière à te remuer jusqu'au fond de l'âme.

Au seul souvenir de cette petite voix, Sarah sentit la tête lui tourner. Se pouvait-il qu'il y eût une enfant ayant exactement le même timbre que sa fille ? Les mêmes fautes de prononciation ?

— Mais pourquoi, Jake ? Pourquoi ?

— Je t'ai dit que je cherchais. Et si tu tiens à être encore en vie le temps que j'aie trouvé, mange !

Sous le regard attentif et autoritaire de Jake, Sarah réussit à avaler un fond de cuillère.

— Pourquoi Johnson t'a-t-il raconté tout ça ?

Jake goba la dernière frite puis s'essuya les mains sur sa serviette.

— Je lui ai promis que s'il parlait, je lui arrangerais un deal. Pas d'accusation de meurtre, pas de peine de mort requise au procès, pas plus de dix ans de prison.

— Mais tu n'as pas autorité pour faire un deal de ce genre !

Jake haussa les épaules.

— Eh bien, je lui ai menti.

Sarah en resta sans voix. Elle se demandait quoi répliquer quand son regard accrocha un mouvement. Elle leva les yeux et vit Duncan à une table un peu éloignée, qui agitait la main pour réclamer l'addition. Il venait de déjeuner avec un homme. Il aperçut Sarah, qui se rappela soudain avoir prétendu vouloir travailler pendant la pause-déjeuner. Elle se sentit un peu coupable. Comme il lui adressait un petit signe de tête, elle répondit en agitant les doigts.

— Qu'est-ce qu'il y a ? s'enquit Jake.

— Duncan est là. Il m'avait invitée à déjeuner et je lui ai raconté un bobard. Que j'avais du boulot.

— Tu as reçu une invitation plus plaisante, voilà tout.

À l'évidence, Jake se moquait que Duncan soit contrarié ou vexé. Il demanda la note à son tour. La serveuse la lui apporta tout de suite, alors que Duncan se démenait pour avoir la sienne, battant l'air du bras pour attirer l'attention de la jeune femme. Sarah aurait été impressionnée si elle n'avait connu la serveuse, l'une des petites-filles de Dorothy et, comme sa grand-mère, une fervente admiratrice de Jake.

— À quelle heure tu penses rentrer à la maison ? s'enquit-il alors qu'ils se dirigeaient vers la porte.

— Dix-neuf heures et quelques, répondit automatiquement Sarah parce qu'on était lundi et que, d'ordinaire, elle revenait chez elle à cette heure-là pour donner à manger à Sweetie-pie avant de repartir au club de gymnastique.

Puis elle se rendit compte que, dans l'esprit de Jake, « à la maison » signifiait à son appartement, où il l'attendrait. À cette pensée, son cœur manqua quelques battements. À la maison… La façon dont Jake avait prononcé ces trois mots avait produit un écho très agréable dans sa tête.

— Je serai là, dit-il.

Il traversa la rue avec elle et ne la quitta qu'une fois dans le palais de justice, où il la savait en sécurité.

— Pour information, Sarah, sache que c'est Dave qui veille sur toi cet après-midi.

Vers 18 heures, après la réunion qui, comme d'habitude, s'était éternisée entre les membres de l'équipe du procureur, Sarah coinça Morrison dans son bureau. Morrison était debout en train de ranger des documents dans sa serviette quand Sarah frappa à sa porte entrouverte et pénétra dans la pièce sans attendre d'y être invitée. En tant que procureur général, il bénéficiait d'un grand bureau dans la partie du palais datant des années soixante-dix, à un jet de pierre du tribunal où tous travaillaient. Mais la différence avec celui de Sarah et ses collaborateurs ne tenait qu'à ses dimensions. Comme le leur, il s'agissait d'un carré aux murs chargés d'étagères croulant sous les livres et les papiers. De part et d'autre du bureau de métal, trônaient un fauteuil à roulettes et deux chaises ordinaires. Le seul détail qui rendît ce bureau plus attrayant que les autres était sa situation, à un angle du bâtiment, avec une vue magnifique sur la baie de Beaufort à l'est et le quartier historique au nord. Revers de la médaille, les deux fenêtres empêchaient la climatisation de fonctionner correctement, un problème avec lequel le procureur se colletait sans répit… et sans résultat.

— Oui ? fit-il après avoir fini de remplir son attaché-case.

Il referma la sacoche dans un claquement avant de regarder Sarah d'un air interrogateur.

— Pourquoi avez-vous envoyé Duncan à l'audience de report de l'affaire Helitzer ? demanda Sarah sans préambule.

Une ombre passa sur le visage de Morrison.

— Parce que je pensais que vous auriez peut-être besoin d'un coup de main.

— Je n'en ai jamais eu besoin jusqu'ici, et encore moins maintenant, pour une simple audience de report.

Le juge eut une hésitation, puis il fit signe à Sarah de s'asseoir. Ce qu'elle interpréta comme un mauvais signe. Morrison n'offrait jamais de siège aux membres de son équipe. Elle le regarda bien en face et resta debout.

— Quoi que vous ayez à me dire, je peux l'entendre bien calée sur mes pieds. N'ayez pas peur, je ne vais pas m'évanouir sur vous.

Morrison crispa les lèvres. Ses yeux noisette, agrandis par les verres de ses lunettes, semblaient jauger Sarah, qui eut un instant l'impression d'être scrutée par un insecte prédateur. Une mante religieuse, par exemple.

— J'ai entendu parler de ce coup de téléphone que vous avez reçu dimanche soir, Sarah. On vous harcèle encore. Je n'étais pas certain qu'après ça, vous seriez très en forme.

— Je suis toujours en forme pour faire mon travail.

— Et vous le faites bien, je vous le concède.

Il marqua une pause et Sarah pressentit qu'un « mais » allait suivre.

— Mais je reçois beaucoup d'appels de gens me déclarant que vous paraissez épuisée, que vous ne tenez pas sur vos jambes, bref que vous n'êtes pas vous-même en ce moment. D'ailleurs, en vous observant, je vois ce qu'ils voient aussi. Vous traversez une sale période, je le comprends et, croyez-moi, vous avez toute ma sympathie. Mais d'importants procès sont programmés, d'autres tout aussi importants sont en cours, et Duncan est un excellent avocat de l'accusation. Je tiens donc à ce qu'il vous épaule si besoin est. Simplement au cas où…

— Au cas où quoi ? coupa Sarah, outrée. Vous avez peur que je craque ? Ou que je tombe carrément raide morte ?

Morrison ne rit pas. Il ne sourit même pas.

— Au cas où vous auriez besoin de prendre quelques jours de congé. Vous exercez un métier où l'on est constamment sous pression. Or vous êtes déjà sous pression dans votre vie privée. Je suis obligé de penser à la bonne marche du bureau.

— Essayez-vous de me dire que mon job est menacé parce qu'on m'a tiré dessus et qu'un cinglé me harcèle au téléphone ?

Elle était en colère, certes, mais également inquiète. Si elle perdait son travail… Ô mon Dieu ! Elle frémit, glacée à l'idée de se retrouver au chômage, sans rien pour combler les minutes qui s'écouleraient avec une lenteur terrifiante, les heures qui n'en finiraient jamais, sa vie qui ne serait plus qu'un vide abyssal. Que deviendrait-elle alors ?

Morrison leva la main en signe d'apaisement.

— Tout ce que je dis, c'est que je veux que Duncan soit au courant de tout pour prendre éventuellement le relais.

— Si cela ne signifie pas que vous allez me priver de mon poste, alors je ne comprends rien à rien.

Il y eut un long silence, au cours duquel Sarah afficha une expression furieuse, destinée à masquer sa peur. Morrison lui opposait une mine qu'il voulait désolée, mais qu'elle voyait surtout dénuée de complaisance. Il soupira.

— Ce que je tenais à vous expliquer, Sarah, c'est que si vous souhaitiez vous mettre en disponibilité, ou…

Un petit coup frappé à la porte, qui était restée entrouverte, l'interrompit. Sarah se retourna. Lynnie, la mince et séduisante secrétaire sino-américaine de trente-six ans, se tenait sur le seuil.

— Je vous prie de m'excuser, Sarah, mais on vous demande au téléphone. C'est urgent.

— Pourrons-nous poursuivre cette discussion plus tard, monsieur ? demanda Sarah au procureur.

Formulation purement protocolaire. Ce qu'elle voulait dire, et Morrison l'avait bien compris, c'était « nous poursuivrons cette discussion ».

— Bien sûr, Sarah.

Elle sortit et alla prendre la communication au secrétariat.

— Madame Mason ?

Elle reconnut tout de suite la voix à l'accent espagnol. Rosa Barillas.

— Oui, madame Barillas ?

— Pardon de vous déranger à votre travail, mais je ne savais pas quoi faire : Angie a disparu ! S'il vous plaît, vous pouvez m'aider ?

21

— Mon bébé… Mon bébé… Je vous en prie, madame Mason, pour l'amour de Dieu, ramenez-la-moi ! Elle est si petite… Mon bébé…

Les mots d'une force inouïe bien que chuchotés s'étaient plantés dans le cœur de Sarah comme des pointes de fil de fer barbelé. À 22 heures, une foule de gens, dont Sarah, était réunie dans le petit appartement au confort sommaire des Barillas. Rosa était sur le canapé, enveloppée dans une couverture, une tasse de café et une part de gâteau intactes sur une petite table à hauteur de l'accoudoir. Régulièrement, elle se laissait tomber à genoux par terre, joignait les mains et priait pour sa fille.

L'atmosphère était lourde de tristesse et de peur. Les gens parlaient à voix basse, comme s'ils assistaient déjà aux funérailles de l'enfant. Les deux aînés, Rafael et Lizbeth, étaient rencognés dans un angle du salon, sous la garde d'une femme – peut-être une tante, pensa Sarah.

Sophia et Sergio s'étaient endormis longtemps auparavant et quelqu'un les avait emmenés passer la nuit ailleurs. Le flux de visiteurs était constant. Sarah apercevait sans cesse de nouvelles têtes. Amis, voisins, policiers, mais aussi journalistes. Tous disaient quelques mots de réconfort à Mme Barillas. Sarah songeait avec angoisse que le temps jouait contre eux. Par expérience, hélas, elle savait les premières quarante-huit heures décisives en ces circonstances : au-delà, les chances de retrouver un enfant disparu étaient quasiment égales à zéro.

Sarah avait l'impression que la foudre s'était abattue sur elle une deuxième fois. Jamais une telle chose n'aurait dû se produire. Et pourtant, si : Angie avait disparu.

La fillette avait été vue pour la dernière fois aux environs de 15 heures, devant son immeuble, en train de surveiller Sophia qui creusait des trous dans le bac à sable, tout en attendant que le lave-linge s'arrête pour ensuite basculer la charge dans le séchoir. Plusieurs enfants jouaient à cache-cache, dont Sergio, Rafael et Lizbeth. Ils riaient, s'interpellaient à tue-tête, un vacarme qui avait pu masquer les cris de terreur d'Angie ou ses pleurs. Tous prétendaient n'avoir rien entendu de spécial. Quand Rafael avait remarqué que sa sœur ne se trouvait plus devant la maison, son livre sur les genoux, il avait supposé qu'elle était rentrée dans la buanderie. Mais il ne la vit pas réapparaître.

Dans un premier temps, il l'avait cherchée, sans trop de conviction ni d'inquiétude, avant de devenir de plus en plus anxieux. Sophia dans ses bras, il avait été rejoint ensuite par tous les enfants Barillas. Ils étaient même allés jusqu'au Quick-Pik puis chez Wang, au cas où Angie s'y serait rendue sans les prévenir. Par la suite, leurs camarades étaient venus à la rescousse, ainsi que les parents déjà rentrés de leur travail et quelques adultes du voisinage. Lorsque s'imposa la certitude qu'Angie n'était dans aucun des appartements, ni dans les coins et recoins où les enfants aimaient se cacher, et pas davantage sur le toit de l'immeuble où elle montait prendre le soleil de temps à autre, il était 17 heures et Rosa était revenue à la maison.

Rosa Barillas n'avait aucune confiance en la police. Elle vivait dans la peur que les représentants de l'ordre n'essaient de lui enlever ses enfants, ou qu'ils ne l'expulsent au Guatemala, son pays d'origine, voire qu'ils ne l'arrêtent et ne fassent du mal aux petits. Mais après avoir découvert qu'Angie manquait à l'appel, après avoir écouté l'histoire que lui racontèrent Rafael et les autres enfants, confirmée par les voisins, elle se résolut à contacter la police. Puis elle appela Sarah, la dame avocate, l'adjointe du procureur qui, dans son esprit, était un grand personnage puissant. Sarah avait appris tout cela de la bouche de Rosa, qui lui serrait convulsivement la main tout en la suppliant de l'aider.

Sarah fit ce qu'elle pouvait. Elle téléphona à Jake, aux inspecteurs qu'elle connaissait, mais la terreur qu'ils ne se révèlent impuissants lui nouait la gorge. Une atroce impression de déjà-vu lui broyait la poitrine.

Les policiers arrivèrent et passèrent au peigne fin tous les endroits déjà fouillés par les enfants et les parents. Ils posèrent maintes questions, enregistrèrent les déclarations des témoins qui n'avaient pourtant rien de concret à signaler, firent du porte-à-porte. Jake contacta ses amis au FBI, qui ne tardèrent pas à venir à leur tour. Il mit aussi tous les employés disponibles de son agence à contribution. Des groupes de personnes s'organisèrent pour élargir le périmètre des recherches : rues éloignées, rives de la baie, champs en friche. Peu avant le crépuscule, les médias déboulèrent. Hayley Winston et ses concurrents. Ils s'installèrent dans le parking. Mis à part l'identité de la disparue et le lieu, pour Sarah, tout se passait exactement comme sept ans auparavant.

La possibilité que la disparition d'Angie ait un lien avec celle de Lexie, ou avec les coups de fil du sadique, traversa l'esprit de Sarah puis s'y incrusta. On avait vu Angie avec elle à la télévision à deux reprises. Y avait-il un rapport ? Elle posa la question et on lui répondit que cette hypothèse allait être examinée.

Sarah se croyait dans un cauchemar. Elle se retenait pour ne pas éclater en sanglots, hurler, s'arracher les cheveux et s'enfuir à toutes jambes. Elle resta. Elle seule savait ce qu'endurait Rosa, connaissait tout de sa détresse, de son incrédulité, imaginait la sensation d'irréalité qui l'avait envahie, percevait par empathie les prières qu'elle adressait à Dieu. Elle seule pouvait dire que se raccrocher à l'espoir n'impliquait pas que l'espoir fût exaucé. Alors elle resta auprès de Rosa, écoutant les amis, les voisins, les questions des policiers et des journalistes. Elles étaient solidaires. Deux femmes qui formaient un nœud de souffrance et se comprenaient sans avoir besoin de prononcer un mot.

Douze heures s'écoulèrent. L'aube se leva. Sarah appela le palais et annonça qu'elle prenait un jour de congé, ce qui dut conforter Morrison dans sa conviction que la vie personnelle de Sarah Morrison prenait le pas sur sa vie professionnelle. Elle ne voyait pas trop comment faire pour aider davantage Rosa. Rester là, c'était tout. La photo d'Angie était partout. À la télévision, dans les journaux. La disparition remontait maintenant à dix-huit heures. Quelqu'un avait préparé de quoi manger dans la cuisine mais personne ne touchait aux plats. Puis les dix-huit heures devinrent vingt-quatre. Une journée entière. De nouvelles équipes de policiers avaient été affectées aux recherches. Les agents du FBI se succédaient. Les médias ouvraient et fermaient leurs bulletins d'information sur la disparition d'Angela Barillas, neuf ans, toujours introuvable. Tout le monde était épuisé. Des gens rentrèrent chez eux puis revinrent. Rosa s'endormit sur le canapé.

La nuit était de nouveau là. 20 heures... 21 heures... 22 heures... L'espoir s'amenuisait comme du sable dans un sablier. Angie était peut-être encore en vie... ou peut-être pas. Pourvu que Rosa n'en soit pas consciente.

— Sarah ?

Jake s'était incliné vers elle, une main sur son épaule qu'il secouait doucement. Sarah s'aperçut alors qu'elle s'était assoupie sur le sol, à côté de Rosa, les jambes ramenées sous elle. Elle releva la tête, qu'elle avait posée sur son bras à même la table basse.

— Allez, viens, Sarah, on rentre.

Pendant quelques instants d'hébétude, elle ne comprit ni où elle était ni ce qu'il lui disait. Il avait les yeux cernés, le visage ombré d'une barbe noire naissante. Sa chemise blanche aux manches retroussées était toute froissée, son pantalon, poussiéreux. Dans l'appartement, le va-et-vient continuait, mais les sons lui parvenaient étouffés : apparemment, tout le monde s'exprimait à voix basse pour ne pas réveiller Rosa.

— Je ne peux pas, souffla-t-elle après avoir jeté un coup d'œil à la mère d'Angie.

Quelqu'un avait remonté la couverture jusque sous son cou. Seule sa tête était visible.

— Mais si, tu peux, assura Jake. Et tu vas le faire, sinon je t'emporte de gré ou de force. Bon sang, Sarah, comprends que tu n'es plus utile désormais, et que tu ne sers qu'à te démolir.

Il avait raison. Elle était tellement fatiguée qu'elle n'aurait pu venir en aide à qui que ce soit. Elle avait depuis longtemps dépassé le seuil des sensations : faim, mal de dos, nausée, migraine. Elle les éprouvait à peine, mais le fait était là, indiscutable : s'attarder ici n'avait pas de sens. Depuis Lexie, elle savait cela. Une vérité aussi amère que du fiel : il y avait un moment où l'on devenait totalement impuissant.

— D'accord, murmura-t-elle, alors que Jake l'aidait à se relever.

En se dirigeant vers la porte, elle toucha gentiment le bras d'une parente de Rosa, sa sœur peut-être, qui tricotait sur une chaise de cuisine apportée par quelqu'un dans le salon.

— Dites à Rosa que je reviendrai demain matin, s'il vous plaît.

La femme hocha la tête. Sarah laissa alors Jake l'emmener.

De retour chez lui, elle s'effondra sur le canapé. Sweetie-pie arriva, s'arrêta devant elle et la regarda avec intensité.

— Grand-pa' l'a sorti, déclara Jake.

Le chien posa sa tête sur les genoux de Sarah, lui prodiguant du réconfort, comme s'il percevait sa détresse. Jake disparut dans la cuisine. Le chien, au lieu de le suivre, ce qu'il avait l'habitude de faire dès que quelqu'un entrait dans le lieu magique d'où surgissait de la nourriture, ne bougea pas. Tout en le caressant, Sarah songea que Sweetie-pie avait déjà vécu cela. Lui aussi avait souffert de la disparition de Lexie.

— Bon chien, chuchota Sarah.

Le poids de sa tête, la chaleur de sa fourrure, lui faisaient du bien.

— Cadeau de la maison, lança Jake en revenant. Couché, Sweetie-pie.

Il posa un plateau sur la table du salon. Sarah se redressa légèrement et vit un bol de soupe. De la soupe de poulet aux vermicelles.

— Tu m'as préparé de la soupe ? demanda-t-elle, incrédule.

Il demeura planté devant elle. Jake cuisinait rarement. S'occuper du petit déjeuner était déjà pour lui un exploit exceptionnel. Alors de la soupe…

— Merci, fit-elle en lui dédiant un pauvre sourire.

Comme toujours, il prenait soin d'elle. Qu'il soit là, attentif, concerné, augmentait la sensation de réconfort.

— Un truc en boîte, mais c'est mieux que rien.

Il attendait qu'elle mange. Il fallait qu'elle s'y résolve. Elle avait besoin de se nourrir. Qu'avait-elle pris depuis hier ? Trois fois rien.

— Et toi, Jake ?

— Ne t'inquiète pas pour moi, j'ai mangé.

Elle avala une cuillerée de soupe. C'était chaud, goûteux, mais trop salé. Néanmoins, elle vida le bol jusqu'à la moitié, le reposa sur le plateau, et saisit la télécommande de la télévision.

Un feuilleton... Du sport... Une rediffusion d'un show de *Seinfeld*...

Et...

« ... exactement comme Alexandra Mason, disparue il y a sept ans, la petite Angela Barillas... »

Oh, non, les informations... Pas plus qu'elle n'avait envie de soupe, elle ne désirait regarder le journal télévisé. Elle éteignit le téléviseur.

— Tu crois que celui qui me téléphone et le ravisseur d'Angie sont une seule et même personne, Jake ?

Cette question la hantait et la terrifiait.

— Je ne sais pas. Les flics l'envisagent, en tout cas.

— Ils ne vont pas la retrouver, n'est-ce pas ?

Elle se sentait tellement à bout de forces que son esprit flottait.

— Pour l'instant, on l'ignore.

Non. Ils savaient. Tous. Mais personne n'allait le lui avouer. Surtout pas Jake, qui n'aurait pas le courage d'anéantir la lueur d'espoir qui s'obstinait à briller dans son cœur.

— Finis ta soupe et va au lit, Sarah.

— Je ne peux pas. Je n'ai pas faim.

Il secoua la tête d'un air de reproche mais ne dit mot. Sarah remporta le plateau dans la cuisine, alla prendre une douche rapide puis se glissa entre les draps. Sweetiepie ronflait déjà sous le lit. Quand elle eut éteint la lampe de chevet, comme la veille, le petit ange scintilla quelques instants.

Lexie... Puis Angie...

Que le Seigneur les protège toutes les deux, songea-t-elle, le visage baigné de larmes.

Bien qu'épuisée moralement et physiquement, elle ne parvint pas à s'endormir. Des images hideuses défilaient dans son esprit. Une torture qu'elle ne supporta pas ; aussi se leva-t-elle pour regagner en silence le salon. L'appartement était sombre. Seule la clarté de la lune à travers les rideaux mal fermés l'éclairait un peu. Jake dormait. Aucune lumière ne filtrait sous sa porte. En tendant l'oreille, elle l'entendit ronfler. Sweetie-pie et lui faisaient bien la paire… Elle se blottit dans l'angle du canapé, les genoux remontés sous le menton, et se mit à pleurer sans bruit. Elle ne se rendit pas compte que Jake était entré, mais perçut sa présence. Elle redressa la tête. La pénombre le faisait paraître encore plus grand, plus large d'épaules qu'à la lumière du jour.

— Bon sang, Sarah, que fais-tu là ? Tu n'arrives donc pas à comprendre qu'il te faut dormir ?

Elle se refusait à lui laisser voir ses larmes. Pleurer signifiait être faible, vulnérable, tout ce qu'elle n'était pas et ne serait jamais. Et puis, il aurait tant de peine pour elle…

Prenant une profonde inspiration, elle ravala ses larmes et réussit à donner le change.

— J'étais juste venue chercher un verre d'eau, dit-elle d'une voix normale avant de se remettre debout.

Ce qu'elle n'avait pas prévu, c'était que le clair de lune frapperait son visage de plein fouet.

— Oui, c'est ça, marmonna Jake en la prenant dans ses bras pour l'attirer contre lui.

— Tu peux pleurer, Sarah, continua-t-il avec douceur. C'est aussi normal que de manger, dormir, sortir, se chauffer au soleil, faire l'amour…

— Non, coupa-t-elle.

Il ne portait qu'un caleçon. Son torse était chaud, attirant, ses bras, solides et protecteurs. Elle ne put retenir les larmes qui affluaient de nouveau, mais réussit à les écraser sous ses paupières. Il les voyait, elle s'en doutait, même si ses yeux à lui restaient dans une semi-obscurité.

— Je sais que ça ne sert à rien de pleurer, Jake. Cela ne ramènera pas Lexie, ne changera rien aux événements. Mais comment pourrais-je dormir quand, chaque fois que je m'assoupis, je vois ma fille en rêve ? Comment manger alors que j'ignore si elle a de quoi se nourrir ? Comment profiter du soleil si elle est perdue dans les ténèbres pour l'éternité ?

— Oh, Sarah…

Le chagrin assourdissait la voix de Jake. Il resserra son étreinte et, d'une main ferme, appuya sur la nuque de Sarah, pour l'obliger à presser la tête contre son épaule. Elle lui mouilla la peau de ses larmes.

— Comment pourrais-je faire l'amour avec toi alors que cela me donne l'impression de fuir la réalité ? murmura-t-elle. C'est impossible, Jake.

— Tu n'es pas seule, tu sais, fit-il en lui frôlant les cheveux du bout des lèvres.

Elle sentait ses mains lui caresser le dos à travers l'étoffe de la chemise de nuit. La magie de ces caresses produisait son effet, la revigorait. Être dans les bras de Jake l'aidait à reprendre goût à la vie.

— Je suis avec toi, Sarah. Ça me rend malade de te voir pâle, à cran, te tuer au travail pour échapper au cours du temps, te dérober en permanence face à tout ce qui pourrait t'apporter du plaisir, un peu de gaieté, un semblant de bonheur. Ça me brise le cœur, Sarah.

Jamais elle ne l'avait entendu s'exprimer sur un ton aussi triste. Il souffrait, et l'écho de cette souffrance la transperça comme un coup de couteau.

— Je t'aime, Sarah. Je t'aime plus que tout au monde, et je crois que tu m'aimes aussi.

Elle se pétrifia. La déclaration de Jake suivit les synapses de son cerveau, se dissémina dans son esprit, puis tout son être, avant d'atteindre son cœur. Pendant des années, elle avait puisé du réconfort et de la force de cette manière-là, en se nichant dans les bras de Jake. Il avait été le point d'ancrage de son équilibre mental, sa source d'énergie, celui auquel elle faisait une confiance aveugle. Jake, son meilleur ami.

Tout à coup, ce qu'elle avait été trop aveugle pour voir lui sautait aux yeux.

Jake était pour elle bien plus qu'un ami.

— Je crois que tu as raison, dit-elle, étonnée par son propre aveu. Je crois que, oui, il est bien possible que je sois amoureuse de toi.

Il lui sourit et ses superbes dents blanches scintillèrent dans le clair de lune.

— Tu ferais bien d'en être sûre, dit-il avant de s'emparer de sa bouche.

Elle lui rendit son baiser. Il l'enlaçait si solidement qu'elle avait l'impression qu'il ne la lâcherait jamais, et elle en était heureuse. Son corps recouvra soudain sa tonicité. Il s'enflamma, manifesta sa volonté propre avec véhémence, l'informa que la glace dans laquelle elle l'emprisonnait venait de fondre et ne se reformerait plus jamais. Lorsque Jake la souleva dans ses bras et la porta jusqu'à la chambre, elle soupira de bonheur.

Il lui fit l'amour, et les fantômes, les cauchemars s'évanouirent. Le chagrin et la peur se retirèrent de son âme comme une marée noire, et des vagues de pur plaisir lavèrent tout ce qui était souillé.

Jusqu'à l'instant où, à l'instar d'une bougie qu'on souffle, l'extase s'éteignit : le téléphone sonnait.

Sarah demeura immobile, lovée contre Jake, doutant encore que cette sonnerie fût réelle. Puis elle bondit hors du lit, l'adrénaline pulsant dans ses veines. C'était son portable, abandonné sur la table de nuit de la chambre d'ami. Un coup d'œil à la pendulette lui apprit qu'il était 3 heures du matin. À cette heure-là, personne n'appelait pour annoncer de bonnes nouvelles.

La sonnerie s'arrêta à l'instant où elle tendait la main vers l'appareil. Le répondeur se mit en marche. Quelqu'un laissait un message. Au sujet d'Angie ? Ô mon Dieu, avait-on enfin du nouveau concernant la fillette ? Ou alors… était-ce Lexie ? Non. La personne qui imitait Lexie ?

Le cœur battant, elle alluma la lampe et lut le numéro affiché sur l'écran. Il ne lui évoquait rien. Elle pressa la touche « lecture » et écouta.

— Salut, c'est Crystal.

Un murmure, des syllabes à peine articulées tant la jeune femme semblait pressée.

— Écoutez, Sarah, j'ai trouvé quelque chose à propos de cette fillette qui a disparu. Je viens de vous envoyer un e-mail. Cliquez sur le lien et… Merde, faut que j'y aille…

La peur faisait légèrement trembler sa voix.

Sarah fixa quelques instants le téléphone, hésitant sur la voie à suivre. On était mercredi matin et, d'après ce qu'elle savait des horaires de Crystal, sa cliente venait juste de rentrer du travail. Elle était manifestement effrayée. La rappeler ne serait sans doute pas judicieux. Mieux valait aller ouvrir l'e-mail.

Mais l'ordinateur portable était resté à l'intérieur de son attaché-case, dans le coffre de la Sentra, garée sur le parking de l'immeuble des Barillas. Comment lire ce… Ah, oui, l'ordinateur de Jake ! On pouvait accéder à sa messagerie sur n'importe quel ordinateur ou presque.

Elle descendit au bureau, qu'elle éclaira, s'assit dans le fauteuil de Dorothy, puis alluma l'appareil. L'écran s'anima, des icônes inconnues se précisèrent, qui la déroutèrent un peu : elle travaillait sur un PC et Jake sur un Mac. Elle tapa Internet, puis « guest », et se connecta à sa messagerie. Parmi plusieurs e-mails, il y en avait deux de Crystal, le premier intitulé « Regarder ça », le second « Ici ».

Sarah commença par « Regarder ça » et une photo apparut, celle d'un homme montant dans une vieille Camaro bleue. Ni l'homme ni la voiture ne lui disaient quoi que ce soit. Puis elle vit qu'il y avait onze autres photos. Elle passa donc à la suivante. Encore un inconnu dans un pick-up rouge tout aussi inconnu. Puis un Blazer au conducteur caché par le volant. Le quatrième cliché montrait un véhicule de police. Brian McIntyre était dedans. Sarah comprit aussitôt ce qu'elle avait sous les yeux : des photos de voitures prises devant chez elle par Crystal avec son téléphone portable. S'il n'y avait pas d'erreur, nul doute que

McIntyre était désormais coincé. Il n'avait pas respecté l'obligation d'éloignement.

Mais quel rapport avec Angie ? Peut-être le second e-mail allait-il le lui indiquer.

Elle ouvrit le mail intitulé « Ici » et lut :

« Je viens de trouver ça dans l'ordinateur d'Eddie. Il m'espionne, alors j'ai agi pareil. Et je suis tombée là-dessus. Je ne sais pas quoi faire. Son mot de passe est « Wormman ».

Suivait un lien en lettres bleues, supposé conduire à un site appelé « Théâtre de Paul ». Sarah cliqua dessus et crut deviner qu'on y vendait des équipements de terrains de jeux pour enfants. Autour des mots « Bienvenue au Théâtre de Paul », on voyait des gamins sur une balançoire, glissant sur un toboggan, s'éclaboussant dans une piscine démontable, grimpant dans une maison en forme d'arbre… Juste en dessous, il y avait une case où insérer un mot de passe.

Sarah tapa « Wormman »

Quelques secondes plus tard, elle regardait Angie.

22

La fillette était dans une cage. De fins barreaux de métal argenté fixés horizontalement et verticalement formaient une grille. Angie était recroquevillée dans un coin, les yeux fermés, ses longs cheveux sombres retombant autour d'elle comme un rideau. De larges bandes grises – du ruban adhésif, estima Sarah – lui attachaient poignets et chevilles. Un autre morceau de ruban la bâillonnait. Son tee-shirt orange et son short en jean correspondaient à la description des vêtements qu'elle portait avant sa disparition. La photo avait été prise de l'extérieur de la cage, le viseur incliné, donc tenu par une personne de haute taille. Sarah n'en était pas sûre mais présumait qu'Angie était vivante.

Son cœur fit un bond dans sa poitrine.

— Jake ! Jake ! hurla-t-elle en montant quatre à quatre l'escalier.

À bout de souffle, elle fit irruption dans la chambre, et secoua Jake qui ronflait.

— Jake, réveille-toi !

Il se tourna sur le dos et la regarda d'un air égaré.

— Je vais avoir un infarctus ! protesta-t-il. Qu'est-ce qu'il y a ?

— Lève-toi. Tout de suite. Et descends au bureau avec moi. C'est Angie !

Il cilla. Manifestement, il avait du mal à accommoder.

— Quoi, Angie ?

— Tu te lèves, oui ?

Elle le tira par la main, mais cela équivalait à essayer de déplacer un rocher.

— Angie est en photo sur l'ordinateur. Crystal m'a envoyé un lien, j'ai ouvert et Angie était là !

— Quoi ?

Il s'assit, encore hagard, et passa les doigts dans ses cheveux.

— Angie ! Dépêche-toi, Jake... Je t'en prie !

— Tu es sûre ?

— Oui, c'était Angie ! Vite !

Il sortit du lit, offrant le spectacle de son magnifique corps nu, qu'elle aurait apprécié si elle n'avait pas été aussi émue et folle d'impatience.

— Peux-tu me réexpliquer calmement, Sarah ? demanda Jake en enfilant son caleçon.

Il la suivit dans le couloir, notant au passage qu'elle avait pris le temps d'endosser sa chemise de nuit.

— Crystal Stumbo, tu vois qui c'est ? Oui ? OK. Elle m'a envoyé un e-mail dans lequel elle me demandait d'aller regarder un site appelé « Théâtre de Paul ».

Elle parlait tout en dévalant les marches.

— Je l'ai fait, j'ai entré le mot de passe de son petit ami, et j'ai vu Angie. Dans une cage, Jake ! Attachée avec du ruban adhésif. Je crois qu'elle est vivante.

Ils entrèrent dans le bureau. Jake plissa les yeux sous l'éclat du plafonnier pendant que Sarah allait droit à l'ordinateur. L'écran était blanc. La panique monta en elle. Mon Dieu, et si tout avait disparu, si le lien s'était effacé ?

Elle bougea la souris, et Angie réapparut.

Merci, mon Dieu.

— Ô Seigneur, murmura Jake, c'est bien elle. Mais où est-elle ?

Il respirait par à-coups, comme s'il venait de courir un marathon. Sarah avait déjà décroché le téléphone.

— Qui dois-je appeler ? La police, le FBI ? Qui ?

— Tout le monde. Donne-moi ce téléphone. Ça ira plus vite si c'est moi qui appelle.

Sachant que c'était probablement vrai, Sarah lui tendit le combiné. Pour les flics du comté de Beaufort, elle était persona non grata, et peut-être aussi pour les Fédéraux.

— Dépêche-toi.

— Ouais.

Dix minutes plus tard, le bureau de Jake ressemblait à une ruche. Sexton et Kelso étaient là, ainsi que quatre policiers en uniforme, l'agent spécial Gary Freeman, un trentenaire grand et roux, et un autre agent spécial, Tom Delaney, un homme blond d'une quarantaine d'années, qui était un ami de Jake. C'était le milieu de la nuit. De ce fait, à part les agents en uniforme, toutes les personnes accourues à la hâte s'étaient vêtues à la va-vite, enfilant ce qui leur tombait sous la main. Tous semblaient hébétés de sommeil. À part Kelso, qui s'était assise sur une chaise, tous étaient regroupés en cercle devant l'écran du Mac de Dorothy. L'agent Freeman, apparemment l'expert en informatique, jouait fébrilement de la souris. Jake, maintenant habillé d'un jean et d'un tee-shirt, étudiait un tirage de la photo d'Angie dans la cage, tête contre tête avec Delaney. Ils essayaient de repérer sur le cliché des indices susceptibles d'indiquer où elle se trouvait, tout en jetant de temps à autre un coup d'œil à l'écran pour voir ce que faisait apparaître Freeman. Sarah, également en jean, tee-shirt et tennis, avait répété jusqu'à plus soif ce qui s'était passé – l'appel de Crystal, les e-mails –, puis donné le nom du petit ami. Freeman cherchait des renseignements sur le jeune homme par le biais de l'ordinateur, tout en revenant régulièrement sur la photo d'Angie.

— Ce cliché a été pris il y a quelques heures à peine. Le site est crypté au maximum. C'est pratiquement impossible d'y accéder à partir du lien qu'a donné Crystal Stumbo. Ceux qui y entrent ont un mot de passe individuel. Le « Wormman » de Tanner, le petit ami, par exemple.

Il s'interrompit, le temps de faire courir le curseur sur l'écran.

— On dirait qu'il y a des liens cachés, là. Ah…

— Sarah ? appela Kelso. Vous voulez bien venir un instant ?

Kelso travaillait sur l'un des portables de la police qu'elle avait apportés.

— Est-ce que c'est lui, Sarah ?

Elle montrait l'écran. Sarah vit un jeune homme pâle aux cheveux blonds attachés en catogan, une cicatrice sous l'œil gauche, l'air maussade.

— Oui, c'est lui.

Il y avait deux photos anthropométriques, face et profil, du détenu numéro 823479T, Edward Mark Tanner, un mètre soixante-quinze, quatre-vingts kilos, né le 3 mars 1978. Cheveux blonds, cicatrice sur la main droite, tatouage en forme de phénix sur le biceps droit. Inculpé pour conduite en état d'ivresse. La photo remontait à deux ans, au mois de septembre.

Un phénix tatoué sur le biceps droit…

Sarah se rapprocha pour distinguer les détails. Tanner avait été cadré jusqu'à mi-poitrine. Il portait un débardeur. Le tatouage apparaissait très clairement, dans sa quasi-intégralité. Un oiseau aux ailes déployées, le bec pointé en avant. Ce dessin lui était si familier que son cœur manqua quelques battements.

— Duke a le même. Je suis pratiquement sûre que c'est le même !

— Qui diable est Duke ? demanda Kelso.

— Donald Coomer. L'un des voyous qui ont fait le hold-up au Quick-Pik, où on m'a tiré dessus. Celui qui est mort en prison.

Kelso se redressa et appela à la cantonade :

— Hé, messieurs, on a un truc intéressant, là. Est-ce que l'un de vous connaît un gang qui aurait pour signe de reconnaissance un tatouage en forme de phénix ?

Tous, sauf Freeman, s'approchèrent de Kelso et scrutèrent longuement la photo de Tanner.

— Non, je ne vois rien, déclara finalement Sexton en secouant la tête.

Tous les autres l'imitèrent.

— C'est le même tatouage, dit Sarah, j'en suis certaine à quatre-vingt-dix-neuf pour cent. Le voyou du Quick-Pik avait ça sur le bras.

Elle chercha le regard de Jake et précisa :

— Duke.

— Ce qui confirme bien que tout est relié.

Jake avait énoncé à voix haute ce que pensait Sarah. Ainsi, on avait enlevé Angie à cause d'elle…

— Aaaaah ! Ça y est ! s'exclama soudain Freeman.

Tous se ruèrent devant l'écran du Mac. Par-dessus son épaule, Sarah découvrit des phrases qui surgissaient sur un fond bleu.

— Il y avait un lien pour un site de chat, expliqua Freeman.

Les phrases se complétèrent, s'affichèrent enfin avec netteté.

« Gros chien : salut, Wormman. Pourquoi tu es debout si tard ? »

— Oh, putain, marmonna Freeman, ce que Sarah considéra comme un mauvais signe. Les gars, on a un problème. Quelqu'un croit que c'est Wormman-Tanner qui s'est connecté et lui envoie un message.

Tous retinrent leur souffle quand, après une hésitation, Freeman tapa :

« Voulais juste voir comment ça se passait. »

— Ça sonne faux ! beugla Freeman. Merde, merde, merde, pourquoi je suis allé me fourrer là-dedans ? Je n'aurais jamais dû faire ça !

Une réponse arriva.

« Simon : tu sais bien que les enchères finissent à 5 heures ».

— Oh, grands dieux…, souffla Freeman, ils sont en train de vendre la petite aux enchères… Putain… Mais au moins on est sûrs qu'elle est vivante.

— Qui sont-ils ? demanda Jake. On a un moyen de les identifier ?

Les mains toujours sur le clavier, Freeman fit non de la tête.

— Pas à partir d'ici. Ces gens peuvent être n'importe qui et se trouver n'importe où. Internet couvre le monde entier.

— Sortez du chat ! ordonna Delaney. Sinon on va tout bousiller.

— Facile à dire, rétorqua Freeman en tapant :

« Je sais. »

« Gros chien : Tu as fait une enchère, Wormman ? »

Freeman demanda à la ronde :

— Si quelqu'un a une idée pour la réponse, je suis preneur !

Personne ne soufflant mot, il grommela :

— Putain, je vais m'y prendre comme sur e-bay.

Et il tapa :

« Peut-être plus tard. J'attends qu'on approche de la fin. Je m'inscris pas encore. »

Puis, d'un clic de souris, il sortit du chat. Tous poussèrent un long soupir. La photo d'Angie occupait de nouveau l'écran. Sauf que, cette fois, il s'agissait d'une autre photo, un effroyable instant figé dans le temps.

Angie, consciente, s'était mise à genoux. Elle semblait terrifiée. Les yeux ombrés de longs cils et noyés de larmes qu'elle fixait sur le viseur de l'appareil photo étaient immenses. On lui avait ôté l'adhésif qui la bâillonnait. Le pourtour de sa bouche était rouge, enflammé. Ses lèvres étaient écartées comme si elle parlait.

Sarah eut la sensation qu'on lui fichait tout à coup dans le cœur une lame chauffée à blanc. Elle était totalement solidaire de la détresse, de la terreur d'Angie, qu'elle associait à celles de Lexie. Sa fille avait-elle aussi été enfermée dans une cage, ligotée ?

— Ô mon Dieu..., fit-elle, les jambes en coton.

Elle dut s'accrocher au dossier de la chaise de Dorothy pour ne pas tomber, et fermer les yeux pour ne plus voir la pièce qui tournait autour d'elle.

— Ça va ?

Jake était derrière elle. Il lui ceignit les épaules d'un bras solide et elle s'appuya avec reconnaissance contre lui. Elle attendit quelques secondes avant de lui faire signe que oui, elle tiendrait bon. Il le fallait. Pour Angie.

— On la perd, putain, on la perd ! s'écria Freeman.

Sarah rouvrit les yeux et vit la photo d'Angie disparaître lentement de l'écran, pixel par pixel. Le « Théâtre de Paul », avec ses fausses images d'enfants heureux, réapparut puis s'effaça à son tour.

Tous restèrent muets, immobiles, incapables de quitter des yeux l'écran vide.

Sarah avait l'impression qu'il ne restait plus rien à l'intérieur d'elle, qu'elle n'était qu'une coquille privée de matière vivante.

— On est faits, marmonna Freeman, putain de merde, je crois qu'on est faits.

La peur envahit Sarah. Elle se sentit trembler. Angie était là, devant elle, et elle n'y était plus. Ils l'avaient perdue. Le bras de Jake se raffermit autour de ses épaules. Freeman se laissa aller contre le dossier de son siège.

Delaney jura. La tension dans la pièce était presque palpable. Tous avaient les nerfs à vif, brûlaient d'agir, mais ne savaient quoi entreprendre.

— Je propose qu'on aille choper ce type, Tanner. Tout de suite, déclara Sexton.

— La femme aussi, Crystal Stumbo, ajouta Jake. À eux deux, ils nous en apprendront peut-être assez sur le site. C'est la seule piste que nous ayons pour retrouver la petite.

— Tu as l'adresse de Tanner ? demanda Delaney à Kelso, qui revenait de l'imprimante, un feuillet à la main.

— La voilà.

— Je pense qu'il habite avec Crystal, dans un mobile home, intervint Sarah.

Elle était glacée, au bord de la nausée, son pouls déraillait, mais elle pouvait s'en accommoder, se dit-elle. Elle devait s'en accommoder. Le compte à rebours avait commencé. Pas question de céder à un instant de faiblesse.

Kelso lut à haute voix ce qu'il y avait sur son feuillet.

— 45 West Homewood Drive, appartement 24 C. Ce n'est pas une adresse de mobile home, ça. Et… Bon sang, cette info date de deux ans !

— L'adresse de Stumbo, on l'a ? s'enquit Delaney.

Freeman s'était levé et la tension générale était encore montée d'un cran. Tous s'agitaient sur place, maintenant, faisant craquer leurs jointures, se balançant d'un pied sur l'autre, soufflant, bougonnant entre leurs dents… Les policiers rongeaient leur frein. Ils contenaient leurs émotions, s'exhortaient au sang-froid, mais semblaient prêts à bondir comme des fauves enragés.

Aucun d'eux ne voulait échouer. Ils savaient être le seul espoir d'Angie.

— Je vais en trouver une, dit Kelso qui était de nouveau devant son portable.

— Je ne pense pas qu'elle sera bonne, commenta Sarah après avoir jeté un coup d'œil. Moi, je sais où elle vit depuis deux mois. Au Paradise Homes, à Burton. C'est un parc à caravanes. J'ai l'adresse exacte à mon bureau, dans son dossier, mais ce n'est pas la peine d'aller la chercher : je connais le chemin. J'ai raccompagné Crystal là-bas une fois.

— Vous pouvez nous montrer où c'est ? demanda Delaney.

— Oui.

— OK. Allons-y, et fissa. S'ils nous ont démasqués comme le pense Freeman, ils sont déjà en train d'effacer leurs traces. Mais nous devons garder notre calme, et faire très attention. Le but, c'est de coller ces gens en garde à vue et de les interroger sans que leurs complices apprennent qu'on les a coffrés. La vie de cette petite fille en dépend.

Peu après 4 heures du matin, les phares de l'Acura de Jake éclairaient le gravillon blanc du balast de la voie ferrée qui longeait Paradise Homes. Assise sur le siège du passager, Sarah, penchée en avant, guidait Jake. Juste derrière eux, dans l'Infiniti de Delaney, se trouvait l'agent Freeman. Suivaient, dans un véhicule banalisé, Sexton et Kelso. Ensuite, trois voitures pie aux gyrophares éteints et aux sirènes silencieuses. À cette heure ci, le trafic sur la I-21 en direction de Burton était fluide et le convoi n'attirait l'attention de personne. Sarah projetait d'aller directement au mobile home et, une fois devant, de se mettre en retrait avec Jake pour laisser intervenir les forces de l'ordre. Une fois Tanner arrêté, elle rentrerait à Beaufort avec Crystal, partant du principe que la jeune femme lui faisait confiance et serait plus loquace avec elle qu'avec n'importe qui d'autre. Les policiers étaient d'accord.

— Là ! s'exclama-t-elle en pointant du doigt le mobile home.

Elle était sur des charbons ardents. Est-ce que ça allait marcher ? Crystal et son immonde petit ami les conduiraient-ils à Angie avant qu'il ne soit trop tard ?

Devant le mobile home étaient garés la Lincoln jaune de Crystal et un petit pick-up bleu. Jake abaissa sa vitre et sortit son arme. De la main, il désigna le mobile home aux policiers.

— C'est la voiture de Crystal. On dirait qu'elle est chez elle, et le type aussi, dit Sarah d'une voix posée.

Elle s'efforçait de garder son calme.

— Espérons qu'il est bien là.

Jake passa devant la longue caravane. Ses phares éclairèrent la suivante, plus grande, marron et blanc. Le parking contenait deux véhicules, un coupé Toyota vert et une Jimmy GMC dorée, ainsi qu'un abri de bois préfabriqué, avec une table de pique-nique en métal et trois poubelles pleines à ras bord. Il n'y avait guère de place supplémentaire que pour le vélo glissé au milieu, de sorte que le troisième véhicule, un Blazer blanc, était garé sur la pelouse, derrière le mobile home marron et blanc. Sarah enregistra tous ces détails alors que Jake cherchait où s'arrêter. Il finit par faire demi-tour et immobilisa l'Acura sur le bas-côté du chemin. Il coupa aussitôt ses phares : à aucun prix il ne fallait réveiller les résidents qui dormaient. Surtout pas Crystal et son petit ami. Sous le porche de la caravane près de laquelle Jake avait garé l'Acura, brillait une ampoule de faible intensité. Deux papillons de nuit s'étaient emprisonnés dans le grillage de protection. D'autres porches étaient éclairés. Tous les policiers avaient, comme Jake, coupé leurs phares et l'endroit était maintenant dans la pénombre et tranquille. Rien ne brisait le silence, pas même un aboiement de chien.

— Tu ne penses pas qu'Angie est ici, n'est-ce pas, Jake ? murmura Sarah avant de se rendre compte qu'il était stupide de parler à voix basse. Dans l'habitacle de la voiture, personne ne pouvait l'entendre à part Jake.

— Non. La paroi que j'ai vue sur l'ordinateur derrière la cage m'a semblé en tôle ondulée. Un hangar, peut-être. En tout cas, pas un mobile home.

Les policiers avaient rangé leurs voitures en demi-cercle autour de la caravane. Sarah ne voyait plus les trois premières. Les deux derniers véhicules de patrouille étaient pare-chocs contre pare-chocs sur le chemin : il n'y avait plus de place autour de chez Crystal. Sarah perçut le léger bruit des portières qu'on ouvrait avec précaution.

— C'est parti, dit Jake.

Elle hocha la tête. Elle se sentait tendue comme un arc. Même si elle essayait de n'en laisser rien paraître, à l'intérieur elle était folle d'angoisse. Afin qu'elle ne soit pas prise pour cible si le petit ami résistait, les ordres avaient été clairs : Jake devait se garer hors du périmètre de l'action à venir. Donc, de là où elle se trouvait, Sarah ne voyait quasiment rien.

Ce genre de mobile home n'avait aucune porte à l'arrière et en possédait en revanche deux sur le flanc. Sortir par une fenêtre n'était pas impossible, mais Sarah savait par expérience que c'était ardu, vu la taille des ouvertures. Toute fuite rapide était exclue.

Elle colla presque son visage au pare-brise, tâchant de distinguer ce qui se passait. Crystal était peut-être déjà dehors et avait besoin d'elle.

Non. Elle n'apercevait aucun mouvement significatif.

— Je ne peux pas supporter cette attente, confia-t-elle à Jake.

La lumière du porche éclairait faiblement l'habitacle de l'Acura. Elle vit que Jake aussi était sur les nerfs.

— Je vais sortir et me rapprocher discrètement du mobile home, Jake.

Se sentir hors de l'action devait lui paraître aussi frustrant qu'à elle car il ne protesta pas. Il descendit sans bruit de l'Acura en même temps que Sarah, et ils se rejoignirent à hauteur du coffre.

— On va se placer très en retrait, murmura-t-il en lui prenant le bras, une façon de s'assurer qu'elle ne s'éclipserait pas. Laissons travailler les professionnels.

Sarah acquiesça d'un hochement de tête. Elle respirait mieux maintenant qu'elle n'était plus condamnée à l'immobilité.

L'air de la nuit était chaud, empli d'une odeur de charbon de bois. Quelqu'un avait fait un barbecue dans la soirée. Dans le ciel bleu outremer, ressortaient à grand-peine un pâle croissant de lune et une poignée d'étoiles sans éclat. Il n'y avait pas un souffle de vent.

Leurs semelles crissèrent sur les gravillons, et ce seul son parut déchirer le silence. Une chouette hulula dans un arbre sur sa gauche.

Il aurait dû y avoir davantage de bruit. Qu'est-ce qui expliquait qu'il ne se passe rien ? Sarah s'était attendue à des cris, à des martèlements contre la porte, à des coups de feu.

Quelque chose allait de travers, songea-t-elle en contournant le mobile home à bonne distance. Ou alors, Crystal n'était pas chez elle, et le petit ami non plus.

Au côté de Jake, elle continua d'avancer et découvrit alors la porte ouverte, la salle de séjour éclairée. Peu après, des lumières s'allumèrent dans les autres parties du mobile home. Delaney, Freeman, Sexton et Kelso étaient invisibles à l'extérieur. Il y avait donc foule dans la caravane, et pourtant le silence s'éternisait. Un silence inquiétant.

— Ça ne va pas, murmura Jake.

Elle percevait sa tension. S'il avait été sûr qu'elle reste à l'abri, il serait allé rejoindre les autres, mais il craignait qu'elle ne lui désobéisse. À juste titre. Elle l'aurait suivi. L'idée d'attendre seule lui était insupportable. De même que celle de ne pas savoir.

— Ils ont trouvé quelque chose, dit-elle.

C'était la seule explication plausible. Jake, sans la lâcher, se rapprocha du mobile home, son arme toujours à la main. Ils arrivèrent derrière la voiture de Delaney.

— Si ça tire, tu te couches par terre, OK ? Et si ça tourne mal…

Il plongea la main dans sa poche, en sortit ses clés de contact et les lui fourra dans la paume.

— Tu montes dans la voiture et tu files.

— D'accord.

Ils avaient longé la voiture de Delaney et voyaient maintenant l'intérieur du mobile home. Freeman était là, le dos appuyé à la porte ouverte. Grâce à ses cheveux roux, il était impossible de le confondre avec quelqu'un d'autre. Sur sa gauche, à moitié caché par Freeman, se tenait Delaney. Au fond apparaissait la tête de Sexton. Tous fixaient un point à leurs pieds.

Un mauvais pressentiment s'empara de Sarah.

Sans prononcer un mot, elle marcha vers la porte, puis se mit à courir, Jake derrière elle. Il n'essayait pas de l'arrêter. Les postures des policiers à l'intérieur du mobile home indiquaient clairement qu'il n'y avait pas de danger. Et que tous étaient choqués et émus.

Ce fut d'abord le sang que vit Sarah. Elle avait gravi les trois marches du petit escalier métallique quand une flaque rouge et brillante stoppa sa progression. Puis elle découvrit les longues mèches de cheveux auburn engluées dans la flaque. Et enfin, la figure livide avec son maquillage qui avait coulé, donnant un faciès de clown au visage.

— Crystal… Elle est morte, Jake.

Il était impensable qu'elle fût encore en vie. Étendue sur la moquette bleue, encore vêtue de sa tenue de travail, un débardeur noir à sequins et une minijupe, les bras en croix, les jambes gainées d'un collant résille, elle gisait sur le dos. Elle avait dû enlever ses chaussures avant d'être tuée : elles traînaient devant le sofa. L'une d'elles avait basculé sur le côté quand elle les avait retirées. En rentrant chez elle, elle s'était sans doute déchaussée avant d'ouvrir l'ordinateur, et d'envoyer les e-mails à Sarah. Le meurtre avait dû se produire ensuite. À première vue, l'enchaînement des faits était plausible.

Sarah n'arrivait plus à respirer. Des vagues de bile montaient dans sa gorge. Elle sortit sur le marchepied après avoir laissé passer Jake. Il n'y avait pas assez d'espace dans le mobile home pour tout le monde. Jake s'immobilisa devant le pauvre corps sans vie, balaya du regard le mobilier à quatre sous si familier à Sarah. Retrouver un tel cadre après tant d'années la remuait. Personne ne parlait. À quoi bon ? Tous s'efforçaient d'assimiler ce qui était une véritable tragédie. Pour Crystal, bien sûr. Mais aussi pour Angie.

Le lien ténu qui les avait brièvement reliés à la fillette était rompu.

— Eh merde, fit Jake. Ça remonte à quand ?

— Pas longtemps, répondit Sexton. Elle est encore chaude. Je dirais un quart d'heure grand maximum.

— Il faut trouver le mec, dit Delaney.

— J'ai appelé Bob Parrent, des Homicides. Il arrive avec une équipe.

— Pas d'ordinateur, lança quelqu'un de l'une des chambres, mais il y a un espace vide sur un bureau. L'appareil devait être là.

Sarah aperçut un agent en uniforme qui se faufilait dans la salle de bains. Les policiers passaient le mobile home au peigne fin.

— Celui qui a tué cette pauvre fille a manifestement emporté l'ordinateur, remarqua Sexton.

— Et Tanner ? s'enquit Jake.

— Pas là, répondit Sexton. J'ai lancé un appel à toutes les brigades. Nous l'aurons.

Oui, mais assez vite pour sauver Angie ? s'interrogea Sarah. Non, probablement pas. Les bras serrés autour de son buste, elle revoyait en esprit l'enfant dans sa cage.

— Ne pourrait-on pas tenter d'identifier d'autres membres du chat ? dit-elle. Grand Chien ou Simon ?

Elle était bouleversée, mais le procureur, en elle, prenait le pas sur la femme. Elle avait eu tant de scènes de crime sous les yeux qu'elle parvenait à rester professionnelle en dépit de la douleur qui la ravageait.

— Si, mais ça demandera du temps, dit Freeman.

Or du temps, ils n'en avaient pas.

— Vous n'avez donc pas trouvé le portable de Crystal Stumbo, c'est ça ? s'enquit Jake en regardant Sexton.

— Non. Le tueur a dû l'embarquer.

Sarah percevait les paroles comme si elles venaient de très loin. Elle avait beau faire, cette distance professionnelle à laquelle elle s'accrochait si fort se réduisait, et elle vivait de plus en plus le drame comme une affaire personnelle. On avait égorgé Crystal. Elle s'efforçait de détourner le regard mais ses yeux revenaient inlassablement sur le cou tranché. La blessure formait un croissant, tel un immonde sourire, d'une oreille à l'autre. Le sang qui en avait coulé couvrait son buste d'un film écarlate et brillant. Des éclaboussures avaient teinté de rouge une chaise voisine et le mur.

Impossible d'échapper à l'horrible odeur âcre, songea-t-elle en fermant les yeux. Elle retint sa respiration un long moment puis, au bord de l'asphyxie, inhala profondément et un goût de métal un peu sucré envahit sa bouche, lui rappelant aussitôt Mary, sa tête qui avait explosé…

La nausée qu'elle avait réussi à juguler jusque-là monta d'un coup dans sa gorge. Elle se précipita hors du mobile home, bousculant au passage l'équipe des Homicides qui arrivait. Elle salua d'un hochement de tête Ian Kingsley et Carl Brown, et courut vers l'arrière de la caravane. Là, se retenant de la main à la paroi de métal, elle se courba en deux et vomit.

Quelques instants plus tard, elle faisait de son mieux pour se ressaisir. Elle ne se sentait pas encore en état d'aller retrouver Jake et les autres. Ses jambes lui semblaient changées en gelée, et elle transpirait. Ce dont elle avait besoin c'était un endroit frais où se réfugier et s'asseoir un petit moment.

Les clés de l'Acura étaient dans sa poche. Elle allait s'installer dans la voiture, mettre la climatisation en marche et attendre que tout soit rentré dans l'ordre. Ensuite, elle rejoindrait les autres.

Elle se dirigea vers la voiture, coupant à travers le parking, puis passant sous l'auvent, à côté de la table de pique-nique. Un nombre incroyable de voitures de police arrivaient encore, des véhicules de tous genres allaient et venaient. Et pourtant, constata-t-elle avec étonnement, les résidents du parc dormaient toujours. En dehors de cette poche d'intense activité autour du mobile home de Crystal, tout était paisible et silencieux.

Elle longeait le Blazer blanc garé devant la caravane du voisin de Crystal quand une lumière s'alluma dans une chambre, illuminant l'intérieur du 4 × 4. Sans cela, elle n'aurait rien remarqué.

Le roman *Inkheart* était posé sur la banquette arrière.

Sarah se figea, tout malaise envolé.

Angie lisait *Inkheart*. Maintenant qu'elle y réfléchissait bien, elle se rappelait avoir remarqué un Blazer blanc dans le parking, le jour où « eeyore » avait été écrit sur la vitre de la Sentra. Et parmi les photos envoyées par Crystal, il y avait un Blazer blanc.

Celui-là ?

Il lui semblait entendre Jake affirmer que les coïncidences n'existaient pas.

Pivotant sur ses talons, elle s'apprêtait à repartir à toutes jambes vers le mobile home de Crystal quand une main la repoussa brutalement en arrière. Puis un bras de fer lui enserra le cou. Elle voulut crier, ne réussit à produire qu'un infime son rauque. Attrapant le bras, elle enfonça les ongles dans une chair ferme d'homme, donna des coups de pied en arrière, frappant durement les genoux. Elle lutta comme un démon. Jusqu'à ce que quelque chose d'aussi lourd et dur qu'un sabot de cheval lui cogne la nuque.

Le noir se fit tout autour d'elle puis l'engloutit.

23

— C'est le pick-up de Tanner, là, dit Sexton à Delaney. On a vérifié l'immatriculation.

Delaney, qui se tenait devant le corps de Crystal, parlait dans son portable, mais en entendant la remarque de son collègue, il hocha la tête et demanda discrètement :

— Alors il est parti à pied ?

Sexton haussa les épaules.

— Peut-être.

Jake ne prêtait guère attention à l'échange. Le mobile home était tellement bondé que bouger relevait de la prouesse : l'équipe des Homicides créait un embouteillage et celle désormais baptisée « Sauvons Angie » se préparait à partir. Les discussions menèrent néanmoins à un accord : il fallait simultanément chercher Eddie Tanner et essayer de trouver le fournisseur d'accès Internet susceptible de donner le nom du concepteur du « Théâtre de Paul ».

La montre jouait contre eux, tous en étaient conscients. L'assassinat de Crystal Stumbo prouvait, si besoin en était encore, qu'il fallait faire vite, très vite.

Mais le problème immédiat de Jake était autre : il n'apercevait Sarah nulle part.

— Quelqu'un a vu Sarah Mason ? demanda-t-il à la cantonade.

Il avait déjà traversé toute la caravane, était revenu sur ses pas, scrutant chaque pièce, sans résultat, et il commençait à ressentir des bouffées d'angoisse. Où était-elle donc passée ?

L'un des techniciens des Homicides lui lança tout en fermant avec un ruban adhésif l'un des sachets dont il avait recouvert les mains de Crystal :

— Quand je suis arrivé, il y avait une femme dehors. Elle vomissait tripes et boyaux à l'autre bout de la caravane. Cheveux foncés, en blue-jean.

Sarah… Bon Dieu, elle était sortie !

Jake se rua vers la porte, se frayant un passage dans la foule. Il faisait toujours nuit, mais une mer de véhicules encerclait à présent le mobile home. L'endroit grouillait de policiers appartenant à tous les corps. Du haut du marchepied, Jake avait une bonne vue d'ensemble. Sarah n'était pas parmi ces gens.

Il l'appela plusieurs fois sans obtenir de réponse. Il descendit alors les quelques marches et longea la caravane jusqu'à ce qu'il découvre une flaque de vomi dans l'herbe. La preuve que Sarah était bien venue là. Et n'y était plus.

Le pouls de Jake s'emballa.

Il étrécit les yeux et scruta l'obscurité tout en criant le nom de la jeune femme. Puis il se souvint de lui avoir donné ses clés. Peut-être était-elle dans la voiture, songea-t-il, soudain plein d'espoir.

Il courut jusqu'à l'Acura et son espoir mourut. La chair de poule lui couvrit la nuque. Il scanna du regard les mobile homes voisins, la ligne d'arbres qui bornait le parc, les véhicules agglutinés autour de la caravane de Crystal Stumbo.

— Sarah ? Sarah !

Cette fois, il hurla. S'il réveillait le monde entier, tant pis.

Pas de réponse. Ce qui ne l'étonna pas. Glacé, il se rendit compte qu'il s'attendait à ne recevoir en retour que l'écho de sa propre voix.

Il repartit à toutes jambes vers le mobile home. Son signal d'alarme interne qui se déclenchait invariablement en cas de danger, et qu'il considérait à la fois comme une bénédiction et une malédiction, se déchaîna soudain.

Mouvement. Trépidation. Impression d'avoir sous elle quelque chose de doux et de solide à la fois. Douleur dans la tête, les bras, le flanc. Étrange sensation de léthargie… Sarah analysa tout ce qu'elle ressentait, ce qui l'avait réveillée.

— Tu penses qu'elle sera out combien de temps ? demanda une voix d'homme inconnue, qui venait de tout près, de devant elle.

— Sais pas, répondit une deuxième voix d'homme tout aussi étrangère. Quand j'ai sonné son con de chien, il est resté out un bout de temps.

Son instinct intima à Sarah de demeurer immobile, de leur laisser croire qu'elle était toujours inconsciente, mais elle entrouvrit les yeux. Pendant un moment, elle ne vit rien et la peur la glaça. Où était-elle ?

Les sons et le mouvement stimulèrent sa mémoire. Elle n'y voyait rien parce qu'il faisait nuit et qu'elle se trouvait dans une voiture qui roulait. Sur la banquette arrière, couchée sur le côté gauche. La voiture… Un 4 × 4. Et elle avait les poignets attachés dans le dos par une matière caoutchouteuse et épaisse. Peut-être un Sandow. Ses chevilles aussi étaient ligotées, encore plus étroitement. Les voix provenaient des sièges avant de la voiture.

Son cerveau intégra ce qu'elle avait entendu. On lui avait envoyé une décharge de Taser, une matraque électrique. Cela expliquait la douleur dans son flanc, sa tête, et l'impression d'anesthésie dans les membres. L'un des hommes avait également frappé Sweetie-Pie avec cette horreur. Donc ils étaient allés chez elle. Elle comprenait maintenant de quelle façon ils avaient réglé le problème Sweetie-pie lors de leurs deux précédentes intrusions : d'une décharge de Taser. Avaient-ils ressorti les jouets de Lexie de l'armoire ? De toute évidence, c'étaient eux. Probablement eux aussi qui passaient les ignobles coups de fil. Pourtant, ils n'avaient pas une voix d'enfant.

Elle ouvrit un peu plus les yeux et se redressa légèrement, essayant de déterminer si elle connaissait les deux hommes. Elle était prête à parier qu'Eddie Tanner était l'un d'eux. Et qu'il venait d'assassiner Crystal.

Ce fut à cet instant-là qu'elle mesura le danger. Elle ignorait où l'emmenaient ces hommes, mais ce n'était certainement pas à un pique-nique.

La peur lui déclencha des palpitations. Son cœur battait irrégulièrement, et tout à coup elle avait besoin d'air. Pourtant, elle s'empêcha d'inspirer profondément. En aucun cas, ses ravisseurs ne devaient entendre de modification dans sa respiration.

— Tu lui as déjà parlé ? demanda le passager.

Il semblait inquiet. Sarah passa la langue sur ses lèvres desséchées, releva de nouveau la tête de quelques centimètres et découvrit qu'elle voyait partiellement le visage de ses ravisseurs dans le rétroviseur. Celui au teint plâtreux était bien Tanner. Le conducteur était un Noir. Sans doute l'homme qu'elle avait aperçu sur le parking de l'immeuble d'Angie et qu'elle avait soupçonné d'avoir des ennuis avec la police. L'un des deux avait probablement écrit « eeyore » sur la vitre de la Sentra.

Mais comment connaissaient-ils ce mot ? Elle avait envie de leur demander en hurlant s'ils avaient kidnappé Lexie et Angie. De nouveau, la nausée lui tordait l'estomac mais, Dieu merci, elle n'avait plus rien à régurgiter. Elle s'exhorta au calme et réfléchit. Tanner était trop jeune pour avoir enlevé Lexie. Sept ans auparavant, il avait… voyons, quel âge ? Vingt ans au grand maximum. Mmm. En tant que procureur, elle savait qu'il existait des sadiques de vingt ans, et même moins.

— Ouais, répondit le conducteur. Je lui ai dit qu'on n'avait pas d'autre choix que de l'embarquer. Elle a reconnu ma bagnole. Ou alors ce foutu bouquin que tu avais laissé sur la banquette.

— Et il est en pétard ?

— Un peu. Il a dit qu'il en avait marre qu'on soit tout le temps obligé de réparer tes conneries.

— Mes conneries ? Mais c'est toi qui as chargé cet abruti de Duke de la tuer ! Toi qui as voulu qu'on fasse comme si c'était un cambriolage qui avait mal tourné. Sauf que Duke a tout salopé. Et moi, j'ai essayé d'arranger le merdier.

— Tu parles ! Pour du bon boulot, ah, ça, oui, c'est du bon boulot, rétorqua l'autre d'un ton railleur. Elle est toujours vivante, connard ! Et maintenant, on la trimballe dans ma bagnole, au cas où tu l'aurais pas remarqué. La prochaine fois que tu tireras sur quelqu'un, ne loupe pas ton coup.

— Elle est tombée juste au moment où je la visais. Mais je l'ai quand même touchée.

— Ouais. Sauf qu'elle est pas morte.

— Merde. Il est en rogne à cause de ça ?

Tanner était de plus en plus nerveux. Sarah ignorait à qui il faisait allusion sans le nommer, mais c'était à coup sûr une personne dont il avait peur, sa voix tremblée l'indiquait clairement. Tanner travaillait-il pour le compte du kidnappeur de Lexie ? Ou d'Angie ? Oui, ce devait être cela. Par conséquent, il savait où se trouvait Angie.

Il y eut un bref arrêt. Le 4 × 4 avait heurté quelque chose. Sarah se crispa instinctivement quand le choc la malmena. Elle glissa un peu sur la banquette. S'il y avait un nouvel impact, elle tomberait entre les sièges. Elle ne sentait plus ni ses mains ni ses pieds. Ils étaient endormis. Elle essaya de bouger ses doigts, ses orteils. Maintenant qu'elle était bien réveillée, elle voyait nettement par la vitre le ciel soyeux de minuit, les cimes des arbres, et la lueur bleutée des voyants du tableau de bord. Une odeur particulière lui monta aux narines. Comme un mélange de vinyle et d'air vicié.

— Il n'a pas du tout apprécié toute la publicité que ça a déclenché, reprit le conducteur. Il a dû changer ses plans, et c'est mauvais.

— C'est pas ma faute ! se récria Tanner, à présent vraiment agité.

Il devait avoir le pouls en déroute. Comme elle, songea Sarah. Mais pas pour les mêmes raisons. Elle était à cran parce qu'elle allait peut-être retrouver Angie, et découvrir ce qui était arrivé à Lexie. À moins que ces deux loosers ne décident de la tuer avant qu'elle apprenne tout.

Un frisson glacé la traversa. Elle ne voulait pas mourir…

Le visage de Jake s'imposa à son esprit et elle se prit à espérer. Il devait être fou d'angoisse, la chercher partout, remuer ciel et terre… Les policiers avaient dû comprendre quel rôle tenait Tanner et, tôt ou tard, ils lui mettraient la main au collet. La question était : quand ? Assez rapidement pour la sauver ? Pour sauver Angie aussi ?

— Écoute, reprit Tanner, j'ai passé ces coups de fil comme tu me l'avais demandé. Tu crois que c'était facile de faire sortir la voix de la gamine correctement de ces vieilles bandes magnétiques ? Eh ben, j'y suis arrivé, non ? Putain, j'ai exécuté les ordres les uns après les autres ! Je me suis bien occupé de ce con de Duke, en taule. Et qui c'est qui a attrapé la gosse dans la buanderie, hein ? C'est encore moi. Toi, pendant ce temps, t'es resté dans ta bagnole à surveiller. J'y suis pour rien si Crystal est tombée sur ce foutu lien, dans l'ordi, et si elle l'a envoyé à sa copine le proc'. Le vieux se servait de mon portable. Qu'est-ce que j'étais censé faire ? Je savais même pas que ce lien était dedans !

Sarah s'aperçut qu'elle réussissait à bouger les mains. Il y avait du jeu dans l'élastique.

La voix de Lexie sortait donc d'un magnétophone ? Sa vraie, sa si précieuse petite voix ? Elle l'avait toujours su, que c'était celle de sa fille.

Mais qui était le « vieil homme » ?

L'esprit en ébullition, Sarah continuait à détendre ses liens. Elle allait sans doute mourir, mais ne faciliterait pas la tâche à ses tueurs.

— C'est ça, t'étais pas au courant, pour le lien, rétorqua le chauffeur sur le mode ironique.

— De toute façon, après, j'ai tout réglé. J'ai liquidé Crystal, non ? Je lui ai coupé la gorge, à cette pute.

— Oh, pour ça, oui. Et il t'est pas venu à l'idée que ç'aurait peut-être été plus malin de l'emmener quelque part pour jouer du couteau au lieu de le faire dans la caravane ?

— Si tu voulais que je l'emmène ailleurs, fallait le préciser. Tu m'as juste demandé de la tuer.

Le 4 × 4 ralentissait, grimpait sur ce qui devait être le bas-côté de la route. Puis il se gara.

Voilà. Le point de non-retour était atteint, songea Sarah. Ils allaient la tuer. Animée par l'énergie du désespoir, elle continua à détendre ses liens.

— Pourquoi tu t'arrêtes là ? demanda Tanner, manifestement étonné.

— Parce qu'il y a un trou d'eau en contrebas, un endroit impec' pour planquer un corps.

— Ah, bon.

La réponse parut satisfaire Tanner. Sarah, elle, devint moite de transpiration. Son esprit tournait comme une bête prise au piège. Elle ne trouvait pas de parade, hormis réussir à libérer ses mains… mais elle allait manquer de temps. La terreur lui broyait la gorge. Ses doigts rencontrèrent un nœud, s'acharnèrent dessus… et le firent presque céder.

— Sors et va voir à quelle distance de la route est le trou d'eau, demanda le chauffeur à Tanner en mettant la voiture au point mort.

— OK.

Tanner ouvrit la portière et le plafonnier s'alluma. Quand il descendit de la voiture, Sarah se raidit. Une bûche. Il fallait qu'il pense qu'elle était complètement inconsciente. Dans sa tête, elle essaya de concocter un plan. Par exemple, celui des deux qui se pencherait pour la tirer de la banquette aurait droit à un coup de pied bien placé, droit dans les parties. Hélas, dans les cours d'autodéfense qu'elle donnait aux femmes de l'association contre le viol, jamais elle n'avait pas abordé les gestes à accomplir contre deux adversaires parce qu'elle en ignorait tout ! Un violeur agissait la plupart du temps seul. Or elle avait deux hommes en face d'elle.

— Il est juste là, lança Tanner du talus. On la sort, on lui colle une balle et on la pousse.

Sarah se mordit l'intérieur de la bouche pour éviter de hurler.

Ne pas bouger… Ne pas bouger, se répéta-t-elle en observant Tanner entre ses cils. L'immobilité était sa seule chance. Bouger in extremis était le seul élément de surprise susceptible de… de quoi ? De la sauver ?

Bien sûr que non. Elle n'avait aucune chance de s'en tirer.

— Très bien, dit le chauffeur.

Il y eut un silence, puis la voix affolée de Tanner.

— Hé ! Qu'est-ce que tu fous ?

— Je fais le ménage.

Une balle fit exploser la poitrine de Tanner. En moins d'une seconde, le marcel qu'il portait s'ouvrit sur le devant comme l'écorce d'une grenade mûre. Incapable de se maîtriser, Sarah poussa un petit cri en sursautant, mais le coup de feu couvrit ces sons. Tanner, lui, hurla, tourna sur lui-même puis tomba en arrière. Un grand « Plouf ! » apprit à Sarah qu'il venait de disparaître dans le trou d'eau.

À sa place. Ou bien allait-elle prendre le même chemin ?

Le conducteur sortit tranquillement du 4 × 4. Sarah tremblait mais l'homme ne remarqua rien. Il y eut un autre coup de feu puis, quelques instants plus tard, la portière du passager claqua. Le conducteur se rassit derrière son volant et une odeur acide emplit l'habitacle, celle de la poudre.

— Je sais que vous êtes réveillée, lança l'homme. Je vous ai vue bouger dans le rétroviseur.

Sur ces mots, il expédia à Sarah une décharge électrique avec son Taser.

Lorsqu'elle reprit ses esprits pour la deuxième fois, la voiture était toujours arrêtée. Ou alors, elle avait roulé, puis l'homme s'était garé à un autre endroit. Sarah n'en savait rien. De même qu'elle ignorait depuis combien de temps elle était allongée sur cette banquette, où s'était dirigé le 4 × 4, et ce qui s'était passé dans l'intervalle.

Seule certitude : elle avait mal partout, il faisait beaucoup plus sombre que précédemment, et elle entendait une voix d'homme étouffée par la distance.

Une bonne nouvelle dans tout cela : elle était vivante.

Une mauvaise en corollaire : elle ne le resterait pas bien longtemps.

Bon. Inutile de se perdre en conjectures ou d'attendre stoïquement l'aube. Il fallait qu'elle se concentre sur l'essentiel : essayer de s'échapper.

Elle était quasi certaine d'être seule dans la voiture. Il y faisait très noir parce que les voyants du tableau de bord étaient éteints.

Quand l'homme lui avait envoyé la décharge de Taser, elle était sur le point de défaire le nœud. Elle s'y attaqua de nouveau, s'escrima pendant ce qui lui parut durer une éternité et, tout à coup, ses mains furent libres. Elle tendit les bras, les secoua pour laisser le sang revenir dans ses extrémités, et se redressa discrètement afin de jeter un coup d'œil par la vitre, en direction de la voix. Son ravisseur se tenait à quelques mètres de la portière, lui tournant le dos pour discuter avec un homme, assis dans un pick-up et dont elle ne distinguait que la silhouette. Elle eut l'impression que le duo attendait quelqu'un.

Qui ? se demanda-t-elle, appréhendant la réponse.

Les deux véhicules étaient garés dans une grande clairière cernée de hauts arbres. Un bâtiment apparaissait sur la droite, long et bas, suffisamment éclairé à l'intérieur pour que, par les fenêtres, s'échappe un peu de lumière.

Elle s'escrima en hâte sur le lien de ses chevilles qui, comme celui des mains, se détendit et céda.

Seigneur, c'était fait, elle avait réussi ! Le ravisseur parlait toujours à l'autre homme. C'était le moment ou jamais d'ouvrir la portière arrière, et de filer ventre à terre dans la nuit.

Le plafonnier ! songea-t-elle soudain, la main déjà sur la poignée. Il allait s'allumer quand elle ouvrirait. Elle récupéra le Sandow, se servit du crochet pour arracher le cache du plafonnier puis, à deux doigts tremblants, dévissa la petite ampoule.

Un dernier coup d'œil à l'homme, une pression sur la poignée… La portière s'ouvrit. Il y eut un discret déclic. Et aucun grincement lorsque Sarah agrandit l'ouverture. Elle se glissa hors de la voiture et fonça dans les ténèbres. Il faisait aussi sombre que dans une grotte, et toujours étouffant même si une petite brise s'était levée. La lune n'était que le fantôme d'elle-même, pâle, voilée par une brume de chaleur. Les rares étoiles semblaient s'être carbonisées. Une odeur de diesel flottait dans l'air. Ce bâtiment était-il un garage ? Le contourner par l'arrière et se fondre dans la forêt semblait la meilleure option.

Elle atteignit le bâtiment, regardant les arbres comme s'ils étaient la porte du paradis. Tremblante, sans forces, les jambes ankylosées, elle se coula le long du mur métallique, prenant garde de ne pas passer dans les poches de lumière des fenêtres et d'éviter le moindre bruit. Un coup d'œil à l'intérieur lui apprit que le bâtiment était un garage à bateaux. On était en août, la pleine saison pour la plaisance, ce qui expliquait sans doute qu'à l'intérieur, il y eût de nombreuses remorques vides et seulement deux ou trois bateaux. Pas âme qui vive, apparemment. Une bonne chose. D'une seconde à l'autre, son évasion allait être découverte. Si d'ici là elle atteignait les arbres, elle avait une chance. Elle courrait comme si sa vie en dépendait… et c'était bien le cas. Dans l'immédiat, elle devait être rapide et silencieuse.

Ce qui la poussa à regarder à l'intérieur du hangar par la dernière fenêtre, elle l'ignorait. Un instinct, sans doute. Elle se hissa sur la pointe des pieds et scruta ce qui évoquait un box de stockage, édifié avec des parois d'aggloméré. Il ne contenait rien, constata-t-elle à travers la porte à claire-voie.

À l'exception d'une grande cage, un genre de chenil pour gros chiens.

Et dans la cage, il y avait Angie.

Sarah crut défaillir, eut même peur que son cœur ne lâche. Pétrifiée, elle ne parvenait pas à croire ce qu'elle voyait.

La fillette était recroquevillée sur elle-même, à même le sol. Les yeux clos, ses longs cheveux cachant les trois quarts de son visage. Sarah ne parvenait pas à distinguer son expression. Elle paraissait si blême, si vulnérable, que Sarah faillit gémir de désespoir.

Elle ne pouvait pas s'enfuir en la laissant là, ce n'était pas possible ! Essayer de la secourir lui coûterait peut-être la vie, mais tant pis.

Après une profonde inspiration, elle revint sur ses pas : elle se rappelait être passée devant une porte, à trois mètres de là.

Son pouls battait si fort dans ses tympans qu'elle en était presque assourdie lorsqu'elle posa la main sur la poignée, qui tourna sans peine : la porte n'était pas fermée à clé. Mais de la lumière s'échappa aussitôt par l'entrebâillement quand elle se glissa à l'intérieur. Mon

Dieu, si les deux hommes regardaient par là, ils ne manqueraient pas d'accourir…

Tant pis. À Dieu vat, songea-t-elle en entrant. Elle referma doucement, puis se dirigea vers le box de stockage sur la droite. Elle marchait en pleine lumière, s'exposant totalement. Consciente du danger extrême, elle accéléra le pas, et arriva devant la porte du box.

Elle était fermée.

Mais un jeu de clés posé sur une table contre le mur attira son attention. Se pouvait-il que…

Elle les attrapa, se crispa quand elles tintèrent. Elle serra la main pour étouffer le bruit, puis revint à la porte, priant pour qu'une des clés soit la bonne.

Et c'était le cas.

Elle ouvrit et pénétra dans l'enclos de bois après avoir repoussé le battant. La pièce, une sorte de stalle, mesurait environ trois mètres sur trois. Trois cloisons d'aggloméré, la quatrième étant celle, en métal, du hangar. Même en pleine nuit, il régnait une chaleur d'étuve. Dans un coin de la cage, Sarah vit un seau hygiénique. Le remugle d'excréments humains prenait à la gorge.

— Angie ! Angie ?

Si l'enfant était consciente, elle n'en montra rien. Elle demeura enroulée sur elle-même, et Sarah songea avec épouvante à ce qu'elle avait dû subir pour être dans cet état de prostration. Elle s'agenouilla, les mains serrées autour des barreaux.

— Angie, c'est Sarah.

La fillette bougea, ouvrit les yeux, leva la tête et la secoua pour chasser ses cheveux.

— Sarah ? fit-elle d'une voix si ténue qu'elle tenait du simple souffle.

Sarah se redressa et alla examiner la porte. Un cadenas la bloquait. Elle le prenait entre ses doigts pour l'examiner quand un ronronnement subit l'alerta. Elle regarda autour d'elle, puis vers le plafond, et découvrit une caméra, un appareil manifestement automatisé qui se mettait en marche dès que la cellule détectait un mouvement.

Elle était filmée et les images devaient dans l'instant être diffusées sur Internet.

Mon Dieu, le peu de temps dont elle disposait venait encore d'être amputé. Mais il ne fallait surtout pas paniquer. Du sang-froid... Du sang-froid, se répétait-elle en cherchant une petite clé dans le trousseau.

Elle la trouva et l'inséra dans la serrure. L'arceau du cadenas jaillit hors du piton débloqué.

— Tu vas me ramener à la maison ? murmura Angie tout en se mettant à genoux.

— Oui, mais, chut, aucun bruit. Il ne faut pas qu'on nous entende.

Sarah ouvrit la porte faite de barres d'acier et se précipita vers Angie qui, étant parvenue à se lever, tomba dans ses bras comme une momie. Un coup d'œil lui apprit qu'Angie avait poignets et chevilles liés avec une bande adhésive. Comme sur la photo, se rappela-t-elle.

— Je veux ma maman...

Sarah l'entoura de ses bras, la serra contre elle, puis la souleva. Décoller le ruban adhésif exigerait de longues minutes dont elle ne disposait pas. Elle cala la fillette sur son épaule, passa les petits bras ligotés autour de son cou et repartit vers la porte.

— Les méchants hommes, ils sont toujours là, Sarah ?

L'enfant balayait le hangar d'un regard terrifié. Elle tremblait de tout son corps.

— Oui, et c'est pour ça que nous ne devons pas faire le moindre bruit, OK ?

Ployant sous le poids d'Angie, Sarah réussit à traverser le hangar et à ressortir dans la nuit. Angie n'était pas très lourde, moins de trente kilos probablement, mais pour une femme se remettant d'une blessure par balle et de deux décharges de Taser, cela faisait beaucoup. Des élancements térébrants lui transperçaient les membres, sa poitrine était en feu, son cœur lui semblait sur le point d'exploser. Pourtant, elle tint bon.

— Elle s'est barrée ! entendit-elle soudain hurler.

La terreur lui donna des ailes. Elle s'engouffra dans le bois, courant droit devant elle, au risque de se briser le cou en butant contre une pierre, de s'assommer contre un tronc. Les claquements de portière, les cris derrière elle la galvanisaient, l'adrénaline la portait. Elle courait… courait… Elle percevait au moins cinq voix différentes. À travers la futaie, elle entrevit d'aveuglantes lumières. Des projecteurs halogènes, dans le faisceau desquels elle fut prise pendant quelques secondes. Ses foulées redoublèrent alors de célérité et, peu après, les ténèbres de la forêt l'engloutissaient, protectrices.

Elle courait, hors d'haleine, mais n'allait pas bien vite. Des torches se mirent soudain en mouvement, perçant les ténèbres derrière elle, des cris montaient de toutes parts. Le stimulus dont elle avait besoin. Elle partit dans un sous-bois. Les branches basses la flagellaient, elle s'efforçait de maintenir solidement Angie et de la rassurer, mais la fillette sanglotait. Finalement, après de longues minutes de course éperdue, elle dut s'arrêter, poser Angie par terre, pour reprendre son souffle. Ses jambes fléchirent et elle tomba à genoux dans la terre spongieuse, cachée dans un épais fourré d'épineux. Un doux parfum montait de son feuillage, formant un contraste saisissant avec la nuit vibrant d'ondes de terreur.

— J'ai peur…, murmura Angie quand Sarah se pencha sur ses petits poignets et entreprit de déchiqueter la bande adhésive avec ses dents.

Sarah aussi avait peur. Elle tremblait et sa respiration sifflante lui donnait la mesure de son épuisement.

— Je sais, chérie. Mais ça va aller.

Elle réussit à déchirer un millimètre d'adhésif. Puis un autre. Et encore un autre. Angie gémit lorsqu'elle arracha enfin la bande.

— Ça a été douloureux, je sais, dit Sarah en lui frottant les poignets pour calmer la brûlure de la peau et faire revenir le sang.

— Mes mains dorment, Sarah.

— Ce sera fini dans une minute.

— Je veux rentrer à la maison.

— On y va, promit Sarah en s'attaquant à l'adhésif qui bloquait les chevilles de la fillette.

— Ils vont nous trouver ?

— Non. Mais chut !

Les chevilles furent enfin libérées. Sarah aida l'enfant à se mettre debout, lui frictionna les jambes. Angie se pelotonna contre elle, sur le matelas de feuilles mortes, et elles se reposèrent un moment. Les bras serrés autour du petit corps frissonnant, Sarah essayait d'insuffler courage et confiance à la fillette. Les branches de l'épais buisson retombaient autour d'elles, formant un berceau protecteur. Une illusion, se dit Sarah. Une lampe ultrapuissante pouvait percer le feuillage. Tout autour d'elles, des sons montaient : grenouilles, insectes, grattements de petit animal, rien d'inquiétant. De temps à autre, Sarah distinguait un faisceau lumineux, mais il semblait assez éloigné. Peut-être pourraient-elles rester cachées là jusqu'à ce qu'on vienne à leur secours.

À supposer qu'on vienne…

Jake… Où était Jake ? Il la cherchait, elle le savait, et même frénétiquement, en retournant chaque pierre. Mais Tanner était mort. Jake ne pourrait plus l'interroger, ni être orienté vers le hangar. Les chances qu'on arrive jusqu'à elles étaient bien minces, voire nulles. Elles allaient devoir se débrouiller seules.

Elle baissa les yeux vers la petite tête appuyée contre sa poitrine. Elle avait été incapable de sauver sa fille, mais peut-être réussirait-elle à sauver cette enfant-là.

— Chérie, il faut qu'on bouge. Nous allons marcher, marcher, marcher… Nous ne nous arrêterons qu'une fois en sécurité, d'accord ?

Angie hocha la tête.

Sarah écartait doucement le corps encore tremblant d'Angie quand elle perçut un bruit de pas. Elle écarquilla les yeux : une chaussure d'homme et une jambe de pantalon se trouvaient au ras du fourré. Le souffle suspendu, elle serra la main d'Angie pour l'avertir, lui intimer de garder le silence le plus absolu, mais c'était superflu : la fillette avait vu, elle aussi.

Une torche s'alluma, perça le feuillage et éclaira Sarah en pleine figure.

— On l'a ! cria l'homme d'une voix triomphante.

Les branches furent repoussées sur le côté et Sarah découvrit le canon d'une arme pointé droit sur son front. Elle cilla et regarda le visage de l'homme.

Mitchell Helitzer.

Angie se mit à hurler.

24

— Cours, Angie, cours !

Sarah avait lancé cet ordre dans la seconde, mais il était trop tard. Quelqu'un jaillit à l'arrière du fourré et attrapa la fillette, la souleva alors qu'elle se débattait pour rester accrochée à Sarah.

— Aide-moi, Sarah… Aide-moi…

Sarah essaya, mais l'homme mit Angie hors de sa portée. Le conducteur du Blazer, le grand Noir, détenait maintenant l'enfant. Il s'éloignait déjà, la bloquant contre lui par la taille.

— Non !

Le cri de Sarah retentit dans toute la forêt. Elle bondit, voulut se ruer sur l'homme, mais Helitzer lui saisit le bras et la retint. Elle se démena pour lui échapper. Il lui décocha un coup vicieux dans les côtes. La puissance de l'impact la projeta à terre. La douleur était insoutenable. Elle crut s'évanouir.

Pendant un moment, elle resta prostrée, ravagée de souffrance. Helitzer la fit basculer sur le côté d'un coup de pied, et mit sa tête en ligne de mire. Les hurlements d'Angie étaient de moins en moins audibles. La distance entre Sarah et la fillette s'agrandissait.

— Salut, garce, dit Helitzer.

Voilà. À présent, elle comprenait tout. Les pièces du puzzle étaient assemblées. Elle comprenait le rôle joué par Helitzer, et elle le haïssait comme jamais elle ne se serait crue capable de haïr quelqu'un.

Son cerveau fonctionnait à plein régime. Il fallait élaborer un plan à toute vitesse, un plan qui sauverait sa vie et celle d'Angie.

Helitzer avait abaissé sa torche. Le faisceau éclairait le sol et créait des ombres mouvantes tout autour du cercle lumineux. Cependant, la torche diffusait assez de lumière pour que Sarah voie son visage, son expression lorsqu'il se pencha sur elle. Elle distingua aussi un morceau de bande adhésive accroché en hauteur à un rameau. Sans doute était-ce ce bout de papier collant qui les avait trahies.

Angie, pauvre petite Angie de nouveau aux mains des monstres…

— Tu vas crever, garce.

Helitzer déplaça le canon vers le nez de Sarah. Il la fixait d'un air gourmand, jouissant visiblement de sa peur.

— Je vais t'exploser la tête.

Jake ne s'en remettrait jamais, songea Sarah, en proie à une incommensurable détresse. Mon Dieu, qu'il allait être malheureux. Plus que tout autre, elle savait ce qu'il en coûtait de vivre avec la culpabilité d'avoir échoué à sauver un être aimé.

Elle prit alors conscience que c'était pour Jake aussi qu'elle ne voulait pas mourir.

— Me tuer ne vous aidera pas à échapper à la justice. Vous serez condamné pour le meurtre de votre femme, Helitzer. Le tribunal nommera un autre procureur. C'est comme ça que fonctionne le système. Rien ne peut enrayer la marche de la justice.

— Ma petite, je possède le putain de système ! À part toi, et je vais régler ce problème sous peu, tous les autres sont à ma botte.

Du canon de son arme, il lui effleura en souriant le bout du nez.

— Si tu crois que tu vas…

Il s'interrompit et releva la tête. Sarah avait entendu un bruissement dans les feuillages, et il l'avait manifestement entendu aussi. Il se tourna en direction du son.

— Ah, tu es là ! lança avec chaleur une voix familière. Je t'ai cherché partout.

Sarah se crut propulsée dans le pire des cauchemars. Ses yeux s'écarquillèrent quand une silhouette ventripotente approcha.

Le… le juge Schwartzman ?

Mais non, il n'y avait pas de cauchemar. Le juge allait la sortir de là, bien sûr.

Tout d'abord, elle éprouva un immense soulagement. La cavalerie était arrivée à temps.

Puis elle releva le tutoiement. Schwartzman ne la tutoyait pas. Il ne s'était donc pas adressé à elle. De plus, il tenait une arme, mais il ne mettait pas Helitzer en joue.

Tous ses instincts passèrent en mode alerte rouge.

— Aidez-moi, je vous prie, dit-elle calmement au juge, espérant encore se tromper.

Il s'arrêta à côté de Helitzer, baissa la tête vers elle. Sarah leva les yeux et ce qu'elle vit confirma ses pires craintes : le juge n'était pas avec elle mais contre elle.

« Je possède le putain de système », avait déclaré Helitzer.

Il fallait quand même tenter…

— Monsieur Schwartzman, il va me tuer. Et il y a cette petite fille qui…

— La ferme, coupa Helitzer.

Le canon s'était abaissé. Il ne la visait plus en pleine face. Rouler sur elle-même, se relever d'un bond et courir, courbée en deux… Cette idée lui traversa l'esprit. Sans qu'elle y donne suite. Elle ne s'appelait pas Wonder Woman.

Le juge ignora la supplique et se tourna vers Helitzer.

— Les enchères se sont terminées à 5 heures du matin. Il y a un acheteur. Alors du moment que le rapt de la petite Angie était ton idée, et je dois reconnaître que c'était très astucieux pour faire tomber Mason dans le piège, je suppose que tu veux quelques images ?

— J'en ai rien à foutre de ce film.

— Bien. Dans ce cas, tu ne verras pas d'objection à ce que je mette la gamine tout de suite dans mon van ? Je vais la conduire à Memphis où quelqu'un l'attend, pour l'emmener ailleurs.

— Pervers, cracha Helitzer d'un ton méprisant.

— Eh oui…, fit tristement le juge.

Et il tira à bout portant dans la tête de Helitzer.

Sarah vit le gros trou noir dans sa tempe, les yeux qui s'arrondissaient, pleins d'incrédulité, la bouche s'ouvrant sur un cri de surprise qui ne sortait pas, le tout se déroulant en une poignée de secondes. Puis Helitzer s'effondra.

Sarah n'avait pas hurlé. Tout s'était passé trop vite, et il n'y avait pas eu de détonation, juste un petit claquement et une odeur de poudre. L'arme de Schwartzman, comprit-elle, était équipée d'un silencieux.

Le coup était parti quasiment sans bruit ni agitation. Helitzer était là, prêt à la tuer, et quelques instants plus tard, il n'y était plus.

— Ainsi finissent les tyrans, lâcha le juge en abaissant son pistolet.

— Oh, merci, mon Dieu ! s'exclama Sarah en se relevant.

Une immense allégresse venait de s'emparer d'elle. Schwartzman faisait partie des bons, pas des méchants, elle le savait bien ! Son instinct l'avait trompée.

Elle regarda le cadavre, puis le juge.

— Merci, murmura-t-elle, le cœur gonflé de gratitude.

À peine avait-elle prononcé ce mot que le magistrat relevait son arme et la visait. Droit sous le sein gauche, à moins d'un mètre. Aucune chance qu'il manque sa cible.

Sarah se crut victime d'une hallucination.

— Je suis désolé, Sarah. Vraiment. Mais c'est mon seul moyen de m'en sortir. Je l'ai tué, je vais vous tuer, et je tuerai aussi les deux minables qui gardent la petite Angie dans sa cage. Ensuite, tout sera fini. Je pourrai partir la tête haute, blanc comme neige.

— Mais de quoi parlez-vous ?

Au bord de l'affolement, elle fixait le juge. Découvrir qu'il semblait réellement navré ne l'aida pas à se sentir mieux. Ni à avoir moins peur.

— Écoutez, Sarah, jamais je n'ai eu l'intention de vous faire du mal. Tout est la faute de ce fumier. Il a assassiné sa femme, vous le savez. Il l'a battue à mort. De son propre aveu. Il est venu chez moi et l'a tranquillement reconnu. Puis il m'a dit qu'il voulait être certain que son affaire n'irait jamais jusqu'au procès, sinon il balancerait sur la place publique tout ce qu'il avait découvert sur le site du « Théâtre de Paul ». Le nom des notables qui y étaient mêlés, tout. Il comptait aussi, puisque vous vous entêtiez, vous supprimer. Le soir où on vous a tiré dessus, au Quick-Pik… Eh bien il avait envoyé un homme de main dans ce but. Il est devenu fou de rage quand il a appris que vous étiez passée au travers, que ses tueurs avaient tout fait foirer et qu'il y avait une incroyable publicité autour du hold-up et de vous. Il a pensé que s'il tentait de vous assassiner les jours suivants, cela amènerait la police à se poser beaucoup de questions, qu'il y aurait une enquête qui mènerait peut-être les flics à lui. C'est la seule raison qui vous a permis de rester en vie jusqu'à aujourd'hui.

Schwartzman s'interrompit, le temps d'un soupir, puis reprit :

— C'est alors qu'il a eu cette idée… Il est venu me trouver et me demander de me servir des cassettes de votre fille pour vous déstabiliser au point que vous laisseriez tomber votre job. Vous comprenez, Sarah, il avait mis Duncan dans sa poche. Et moi avec. Carver aussi. Il nous faisait tous chanter. Mais vous… il n'a rien trouvé de moche dans votre existence, rien pour exercer une pression, rien qui soit susceptible de vous obliger à plier devant sa volonté… sauf votre fille.

Sarah n'arrivait plus à respirer. Elle en oublia l'arme dans la main du juge, n'enregistra même pas ce qu'il venait de lui raconter. Tout ce qui marquait son esprit comme au fer rouge, c'était ce qu'il avait dit à propos de Lexie.

— Des… cassettes… Vous avez des… cassettes de Lexie ?

— Oui. C'était une petite fille tellement ravissante… Et à l'époque, je ne vous connaissais pas. Sinon, jamais je ne l'aurais enlevée.

Sarah ne parvenait pas à croire ce qu'elle entendait. Tous ces aveux immondes. Elle secouait la tête, incrédule, quand elle posa les yeux sur la bouche, cette bouche d'où sortaient ces inimaginables paroles. Et elle la reconnut. Petite, pincée… C'était la bouche qu'elle avait vue sous le viseur de la caméra vidéo, ce funeste après-midi au parc. À moitié dissimulée sous une moustache – qui était un postiche, sans doute.

Elle se sentit si bouleversée qu'elle en gémit. Tout se brouillait autour d'elle. Son sang ne courait plus dans ses veines. Elle dut paraître si émue que Schwartzman, manifestement, eut du mal à soutenir son regard, à supporter son expression. Quand il enchaîna, ce fut d'une voix bourrelée de remords.

— Vous avez compris comment fonctionne le « Théâtre de Paul ». L'un d'entre nous choisit un enfant, une fillette… Nous la gardons jusqu'à ce que nous en soyons las, et ensuite nous la vendons à qui veut d'elle. En ce moment, nous avons d'ailleurs plusieurs enfants disponibles. Nous filmons tout à partir du jour de la capture. Il y a beaucoup d'argent à se faire avec ce genre de vidéos, vous savez. On peut les vendre séparément, je veux dire, indépendamment de l'enfant.

De nouveau, il marqua une pause, le temps de baisser les yeux sur le corps de Helitzer.

— Ce type, sa grosse boîte d'import-export, vous savez ce qu'elle vend ? De la pornographie. Toutes sortes de pornographie. Dans le monde entier. C'est comme ça qu'il a trouvé le « Théâtre de Paul ». Et qu'il est remonté jusqu'à moi.

L'intonation du juge était lourde de tristesse, mais Sarah n'en avait cure. Cet homme était un monstre, et s'il existait une justice en ce monde, le Ciel allait le foudroyer d'un éclair à la seconde. Il tomberait raide mort, brûlé jusqu'aux tréfonds de son âme noire.

— Cet après-midi-là, vous m'avez filmée, dans le parc, souffla Sarah.

Elle prenait sur elle. Le choc était insupportable, mais elle tiendrait bon. Elle ferait parler aussi longtemps que possible cette horrible créature, et pendant ce temps, essaierait d'élaborer un plan... S'il la tuait, il s'en sortirait comme il l'avait dit : sans dommages. Et Angie serait perdue à jamais comme l'était Lexie. Les autres enfants qu'il venait de mentionner aussi. Il n'existait probablement qu'une chance sur un million qu'elle s'en tire, mais elle allait tenter de la saisir. Tous ces petits malheureux avaient besoin de son aide.

— Oui, Sarah, c'était moi. J'aime bien filmer les mères aussi. C'est ma petite touche personnelle, et je suis très connu dans certains cercles pour cette spécialité. Je filme... et puis je remonte dans ma voiture, un van équipé d'une cage à l'arrière. J'endors l'enfant avec du chloroforme, je l'enferme dans la cage et ensuite je reviens sur les lieux de l'enlèvement pour faire une vidéo des parents qui courent partout comme des abeilles affolées. Parfois, je montre ces vidéos aux fillettes. Elles voient leur mère et ça m'aide à les contrôler. Et pour les clients, c'est un bonus.

Décidément, « monstre » était un terme trop doux pour cet homme. Mais il n'existait pas de mot plus fort, songea Sarah. Lexie… sa bien-aimée Lexie à la merci de ce dégénéré… Mon Dieu, elle allait vomir.

Non. Ce qui lui montait à la gorge n'était que de la bile. Et ce qui envahissait son cœur, de la haine pure, une colère meurtrière, qui chassait la peur, galvanisait ses forces. Cet homme était celui qu'elle cherchait depuis sept ans. Celui qui lui avait pris son enfant.

— Qu'avez-vous fait d'elle ?

Si dure que soit la révélation à venir, il fallait qu'elle sache. Pour aller retrouver Lexie, l'arracher à l'enfer.

— Où est-elle ?

— J'aimerais bien vous le dire, fit le juge avec cette intonation chagrinée qui donna envie à Sarah de le tuer là, sur place – si seulement elle avait eu une arme. Oui, Sarah, j'aimerais bien vous le dire, mais je ne l'ai gardée qu'une semaine. Je ne les tue pas, Sarah. Je ne les tue jamais. Je… je joue avec elles, c'est tout.

Il jouait. Oh, Dieu du Ciel, c'était le pire verbe qu'il aurait pu employer. Jamais Sarah n'avait ressenti de pulsions meurtrières, mais tout à coup, elle découvrait ce qu'était le besoin de crever des yeux, de déchirer une gorge, d'éventrer une panse rebondie, d'arracher un cœur qui n'était qu'un magma de pourriture.

Elle se jeta sur lui, hurlant comme une possédée. Elle chargea à la manière d'un fauve blessé, le jetant à terre. Il tenta de se défendre mais elle ne lui en laissa pas la possibilité. Elle avait l'avantage de la surprise.

Il cria de douleur. Il avait chuté sur quelque chose qui lui blessait le dos. Sarah était sur lui et le frappait à coups de poing, meurtrissant le visage mou, écrasant les traits empâtés, la gorge aux plis adipeux, essayant de broyer la trachée… Elle n'épargnait aucune partie de cette face répugnante… Elle voulait que la bête meure.

Mais elle était menue et Schwartzman était gros.

Il réussit à la faire basculer, se retourna, pesa sur elle et lui colla le canon du pistolet sur la tempe.

— Salope !

Il haletait. Sarah aussi. Elle constata avec satisfaction qu'il avait l'œil droit tuméfié, des égratignures sanguinolentes, et les lèvres enflées.

Il allait la tuer, elle le lisait dans ses yeux. Le remords, la tristesse avaient quitté son regard, mais au moins, elle mourrait en sachant qu'elle lui avait fait mal. Une infime revanche, une dîme obtenue pour Lexie, songea-t-elle avant de lui cracher au visage.

Il fit la grimace. La rage exsudait par tous ses pores. Il déplaça la main qui tenait l'arme.

Sarah ferma les yeux.

— Police ! Ne bougez plus !

L'ordre avait claqué comme un coup de feu. Sarah rouvrit les yeux. Elle entendait une galopade. Des gens approchaient en courant de tous côtés, écrasant les branchages, faisant crisser les feuilles mortes.

Le temps sembla soudain suspendu. Le canon pressé contre sa tempe, Sarah se mit à fixer Schwartzman sans ciller.

Sa main trembla, puis il appuya sur la détente.

Jake déboula une seconde trop tard. En entendant les cris de Sarah, il s'était imaginé, tel Superman, capable de foncer à travers bois à la vitesse d'un boulet de canon, la moitié des policiers du comté de Beaufort et tout un escadron d'agents du FBI sur ses talons.

Entre les arbres, il avait aperçu Sarah et l'homme sur elle, qui collait un pistolet sur sa tempe. Mais lorsque le coup était parti, il n'était pas assez proche, n'avait pas eu le temps de tirer pour arrêter le tueur… Tout ce qu'il avait pu faire, c'était hurler « Police, arrêtez-vous », un ordre instantanément relayé par les agents qui le suivaient.

Le pistolet était tombé après que cervelle, sang, fragments d'os eurent tout éclaboussé alentour.

Jake crut mourir sur place d'horreur et de désespoir. Il poussa un nouveau cri, celui d'un animal à l'agonie, puis se précipita sur l'assassin, l'attrapa par les épaules, le fit rouler sur le côté… et découvrit que la face de l'homme avait disparu. À la place, un immonde cratère écarlate.

L'homme s'était tiré dans la tête.

Les genoux de Jake cédèrent sous lui. Il se laissa tomber dans les débris de matière humaine qui jonchaient les feuilles mortes. Sarah se redressa. Elle était couverte de sang, de particules d'os mais elle était sauve. Jake songea que le spectacle de son visage intact était ce qu'il avait vu de plus beau de toute sa vie.

— Merci, mon Dieu…, souffla-t-il avant de fermer ses bras autour du buste de Sarah.

Elle l'étreignit aussi, avec une force qui signifiait que jamais, non, jamais elle ne voudrait le voir partir.

Un peu plus tard dans la matinée, à l'hôpital où la police avait insisté pour la conduire avec Angie, Sarah assistait aux retrouvailles entre la fillette et sa mère. Les médecins, après examen, avaient jugé Sarah sans dommages et l'avaient autorisée à sortir, mais ils voulaient garder Angie.

Sarah entrait dans la chambre de l'enfant, quand Rosa avait déboulé.

— Mon bébé ! Où est mon bébé ?

Propre, en chemise de nuit verte, Angie était assise dans le lit.

— Maman ! cria-t-elle.

Rosa avança, les bras ouverts, et Angie se jeta contre sa poitrine. Mère et fille éclatèrent en sanglots. Sarah pleura elle aussi un peu, ainsi que les membres de la famille qui firent irruption à leur tour.

Les Barillas avaient besoin d'intimité. Sarah se retira discrètement.

Jake l'attendait dans le couloir. Depuis l'instant où il avait fait rouler le juge Schwartzman sur le côté trois heures auparavant, il n'avait pas quitté Sarah d'une semelle. Elle lui avait tout raconté, y compris ce qu'elle avait appris à propos de Lexie. En retour, il lui avait narré ce qui s'était passé après sa disparition à Paradise

Homes. Toutes les forces de police avaient écumé le secteur jusqu'à ce que leurs pas les amènent au garage à bateaux, guidés en cela par Tanner qui, encore vivant mais très grièvement atteint, avait réussi à composer le 911 sur son portable.

— Alors ? Tu vas vraiment bien, Sarah ? demanda Jake alors qu'ils longeaient le couloir en direction de la batterie d'ascenseurs.

Ils allaient rentrer à la maison. Chez Jake. D'un commun accord. Sarah regrettait de manquer encore une journée de travail mais, compte tenu des circonstances, Morrison se montrerait compréhensif. Du moins l'espérait-elle.

— Oui, répondit-elle quand Jake appuya sur le bouton « rez-de-chaussée ».

Elle savait qu'il lui demandait comment elle se sentait maintenant qu'elle savait, pour Lexie.

— Ce que j'ai fini par apprendre, au cours des années, c'est que l'ignorance est pire que tout. J'ai tellement prié… Maintenant, je sais et je me sens… comment dire ? vide. Comme s'il ne restait plus rien de vivant en moi.

— Ah bon ? Et moi, alors ?

Elle leva vers lui un regard étonné.

— Mais bien sûr, il y a toi.

Ils entrèrent dans la cabine qui venait de s'ouvrir devant eux. Sarah se rendit compte qu'elle avait dû montrer de la reconnaissance mais quelque distance aussi. Il fallait être plus précise, aussi ajouta-t-elle :

— Je t'aime.

Il attendit que la porte de l'ascenseur ait coulissé pour enlacer et embrasser la femme qu'il adorait.

Pendant un long moment, alors que l'ascenseur les avait déjà menés à destination, ni l'un ni l'autre ne songèrent à sortir dans le hall.

Tard dans l'après-midi, Jake arriva à temps dans le parking pour assister à ce qu'il n'aurait jamais imaginé voir : grand-pa' emmenant Dorothy en selle sur sa Harley pour une promenade. Son portable sonna pendant qu'il regardait l'extravagant duo.

L'appel qu'il attendait !

— J'ai pensé que c'était vous qui deviez être prévenu en premier, Hogan : on a trouvé Lexie.

25

Chez elle, Sarah se tenait dans le salon, les nerfs tellement à fleur de peau qu'elle avait du mal à rester tranquille. Le front collé à la vitre de l'une des fenêtres en façade, elle guettait la voiture de police qui allait lui ramener Lexie.

Le miracle tant espéré s'était finalement réalisé. Sa fille était vivante. La police avait remonté sa trace en étudiant le site du « Théâtre de Paul » à partir du disque dur de l'ordinateur de Schwartzman. La fillette se trouvait dans une ferme au fin fond de l'Utah, où un homme la gardait avec d'autres préadolescentes dans son harem.

Jake attendait avec Sarah, aussi anxieux et impatient qu'elle.

Lexie se rappellerait-elle sa mère ? se demandait-il, faisant écho in petto à la question qui hantait Sarah.

Une voiture pie s'arrêta enfin devant la maison. Deux policiers en descendirent. L'un d'eux ouvrit la porte arrière du véhicule. Une enfant mince, élancée, aux cheveux roux, vêtue d'une jupe en jean et d'un tee-shirt, descendit.

— Ô mon Dieu, la voilà…, souffla Sarah en s'appuyant contre Jake quand il lui passa le bras autour des épaules. Elle a tellement grandi…

Les deux policiers et l'enfant traversaient la pelouse. Sarah se sentit tout à coup incapable de regarder plus longtemps cette fine silhouette. Elle savait que la fille qui lui serait rendue n'aurait plus rien de la gamine disparue sept ans plus tôt, tant physiquement que psychologiquement. Cela ne l'avait pas empêchée de continuer à voir en esprit le bébé de cinq ans aux joues rebondies qu'elle avait perdu.

On frappait à la porte. Sarah sortit de son hébétude et courut ouvrir. Sweetie-pie jaillit de la chambre et arriva en aboyant. Sarah ne put ni dire bonjour, ni même poser les yeux sur sa fille : une masse noire au poil hérissé formait entre Lexie et elle un barrage infranchissable dont le niveau sonore était à la limite du supportable.

Les policiers s'immobilisèrent, figés par le déluge de grondements, claquements de dents et aboiements du chien déchaîné. Sarah lui enjoignait de se taire mais, possédé par la colère, il ne l'écoutait pas. Elle se plaça tant bien que mal devant lui, et Jake l'imita. Sweetie-pie fut contraint de reculer.

Lexie entra, sans accorder un regard à sa mère ou à Jake. Elle fixait le chien qui, tout à coup, se tut et se mit à humer l'air.

Lexie s'accroupit et murmura :

— Sweetie-pie ?

Le poil hérissé de l'échine s'aplatit, les oreilles se plaquèrent en arrière, les yeux s'emplirent de douceur alors que la truffe frémissait, se gorgeant avec une visible délectation de l'odeur de la visiteuse.

Lexie ouvrit les bras et le chien se précipita sur elle, la queue remuant à la vitesse d'une hélice.

Les yeux noyés de larmes, Sarah s'agenouilla à côté de sa fille qui embrassait le chien, lequel constellait le visage de l'enfant de coups de langue.

— Lexie ?

La fillette se tourna enfin vers elle, montrant ses yeux bleu indigo.

Le nœud de douleur qui bloquait la respiration de Sarah depuis sept ans se défit soudain.

— Maman ? dit Lexie d'un ton hésitant.

Elle aussi essayait de superposer le visage qu'elle voyait et celui qui habitait ses souvenirs.

— Maman… Je ne t'ai jamais oubliée.

L'hésitation s'était dissipée. La voix était ferme.

— Je rêvais tout le temps de toi. Je croyais que tu étais un ange.

— Oh, Lexie…

Sarah étreignit son enfant, qui la serra en retour. Sweetie-pie continua à agiter la queue comme un possédé, et Jake sourit.

Le cantique de David lui vint à l'esprit : à partir de maintenant, tout ne serait que bonheur.

*

* *

Remerciements

À Peter, qui a tout mon soutien, même quand il est au collège.

À Chris, dont les souvenirs d'adolescence me feront toujours rire.

À Jack, qui m'a fait découvrir *Inkheart* et tant d'autres merveilleux ouvrages.

À Doug, qui supporte nos bêtises avec tant de constance et nous aime malgré tout.

À mes parents, Pete et Sally Johnson, avec tout mon amour.

À mes trois frères, Tod, Bruce et Brad Johnson, qui continuent de rendre ma vie passionnante.

À ma sœur Lee, connue sous le surnom de « Mini-Moi », qui accepte toutes mes taquineries de si bonne grâce.

À Peggy, ma vieille amie.

À ma merveilleuse éditrice, Christine Pepe, à la patience et à la gentillesse sans limites, dont les conseils et critiques sont tellement précieux.

À mon agent Robert Gotlieb, qui fait un si bon job pour moi.

À Leslie Gelbman et Kara Welsh, ainsi qu'à tout le groupe Berkley, une pleine cargaison de remerciements pour leur amitié et leur soutien.

À Stephanie Sorensen, extraordinaire publicitaire.

Et enfin, à Ivan Held et au reste de la famille Putnam. S'il faut toute une communauté pour élever un enfant, il faut une famille pour publier un livre.

Merci.

Composition Nord Compo
Achevé d'imprimer en Espagne
par Litografia Roses
le 11 février 2008.
Dépôt légal février 2008. EAN 9782290006429

Éditions J'ai lu
87, quai Panhard-et-Levassor, 75013 Paris

Diffusion France et étranger : Flammarion